U0554205

Ⅳ

春衫冷

著

一身孤注掷温柔

人民文学出版社

图书在版编目（CIP）数据

一身孤注掷温柔. IV/春衫冷著. —北京：人民文学出版社，2020
ISBN 978-7-02-016276-5

I.①一… II.①春… III.①长篇小说—中国—当代 IV.①I247.5

中国版本图书馆 CIP 数据核字(2020)第 079401 号

责任编辑　付如初　欧阳婧怡

出版发行　人民文学出版社
社　　址　北京市朝内大街 166 号
邮政编码　100705
网　　址　http://www.rw-cn.com

印　　刷　三河市金泰源印务有限公司
经　　销　全国新华书店等

字　　数　290 千字
开　　本　880 毫米×1230 毫米　1/32
印　　张　11.75　插页 2
版　　次　2020 年 8 月北京第 1 版
印　　次　2020 年 8 月第 1 次印刷

书　　号　978-7-02-016276-5
定　　价　37.00 元

如有印装质量问题,请与本社图书销售中心调换。电话:010-65233595

/

目 录

壹

弄璋

世上如侬有几人

　　医院的走廊安静空冷，消毒药水的味道浸透了每一寸空气，虞浩霆不停地看表，分分秒秒都走得这样慢，慢得叫他生气。他站起又坐下，坐下，又站起来。总算过了一个钟头，里面却毫无动静，他忽然烦躁地问周围的侍从："这事要多长时间？你们有知道的吗？"

　　几个人面面相觑，半晌，才有人灵机一动："我听叶参谋说，他那个儿子送到医院就生了，还没进产房呢。"郭茂兰怨念地瞥了那人一眼，边上一个灵醒地赶忙道："也不一定。我堂嫂生我侄子的时候，折腾了一天才生出来的。"

　　虞浩霆困惑地看了看这些人："差这么多吗？"

　　只听一个经过的护士"扑哧"笑了一声，也不敢多看他们，立即走开了。一班人脸上都有些讪讪，虞浩霆却浑然不觉，又在走廊里兜了个圈子："去把叶铮叫来。"

　　叶铮大半夜从家里被拎出来，不仅没有怨言，反而还有些窃喜。不管干嘛，总比在家里哄那个人事儿不懂的破孩子好！骆颖珊要睡觉，他只好跟保姆把孩子带到楼下，哭哭哭，饿了哭，吃饱了还哭！非要他抱着转来转去，小家伙才肯安静一会儿，这小玩意儿要再这么折腾，他都要哭了。

只是一想到郭茂兰在电话里说的，他忍不住就想骂娘。

这算什么事儿啊？邵朗逸的小老婆生孩子，他们管得着吗？再说，那女人也是活该，不知道跟总长大人闹的什么幺蛾子，好好儿的日子不过，去给人当小老婆，她想扫谁的脸啊？

一边开车一边又想到骆颖珊，当初孩子都有了，还死活不跟他好，小心肝儿里就惦记着唐骧，要是没有他们这档子事儿，说不定这丫头也乐意去给唐骧当小老婆呢！女人就是不知道好歹。唉，四少就是棋差一着，早弄个孩子出来，什么事儿都齐了。这倒好，现在还得去伺候这女人给别人生孩子。这么一想，就觉得自己十分高明，心情顿时开朗起来，连刚才被他在心里骂了许多遍的破孩子也自觉非常可爱了。

他刚一上楼，还没来得及行礼，虞浩霆劈头就问："他们说你儿子很快就生出来了？"

叶铮一愣，这是什么问题啊？假装认真想了想，说："可能我们送到医院有点儿晚。珊珊对这些事儿不太在意，还是我娘看出来她不对的。"

虞浩霆皱眉听了，只觉他的话显然也没什么意义，敷衍地点了下头，便不再问。不料，叶铮反而来了兴致，自从他得了儿子，卫朔和郭茂兰都三番五次地告诫他不要在总长面前多说，于是，他始终没找到显摆的机会。这次却是虞浩霆开口问他，那就再没有憋着的道理了，当下便道："其实生孩子还是简单的，生出来之后才麻烦呢！我刚才就在哄我们家那小玩意儿，白天睡觉，晚上折腾，真吃不消。"

郭茂兰看着他兴高采烈的劲头，无可奈何地捏了捏自己的眉心，虞浩霆现在着急的就是怎么生出来，生出来之后再烦，跟他们又有什么关系？总长就是想烦也烦不着啊！

不过，叶铮这么搅和起来，其他人有见过他儿子的也跟着附和两句，虞浩霆倒一时不急着看表了。

　　转眼又过了一个钟头，产房那边还是没动静，叶铮说着说着突然插了一句："哎，顾小姐送进去多久了？"

　　郭茂兰闻言直想一脚把他从楼上端下去，周围立刻就静了下来，虞浩霆盯着产房的门看了一会儿，径直走过去推了一把，那门意料之中是锁着的。

　　郭茂兰赶忙跟了上去："总长，大夫都在里面，没事的。"

　　虞浩霆执拗地抿了抿唇："我想看看她。"

　　郭茂兰在喉咙里轻咳了一声："您进去，反而为难大夫……"

　　"我知道。"虞浩霆垂了眼眸，右手轻轻砸在门上，"我就是想看看她。"他有多久没有见过她了？上一次她的眼泪落在他手上是什么时候？她和他隔着的，又岂止是一扇门呢？

　　窗外的夜色有些淡了，他交握的双手撑在额上，一动不动地坐了许久。郭茂兰端了杯咖啡过来，刚一走近他，就见虞浩霆肩膀一震，如一根绷到极处的弓弦突然弹开，几乎撞翻了郭茂兰手上的杯子："怎么了？"

　　郭茂兰正要答话，边上产房的门一响，他整个人又绷了起来。走出来的医生摘口罩的动作很慢，见虞浩霆直直盯着她却惊怯得不敢开口，疲倦而冷淡的面孔上有了一点若有若无的笑意："母子平安，暂时没什么事，就是孩子小了一点，只有五斤。"

　　几个人都松了口气，虞浩霆一径点着头，却又觉得哪里不妥："暂时？"

　　医生的话总是像说明书，听不出忧喜："嗯，还要观察一会儿，看会不会出血。"

　　"会吗？"

"这是正常程序。"

"那我现在能进去吗？"

医生不耐地瞟了他一眼："不行。产房是经过消毒的。"

"那……"

医生也懒得再多解释，一边绕开他，一边好心地安慰了一句："不过，你等一下就看到孩子了。"

孩子？虞浩霆愣了愣，他不是想看孩子。孩子。她终于有了孩子。他说不清楚此时此刻心里究竟是什么感觉，有些欣慰有些茫然又有些酸楚，可是那些细微的感受都不重要，他只想看见她，看见她一切都好。

医生倒是没骗他，一会儿工夫，果然有护士抱着一个雪白的襁褓出来，他却本能地向后让了一步。那护士见外头站了一票军官，也不知道该招呼谁，郭茂兰连忙圆场道："总长，您要不要看看孩子？"

孩子……虞浩霆一时没有答话。那护士见周围的人都让开了，便把那襁褓抱了过来，他连忙伸手去接，谁知这孩子又轻又软，仿佛还没有个暖水瓶大，他僵着手臂无处着力，几乎是从护士手上捧了下来。

护士忙道："你不要这么抱，他动了会掉下来的。"说着，就是一番指点，虞浩霆依她的话试了几次，总算勉强过关，他这才有暇去看那孩子。那护士原以为爸爸见了孩子就算不是喜极而泣，也要眉开眼笑的，不想眼前这人却面露惊异之色："这孩子怎么……"

"怎么了？"那护士见状也跟着一惊，以为孩子有什么不妥，却听虞浩霆有些尴尬地嘀咕了一句："这孩子怎么……不太好看呢？"他原本想说的是"这孩子怎么一点儿也不好看呢"，话到嘴边觉得不妥，便又改过了。虽然他对这个孩子心思芜杂，但潜意识里觉得顾婉凝容色倾城，邵朗逸亦是翩然风度，这个孩子无论如何都该是十分漂亮的，没想到此时抱在怀里的却是个红彤彤、皱巴巴，简直是猴子一样的小东西。

那护士啼笑皆非地看着他，仿佛他才是个怪胎，随即却又有些体谅，心道做父亲的这样玉树临风，当然会觉得孩子必然漂漂亮亮，其实这孩子算很不错了，他还没见过脑袋都被挤得变了形的"小怪物"呢！

"小孩子生出来都是这样的，还没长开呢！这孩子已经很漂亮了，小鼻子现在就这么挺，长大了一定更好看；还有，眼睛现在闭着看不出来，你总能看到睫毛吧？多长啊！"

"是吗？"

"当然了，我看过多少小孩子啊！"

虞浩霆听她这样一说，也觉得怀里的孩子顺眼了许多，小心翼翼地用手指点了点那孩子的脸，所触软软热热，脱口便道："像个包子。"话一出口，他自己先摇头一笑。

叶铮凑过来看了看那孩子，补充道："白一点才像。"

说话间，楼梯处忽然一片皮靴踩地的声音，虞浩霆抬头一望，站在走廊尽头的人却是邵朗逸。

笑容倏然隐去，沉默，如涟漪般扩散开来。

"你们到楼下等我。"虞浩霆若无其事地把手上的孩子递还给护士，面上看不出丝毫的情绪起伏。

一班人跟邵朗逸行了礼，溜着墙边鱼贯下楼，走到楼梯拐角处，叶铮却停了步子一个劲儿往楼上瞄，一边被郭茂兰扯着往下走，嘴里一边辩解着"我怕出事嘛"。

孙熙平见他们都走了，也乖觉地老实待着，没敢跟着邵朗逸过去。刚才上来的时候，他一眼看见虞浩霆怀里抱着的大约是个孩子，心里就"咯噔"了一下。

说起来，顾婉凝这个孩子着实有些莫名其妙，别人不知道，他和汤剑声却都犯过嘀咕。邵朗逸娶了这位二夫人进门，不要说肌肤之亲，见面都是寥寥，他们还琢磨着是三公子打算慢功细活儿笼络出一番两情相悦呢！没承想突然就暴出喜信儿来了。此时见虞浩霆在这儿抱着孩子，眼里还泛着笑影，怎么看都透着点儿舐犊念切的意思，不会真叫他们猜中吧了？

　　乱七八糟琢磨着偷偷看了一眼邵朗逸，三公子倒是淡然得很，之前一路赶回来的那点儿焦灼也不见了，唇边牵着一点笑意走过去，就着那小护士手里看了看孩子，抬眼对虞浩霆道："多谢。"

　　虞浩霆的目光却越过他，落在了远处，声音也像是从远处传来的回声："你娶了她，就照顾好她。"一字一句说罢，从邵朗逸身边擦过去，有意无意地碰了下他的肩膀。

　　邵朗逸仿佛什么也没有察觉，依旧泰然自若地噙着那一点笑意对护士问道："我能抱抱吗？""哦，可以的。"那护士正不知所措，暗忖怎么刚才走的那个很有些眼熟的人，难道不是孩子的父亲吗？此时被他春风和煦地这么一问，忙不迭地点着头把孩子递了过去。不知是不是动作急了惊动了襁褓里的小人儿，小东西眯着眼睛"哇"的一声哭了出来，邵朗逸接在怀里，微微一笑："个子不大，声音倒不小。"

　　虞浩霆正要下楼，忽听身后进出一声哭喊，他心底莫名地一抽，就想要停下，但也只是一瞬间的事情，定了定心思，反而加快了脚步。清晨的空气冷冽醒人，他刚一走到车边，却猛然站住："茂兰，今天什么日子？"

　　"今天是圣诞节，没有什么特别的安排。"郭茂兰说话间，已觉出虞浩霆的眼神不对，心思一转，也想到了什么，心里打鼓，脸上丁点儿不敢露出来，更低了低头"悉听"吩咐。

"茂兰……"虞浩霆胸口起伏，叫了他一声，却没有后话，片刻之后，才低声道，"回头你到医院来查一查，看看……看看这个孩子是……"他越说越迟疑，不知该如何措辞，郭茂兰不忍见他为难，连忙应道："是。"

虞浩霆欲言又止地看了看他，再没说什么，探身坐进了车里。

精疲力竭之后的放松，软化了所有的疼痛，原来这件事也没有她之前想象的那样恐怖，又或者是她根本就没有时间和力气去害怕。小小的襁褓就贴在她身边，粉红粉红的小人儿新奇又温暖，眼里有一点湿热，一波波柔静的喜悦在心底涌动，一种从未有过的笃定让时光也仿佛有了重量。

其他的事，似乎都可以不去理会了。

"你还是不打算告诉他吗？"邵朗逸抱起婴孩来倒是驾轻就熟，安安稳稳地把小家伙托在怀里，"我觉得，浩霆还是很在意你的。"

"一只狗养久了，也总会有些在意的吧？"她轻轻应了一句，声音里都是倦怠。

邵朗逸见状，便一笑转了话题："孩子的名字你想好了没有？"

婉凝摇了摇头："如果在国外，现成的就叫Noel。其他的，我还没想过。"

"你要是不介意，名字先请我父亲来取，将来用不着，你再改就是了。"

邵朗逸这样说，婉凝亦明白其中的人情世故，便点头道："那就麻烦令尊了。"她自己说罢，也觉得不伦不类，两个人皆是失笑，襁褓里的小人儿却又酝酿出一阵哭声来。

郭茂兰查问过产科的大夫犹不放心，又问了两个当班的护士，众口一词都说那孩子早产，尚不到三十周。这结果好还是不好，他说不上来，但却着实松了口气。

这件事要是真有什么说不清楚的地方，接下来会闹出怎么个局面，他几乎不敢想。这些日子，总长和三公子私下里几乎没打过照面，潜滋暗长的流言是墙角的青苔，稍不留神就蔓延到了阶前。

所谓"红颜祸水"只是酒过三巡之后的玩笑，言者听者都没有人会相信。这件事究竟谁是有意为之，谁是顺水推舟，抑或只是一场好戏，阴谋阳谋久了的人精们都自有猜度。连带着早前江夙生安排的那场车祸都被人重新拿出来咂摸，或许当初的事就是另有内情？否则，以特勤处的手段，怎么可能让顾婉凝平安无事，反而把江夙生自己折了进去，还牵连了那么多人？

虞浩霆不置可否，他们也乐得叫人去猜，天心难测，那些人猜得越多，做起事来就越要小心拿捏，谨守分寸。很多时候，一件事的真相并不重要，重要的是别人认为它有一个怎样的"真相"。

一连三天，康雅婕没有离开过邵公馆一步。每一个细节都在心底打熟了腹稿，该交代给下人的话也都滴水不漏，她猜测他的每一种反应，也预想了每一种解释，连她自己都越来越相信，她的一举一动都无可指摘。然而，她的这一番准备却没得到表现的机会，邵朗逸并没有回来跟她发作什么，不仅人没有回来过，甚至连一个电话也没有。

一天的焦灼忐忑、一天的猜度迷茫……到最后，终于只剩下了沮丧。她宁愿承受他的诘问和愤怒，那她至少也可以获得一个倾泻怒火的机会。但没有，什么都没有。她打到陆军部的电话永远都是秘书的声音，标准、客气，毕恭毕敬："是，夫人。""好的，夫人。""属下明白。"

明白？他们明白什么？

大约是秘书也觉得不耐烦了，终于吐出一句："三公子这两天都没到陆军部来，夫人如果有急事，可以打到冷湖去问一问。"

康雅婕一听就撂了电话，抱着手臂在房间里来回走了几圈，才叫宝纹拨了过去，那边却说三公子不得闲，请夫人留言转告。隔天康雅婕亲自再打，仍是一样的回话。她的车子开到冷湖，卫兵连请示的样子都不做，直截了当地不肯放行。

转告？她是他的妻子，却连和他说一句话都不能吗？至近至远东西。至亲至疏夫妻。他究竟在想些什么，她全然没有头绪。妆台边的相架里有他们结婚时的照片，手指抚上去，刹那间泪光便模糊了眼睛，那花团锦簇的完满再也看不分明。

她抿紧嘴唇，把眼底的湿热逼了回去，明天就是江宁政府的新年酒会，她就不信，他不来见她；她就不信，他能躲她一辈子。

可她还是猜错了。酒会当晚，邵朗逸虽然回了公馆，但根本就没有下车，在门口停了五分钟的工夫，接了小夫人卢蔼茵就走，她只来得及隔窗望见车里一个模糊的侧影。首饰砸在地上，新做的礼服扯得稀碎，他就是要让她难受吗？她偏不让他得意，偏不！

下人都躲着不敢吱声，蓁蓁也被保姆哄走了，整个晚上第一个跟她说话的，却是深夜才到家的卢蔼茵。

"姐姐，今天好些人问起你呢。"她笑吟吟地走进来，"我本想说你病了，又怕给姐姐添晦气，只好说这种场面上的事情，姐姐懒得应酬，要是说得不对，姐姐可别生我的气。"

康雅婕瞥了她一眼，怒道："出去！"

卢蔼茵却并不着恼，反而笑得越发花枝摇曳："我知道姐姐不是气我，是在气三公子呢。姐姐，前些日子我看到篇价值千金的好文章，您要是有空，不妨也看一看。"说着，微蹙了眉做苦想状，"哎呀，看我这个记性，名字突然想不起了，就记得开头好像是什么'佳人’，什么‘自虞’……姐姐渊博，一定是知道的。”一吐舌头，立刻转身走了。

夫何一佳人兮，步逍遥以自虞？好，她取笑得好，咫尺长门闭阿娇，说的可不就是她吗？

邵朗逸不仅不回公馆，连陆军部也不大去了，一应公务都在泠湖料理。众人不免感叹顾婉凝偏有几分好运气，不论她嫁进邵家如何离奇荒诞，终究是母凭子贵，连康雅婕那样要强的人也无可奈何。

到了弥月之时，顾婉凝不欲张扬，只在泠湖设了一席家宴，客人也只请了刚刚订婚不久的陈安琪和谢致轩。即便如此，邵家的亲眷僚属也都备足了礼物以贺邵家弄璋之喜，连虞夫人也遣人送来一套镯头金锁，一时间，泠湖的别苑车水马龙，热闹非凡。邵城的老副官专程从余扬捎来一纸虎皮笺，上头浓墨颜楷端端正正地写着个“珩”字，便是孩子的名字了。只是褓褓里的孩子这么叫起来未免太正经，婉凝又随口起了个乳名叫“一一”，邵朗逸在纸上写了两笔，忽然笑道：“‘一一’写出来，就要变成‘二’了。”

孩子的成长总是让时光骤然加速，顾婉凝在那张洒金笺上描完“柳”字的最后一笔，冬去春来，不过是一转眼的工夫。沿着湖岸走了一阵，便觉得暖意洋洋，眼前一片水淡天蓝，果然是春天了。

“我给欧阳写了信，我想，下个月就带一一走了。”顾婉凝细语轻言，如新柳低抚湖面，“这件事给你添了很多麻烦，抱歉。”

“好，我来安排。”邵朗逸哂然一笑，仿若一湖春水缬纹微皱，“不过，我觉得你还是不要这么急。很多事情虽然是早了早好，但要想‘了’得好，就不能那么‘早’。”

“我知道这样会叫人猜疑，可我人不在了，也就没那么多是非了。”婉凝低了头，声音也更低了下去，“我在这里多待一天，三公子和虞总长就多一天不自在，邵夫人也多一天的无名火。"她说着，有意绽出一个轻快的微笑来，"入门见嫉，掩袖工谗的名声，我可担不起。"

邵朗逸的目光描摹着春阳下她丝丝分明的眉梢，笑意迟迟："你要走，我也肯让你走，总要有个能说得过去的缘故。你不妨等我有了新欢再走，'入门见嫉'，倒像那么回事儿。况且，你这一走，长途跋涉，孩子大一点，你带他走更方便，他也少吃些苦头。"他肃了肃脸色，又道，"还有一样，你总要叫我父亲见一见这小家伙，要不然，他老人家还不知道要怎么气我这个不肖子呢。"

邵朗逸一番话娓娓说来情理兼备，顾婉凝也只有点头。她想了一想，唇角微翘，显出几分顽皮："不知道三公子打算什么时候另寻新欢呢？"

邵朗逸微微一怔，随即答道："我尽快。"

顾婉凝打量了他片刻，见他一脸的漫不经心，自己先摇了摇头："其实你也不用再找什么'新欢'了，等你哄好了你夫人，我自然是要走的。"

邵朗逸耸了耸肩，眼中掠过一丝嘲色："我不见她，也不单是为了你的事。我们为什么结婚的，你不知道吗？"

顾婉凝默然打量了他片刻，心底凉凉地沁出一阵同情，却不知道是在同情康雅婕，还是在同情邵朗逸，转念间又觉得自己实在没有同情别人的资格，不由幽幽叹道："那……你有自己喜欢的人吗？"

邵朗逸见她神色凄清，约略一想，便明白了其中的缘由，面上的笑容格外明亮洒脱："这话你最不该问，我现在当然是喜欢你了。"

顾婉凝被他说得"扑哧"一笑："嗯嗯，我是受宠若惊。"

陇北的春天来得迟，但春风一过，河开雪融，天地皆宽，只有封冻的人心任春风春水也疏解不开。

金蓝的火舌将信笺吞成灰烬，他分辨不出自己这一刻的心情是安慰还是绝望，如果无可挽回的结局不是最好的结局，那他要怎么办呢？

门外一声响亮的"报告"打断了霍仲祺的思绪，兴冲冲进来的是他如今的副官。

这小副官名叫马腾，今年才不过二十岁。马腾不是本地人，在家乡有的没的念过两年私塾，后来家里穷，实在养不下这么多孩子，他就跟着围子里的人背井离乡吃了军粮，浑浑噩噩当了四年大头兵，突然就撞了大运。天上掉下来一个神仙似的营长，人精明，手面阔，讲义气，最要紧的是在长官的长官的长官那里有面子，所以他们的功劳，有一分是一分，没人敢昧；不像过去，苦哈哈熬了半天，上面的人吃了肉嚼了渣，他们连汤都喝不上两口。

要说泾源的驻军有运气，那他马腾就是最有运气的一个，先是被"提拔"成传令兵；今年霍仲祺升了团长，他这个贴身副官也水涨船高捞了个中尉衔儿；要是他们这回真把呼兰山的"旋风李"连窝端掉，保不齐他还能再升一格。

"团座，这是小白从家里带来的狼牙蜜，这两瓶是留给您的。"

霍仲祺无谓地笑了笑："我用不着，拿去讨好你那个……叫小蕙是吧？"

马腾脸上一红，讪笑着说："我们都拿了，这是专给您的。"

"放那儿吧。"霍仲祺说着，站起身来穿了大衣，"我出去走走，你要是有事不用跟着我。"

马腾连忙跟上去："我的事儿不就是您吗？"

头顶黄澄澄的月亮又大又圆，墨蓝的天空没一丝云彩，马腾跟在霍仲祺身后，看着他颀身玉立的背影，忍不住琢磨起这位年轻长官来。

如今他们都信实了他是个"公子"。他跟着霍仲祺去过渭州，别说宋师长，就是刘长官对他也是客气得不得了。渭州行署的人说团座有个当行政院长的爹，行政院长有多大他不知道，但他们团座大概也是个"皇亲国戚"了，那他干吗要耗在他们这儿呢？剿匪的时候不要命似的，有时候他都怀疑是不是呼兰山那些杆子跟他有仇，哪儿像个"公子"？

再往最俗的事儿上说，当兵的都稀罕女人，有道是"军床睡三年，母猪赛貂蝉"，可他们团座大人就偏不稀罕。算起来，团座这样的漂亮人物没有女人不喜欢，甭管是庄子里的小寡妇俏丫头，还是玉香楼的红牌姑娘，见了他们团座，都恨不得把眼珠子粘过来，就连宋师长的三小姐都风尘仆仆地跑到泾源来，那个洋学生的做派……嗨，他都不好意思说，结果团座爱答不理地问了两句话，立刻就冷着脸叫人送回去了。他就没见过这么不待见女人的长官，想到这儿，忽然心里一跳，乖乖，不会他们团座稀罕……正胡思乱想得没有边际，忽然听见两句"花儿"飘了出来："花儿里好不过白牡丹，人里头好不过少年……"

一听就知道是陇北本地的小曲，远远一望，就见一帮子大兵拢在营房外头逗乐，他们一路走过来，那边唱得越发热闹了。这边一句"我维下的花儿你没有见，是西北五省的牡丹"，人堆里立刻就有人起哄："嘴脸！还牡丹……"接着又有人甩出一段："妹像卷心尕白菜，园里长到园子外，人又心疼脸又白，指头一弹水出来……"起哄的人就更多了。

有眼尖的看见他们过来，赶紧整装起来行礼，四周围一静，霍仲祺闲闲笑道："你们接着来，我也听听。"他一向好脾气，泾源的老兵也跟他混熟了，当下便有人道："团座，您来一个给俺们……啊，给俺们学习，学习学习。"

有人起了头撺掇，其余的人没有不帮衬的道理，霍仲祺也不好矜持，只是山歌小调他着实不会，京戏昆腔陇北这里也没人听。他想了想，从大衣口袋里摸出把口琴来："唱我不会，吹个曲子吧。"

团长肯献艺，属下们自然没有挑剔的道理，只有憋足了力气准备给长官喝彩。谁知他刚吹了一句，一班人都安静了，一直到他一段吹完，也没人叫好拍巴掌。霍仲祺看了看大伙儿的神色，了然笑道："我吹得不好，还是你们来。"

马腾有些为难地耷拉着脑袋，磨磨叽叽地嘟哝道："团座，不是您吹得不好，是您这个调调——它不敞亮。"

他这句确是实话，不能说霍仲祺这曲子吹得不好，只是这曲子吹出来听得人心里闷闷的，连夜色月色都叫人发愁。后来，他有好几回都听见霍仲祺吹这首曲子，一次比一次叫人胸口发闷。一直到很多年以后，他才知道这是首洋人的曲子，名字也莫名其妙，叫《绿袖子》。

霍仲祺闻言，自失地一笑："好，那你来个敞亮的！"他这么一说，刚才空憋着力气没叫成好的一班人立马附和起来。马腾挠了挠头，撇嘴道："他们唱的我不会，俺们那儿的曲儿也不是他们那个调调。"

霍仲祺笑道："那就拣你会的来。"

马腾想了想，一清嗓子，果然是极敞亮的调门撂了出来：

"旮梁梁上站一个俏妹妹，你勾走了哥哥的命魂魂。山丹丹开花满哇哇红，红不过妹妹你的红嘴唇。"

霍仲祺听着他唱，只觉得心头骤然一阵抽痛，他不敢触碰的那些记忆如洪水澎湃，一瞬间就冲垮了所有的堤坝河岸。如果所有的一切都无可挽回，他也只能这样不可救药——

"交上个心来看下个你，舍得下性命舍不下你。

是谁呀留下个人爱人，是谁呀留下个人想人。

你让哥哥等你到啥时候？

你不心软呀，你不心疼呀，难不成你要把哥哥变成相思鬼？"

阳春天气，亭台亦新，南园的桃花天天灼灼，烘楼照壁，在透蓝的天色下，越发显得煊赫鲜妍。

带着蓁蓁转了一阵子，康雅婕忽然有些倦，春光明迷，一失神间，就让人辨不出今夕何夕，悠长一叹旁人不闻，反而先惊了她自己。这样的锦绣华年像是搁久了的缎面，在箱子里头乍一看依稀还是旧时的瑰丽无匹，可拿到阳光下才发觉，纵然强撑出粲然生辉的架子，终究尘意暗生，失了旧时明艳——她自嘲地一笑，制止自己再想下去，她是来散心的呢。

小孩子玩儿的时候一股子精神，才消停下来就犯困。保姆抱了蓁蓁进内室睡下，只剩下宝纹伺候着康雅婕在水榭里喝茶。她抬眼瞧见"春亦归"的招牌，大约是取自"无雨无风春亦归"，想一想，真真是天地最无情，它要春光烂漫就绝不理会你的愁思脉脉。

沈玉茗嫁作人妇，"春亦归"的生意便不怎么做了，也只有康雅婕这样的人到南园来，才有招待。只是沈玉茗搬去了梅园路的宅子，不过隔三岔五才来看看，平日里便只有冰儿带人料理。这会儿"春亦归"有温室里新种出的草莓，市面儿上少见的稀罕物，康雅婕见了也觉得鲜丽可爱，用果签尝了一颗，着实甜润可口。她心情一好，见冰儿清秀净扮，又态度殷勤，一时无事，便同她搭起话来："你跟着你阿姊有多久了？"

"回夫人的话，有六年多了。"

康雅婕随口道："你阿姊是个有福气的。"又打量了冰儿一眼，微微一笑，"那她没想着怎么安排你吗？"

"呃……"冰儿脸庞红了红，像是急于转过这个话头，局促地冒出一句，"呃……夫人今天怎么一个人来？也没和二夫人、三夫人搭个伴儿，眼下正是……正是桃花最盛的时候呢！"她话一出口，立在康雅婕身畔的宝纹就斜了她一眼，这丫头也太没有眼色了，哪壶不开提哪壶。果然，康雅婕的神色冷了下来，唇边笑意犹在，只是没了暖意，懒懒道："她们都忙，不得空。"

冰儿被宝纹一眼斜过来，似是更窘迫了，张了张口，又低着头不敢应声。

康雅婕也不欲和她多言，只道："你有别的事，就去忙吧。"

冰儿小心地答了声"是"，欠身退了几步，忽然一咬唇，声音压得细细的："夫人是出了名的高华宽厚，只是……只是冰儿多一句嘴：夫人还是留心二夫人一些吧，知人知面不知心……"说着，扭身疾走两步就要跨出水榭。

康雅婕见状，连忙叫住了她："你站住！"盯在冰儿脸上看了片刻，松松一笑，"丫头，你这是什么意思？"

冰儿涨红着脸，期期艾艾地恳求道："夫人，我不能说。"

康雅婕哂笑着打量了她一眼："你要是不打算说，刚才又何必多嘴呢？"

冰儿闻言，缩起的肩膀不觉沉了下来，之前的紧张局促也去了泰半，只飞快地瞥了一眼边上的宝纹。康雅婕会意，便对宝纹吩咐道："你去看看小姐醒了没有？等蓁蓁醒了，就来叫我。"

待宝纹转过了曲廊，康雅婕敛去了最后一点笑意，对冰儿道："说吧。"

康雅婕靠在窗边，看着邵朗逸那辆黑色的梅赛德斯在楼前停稳，胸腔里生出一丝凄苦的安慰。她叫人打电话去泠湖说蓁蓁病了，他这样在意蓁蓁让她觉得安慰，可是如今他肯来见她，就只是因为女儿吗？她拢了拢身上的钩花披肩，对着镜子收起每一点落寞的痕迹，扬起一个凛然的笑容。

邵朗逸在敞开的房门上敲了两下："蓁蓁呢？"

康雅婕从镜子里和他对视了一眼，不慌不忙地转过身来："蓁蓁没事，在花园里玩儿呢。"

邵朗逸也没什么愠意，只勾了勾唇角："你什么时候也这么无聊了？"

康雅婕盈盈一笑："那你说，我要想见你一面，还有什么法子呢？"

邵朗逸点了下头，便转身要走，康雅婕也不拦他，只是讥诮地笑道："我今天要说的事，你不听，我可就说给别人听了。"

邵朗逸顺势靠在门边，面上浮出一个淡若云影的笑容："你有什么话就直说吧。"

康雅婕笑吟吟地看着他："我到现在也不明白你干吗要娶那个姓顾的丫头。不过，我倒知道虞四少为什么不要她了——她跟你说了没有？"她话到此处，满意地看见邵朗逸眸中闪过一痕意味不明的锐光，然而他的人还是那么若无其事："你说。"

"去年汪石卿结婚，虞四少去了邺南，你还记不记得？"

邵朗逸没有发话，康雅婕只好摇了摇头，接着道："咱们这位二夫人可是独个儿去的南园。"她略停了停，眼中的讥诮之色更重，"虞四少一眼看不到，她就敢把小霍勾搭到床上去了……"

康雅婕提高声音叹了口气："唉，我都说不出口。"见邵朗逸神色微凝，莫名地生出一阵快意，"怎么？你还不知道呢？也是，这样的事情遮还遮不过来呢！她哪儿敢告诉别人。不过，我倒真是佩服她，到底是在国外长大的，够大胆，也够……"她一边说一边打量邵朗逸，却发觉他似乎并没有在听她的话，忍不住咬牙冷笑道，"就这么一个贱货，你也宝贝似的捧着，连她那个孩子——谁知道是不是你的。"

她发泄似的说完，自己也讶然于言语间的刻毒，她有些惊惶地看着邵朗逸，不知道下一秒他会不会暴怒，她还从来没见过他的怒火。

然而，邵朗逸只是一泓波澜不见的幽深潭水："她和小霍的事，是谁告诉你的？"

康雅婕笼在他沉冷的目光里，不由心气一虚，嘴上仍旧不肯退让："我干吗要告诉你？"

邵朗逸走到她面前，复又追问了一句："说，谁告诉你的？"语气中，已有了些森冷的气息。

康雅婕不由自主地向后退了一步，别过脸犹豫了片刻，道："是沈玉茗的下人。"她低声说罢，突然从委屈里激出愤慨来，"邵朗逸，你不用在这儿给我脸色看！这种丧德败行的事情又不是我做的，我是不想叫你被人笑话……"

邵朗逸漠然瞥了她一眼，只说了一个字，转身便走，丢下康雅婕愕然愣在那里——他说："蠢。"

邵三公子没打招呼就突然"驾到"，汪石卿十分意外，连忙扮着笑脸吩咐秘书泡茶，邵朗逸却摆了摆手："你们都出去。"

孙熙平退出去的时候轻轻一带门，汪石卿的心立时沉了下来，面上越发泰然自若地笑道："不知道是什么事，还要司令亲自来？"

邵朗逸靠在沙发上，静静望了他五分钟，才终于开口："去年你结婚那晚，南园出了什么事？"

汪石卿心头猛然一跳，一边倒水冲茶，一边蹙眉回想："哦，那天武康查出来两个车皮的军火，用的是陆军部的假关防，后来的事儿您也都知道了。"

邵朗逸闭目一笑："是我没问明白，还是你没听清楚？我问的是，南园出了什么事？或者我再说简单一点，那天小霍在南园出了什么事？"

"司令……"汪石卿瞬间尴尬起来，"我想，这件事纯属意外，我不说也是为了总长……况且，还有二夫人的清誉。我也没想到仲祺和……会有私情。"

"意外？私情？"邵朗逸仿佛听了一个不太好笑的笑话，敷衍着笑过，眼神倏然凝成冰刃："你这话说给浩霆，看他信不信。"

汪石卿脸色一变，脱口道："三公子！"

邵朗逸却盯着他，径自说道："火车什么钟点走到哪儿是有数的，你想让它在哪儿出事，它就会在哪儿出事。婉凝和小霍要是有什么，到哪儿去不行，非要赶着你的婚宴到南园给你看？就算小霍再荒唐，可他不蠢。我现在想问你的只有一件事：为什么？当然，你也不是一定要告诉我，要是你的话我不满意，就只能让总长来问你了。"

汪石卿思量间有片刻的沉默，然后坦然嘘了口气："三公子，总长该娶霍小姐。"

邵朗逸挑了下眉："就为了这个？"

汪石卿肃然道："总长不能娶顾小姐。"

邵朗逸眼中罕有地流露出一丝惊讶，汪石卿仿佛是下了极大的决心："有件事我一直没有告诉总长，顾小姐——是戴季晟的女儿。"

邵朗逸下意识地直起了身子："你怎么知道？"

"其实是龚次长先起的疑心，龚次长当年见过顾小姐的母亲。"汪石卿一边说，一边留心邵朗逸的神色，"顾小姐是戴季晟的私生女，大约是戴季晟要做陶盛泉的女婿，把顾小姐和她母亲送去国外，后来不知道什么缘故，顾小姐的母亲死在了沣南。这件事要是让别人知道，难免对四少不利，倘若四少真娶了顾小姐，戴季晟……"

"你为什么不告诉浩霆？"邵朗逸突然打断了他。

"这……"汪石卿踌躇了一下，"您也知道，四少对顾小姐用情正深，又是极自负的性子，就算我说了，一时之间恐怕也割舍不下。"

邵朗逸嘲弄地看着他："当初江夙生安排的车祸，也有你的份儿吧？这件事瞒得越久，你就越不敢说。"他说着，冷冷一笑，"你倒是一箭双雕，还捎带着算计了霍家。"

汪石卿此时也放松下来："仲祺确实一直都对顾小姐一往情深，我只是顺水推舟罢了。石卿受恩于虞家，自问做的每一件事都是为总长考虑，这一点我问心无愧。事已至此，三公子就算告诉了总长也于事无补。"

"他有你这样的朋友，真是……"邵朗逸摇了摇头，不想再说下去，"你好自为之吧！不过我提醒你一句：婉凝现在是我夫人，不管你还有什么打算，都到此为止。我这个人虽然对大多数事情都不怎么在意，可对在意的事情就特别小气。"

汪石卿诧异地看着已经走到门口的邵朗逸，蓦地恍然一笑，半是喟叹半是意外："我一直都在想三公子为什么要揽这件事，原来……我倒是真没看出来。"

邵朗逸漠然回头："让你看出来，好一并算计我吗？"

汪石卿摇头苦笑："我不敢，您也不会犯这样的错。"

邵朗逸的背影消失在楼梯处，汪石卿细细回想了一遍方才的事，虽然捏了把冷汗，却终于放下心来。邵朗逸斜刺里插了一杠子，娶走顾婉凝，别人不知道顾婉凝的身世，只作笑谈，他却是真的惊心。当初邵朗逸把她送到锦西，他就怀疑过，莫非整件事从一开始就都是邵朗逸的安排？倘若是他和戴季晟连成一线，那后果真的叫人不敢去想。可今天邵朗逸这一问，反而叫他觉得安心。

一念至此，不由又有些慨叹，原来邵朗逸这样的人，也勘不破一个"情"字。

那么，他呢？

一回到泠湖，邵朗逸就下了车，一个人负手走过湖岸。夕阳渐落，柳叶的颜色沉成乌绿，又被镶上一圈金红的光边，他的心事也半明半昧，一如眼前的湖水，碎金满目，粼粼不绝。

怪不得小霍在陇北不肯回来，怪不得她不肯说，还有——她意外诡秘的身世。

前尘种种，他忽然明白了许多。怪不得他们的良时燕婉那样单薄，怪不得她总是那样冷眼犹疑，他想起那天，她来找他，仰着脸直直地看着他，决绝又无助："你要是骗我……"

他真的错了。错得荒诞，错得离谱。他那时候就不该把她推到他身边去。错了。

他也不该让她留在泠湖，不该瞒着他，也不该娶她，他想错了，都错了。

他胸口有隐隐的痛楚，却找不出伤处。

天教心愿与身违，他们都错了，错得万劫不复。

踏进赊月阁的回廊，便有袅袅的笛音和绵软的唱词飘了过来，花厅里灯光朗朗，却是韩珝在指点顾婉凝的昆腔："偶然间心似缱，梅树边。这般花花草草由人恋，生生死死随人愿，便酸酸楚楚无人怨……"

他停了步子，隔着花窗竹影只是看她神色凄清，听她声腔婉转："待打并香魂一片，阴雨梅天，守得个梅根相见……知怎生情怅然，知怎生泪暗悬？"

那缠绵不尽的情丝一线一线缠进他心里来，勒得他心口酸疼。

他要怎么办呢？

虽然知道邵朗逸不会说什么，但这些日子，汪石卿总是尽量避开虞浩霆。可是总长点了名要见他，就再没有推脱的法子了。

汪石卿进到虞浩霆的办公室里，永远都是坦然谦恭的神态："总长。"

"坐。"虞浩霆和他从不用寒暄，"张绍钧怎么得罪了朗逸？"

汪石卿垂眸一笑："这件事其实怪我，之前武康那两车皮军火的事出来，我顺便叫他们去查了查傅子煜，可能惹了邵司令不痛快。"

邵朗逸问过他不到一个礼拜，军情五处的人就查实了张绍钧借职权之便在华亭插手棉纱期货的事。这样的事说大不大，说小不小，借着军备捞外快的人不少，但被揪出来就扫脸了，少不得把张绍钧连降三级，"发配"到远处。他心知这是邵朗逸有意给他个警告，也知道这种事虞浩霆一定会问，所以一早就想好了说辞。

虞浩霆打量了他一眼，道："傅子煜盯你的梢是多久之前的事了？你不像这么小气的人啊。"

汪石卿笑道："我不是为了之前的事，只是他在五处经营了这么多年，根基太深，既然有机会，查一查也好。"

虞浩霆不置可否地呷了口茶："他拿张绍钧作耗，不过是给你个警告。你做事一向老成有分寸，不过，我也要提醒你一句：跟朗逸有关的事你告诉我，不要惹他。朗逸这个人看着没脾气，可他的逆鳞你拿不准，碰到了，就要你的命。"

汪石卿连忙正容肃立："是。"

从虞浩霆的办公室出来，他才舒了口气。

"我这个人虽然对大多数事情都不怎么在意，可对在意的事情就特别小气。"

"朗逸这个人看着没脾气，可他的逆鳞你拿不准，碰到了，就要你的命。"

想想邵朗逸的话，又想想虞浩霆的话，他唯有苦笑。四少和三公子倒是知己，只可惜，他的这片逆鳞，四少也猜不到。

还没入伏，江宁城就热得人待不住了，栖霞官邸的小客厅里开着风扇又镇了冰，魏南芸的一班牌搭子仍是嫌热。

高雅琴一边码着牌，一边压低了声音跟魏南芸打听："哎，谢小五都要结婚了，四少和霍小姐怎么还没动静呢？"

"我可不知道。"魏南芸闲闲笑道，"许是霍小姐太忙也说不好。"

"哈？再忙忙得过总长吗？"

魏南芸拈起骨牌在手里捏了两下："你都说了四少忙，哪像致轩他们那么闲？"

高雅琴凑过来，低低笑道："你说，不会是还惦着泠湖那一位吧？"

魏南芸纤手一挡面前的牌张，作势推了她一下："你就尽管嚼舌头吧！仔细落在我们夫人耳朵里。"

坐在她对面的邢瑞芬忽然笑道："邵公子都凑出个'好'字来了，虞夫人就不急吗？"

上首的王月婵也跟着附和："就是，四少忙归忙，这点儿空总要有的，从前不也常常陪着顾小姐……哎呀，瞧我这记性，说顺嘴了。"

魏南芸听到这里，猛然把面前的牌往前一推："你们到底是来打牌的，还是来打听的？"

边上三个人连忙莺声燕语一边劝一边重新理牌："我们就是随口说几句闲话罢了，总不成闭着嘴打牌吧？"

魏南芸见状，也划出了笑纹："那就好。你们有什么闲话只管说，可是什么都别问我，我什么都不知道。"

王月婵闻言，神色忽然有些鬼祟，抬头看了看，见周围的下人都离得远，才憋着嗓子开口："要说闲话，我还真听了几句不寻常的——邵家新得的这个小公子，有人说，瞧着倒像四少。"

她此言一出，高雅琴和邢瑞芬都闭了嘴，魏南芸扫了她们一眼，迸出一个轻鄙的笑容来："亏这些人想得出来！那么小的孩子能看出什么？就算是像，也是应该的，浩霆和朗逸本来就是兄弟，连我们夫人都说，两个人小时候眉眼极像的，这有什么可说的？"

王月婵闻言，脸上不免有些讪讪，高雅琴本想说点儿什么，却欲言又止。

直到傍晚，魏南芸出去吩咐开饭，高雅琴才低声道："南芸也是装糊涂。我听说，之前康雅婕有心整治那丫头，还是四少到邵家抢了人送到医院去的，这算操的哪门子心？"

三个人相视窃笑，都不再言语。

斑驳的船头悠悠划开河面，两岸棕榈婆娑，浓绿团团的叶片硕大如扇，河水在视线尽处流入天际。船舱里地方逼仄，收拾得还算齐整，两个长衫简素的中年人对坐闲谈，人手一碗鲜粥，正是方才靠过来的艇仔上刚滚好的。

俞世存搅了搅粥面上的蛋丝、海蜇，笑意隐隐："司令，这回怕是有几分意思了。"

"未必。"戴季晟品着粥，摇了摇头，"邵三不像他父亲，火暴性子直来直去。这个人，表面上淡泊，其实心思缜密，不会做什么意气之争。"

"所以属下才觉得，他对汪石卿的人动手，不寻常。"俞世存虽然尽力克制，但话里话外仍有掩饰不住的急切，"按道理说，他若真是有心跟虞家分庭抗礼，不该拿个不疼不痒的人出来打草惊蛇；但他要是根本没这个想头，又何必如此呢？属下想，他是提醒也好，试探也罢，总之，跟虞浩霆一定是有了嫌隙。"

戴季晟仿佛听得有些心不在焉，远处的河港归舟如织，人声水声一片喧腾，间杂着戏谑的船歌，要细心分辨，才听得出曲调："海底珍珠容易揾，真心阿妹世上难寻，海底珍珠大浪涌，真心阿哥世上难逢。"

多少年了，他再不去想何谓"真心"。旧年从江宁送来的照片里，有一张她和他挽臂而行的侧影，是江宁政府的新年酒会，衣香鬓影间的玉树幽兰，依依温柔，让他有那么一个瞬间，竟失了杀心！

她若泉下有知，该多恨他？疏影，他几乎脱口而出就要念出她的名字。雪后燕瑶池，人间第一枝。那样的依依温柔，毁了，都毁了。她该有多恨他？

然而也只是那一瞬。如今想起，亦会觉得荒诞。竟然有那么一个瞬间，让他几乎觉得，他毁弃的，或许能在别处找寻回来。可就算是有，也不会是他。他心底冷笑，虞靖远的儿子，不必深究，就知道是什么样的人。

可是，清词——他还记得她第一次抱着他的脖子叫"爸爸"，那样轻，那样甜的宁馨儿——他不知道上天开的是什么样的玩笑，十年之后的她，那样倔强，那样执拗，她说她从没觉得有他这个父亲。他恼怒之余隐约还有过一丝欣慰，如果她远远离开这一切，或许也算是种幸运。可是他错了。虞靖远的儿子？她遇见他，再没有幸福的可能。果然。

他如今想起，亦会觉得荒诞。他居然也有过一瞬间的动摇。

一场寂寞凭谁诉？算前言，总轻负。

他已然辜负她了，他错失的，再不能寻回来；又或者，人人都以为理所当然的所谓"真心"，这世间从来就不曾有过。而他也不必再回头。

俞世存见他神情若有所失，忽然闲闲一笑："司令，又或者是我们都想多了。"

戴季晟神思一敛："什么？"

俞世存半真半假地玩笑道："邵朗逸再淡泊缜密，虞浩霆再城府深沉，终究都还年轻。年轻就难免气盛，也难免——或许真就是为了小姐置气呢？"

戴季晟一探身出了船舱，和摇橹的汉子搭了两句话，回头对俞世存道："让我们在江宁那边的人去探探邵朗逸。"

俞世存跟出来笑道："司令是想探得机密一点，还是招摇一点……"

戴季晟看着面前的河水悠悠荡荡，沉吟道："该机密的机密，该让人知道的也要让人知道。必要的时候，你亲自去见一见他。"

兵强者，攻其将。将智者，伐其情。

不过，如此。

顾婉凝原打算入秋之后天气稍凉下来就带一一走的，名义上只说是去探弟弟和欧阳，可安琪却一再央她等过了自己的婚礼再走。不想等到安琪和谢致轩完婚，还未入冬，一一就病了。不满周岁的小人儿刚会开口叫妈妈，弱弱的咳嗽卡在喉咙里，大颗的眼泪挂在睫毛上，眼皮都泛了红。虽说几个大夫看过都说没有大碍，但给孩子用药都极小心，病去抽丝，母子二人的行程就此耽搁了下来。好容易等一一见好，已经临近冬至了，婉凝只好给欧阳怡去信，来年春天再做打算。

一一生病这些日子，邵城也十分挂心，如今一一病愈，邵朗逸便同婉凝商量着带了这小人儿去余扬探望父亲。余扬地辖吴门，此处一大胜景是邓山的梅花。今年天气和暖，听闻有梅花早放，邵朗逸便带了婉凝和一一去邓山寻梅。

此时虽然花事未胜，但一树树的粉白轻红已点缀在了山岭之间。一一正在学语的年纪，前阵子因为生病鲜少出门，这会儿"走"在山路上格外兴奋，攀在邵朗逸怀里，盯盯这儿蹭蹭那儿，嘴里也不知道在咿咿呀呀什么。邵朗逸跟他逗了一阵，抱着小人儿向上一晃："一一，叫爸爸。"

顾婉凝走在他身畔，面上的神情滞了滞，轻声道："他还不会呢。"

邵朗逸淡笑着看了看她："你不喜欢，我以后不这么逗他了。"

顾婉凝拢了拢一一身上的斗篷，微微一笑："没关系。现在的事，他都不会记着的。"

她轻飘飘的一句话，像虫蚁在他心口陡然一叮。现在的事，他都不会记着的。所以，她才会安然接受眼前的种种吗？不会记得的事，是不是就等于从来没有发生过？一一不会记得，那她呢？

山坳处，一片轩馆掩映在几树含苞欲放的绿萼间，邵朗逸他们一到，新烤出的梅花糕便配着碧螺春端了出来。两个人正摆弄着一一品茶闲谈，婉凝临窗一瞥，忽见一行人在梅树参差中朝这边过来，在前头引路的是邵朗逸的副官孙熙平，他身后一人远远看着亦觉得眼熟。顾婉凝约略一想，却是一个决计不该在这里出现的人。

怎么会是他？她竭力镇定着自己的心跳，又朝那边张望了一眼："你还约了别人吗？"

邵朗逸顺着她的目光望过去，泰然点了点头："嗯，是个在余扬的旧识，听说我这次回来，就相约一见。"他说着，和顾婉凝对视了一眼，彼此眼中却仿佛都是天衣无缝的坦然。

说话间，来人已拾阶而上，随着孙熙平走了进来："三公子，久仰。"

邵朗逸颔首而笑："俞先生客气，朗逸有今日，都拜先生所赐。"

俞世存亦摇头笑道："三公子这是在骂俞某啊！"说着，目光在顾婉凝身上询了询，"这位是？"

邵朗逸在婉凝腰间轻轻一揽："这是我夫人。这位俞世存俞先生，是我二哥当年在军校的恩师。"

婉凝闻言，对俞世存客气地点了点头："俞先生，您好。"接着，便对邵朗逸道，"——怕是困了，我抱他去睡一会儿。"

邵朗逸还未发话，俞世存已笑道："夫人请留步。这就是夫人去年新添的小公子吧？敝上欣闻府上弄璋之喜，特意备了一份薄礼，给小公子把玩。"他身后的随从捧出一方乌木盒，俞世存亲自上前打开，只见里头盛着一枚汉玉镂雕的螭形佩，沁纹典丽，古意盎然。

"俞先生太客气了，这样贵重的东西不是给小孩子玩儿的。"她脸上仍是礼貌却疏远的微笑，"失陪了。"说罢，便抱着——转身而去，只听邵朗逸洒然笑道："我这位夫人从小国外长大，和人应酬起来，总是直来直去，不大懂得客套。"

她抱紧了——，只觉一步一步都是虚浮的。

"这位俞世存俞先生，是我二哥当年在军校的恩师。"二哥？恩师？她想起之前在冷湖的懒云窝，她翻过邵朗逸的相册，里头有他昔日出国之前和家人拍的旧照。他——指给她看："这是我二哥朗清。"

"你二哥也是阵亡的吗？"

"不是，我二哥被戴季晟的人怂恿兵变，被我父亲亲手击毙在莒山。我父亲也是因为这件事才病倒的。"

既然如此，俞世存怎么会到这里来？他们要谈什么？他和邵朗逸又有什么可谈？他们要谈的事情，会和她有关吗？

"妈妈……"——奶声奶气的轻唤让她心头一颤，过了周岁的——已经是个漂亮的孩子了，挺直的鼻梁带出了一点男孩子的英气。她把额头贴在孩子温暖幼滑的小脸上，方才从脑海中闪过的念头越发清晰起来，可这念头却让她背脊发寒。

不会的。他们是兄弟。兄弟？"这位俞世存俞先生，是我二哥当年在军校的恩师"，父子尚会反目，何况兄弟？可是，邵朗逸那样的人，会吗？

瑶琴不理抛书卧。醒时诗酒醉时歌。他那样的人，会吗？她不信，也不愿意那么想。可是，她相信的，会是真的吗？

"今日这礼送的也算有心意了。"邵朗逸拿捏着那玉佩笑道，"他们一定是打听好了——的名字，才特意选的。"

"也未必。"婉凝放下手中的湖笔，回眸笑道，"人家都说了，弄璋之喜嘛。"她移开镇纸，把刚写好的一页字拿到邵朗逸面前："我练了这么久，你瞧瞧怎么样？"

邵朗逸接过来一看，一篇簪花小楷颇有几分端雅灵秀，录的却是李后主的一阕渔父词。"浪花有意千重雪，桃李无言一队春。"他一字一字看着，轻吟了出来，"一壶酒，一竿纶，世上如侬有几人。一棹春风一叶舟，一纶茧缕一轻钩。花满渚，酒满瓯，万顷波中得自由。"

他一边念，一边提笔圈出几个字："有点儿意思了。回头你再好好写一幅，我叫人裱了，挂到蓼花渚去。"他说着，又看了一遍，对婉凝笑道，"你几时喜欢后主词了？"

她微笑宛然："我之前看到，就觉得……只有三公子才配得起这阕词。"

邵朗逸望着她，唯见明眸剪水，一片澄澈，心中有些暖，又有些涩。

触目横斜千万朵，赏心唯有两三枝。

可她这样知他的心，却是为着另一个人吗？这念头让他安慰，又让他觉得凄然。

一壶酒，一竿纶，世上如侬有几人。

世上如侬，有几人？

过了旧历年，邵朗逸才带着婉凝母子回到江宁。到了正月十五，虞夫人特意备了家宴，叫邵朗逸带康雅婕到栖霞来。泠湖的丫头左右无事，有心去看热闹，宝纤便撺掇着顾婉凝也去文庙街看灯。元宵佳节，文庙街这样上迎公卿、下接黎庶的游乐之地，绛台春夜，香街罗绮，满目的月华灯火，龙腾鱼舞，让人再不辨天上还是人间。

"兔兔，妈妈，兔兔。"——的小脑袋拨浪鼓似的转来转去，不住地纵着身子，顾婉凝几乎抱他不住，又怕在人群里挤到，只好交给随行的侍卫。——被擎在高处，拉过这个又拽那个，一条街走不到一半，拿东西的侍卫两只手上已塞满了花灯、糖人儿各色玩意儿。此时，前头的人群哄然向两边一分，一条金光灿然的"巨龙"冲了出来，跟着前头的"宝珠"，飞冲腾挪，四下里一片喝彩声。

婉凝正抬头指点——去看，忽听宝纤朝她身后招呼了一句："韩公子！"婉凝回头一看，近旁一个穿着银白锦袍的年轻人正是韩玿。

她刚要开口，唇边的笑容展到一半，却倏然定住了，韩珆身边和她近在咫尺的人，赫然却是霍仲祺！只是他一身戎装在夜色里不易察觉，她第一眼没有看见。

韩珆和小霍也是刚随着人群挤到这里，韩珆见顾婉凝面露异色一时惊在那里，不用回头也知道霍仲祺的神色只会更糟。他原本是因为小霍此番回来过年，整日郁郁寡欢，才拉他出来散心的，不想却在这里碰上了顾婉凝，连忙笑容可掬地打圆场道："你自己带着——出来啊，朗逸呢？"

婉凝连忙转过脸，仓促地应道："他到栖霞去了。"她说罢便想带——躲开他们，可是面前的龙灯旱船正舞得热闹，人群熙攘无处可走，只好按下心中的乱麻，专心哄着——看灯。

此刻的乍然相遇，霍仲祺也全无防备，待见她一看到自己便惊慌失措地变了脸色，胸口犹如被重锤敲过。她这样怕他，这样厌弃他。她就在他身边，触手可及，他却连看她一眼也不敢。她说过，她不要再见他了。

他压到心底的声音微微发颤："我不知道你会来。我……我不是有心的，我这就走。"他低低说完，也不知这一片喧闹中她听到了没有，便从人群中挤了出去，全然不顾周围赏灯人一迭声的抱怨。他忽然想再看她一眼，可那万烛光中千花艳里，隔着千人万人，他怎么也看不到她。看不到。

等韩珆追出来，已不见了小霍的踪影，他这一走，不单是离了文庙街，却是连夜便回了渭州。

皓月当空，圆满得无失无缺，可月下的人，却总不得圆满。

隔了几日，韩珆照例到泠湖来教婉凝度曲，婉凝却总有些心不在焉。等学完了今天的"功课"，两个人坐下来喝茶，她几番犹豫，还是迟疑着开了口："我听说，这两年……小霍一直在陇北？"

韩珏呷着茶，若无其事地点头笑道："他在那边剿匪，轻易不肯回来一趟。"

婉凝一愣，手里的茶盏未送到唇边便放了下来："剿匪？"

"嗯，卖命得狠，去年都升了团长了。"

婉凝眉尖轻颦："那他家里……放心吗？"

"他那个性子，你还不知道？"韩珏仍是闲闲谈笑的腔调，"霍家哪儿有人管得了他？"

婉凝附和着笑了笑，长长的睫毛都垂了下来："你该劝劝他。"

"那也要他听我的。"韩珏合上茶盏，敛了说笑的神色，"说起这个，我还真有点怕他出事。我听他那个小副官说，前阵子他剿了呼兰山的一窝悍匪，肩胛上叫人刺了一刀，还没好利索呢，这就又回去了。"他沉沉地叹了口气，"幸亏没伤着骨头。"他答应过她，绝不在她面前提他的事情，可是也许只有她，才能叫他解脱出来吧？

一弯残月钩在檐前，夜色深沉，她却一点睡意也没有。

是因为她吗？她想起那天，他低颤的声音——我不知道你会来。我不是有心的，我这就走。"她恍然想起两年前，她同他说的最后一句话："你走吧。我不想再见你了。"

她一直都排斥和他有关的事，他的消息，她不打听，就不会有人来对她讲。之前，还是安琪和她谈天，提起谭昕薇订婚的事，说到这位谭小姐当初追他追得那么厉害，如今他一走两年，她便也等不了了。她这才知道，原来他一直都在陇北，几乎没有回过。

"他在那边剿匪，轻易不肯回来一次。"

"卖命得狠，去年都升了团长了。"

"肩胛上叫人刺了一刀，还没好利索呢，这就又回去了。"

她是在为他担心吗？她是该怨恨他吗？她不知道。他的事，她总是不愿意去想，也不能去想。曾几何时，她以为他是这冷冽浮生中的一点轻盈暖色，任性、简单、飞扬明艳，没有步步为营的城府筹谋，亦不必小心翼翼地去提防揣度。然而，这世界仿佛永远都是在教训她，她以为最不必设防的人一夜之间便将她扯落深渊。她想要恨他。恨一个人，该是怎么样呢？盼着他出事，盼着他去死，盼着他生不如死？她不知道，她不愿意他出事，她只想……想要这些事都没有发生过，如果一切都可以回到最初……她想要的最初，在哪里呢？

贰

甘愿

求得浅欢风日好

参谋次长唐骧和夫人结婚二十周年的派对，排场不算顶尖，但客人却倾尽了此时在江宁的虞军要员。唐公馆门前的马路上，溜边停满了挂着军部牌照的黑色轿车。主人家祝了酒便下场开舞，唐骧风度儒雅，唐夫人绰约端庄，两人眉目动作之间，皆是多年伉俪才有的默契温柔。

霍庭萱含笑而望，啜了一口手中的香槟，轻声感叹："一对夫妻能举案齐眉二十年，真不是一件容易的事。"她转过脸看了看虞浩霆，莞尔一笑，"你说呢？"

"我不知道。"虞浩霆的目光只远远落在舞池里，"不过我想，如果我结婚二十年的时候，和我跳舞的，不是我爱的人，感觉——会不一样。"

霍庭萱微微一怔，却不能从他的神情中读出更多。这是许久以来，他第一次在她面前提到自己的感情，可是他说得这样平静，一丝感慨也没有，仿佛只是在陈述一个和他们无关的事实。他的言词和态度，让她忽然不敢去想二十年后他们会是怎样。

不过，二十年，那样漫长的时光，应该能改变很多事吧？

她凝眸浅笑，把酒杯递给经过的侍者，至少这一刻，她的手正挽在他臂上。他在恰到好处的旋律中牵起她的手，她正绽出一面恰到好处的笑靥，轻柔的裙裾低低旋出了一圈金沙色的波浪。

然而下一刻，她恰到好处的笑容却有瞬间的异样。

顾婉凝自嫁入邵家，就绝少在社交场里出入，谁也料不到，她会突然出现在这里。墨绿的绸缎晚装，裸肩曳地，不规则的褶皱在胸口勾勒出花瓣般的曲线，亮金炫彩的灯光下，衣如翡翠，唇若朱砂，松松挽起的发髻，落下几缕发丝蜷在颈间，透出一点漫不经心的温柔妩媚。但她身边只跟了一个军装侍从，却不见邵朗逸，场中宾客连唐骥夫妇都觉得诧异，唐骥的副官赶忙迎上去招呼："二夫人好。刚才我们长官还问，是不是邵司令有什么事情？"

婉凝颔首笑道："朗逸临时有点事，迟一会儿过来，实在是不好意思。"

那副官客套着替她引路，她款款行来，亦有相识的女眷同她寒暄，更多的则是或极力掩饰或直白无谓的讶异目光。其实，今晚出门之前，她也仍在犹疑："这样的party，你和你夫人一起去比较好吧？"

邵朗逸亲自替她拉开了车门："你是怕见浩霆吗？"

婉凝柔柔一笑，像六月夏夜里的幽白栀子："我和他早就没什么了。"

"那你就当是帮我个忙。"邵朗逸笑道，"你如今母凭子贵，可是邵家最要紧的人，你不去，谁去？"

顾婉凝不理会他的调侃，狐疑地审视着邵朗逸："你是有什么安排吗？"

邵朗逸笑容松快地打量了她一眼："我们是不是没有跳过舞啊？"

顾婉凝略一回想，蹙眉笑道："好像是没有。"

"就算是我想请你跳舞吧。"

他这理由太牵强，可她也不再追问。既然是别人不愿意告诉你的事，那问出来的也只能是假话。

可是车子离唐家还有两个路口时，邵朗逸却叫司机停了车："我有件事要耽搁一下，你先过去，我迟一会儿就到。"

顾婉凝的脸色蓦然冷了下来："你到底想干吗？"

邵朗逸示意汤剑声和司机都下车，转过脸，仍是一派笑意清和："我就是想让你今晚到唐家露个面。"

"为什么？"

"这件事解释起来稍有点复杂，不过即便我不说，你自己迟早也会明白。"邵朗逸正色道，"我只能说，这件事，于你是举手之劳；但对很多人而言，是性命攸关。"

顾婉凝默然了片刻，轻声道："你帮了我这么多，就算我还个人情给你吧。"

顾婉凝立在场边神情自若，唐骧的副官却十分紧张，应付场面的客套话只有那么几句，问过邵家小公子安好之后，他就再也掂量不出能跟顾婉凝说什么了。早在虞军攻占锦西的时候他就和顾婉凝打过照面，可如今时过境迁，谈笑间的分寸就格外不好拿捏，言多轻浮，话少冷淡，加上舞池内外的人有意无意都朝这边窥探，他越发拘谨得不知如何是好。

大约其他人也和他一样心思，既没有女眷贸然来同她攀谈，也没有人敢来请她跳舞，那副官只能一边看着自己长官和夫人，一边用眼尾余光追着总长大人，心中默祷舞曲早一刻结束。

他正左右为难之际，一个年轻军官忽然走了过来，站军姿似的停在他们面前，嗫嚅了一下，才道："顾小姐，能请您跳支舞吗？"一句话没说完，耳廓已红了。

顾婉凝见了来人，心下也有一丝惊讶，微微笑道：“我已经不是'小姐'了。”

那年轻人面上更红，神色也慌乱起来：“卑职失言，我……夫人，我不是有心……”

顾婉凝笑盈盈打断了他：“你是要请我跳舞吗？”

等那年轻军官带着顾婉凝滑进舞池，唐骧的副官才缓过神来，下意识地吁了口气，还真有胆大的。只是这年轻人看上去不过二十几岁，肩上已挂了中校衔，看来也是个升得快的，却不知道是什么人，四下环视了一番，见不远处有几个相熟的军官正在聊天，便走过去打听。他张口一问，里头果然有知道的：“他你不认识啊？是蔡军长的儿子，总长的侍从官出身，当然升得快。”

顾婉凝见蔡廷初面孔泛红，脸上的神情又生硬得很，一步一步小心翼翼仿佛全神贯注在数着拍子，不由好笑：“你既然这么紧张，何必要请我跳舞呢？”

蔡廷初舔了下嘴唇，踌躇着说道：“我觉得请小姐……呃……我觉得请您跳舞，大家都没那么……没那么……”他背上冒汗，不自觉地紧了紧眉头，想找出一个合适的说法。

顾婉凝低头一笑：“我明白，谢谢你。”

蔡廷初忙道：“夫人客气，跟夫人跳舞是卑职的荣幸。”

顾婉凝打量了他一眼，温言道：“你已经升了中校了？”

蔡廷初肃然答道：“是，这个月才刚授的衔。”

“你如今是在你父亲麾下吗？”

蔡廷初摇了摇头：“我在军情处，在娄处长底下做事。”

顾婉凝出现在人们视线中的那一刻，霍庭萱觉得虞浩霆的动作似乎有片刻迟疑，但她抬头看他，他的神情却没有丝毫异色。是自己多心了吗？他这样一个人，终究不是在儿女情长之间纠缠不清的人。霍庭萱这样想着，有些许欣慰又有些许失落。两年了，他们看起来已经全然没有了瓜葛，也没有了生出"瓜葛"的可能；然而，她却仍然无法再靠近他多一点。

在旁人眼里，她已然是总长夫人的不二人选，但只有她自己知道，她有多么努力地去制造可以和他在一起的机会，又多么小心地量度着避免他会反感。有时候，她甚至会觉得，之所以她可以在这样的时刻出现在他身边，恰是因为她不像别人那样去试探他的情感。

那女孩子在的时候，他只是不爱她；那女孩子不在的时候，他已经不爱了——她这样想着，忽然发觉他极快地蹙了下眉，她顺着他的目光看去，却是一个年轻军官正揽着顾婉凝滑进舞池。

然后，他再也没有和她说一句话。

霍庭萱听见一声悠长的叹息随着渐到尾声的舞曲落在自己心底，她温然笑道："我跳得有点热了，想出去走走，少陪了。"他答了声"好"，便把她带出了舞池，她走出去的时候，回眸一望，他果然已站在了她面前。

虞浩霆旁若无人地走过来，却并没有看顾婉凝，只对蔡廷初道："你舞跳得不错。"蔡廷初红着脸还没来得及答话，虞浩霆一偏下颌，他立刻便低着头退开了，周围的人也不约而同地避开了一段距离。

顾婉凝却浑然不觉一般，极客气地冲他点了点头："虞总长，你好。"

虞浩霆冷着脸盯了她一眼，抬手道："跳支舞。"冷淡而干脆的口吻，几乎如命令一般。

此时灯光一暗，乐队已变了曲风，顾婉凝脸上迅速浮起一个敷衍的笑容："不好意思，Tango我不会。"

虞浩霆仍然面无表情地直视着她："我教你。"

"我就是想让你今晚到唐家露个面。"她来不及想这算不算是邵朗逸的安排，她只知道，即便此时灯光暗昧，也有许多人在浅酌淡笑，舞步翩跹之间，朝他们嗅探。她漠然瞥了他一眼，把手搭了过去："那有劳虞总长了。"

"Tango我不会。"是不是她对他说谎的时候，总能这样面不改色，哪怕他们都知道她是在骗他？他几乎想要咬牙，然而，她的指尖才触上来，便在他掌心刺出一线火花。

他一握住她的手，她就后悔了。她不应该答应和他跳舞。他离她这样近，近到她想挤出一个程式化的客套笑脸都不能，好在——Tango不用笑。

这诡异的属于情人的秘密舞蹈，极力逃避彼此的目光，却不肯放弃身体的缠绕；这骄傲的属于情人的秘密舞蹈，不需要言语，也不必笑。她突然有一种要虚脱的感觉，仿佛一尾想要追逐阳光的鱼，才奋力腾出水面，转眼间便跌落在了甲板上。

舞曲的节拍逼迫着她的心跳，她真的要跌下来了，就在那一瞬间，他忽然握住了她的腰，他把她带到舞池边上，却并没有停下。她察觉他的意图，不由惊慌起来："你干什么？"

他的脸在灯光的暗影里看不出表情，"我有话问你。"

"我没什么跟你说的。"她冷然分辩，"四少，你不要忘了你的身份。"然而他的声音却变得愈加坚硬："你自己走，还是我替你走？"

"视而不见"是一件非常奇妙的事。

尽管许多人都看见顾婉凝跟着总长大人去了露台，卫朔还把跟着她来的侍从拦在了外头，但无论是跳舞的人，还是碰杯的人都仿佛什么都没看到，什么也没发生。不过，也有人借着抽烟的工夫出去拨了电话。

　　"三公子，这已经是第四个电话了。"孙熙平的表情活像是嘴里硬被人塞了一把黄连，心说这些人也真够可以的，不就是总长大人跟他们夫人聊聊天儿吗？又不是把人拐走了，犯得着一个个这么巴巴地来报信儿吗？三公子都不急，你们急个什么劲儿啊？

　　邵朗逸又剥了几颗松瓤，才拍了拍手，站起身来："走吧，去唐公馆。"

　　孙熙平一愣，心里的锣鼓点儿乱成一片：三公子这不是要捉奸吧？要是的话，那他们要不要多带点儿人啊？

　　露台的雕花玻璃门一关起来，顾婉凝立刻就推开了虞浩霆的手："你疯了？"

　　纤细繁密的月桂枝条伸进露台，婆娑了幽幽月光，他看她的眼神，愠怒里纠缠着叹息："你到这儿来干什么？"

　　她哑然失笑，他要问她的就是这个？她给他的笑容再没有温柔缱绻，只有讥诮："怎么？虞总长觉得我不该来吗？"

　　虞浩霆把目光从她脸上移开，背对着她，默然走出两步："你有没有想过，这里的人怎么看你？"她究竟有没有想过，她和邵朗逸在一起，意味着什么？她是不懂，还是根本就不在意？

　　"原来虞总长是觉得，我不配来。"她轻轻一叹，隐约有无谓的倦怠。

　　虞浩霆霍然回身逼视着她，压低的声音里有抑不住的怒气："自取其辱。"

顾婉凝一愣，眼底骤然酸热。自取其辱，他说得不错。如果第一次是她走投无路，那第二次呢？她什么都知道，却还是心甘情愿地撞进来，她蠢得无可救药却不自知。既然他不要她了，她就应该消失得像是从来不曾存在过，她居然还敢出现在他面前。自取其辱。这样一个词从他嘴里说出来，格外让她觉得羞辱。她抿紧了唇，一言不发地就要绕开他去拉露台的门，然而，虞浩霆抬手就把她扯了回来，正对上她凛然沁凉的一双眼，满眼带着敌意的倔强却让他觉得有无法言喻的脆弱。

那时候，她气极了他，就会这样看着他……有什么东西在这一瞬间从他心底深处炸裂开来。

"我要回家去了，麻烦四少放尊重……"她突然住了口，他的唇毫无征兆地压了下来，她惊诧之下，还没来得及躲闪，他已然捧住了她的脸。这样突如其来的"亲密"让她的挣扎和推搡都显得有些迟钝，甚至连晃在眼底的泪水也被吓了回去。狂乱而执拗的掠夺如电光般惊心动魄，她猛然生出一股屈辱，拼力在他胸口一推。

虞浩霆如梦方醒一般望着她，眼里尽是不能置信的恍惚，她亦不能置信地看着他。

他缓缓放开了她，她抬手朝他脸上打过去。

他没有躲，她打得也不重。

但似乎只有这样一个动作，才能让这件事有一个他和她都能接受的合乎情理的注解。

她垂落的手犹自颤抖，他却一动不动，心底竟有隐隐的期望，期望她会有什么更激烈的反应。那样，他就可以有一个借口……他忽然无比怀念他初初遇见她的那天，他一句话就留下了她，或许，做个"无耻之尤"的"衣冠禽兽"会比较容易开心？

正在这时，忽然有人在露台的玻璃窗格上敲了两下，却是郭茂兰的声音："总长，邵司令到了。"

"知道了。"

虞浩霆应了一声，回头看着顾婉凝，动了动喉头，却什么也说不出来，他转过身，虚着声音说了句"对不起"就要拉开门走出去，却听顾婉凝在他身后仓促地叫了一声："你等等。"

虞浩霆连忙站住，只见她别开脸庞不肯看他，却从手包里拿出一方手帕直直递了过来。他接过那手帕了然地在唇上一拭，果然有嫣红痕迹。他心里莫名地一恸，刚要开口，露台的门已被人推开了。

灯光骤然一亮，邵朗逸闲庭信步地走了进来，面上犹带着惯常的温和笑意："浩霆，这不合适吧？"

打量了他们一眼，对孙熙平吩咐道："先送夫人回去。"

露台的门重又合起，隔绝了所有或惊或忧的目光，唯见人影隐约。

初夏夜，上弦月。

独上西楼寂寞，两个人，是多了一倍的寂寞。

"我见过戴季晟的人了。"

"我知道。"邵朗逸话起得突兀，虞浩霆却不觉得意外，"你今天为什么带她来？"

"扶桑人快按捺不住了，与其将来腹背受敌，不如先拿掉沣南——"邵朗逸仿佛并没有听见他的问题，"你这些天想的不是这件事吗？"

虞浩霆眸光犀冷，话却有些烦躁："他不会信的。"他在想什么？他故意把她带到他面前来做戏；他料定他见了她便会这样失了分寸；他的心意他心知肚明，他为什么还要让这件事陷进一个无可挽回的死局？

“他会信。”邵朗逸踱到露台边上，随手拨弄着细密清香的月桂枝条，“我都怕要是再来晚一点儿，你就把人给我拐走了，他为什么不信？”

虞浩霆冷笑：“戴季晟生性多疑，你哪儿来的把握？”他强迫自己集中精力，忽略掉邵朗逸调侃的口吻，“这样无谓的事情你也想得出！”

邵朗逸回头看了他一眼，眼中笑意飘忽：“浩霆，就算是做戏，要发脾气的人也该是我吧？”

“我没有别的意思，我只是有事要问她。”虞浩霆避开他的目光，那方手帕握在手里，像呵在掌心的一只雏鸟，怕伤了它又怕失了它。他想起方才她看他的眼神，想起他方才骤然萌生的念头，他自己也忍不住憎恶自己，他不是想要那样的，他只是想问她一句话。

“我还有一件事要跟你商量。”邵朗逸清寂的笑容如云缕后模糊了边缘的弦月，“等沣南的事情了了，我会跟参谋部请辞。”

虞浩霆愕然：“什么？”

“没什么，我累了。”邵朗逸慢慢解了硬挺的戎装领口，“你也知道，这几年我做的事，没有一件是我自己想做的。”

虞浩霆轻轻点了点头：“我明白。那你有什么打算？”

“不知道。”邵朗逸无所谓地耸了下肩，“或许，回去把我的学位念完？”

虞浩霆刚刚勾起唇角，那微笑还未划开就冻住了：“那……”他后面的话还没说出来，就被邵朗逸尽数堵了回去：“我的夫人和孩子，当然跟我一起走。”他落在他身上的目光有些意味不明的怜悯，“浩霆，算了吧。你和她……早就没有可能了。”

早就没有可能了。是有多早？从他初见她的那天开始吗？那这些年，他和她算是什么？他自言自语般沉沉问道：“为什么……”

邵朗逸经过他身边的时候停了一停："你既然已经知道了结果，何必还要追问缘由呢？"

她是戴季晟的女儿，他们注定了不该有任何一点交集，即便是没有南园那场意外，即便是没有小霍的一片痴心，即便是没有他的一错再错，他们也不会有一个圆满。

邵朗逸走的时候，唐家仍然很热闹，甚至跟他谈笑寒暄的人都喜乐融融得略有些过分，他应付得就越发漫不经心。从唐公馆出来，一弯新月全然匿入了云影，星星点点的雨痕无声落于车窗。

邵朗逸凝神看着窗外，忽然问道："剑声，这附近有没有什么喝酒的地方？"

浅碧的酒夹着淡淡梨花香，绵绵入口，一点涩一点凉，叫他想起那年他们在绥江，他握着她的手，眼眸明亮如星光，她对他说："你得答应我一件事，那山路上的梨花你不要动。"

那一路梨花想必是她极心爱的吧？或许，他也该寻一处有梨花的春庭来藏她？

他摇头失笑，就算他寻来，也只会叫她徒增伤感罢了。

今晚他看见她的时候，她眼里有委屈，有恼怒，有强忍的泪，有战栗的疼——他竟是觉得羡慕，她从没有这样汹涌浓烈的感情对他。

他和她，困顿如斯，他竟是觉得羡慕。

人人尽道断肠初，那堪肠已无。

原来，能演一出悲剧也是种难得的运气。

他仔细去想他这一次的决定，这已然是最好的结局了吧？无论是对他，抑或对她。

只是，他有没有过一点私心闪念呢？

他说："只要你开口，我有的，都是你的。只怕你不稀罕。"

他答："那倒也未必。"

就在他对她说"不如你嫁给我"的那一刻，他有没有过一点私心闪念呢？

孙熙平在赊月阁外的回廊里绕着圈"散步"，远远看见邵朗逸，赶忙迎了上来："三公子，夫人在里头等您，好像……不太高兴。"

邵朗逸点了点头："你在这儿等我。"

顾婉凝卸了妆，身上的礼服裙子也换掉了，穿着柔白薄缎旗袍的侧影隔帘而望，唯觉沉静温柔。只是等邵朗逸打了帘子进来，才发觉她眉眼间尽是孤冷："我明天就去订最近的船票，先和你说一声。"

"你现在还不能走。"

顾婉凝起身走到他面前，声线微有些发颤："你这场戏，是要做给谁看的？"

"你记不记得那天在邓山，给——送了块玉的那个俞先生？"见婉凝敷衍地点了点头，邵朗逸接着道，"他是戴季晟的人。他们想让我学我二哥。你觉得怎么样？"

他说的她都想到了，只是不防他突然问到自己，顾婉凝先是一怔，既而漠然道："我不懂，也不关心。"

邵朗逸微微笑道："你不担心我真的学我二哥啊？"

"他能给你的，不会比你现在有的更多，你何必要多折腾一遭呢？"婉凝的声音更低了低，"况且，你们是兄弟。"

"本来是这个道理，可现在不一样了。"邵朗逸觑着她莞尔一笑，"英雄难过美人关，从来祸水是红颜，是吧？"

她的眸子遮在了繁密的睫毛下，唇角扬起一个殊无喜色的"微笑"。"反正我要走了，你们想怎么样是你们的事。不过——"她暗暗咬了下嘴唇，"我听说那个戴司令也是个老谋深算的人，未必会信这种把戏。”

邵朗逸的眼波在她身上徐徐漾过："饵足够漂亮，再小心的鱼也忍不住要试一试。人都愿意相信自己想要相信的事，疑心，总抵不过贪心。”

其实还有一件事，他没有说——她，是穿饵的线。

他查过当年的旧事，虽然不能窥得全貌，但那一场陈年的旧情迷梦，想来也总该有几分刻骨铭心。如果是别人，他或许一点都不会信；可偏偏是她，他就一定会有那么一点期许。

而他也只要这一点，就够了。兵强者，攻其将。将智者，伐其情。

不过，如此。

只是他不能告诉她，他不会让她知道她的秘密也是这棋局的一部分，她若是知道了，这根刺就永远都拔不掉："所以，你还得在这儿待些日子。”

顾婉凝沉默了片刻，坚决地摇了摇头："我不想。”

“你一定得帮我这个忙。”邵朗逸说着，突然握住了她的肩，“这件事一了结，我就跟参谋部请辞。”

顾婉凝一惊："你请辞？”

“嗯。”邵朗逸点头道，“我现在有的，都不是我想要的。如果这次拿掉沣南，我对浩霆也算有个交代了。你要当我是朋友，就帮我这个忙。”

事情来得突然，她没料到他有这样一层意思，正思量间，邵朗逸的语气里似乎生出了些异样的温柔："你放心，等仗打完了，我马上带你走。”

她察觉他身上有微薄的酒意，心绪蓦然一乱："好。”

邵朗逸若无其事地放开了她，眼角眉梢扬起的笑容像破云而出的新月一弯，刚要开口，却见她匆忙让开了两步。"你没有别的事了吧？我去看看——。"也不等他答话，便转身进了内室。

他的笑容慢慢淡了下去，心底有烟雨细细，却不知是欢悦还是失落。

邵朗逸从赊月阁出来，挡掉了孙熙平擎过来的伞。红楼隔雨相望冷，珠箔飘灯独自归。疏疏落落的雨丝落在人身上，沁凉，温柔，一如他的心事，说不出是冷是暖。

孙熙平跟在他身后，也收了伞淋在雨里，半是好笑半是感慨，三公子这是又被人"请"出来了吧？自己的宅子，自己的女人，怎么就这么憋屈呢？嗨，眼下这也是小事了，他们在唐家闹了这么一出，今天晚上不知道有多少人都得辗转反侧了。

"我听说——邵公子跟虞四少在唐家动手啦？真的啊？"陈安琪虽然结了婚，从前的性子却是一点也没有改。

"怎么可能？"顾婉凝拿了翡冷翠的威尼斯面具给——玩儿，头也不抬地答道。这些天，她一直躲着邵朗逸。她总觉得，他和从前有什么不一样了。他那晚的话，每每回想起来，都叫她惊骇。

"等仗打完了，我马上带你走。"他说，我"带"你走，不是我"送"你走。他是无心的，还是另有深意？

陈安琪挖了一大块提拉米苏："让她们说得有鼻子有眼的，跟亲眼看见似的。那你跟他……到底怎么回事啊？"

"真的没有什么，碰巧遇到跳了支舞而已。"顾婉凝神情自若，陈安琪却不大肯相信："你真的一点儿都不喜欢他了？"

"我和你出来是散心的，你再这么烦，我可走了。"顾婉凝说着，抱了——起身就走。

陈安琪连忙叫她："哎，我不说了还不行吗？你别恼啊！"

婉凝捏着——的两只小手冲她摇了摇："我带他去洗手。"

顾婉凝拉着——从盥洗室里出来，只觉走廊边的镜子里有人影闪过，她脚步一停，果然，一个侍者模样的年轻人跟了上来："夫人。"

她本想快步走开，可一个不甚清晰的念头却阻住了她："你们胆子也太大了。"

那人又恭谨地靠近了一步："敝上只是有一句话想问一问夫人。"

"我没什么可说的。"顾婉凝压低了声音，耳语般说道，"你们的事我什么都不知道，也不想过问。他想在我身上打主意？还是死了这个心吧。"

她抱着孩子回来，格外专心地哄着——吃东西。

今天来翡冷翠是她的主意，她也不知道自己究竟是有意还是无心，刚才这一幕，真的全然在她意料之外吗？她是恨他的，她根本就不关心他的成败生死，她只是厌恶，厌恶他们把她扯进这样的事情里来。她这样想着，终于平静下来。

他们的事，和她没有关系，很快，她就不必和他们再有丝毫瓜葛了，只除了——

她忍不住在——额头上轻轻亲了亲，——仰起脸对她笑："妈妈。"叫得人满心都是阳光。

沣南和江宁相峙之势已有十余年，而这一次，战事来得全无征兆。几乎是一夜之间，戴氏所部沿沔水而上，连战连捷，刚到十一月就已经推进到了宝沙堰。布阵排兵原没有什么"用兵如神"的奇迹，虞军在沔水的布防地图和战防计划他都握在手中，自然事半功倍。只是之前两个月的战事太过顺利，未免让人疑虑。宝沙堰是郧南要冲，虞军沔水北岸防线的重中之重，又有参谋次长唐骧亲自督战，戴氏的攻势便被遏止了下来；但这样一来，戴季晟反倒觉得心里踏实了一点。

当年，他就是在攻克宝沙堰之后直取郦南，如果不是他在嘉祥的行辕被唐骧奇袭得手，陵江南北的如画江山，早就该是他的了。这一次，他们不会再有那样的机会了。

"司令，二十九旅急电。"

凌晨三点，机要秘书递来的电文打开来只有一句："宝沙堰已克"。五天了，他等的就是这个消息。接下来的事情都按部就班，在沙盘上和脑海中演练了上百次的作战计划，即将从纸面上腾然而起。这么多年了，原来到了这个时候，他还是忍不住会心潮起伏。

"让十一师每隔一刻钟报告一次位置，到达指定位置后，七个小时之内拿下嘉祥。"最后一条电文发出去，清晨的行辕尤为安静，俞世存笑吟吟地带着勤务兵敲门进来："司令，早饭还是要吃的。"

问题出在傍晚，奉命攻取嘉祥的十一师，有一个团突然失去了联络。只是其他各部都进展顺利，在众多电文里，起初这件事并没有引起太多注意。一直到十一师的师长亲自拨电话到行辕，戴季晟才知道了这个消息。

"这个团是丢在禹岭了。"戴季晟把手在地图上轻轻一按，"不对……"后面的话，他没有说，就算是碰上了唐骧在禹岭的主力，他们也没有办法在这么短的时间里，无声无息地就吃掉一个团。

一定有什么地方不对。

戴季晟飞快地翻了一遍最近几天重要的电文，突然面色一凝："世存，之前你在江宁的人说见过清词，她说了什么？"

俞世存皱眉一想，苦笑道："小姐说的都是气话。"

戴季晟目光更沉："她说了什么？一句都不要漏。"

俞世存仔细想了想，谨慎地说道："小姐说，她没有什么可说的。这些事她什么都不知道，也不想过问。"略一犹豫，接着道，"小姐还说，司令要是想在她身上打主意……还是死了这个心吧。"

戴季晟默然了片刻，沉声道："让第四军马上停止过江，在沔水南岸待命，宝沙堰以北的部队全部撤回来，快。"

"司令！"俞世存先是一惊，旋即道，"那十一师和第六师呢？"

戴季晟摇了摇头，面色青白："来不及了。就当他们打个掩护吧。"

送进总长办公室的电文一封一封都是捷报，却没有人笑得出来。这样的心境就像是挂帆沧海，一张网铺天盖地撒下去，末了捞出条金鱼——炖了都嫌费柴。汪石卿这班人不用虞浩霆吩咐便自己按部就班分了工，请他签字示下之后鱼贯而出。

邵朗逸和虞浩霆一时相视无言，他们几番筹谋，兵行险着，无非是想速战速决，就算不能拿下沣南，至少也能让戴季晟几年之内无力用兵。可到底还是出了纰漏，你咬了别人一口，疼，却不致命；那等到别人攒足了力气咬你的时候，就一定更拼命。

"算了。"虞浩霆抿了抿唇，简洁地下了个断语，"原本就是我们想得简单了。"眼下，他们有更要紧的事要安排。

邵朗逸道："你叫唐骧留在邺南吧，龙黔那边——我去。"

虞浩霆微微垂了目光，沉默了片刻，突然抬起头，口吻轻快："不用，你走吧。"

邵朗逸一笑起身："我忽然不想走了。再说，龙黔风光极好，我每次去，都觉得该待久一点。"

虞浩霆亦跟着他站了起来，两人眼中有一样的了然心意："龙黔山高水险，多瘴多疫，你小心。"

邵朗逸笑道："所以我去最好，你忘了，我是学医的。"

虞浩霆肃然点了点头，"等你回来我赔个学位给你，就近吧，陵江大学怎么样？"

邵朗逸想了想，正色道："他们没有医科。"

"没有吗？"虞浩霆蹙了蹙眉，"那回头请谢少爷捐一个。"

邵朗逸走到门口，忽然停了脚步，语气也变得静薄淡定："以后的事，变数太多。眼下戴季晟一时半会儿顾不上别的，不如，你考虑一下和庭萱的事。"

虞浩霆眼波一僵，低声道："再说吧。"

到了年底，江宁的报章上连篇累牍都是虞军在沔水的战绩，顾婉凝看得生厌，一面给欧阳写信安排自己和一一出国的事，一面慢慢整理行装。

然而，邵朗逸却突然变得异常忙碌，偶尔到泠湖来，逗着一一玩儿一阵就走，她每每说到这件事，他当着她的面都是一口应下"好，我忙完这几天就安排"，然后便没了下文。如是几次，她也不再同他商量，只想着等到开春自己定了船期就走，也不必他来安排了。

"大门的警卫说，夫人来了……问您要不要见？"宝纤的话传得有些慌张，算起来，康雅婕已经有两年多没有踏足过泠湖了。

婉凝约略一想，虽然不觉得有什么必要和康雅婕碰面，但这毕竟是邵家的宅子，把邵夫人挡在门口太叫人难堪，便点了点头。

一会儿工夫，宝纤引着康雅婕过来，她解着大衣手套，静静打量顾婉凝："这些日子，你还好吧？"

康雅婕平素待人接物，就算是春风满面心情极佳的时候，也总是带着三分骄矜，然而今日淡妆素衣，黛蓝的长旗袍深沉简净，神态口吻也平和了许多。顾婉凝见状，客气地点了点头。

康雅婕浅笑端然，落落大方地走到她身边坐下："我也没什么事，就是忽然觉得闷，想找人聊聊天。"她顿了顿，似是有些尴尬，"那次的事情，我不是有意的，我也没想到会闹成那样。"

康雅婕眉宇间的一缕落寞随着言语滑出，顾婉凝亦觉得有些恻然，想了一想，陪她坐下："我以后可能没什么机会陪夫人聊天了，过些日子，我就要带——去看我弟弟了。"

康雅婕闻言一怔："你要去多久？"

婉凝笑道："还没想好，不过山长水远去了，总要多待些日子，顺便探一探朋友。"

康雅婕敛去了面上的讶然神色："你跟朗逸商量了吗？"

"之前就说过的，只是因为之前——生病，后来郴南又有战事才耽搁了。"康雅婕见她全是闲话家常的语气，沉吟了片刻，眼中仿佛有飘零的笑意："你真的要走？"

顾婉凝有一闪念的迟疑，但还是郑重地点了点头。

康雅婕审视着她，忽地一笑凄凉："那你为什么要来？"

顾婉凝淡笑着站起身来："有些事，以后三公子会和夫人解释的。"

康雅婕却没有理会她"送客"的姿态，仍然端坐在那圈乌木玫瑰椅中，腕子上的钻石手钏流光闪烁。"原来，你是心甘情愿陪他演这出戏。"她挑起眉梢，眼中尽是怨怼，"你到邵家来，就是为了这个？你是为了什么？为了虞浩霆？"

顾婉凝眉心轻蹙，不明白她这突如其来的怒意从何而来："夫人只要在意三公子就是了，何必在意我的事呢？"

康雅婕冷笑，她何尝想要在意她的事？可就为了他们这场戏，却戳破了她最瑰丽的一场梦，就算他们不过是假凤虚凰，可是那长门一步地，不肯暂回车的绝情却是真的！

她本以为她和她一样，做了蒙于鼓中的一颗棋；原来，只有她自己是傻子。可她凭什么能这样若无其事？她毁了她珍视的所有，还毫不在意地问她"何必在意"？她这样的女人，是没有心肝的吗？

那她在意什么？

康雅婕一眼瞥见散在地毯上的各色玩具，俯身捡起一块六面画积木在手里把玩了两下。"我只问你一件事，你这个孩子真是朗逸的吗？"不等顾婉凝答话，她便把手里的积木随手一丢，轻声道，"不会是姓虞，或者——姓霍吧？"

康雅婕的话轻如自语，却如雷雨中的电光迫得顾婉凝面上一片惨白。她这样的神情，让康雅婕忽然有种莫名的快意，原来，她也有这样狼狈惊惶的一刻。康雅婕轻轻叹了口气："我之前还奇怪，你做出这样的事，虞四少怎么还容你待在江宁？原来不是因为他痴心，是因为你有用。"

顾婉凝的双手紧紧攥在身前，淡青色的血管微微凸出了手背："夫人，您该走了。"

康雅婕轻轻一笑，站起身来："你知不知道小霍和虞四少，兄弟一样的人，他怎么就敢跟你……"她声音低了低，还隐隐带着笑意，"因为他知道，虞四少一定不会娶你。虞家少夫人的位子，多少年前就许给他姐姐了，虞霍两家的亲眷人人都知道，他们是青梅竹马，天作之合。不信，你去问朗逸。"

她讥诮的眼神在顾婉凝脸上慢慢扫过，却没有收到自己期待的信息，顾婉凝眼里连方才的惊惶都不见了，唯有波澜不兴的沉静，声音也淡了下来："夫人，您该走了。"

顾婉凝说罢，也不再看她，蹲下身子一样一样收拾起地上的玩具来，烟绿的裙摆落在米金色的地毯上，仿佛一盏空落的花萼。

"虞霍两家的亲眷人人都知道，他们是青梅竹马，天作之合。"

人人都知道的事，怎么只有她不知道呢？

她想起她们第一次见面，她那样亲和平然地唤他，她当时亦觉得诧异。他说，这是小霍的姐姐，刚从国外回来，她便丝毫不作深想；他匆匆带了她走，她后来还以为他是避着韩佳宜，真是可笑。可是这位霍小姐再见她，从来都是泰然自若亲切有加，她想不到，一个女子竟可以有这样的好涵养，还是，她根本不值得她在意？

只是人人都知道的事，怎么就没有人告诉她呢？他不提，他的人，无论是方正端肃如卫朔，还是心思缜密如郭茂兰，自然都不会提，也不敢提。别人呢？闲事不问的三公子，玩世不恭的谢致轩，还有小霍……居然从来没有人提点她一言半语，她忽然觉得害怕，这些年，她身处其中的这个世界她根本懵然无知。怪不得他那样容易就不要她了，花开各有期，她怨不得旁人，他的世界本就不属于她。

邵朗逸一进赊月阁，便笑问顾婉凝："一一呢？"

"睡了。"顾婉凝一边随口应着，一边在一一的玩具里挑拣。

"这么早。"邵朗逸看了看她摆出来的模型火车、小铁皮鼓之类，笑微微地说道，"你找什么呢？我帮你找。"

"他的玩具太多了，不能都带走，我拣几样给他在路上玩儿。"

邵朗逸笑意不改，眼波却重了："我这段时间事情多，过些日子就安排你的事。时间来得及，你不用这么急着收拾。"

"不用了。我已经叫人订了船票，两天以后从华亭走，就不麻烦你了。"

邵朗逸静默地看着她把挑出来的玩具排进箱子，才问："康雅婕今天来做什么？"

"邵夫人觉得闷，来找人聊聊天。"她说着，又去收拾一一的衣服。

"她跟你聊什么？"

顾婉凝手上的动作微微一滞："女人聊天不过是些家长里短的闲话，比如虞总长和霍小姐这样青梅竹马，天作之合，恐怕连邵夫人都羡慕呢。"

邵朗逸淡淡道："那都是以前的事了。"

"哦，原来是真的。"顾婉凝这才抬起头来看他，灯下眸光剔透，"你说，人人都知道的事，怎么从来没有人告诉我呢？是因为反正也和我没关系吗？"她抿了抿唇，竟是莞尔一笑，"其实，我也觉得霍小姐很好。"

她这一笑，仿佛一支迎面而来却不及躲闪的箭，直直破开他的胸腔——邵朗逸的语气中是少有的郑重："因为那都是以前的事了。"

顾婉凝仍是笑意宛然，如落花漩在清溪："我还有一件'以前'的事，想问问邵公子。"她低低侧开了脸庞，声音也像檐前的风铃，有微颤的余音，"两年前，南园的事，邵公子是不是知道？你是怎么知道的？"

邵朗逸心底一叹，轻轻合了下眼帘："那件事不是你的错，你不要再想了。"

顾婉凝望向他的目光疏离而空旷："是我错了。"

邵朗逸上一次回公馆，已经是一个多月之前的事了，这会儿夜色深沉，外头薄飘了初雪，他却突然回来，公馆里的下人都不知道是忧是喜。好在他也没吩咐什么事情，径自上楼敲开了康雅婕的门，不到十分钟的工夫，便又下楼走了。

几个丫头见他脸色不好，猜度两个人是吵了架，可等了许久也没听见康雅婕砸东西。宝纹大着胆子敲门去问康雅婕要不要吃夜宵，却没人应声，她心中忐忑，小心翼翼地推开了门，只见康雅婕倚着沙发跌坐在地上，神情怔忪，全然不曾察觉她进来。

"夫人！"宝纹慌忙想要扶她起来，康雅婕却挣开了她，手背颤巍巍地在脸上擦过，又抬到眼前，喃喃道："我怎么没有哭呢？"

"雅婕。"

他今晚唤她的声音一如往昔的轻柔温和，但逼视着她的目光却让她全力撑起的冷淡矜持都成了惶然："你为什么总不肯听我的话呢？"

"是我说了什么你不想让她知道的事吗？"康雅婕强自装出一副不以为然的神态，"她自己的事，她不该知道吗？"

邵朗逸望着她，眉目清举，仿佛早春时节湖堤上只能遥遥远目的新柳含烟："那你自己的事，你都知道吗？"

康雅婕一愣："你什么意思？"

"你有没有想过，我们为什么要结婚？"他淡漠的口吻让唇角细微的笑容越发难以捉摸。

康雅婕胸口起伏了几下，冷冷一笑："我没有你想的那样傻，我当然知道你们是为了跟我父亲合作，只是从前我不愿意这么想。"

"雅婕，你误会了。"

邵朗逸唇边的笑容似乎更温存，但眼中却没有一丝暖意："我娶你，只不过是因为浩霆看不中你。他宁愿跟你父亲兵戎相向，都不肯要你。"

他悠悠叹了口气："我这个人怕麻烦，只好勉为其难了。"

"你！"

康雅婕脸色涨红，抬手就朝他脸上挥去，邵朗逸一把握住了她的腕子，冰凉的目光罩在她身上："你想不想知道，你父亲是怎么死的？"

康雅婕的怒火突然被冻住了，惊疑地盯住了他的眼，他的眼如空谷寒潭幽深难测："你还记不记得那天，你本来也要去的，可我偏带你去了冷湖——我是怕吓着咱们的女儿呢。"从他口中说出的每一个字都仿佛最难耐的凌迟，康雅婕颤抖着从他手中挣开，嘶声道："是你们……是你们做的？！"

邵朗逸摇了摇头，又恢复了平日的闲雅清朗，甚至还略带着一点漫不经心的温柔："我们只不过，什么都没有做罢了。"

我们只不过，什么都没有做罢了。

这是他今晚对她说的最后一句话。只这一句话，便抽走了她所有的气力。她像萎谢的藤蔓缓缓跌在地上，所有的记忆都鲜明得就像在昨天，她竟不知道究竟哪一段才是真的。

又或者，这一切都是一场漫长的噩梦，等她醒来，一切就都好了。

会吗？还会好吗？

过了两岁的小邵珩已经很喜欢自己走路了，抓着妈妈的手在邮轮甲板上踩来踩去，见到什么都觉得稀奇。"妈妈，大船！""妈妈，鸟！鸟！"

"夫人，马上就要开船了，回去吧。"

孙熙平低声劝道，他们一路"送"着顾婉凝过来，怎么劝都没用，只好跟到了船上。顾婉凝却已经懒得理会他了，自己把一一抱起来，给他指点远处的船只。孙熙平也不再说话，默然侍立在边上。

船上的旅客渐渐烦躁起来，开船的时间已经过了半个钟头，邮轮仍然纹丝不动，不断有人抱怨着向侍应和水手打听开船的时间。顾婉凝的脸色也渐渐冷了，孙熙平走过来，恭敬而笃定地说道："夫人，回去吧。您在船上，这船是不会开的。"

顾婉凝不肯让他帮手，自己一手抱着——，一手拎着箱子，高跟鞋踩在舷梯上，走得很有些狼狈。孙熙平和另外两个随从前前后后张罗着，又怕她跌了自己，又怕她摔了孩子，还不敢靠她太近，一路下来，几个人都背上冒汗。

孙熙平上前一步替她拉开车门："夫人，三公子一直在等您。"顾婉凝犹豫了一下，把小邵珩递给了他："——跟叔叔去看大船，好不好？"

等她再回身坐进车里，前一刻的笑容明媚立时便化尽了："你说过，等这件事完了就让我走的。"邵朗逸坐在阴沉冬日的暗影里，待车门合起，才缓缓道："这件事还没有完。"

"那是你们的事，跟我没有关系。"顾婉凝的语气冷淡低促。

"他是——的爸爸，你是——的妈妈，怎么会没有关系呢？"邵朗逸娓娓说道，"再说，你一个人照顾不好孩子的。"

"我的事就不劳三公子挂心了。"顾婉凝说着，推开车门走了出来，邵朗逸也不紧不慢地跟着她下了车。婉凝拎起地上的箱子，正要去接——，近旁的一辆车子却突然启动，从她身边超过去径直开到了岸边，接上孙熙平和——，转弯便走。顾婉凝只来得及叫了声"——"，那车子已开出了码头，顾婉凝惊诧地回过头来，死死盯住邵朗逸："你想干什么？"

他的眼神却像这阴沉冬日的微薄天光："夫人，回家吧。"

顾婉凝一动不动地站在那里，只有嘴唇和攥住箱子的手不住发抖："虞浩霆也不会这么对我。"

邵朗逸的神情有一刹那的僵硬，旋即微微一笑："我不是浩霆，我不在意你怎么想我。"

夕阳落在湖水边缘的薄冰上，折射着淡红的芒，落寞的柳条形容枯槁。顾婉凝一下车，就从孙熙平手里抱过了睡着的——，不过几个钟头的光景，却叫她觉得像过了一个世纪那么久。她把——抱进赊月阁安置好，还没走出来，便听见邵朗逸在外头吩咐阁中的婢女："夫人的首饰每天晚上都检点一遍，一个戒指也不能少……"

顾婉凝定了定心意，"哗啦"一声甩开珠帘，翩然而出，一言不发地摘了身上的钻戒珠钏，尽数摔在邵朗逸身前。一班丫头仆妇从未见过她这样光火，吓得脸都白了。邵朗逸见状也不着恼，摆了摆手叫她们下去，俯身把砸在地上的珠翠首饰捡了起来："我看你也没什么用钱的地方，以后买东西，就记我的账吧。"

顾婉凝抚额轻笑，丰密的睫毛在眼睑下投出淡淡的阴影："你一定要我留在这儿，是因为我还有什么别的用处吗？"

邵朗逸凝视着她，忽然绽出一个柔软忧悒的笑容："婉凝，很多事，并不是你想的那样。"

他的人在这夕阳里，宛如一幅云山缥缈的水墨立轴。瞻彼淇奥，绿竹猗猗。有匪君子，如圭如璧。如果她不是从前就认得他，她一定会信服他的每一句话，可是如今，她已经不会再那样幼稚了。纵然是最朴雅的水墨，图穷，就会匕现。

她也笑了，笑得柔美而伶仃："其实事情是什么样根本不重要，重要的，是你们需要它是什么样。只要你愿意，可以让一千个人都长着同一条舌头。"她走到他面前，仰起脸直视着他，"反正三公子说什么，就是什么，对吗？"

她离他这样近，可每一分神情都是漠然疏离。他忽然无比怀念初遇她的那一刻，她的手蒙上他的眼，遮去了世事扰攘，却叫他多了一片描画不成的伤心。

可比起寂寞，能伤心，也是好的。

这天之后，泠湖又恢复了往日的平静。邵朗逸仍然很忙，但每日必会来吃晚饭，有时稍留便走，有时夜深才去。顾婉凝似乎还比昔日多了几分温婉明媚，此前她总是有意无意地避免——和邵朗逸亲近，而现在，却会把玩儿坏的火车模型拿出来，让——自己拿了："去，让爸爸给你修。"

垂眸一笑，像含了水光的玉髓，温柔剔透，仿佛她真是他举案齐眉的妻。

仿佛。

他们闲话谈天，那些少年往事的吉光片羽，他以为自己早已忘却，却在她恬然的笑靥里鲜明起来。她含笑静听，说出的话却尖刻："你姨母讨好你，不过是为了她的儿子。"

他轻笑："你这是替我抱不平吗？"

她不以为然地瞟他一眼："你们不是各得其所吗？"

他看她习字，取了一幅玉版宣叫她再写一回当日在余扬写过的后主词，她写罢递给他看，上头却是一首晏同叔的《渔家傲》：求得浅欢风日好。浮生岂得长年少。他蹙眉问她，她唇角轻翘："我干吗要听你的话？"言罢丢了笔就走，任性里透着妩媚，仿佛点开了他心头的一脉春光。

求得浅欢风日好。

他自己又拾笔写了一回，心底盛了一勺未取芯的莲子羹，细细的苦渗出隐约的甜。她刻意做作，他知道，可即便她每日里的一笑一颦都是装来给他看的，他也觉得好。

这世间的情谊，原就没有什么"辜负"和"亏欠"，唯有"甘愿"而已。

所以，当泠湖的侍卫大惊失色地回话说顾婉凝和——跟小谢夫人逛街试衣服的时候"丢了"，邵朗逸倒不怎么意外，只是让孙熙平打电话去华亭和青琅的港口，叫人去查最近两天的四班船，等在那里接顾婉凝回来。

从她说——长大了要有玩伴，骆颖珊有个儿子比——大半岁的时候开始，他就知道她打的是什么主意。骆颖珊和陈安琪先后替她订了四次票，每一次他都知道。她顾忌叶铮，不肯连累骆颖珊，必然不会从叶家走；那么偌大的江宁城，能帮她的，就只有这位小谢夫人了，可陈安琪能帮她的到底有限——连她们假造的护照他都先过了目，海关那里也一早就打了招呼，她哪儿也去不了。

这次回来，她就该知道是走不脱的吧？他马上要动身去龙黔，也不能再由着她胡闹了。

但他想错了。

按道理说顾婉凝带着——应该很容易找，但华亭和青琅的四班船——筛过，却都没找到。邵朗逸亲自到谢家去问，陈安琪听说她不在船上，也是愕然，却仍是一口咬定顾婉凝要去纽约，她还托人造了假的护照……

陈安琪一径说着，邵朗逸心底唯有苦笑，她骗得他好。他到底是大意了。她在他面前做戏，他知道，她也知道他知道，可他仍有贪恋，被骗的人都是自己先动了心，他以为他是黄雀，可他的这只小螳螂根本就没打算捕蝉。

不过，她能去的地方并没有多少，更何况，她还带着个孩子。

"你给了她多少钱？"邵朗逸忽然打断了安琪的话。

陈安琪愣了愣，迟疑道："我没有给她，她说她有。"

一路从官邸过来，郭茂兰忽然觉得情形不大对，刚才在中央车站他就瞥见有个上尉军官带人在盘查旅客，随后接连经过几家旅馆也时有宪兵出入。有人在江宁城里这样大的动静做事，他们怎么不知道？正思量间，虞浩霆已在他身后问道：“茂兰，叫人去问问怎么回事。”

他刚在办公桌前坐下，手边的电话就响了，那边周鸣珂的声音依稀有些犹豫：“郭参谋，是邵司令那边在找人，好像……是在找二夫人和小公子。”

郭茂兰心头一凛：“再去问，问清楚了。”他沉吟片刻，把电话接到陆军部，孙熙平那班人却都不在，这么一来，事情便又坐实了几分。等了约莫一刻钟的工夫，周鸣珂的电话又打了过来：“确实是邵司令那边在找二夫人和小公子，宪兵和警察厅都在找，燕平和华亭，连青琅也在找。”

郭茂兰闻言忍不住捏了捏眉心，他们和沣南战事刚歇，虽然是胜了，却实如鸡肋，对外张扬“战绩”不过是为了稳定朝野人心。扶桑人陈兵南北两线，诸多动作，虞浩霆忙于北地布防，邵朗逸则要动身赶去龙黔，虞军上下眼看已经到了枕戈待旦的地步，怎么这个时候会出这样的事？

他们这位“邵夫人”不该是这么不懂事的人啊。他低低一叹，起身去向虞浩霆回话，刚一进门，便见虞浩霆拿着一张簇新的嘉奖令：“这里头怎么有小霍？”

这份名单从他手里过的时候，郭茂兰就料到他会有此一问，忙道：“之前调兵到沔水的时候，您说从陇北调人过去不扎眼，刘长官就从宋师长手里调了人，霍公子去年才升的团长……作战处那边也没有留意。”他后面一句说得有些尴尬，言外之意就是以霍仲祺眼下的职衔，不会出现在呈给参谋总长的公文里。

虞浩霆在嘉奖令上签了名，又看了一眼，低声吩咐道：“把他调到唐骧那边，去第九军的炮兵团。"

郭茂兰答了声"是"，顺手收起桌上那叠嘉奖令准备拿出去用印。炮兵比骑兵步兵都安全，唐骧守在邺南防备戴季晟，不会轻开战端，"霍团长"待在那儿最踏实不过。只是既然总长怕他有什么闪失，为什么不干脆叫他回江宁来呢？

他正不知道怎么开口说顾婉凝的事，虞浩霆已问道："刚才外头是在查什么？"

郭茂兰措了措辞，尽量公事公办地回话："是邵司令那边在找人，说是二夫人和小公子……不见了。"

"不见了？！"虞浩霆讶然一拧眉头，"'不见了'是什么意思？"

郭茂兰低了眉目，说："还在问。燕平和华亭，还有青琅那边也在找。"他话没说完，就见虞浩霆的脸色阴了下来，直接要了冷湖的电话。

邵朗逸翻查了顾婉凝留在冷湖的每一样东西，却毫无线索，她这两年多的通信和电报都不见了，她是要掩饰什么，还是故布疑阵？她应该知道所有跟她有联络的人，他都找得到，不必说她在燕平的那些旧同学，就是梁曼琳家里他也派人看了起来，却都一无所获。她走得这样干净，如果不是虞浩霆匆忙打电话来问，他几乎就要怀疑是他带走了她。他宁愿是他带走了她。

然而他似乎比他还要气急败坏："她带着个孩子，还能去哪儿？"

是啊，她还能去哪儿呢？难道她去了沣南？

那于他们而言，就是一个最坏的结果，她知道吗？

邵家寻人很快变成了参谋本部的"公务"，但一夜过去，顾婉凝母子还是没有找到。叶铮斜坐在郭茂兰桌上，咂了咂嘴："这顾小姐有点儿意思哈，人都丢了快三天了，傅子煜跟罗立群还没消息，我瞧着五处和特勤处的招牌都该拆了。"

"是邵夫人。"郭茂兰低声纠正了一句。

叶铮吐吐舌头，犹自辩解："我们一口一个'邵夫人'，不是给总长添堵吗？再说了，备不住就是邵夫人把人给弄走的，女人吃起醋来，什么事儿都干得出……"他说到这儿，突然从桌上跳了下来，"哎呀，坏了！那顾小姐可凶多吉少了，赶紧让三公子回家找吧，一准儿花园儿里埋着呢！"

郭茂兰抄起桌上的文件夹就在他身上砸了一下，叶铮一边躲一边嘟哝："这都熬了一夜了，我不是活跃下气氛吗？"

正在这时，只听门外急匆匆的一声"报告"，周鸣珂略有些上气不接下气："顾……邵夫人可能有消息了。"

郭茂兰霍然站起身来："人呢？"

周鸣珂摇了摇头，接着同他们解释："每个月总长的支薪出来，我们是要存到汇丰银行去的，这笔钱一直没人动过。早上我去存钱的时候，发现数目不对。他们说，两天前有个带孩子的夫人取了一千块钱，其中两百换了零钞，我查了底档，印鉴是我们刻给顾小姐的。按值班经理的说法，应该就是。还有——"他喘了口气，继续说道，"银行里的一个tea boy说，那位夫人给了他五块钱小费，叫他帮忙去买个箱子，还到中央车站买了车票。"

叶铮一听，不由眼里放光："车票是去哪儿的？"

周鸣珂脸上的神情忽然变得有些苦："买了四张，往西往北往南的都有。"

郭茂兰吁了口气，这还不算她中途再换车的，但有个方向总比没有的好。果然，到了中午，特勤处那边就有了消息，他们拿了顾婉凝的照片到车站里挨个叫人去认，这样风华翩跹的女子倒是不难叫人记得，只是那检票的和列车员都说这位太太是"一家三口"上了去燕平的车，所以之前警察厅的人去查"母子二人"便落了空。

他们又追到燕平，却只找到了和她一道从燕平上车的那个男子。这人竟是个教育部的职员，要去燕平出差，和顾婉凝在车站遇到，不过是上车的时候帮她拎了下箱子——这个说法特勤处的人很能理解，顾婉凝那样的女人，大约是个男人都不介意帮一下忙的。可这么一来，他们找起来就更麻烦了。更离谱的是，那人说他和顾婉凝攀谈时，顾婉凝自称姓骆，丈夫是参谋本部的军官，叫叶铮。

消息传回来，把叶铮吓得半死，话都说不利索了："这这这……这肯定是因为我们家有叶喆……"其实不用他解释，他们也明白，——和叶喆差了不到半岁，加上顾婉凝对骆颖珊和参谋部一干人等的熟悉，除非对方见过骆颖珊，否则这个谎也算天衣无缝。

顾婉凝在去燕平途中下了车，重又买了去青琅的车票。特勤处的人顺着线索找下去，让铁路沿线逐站盘查，才知道青琅也是个幌子，她却是又向南折回了华亭，还买了一张往西的车票。然而这一次却既没有人看见她上车，也没有人看见她出站，特勤处的人就此失了线索，无论怎么找，这母子二人都像凭空消失了一般。

叁

告别

没有告别，就是最好的告别

　　两天了，她几乎不敢睡觉，时时刻刻都绷紧了神经，还要应付——要小鼓、要核桃酪、要爸爸甚至是要回家的各种执拗念头，他在冷湖的时候，从来都应有尽有，可现在却是一无所有了。到后来，大约——也察觉出他们的状况不同寻常，再不开口跟顾婉凝要什么，只是安安静静地伏在她怀里，小手抓着她的衣襟，须臾不离，偶尔闭着眼睛喊一声"妈妈"，那声音软软脆脆，没来由地叫她心疼。

　　两天了，他们还没有找到她，是不是意味着她真的解脱了？

　　顾婉凝拉着——在站台上慢慢踱步，暮春的阳光明亮暖煦，她真的是有点累了。小邵珩一步一回头地看着身后的影子："妈妈，影子比我高。"顾婉凝回头看了一眼，童心乍起，笑道："那你抓住它问一问。"

　　——歪着头看了看，忽然松开顾婉凝，嬉笑着跳到她身后："我抓你的。"

　　顾婉凝欠身一避，影子便飘开了："哪儿有？"

　　——跟上去追，不想脚下一绊，顾婉凝赶忙俯身来扶他。——晃悠悠的小身子恰巧被经过的人拎住，婉凝连忙道谢，不料，那人忽然神态极谦敬地低语了一句："不客气，邵夫人。"

顾婉凝一惊，抬头看时，却是一张全然陌生的脸，她警觉身后亦有人走近，本能地想把一一护在怀里，那人却仍握着一一的手臂不放："夫人，请让您的儿子保持安静，否则，我会折断他的手。"

顾婉凝抱住一一，轻声耳语道："一一，我们碰到坏人了，但是不用怕，很快就会有人来帮我们的，妈妈和你在一起。"

一一点了点下巴："妈妈不怕。"

顾婉凝慢慢站起身，只听身后有手枪上膛的声音，握着一一的那人口吻仍然十分谦和："夫人很乐观，乐观是个优点。但我要说明一件事：您和小公子，我们留下任何一个都可以，所以还请您和我们保持配合。"

他说着，甚至浮出些微笑意："我们从江宁跟着您到这儿，发现夫人还是很擅长逃亡的。"

顾婉凝是被锁在一辆福特车的后备厢里带出车站的，车厢再打开的时候，眼前是一处草木幽深的旧庭院。车门一开，扑进妈妈怀里的一一已经垂了嘴角，两眼含泪。婉凝拥住他，轻轻耳语："一一，除了妈妈，不要和别人说话。"

"您辛苦了。"之前一直挟持一一的那人走上前来对顾婉凝微一颔首，"夫人，请——"

婉凝默然抱了一一踏进回廊，那人在旁引路，走出几步，忽然回头问道："夫人不想知道我们为什么要请您到这儿来吗？"

顾婉凝却仿佛并没有听见他的话，只是指点着一一去看园中的草木鸣禽。那人自觉无趣，便也不再多言。顾婉凝的心事却也一步更沉似一步，不过走了这么一段路，她能看到的流动哨就有两处，其他地方还不知道是什么情形。

眼前的厅堂竹帘低坠，一个男子的声音从淡青色的帘影里飘了出来："鹰司君，你的好奇心满足了吗？"话音未落，已有人躬身掀起了竹帘。

顾婉凝把一一放下，牵着他的小手走进来，见堂中一个穿着银黑和服的中年男子席地而坐，面前的风炉上搁着一柄黑铁茶壶，俨然是在煮水烹茶。她觉得这人依稀有些眼熟，却想不起在哪里见过，正疑惑间，只听方才引路那人在她身后不紧不慢地说道："邵夫人很聪明，但显然缺乏女子应有的谦敬和恭顺。"说罢，转而对顾婉凝道："夫人，您大概还不知道，江宁政府的警务和谍报部门都在全力搜寻您的下落。这个时候，因为您耗费如此大的人力精力——"那人摇了摇头，轻声啧叹，"在这一点上，夫人实在应该向我们扶桑女子学习。"

顾婉凝不以为然地瞥了他一眼："鹰司先生，如果您没有把我带到这里，他们就不用花这么大的力气来找我；现在您把我带到这里，他们在找的就不是一个长官的逃妾，而是贵国的情报机关了。"

那姓鹰司的扶桑人眉梢挑动了一下，笑道："夫人多虑了，敝人不过是个普通的生意人，远没有您想的那么重要。"

顾婉凝闻言，低低一笑："先生过谦了，您的家族是扶桑华族首屈一指的'摄家'。您刚才说到女子应有的谦敬和恭顺，江户幕府德川家光的御台所鹰司孝子，就是您家族的荣光。她被丈夫冷落，遭人嘲笑，终生独居，还始终没有怨言，这样的'谦敬恭顺'确实很难学习。"

鹰司面色微变，旋即笑道："想不到夫人对扶桑国史如此了解，看来您的丈夫一定经常和您谈起这些轶闻。"

顾婉凝道："您误会了，我对贵国事务所知甚少。只不过家严曾是旅欧的外交官，所以贵国的华族世家多少总要知道一点。先生出生在这样显赫的家族，如果真的只是个'普通的生意人'，您的父亲恐怕已经羞愧而死了吧？"

鹰司干笑了一声，道："听说您的丈夫非常宠爱您，可我实在很难明白，和您这样尖刻的女人在一起，男人有什么乐趣可言？"

顾婉凝淡淡一笑："以您的智慧，不能了解的事情一定还有很多。井蛙不可以语于海，夏虫不可以语于冰，这样的道理扶桑女子一定也知道，只是她们不告诉你罢了。否则，你还怎么在她们面前沾沾自喜呢？"

鹰司听着她的话，面上已有愤然之色，还要开口，只听那烹茶的男子说道："鹰司君，来尝一尝我的茶吧。你现在可以知道，我们中国男人最大的智慧，就是不和女人吵架。"

鹰司闻言，挤出一个轻快的笑容："我还有点事情，先失陪了。"

说罢，意味深长地看了顾婉凝一眼，其他人也都跟着鹰司退了出去，堂中只剩下婉凝母子和那烹茶的人。那人做足了功夫，细细沏了茶，对顾婉凝做了个"请"的手势："君山银针，你在冷湖常喝吧？"

顾婉凝轻轻颦了下眉尖："你到底是什么人？"

那人垂眸不语，分明是在笑，却叫顾婉凝觉得有莫名的阴恻。她揽着——在茶桌旁坐下，端起茶盏呷了一口，待茶凉了一些，才喂给——。那人自己也喝了一盏，目光却只在——身上逡巡："你叫——？"

——刚想点头，随即想起妈妈的话，皱着小眉头"哼"了一声，转过脸埋进了妈妈怀里。

那人也不恼，只缓缓说道："这孩子是有几分像朗逸，不过，要说像虞小四，也说得过去。"

婉凝笑微微地搁了茶盏，点头道："嗯，连虞夫人也说，四少和朗逸小时候眉眼很有几分像的。"

那人审视了她一眼，忽然仰头一笑："你不用试我，不管这个孩子是谁的，对我来说都一样。你刚才不是想问，我是什么人吗？那我就明白地告诉你，我——"

他语气冷漠，脸上的笑容慢慢凄厉起来："是个死人。"

顾婉凝一惊，"有几分像朗逸""虞小四""我是个死人"、君山银针……还有那似曾相识的面孔，她猛然间想到了什么，颤着声音脱口道："你是……你是邵朗清？"

那人已恢复了先前的淡然平静："这名字已经很多年没有人叫过了。"他拿起身畔的一支手杖，支撑着起身，顾婉凝这才发觉，他隐在和服中的右腿似乎是空的。

"蔷薇开处处，想似当年故乡路。"他低吟如叹，缓缓走到窗前默然了片刻，才对顾婉凝道，"朗逸跟你提过我？"

顾婉凝也镇定了下来："我见过你的照片。"说罢，亦自语般轻叹了一句："是了，哪儿有父亲会亲手去杀自己的儿子。"

邵朗清耸肩笑道："可是他亲手废了我一条腿。我一无所有躺在去扶桑的船上，和死也没什么分别。"

婉凝安抚地在——背脊上轻轻摩挲着，轻声细语："就算你投靠扶桑人，也得不到你想要的。"

邵朗清从夕阳的逆光里慢慢转过身来："你错了，我什么都不想要。我只想看虞小四输，输得一败涂地，输得爬都爬不起来。"

他看着顾婉凝愕然的神色，眼中忽然浮出一抹刻毒的笑意："你说，他现在要是知道你在我手里，会愿意拿什么来换你呢？"

顾婉凝沉吟着说："我和虞浩霆早就没什么关系了，如果你跟他要钱，看在他侄子的分上，你要多少他都会给你；可是你如果要别的，虞总长怕是都不会答应了。"她自斟了一盏茶拿在手里，"之前也有人想拿我和虞总长谈生意，结果他们的生意没谈成，我也差点送了命。至于三公子，就算你只是要钱，他也要还一还价的。"

邵朗清玩味地看了她一阵，重又走到茶桌旁慢慢坐下："你知不知道为什么朗逸和虞小四都找不到你，可我们能？"

见顾婉凝只是事不关己一般低头啜茶，他也不再卖什么关子："我们有个眼线在汇丰银行做事，碰巧知道六年前，虞小四的侍从官用你的名字开过一个户头。从那以后，每个月都有人去入账，数目不大也不小，刚好是他每个月的支薪。我也没想到，虞小四这样的人还有心思玩儿这种把戏。"

他轻蔑地一笑，转了话锋："至于我三弟，你跟了虞小四那么久，他还一定要娶你，要么是因为你有什么特别要紧的地方，要么就是他——特别地喜欢你。"邵朗清说到这儿，浮夸地皱了皱眉，"这么一想，我还真有点拿不定主意这笔买卖要跟谁谈呢。"

顾婉凝同样报以一个轻蔑的笑容："扶桑人费了这么一番工夫谋划，这件事，轮得到你拿主意吗？"

邵朗清的眼神骤然狰狞起来："我和扶桑人不一样，我什么都不想要，我只想让虞小四难受！我现在就划花你的脸，拍张照片寄给他，也挺好。所以，你最好不要惹我。"

他话还未完，只见顾婉凝拿起桌上的茶盏"啪"的一声砸在地上，邵朗清一怔，她已捡了枚瓷片，抬手就朝自己脸颊上划去。邵朗清骇然扯住她的腕子，却还是慢了一点，瓷片锋锐，仍在她腮边擦出一道细细的血痕，鲜血瞬间便涌了出来。

邵朗清不料她居然有这样的举动，诧然道："你疯了？"

顾婉凝却只是死死盯住他："你们这笔买卖，跟捞了尸体和人家家里人谈价没什么分别，要是我不高兴，随时让你亏得血本无归。所以，你最好不要惹我。"说完，丢了瓷片，把手抽了回来。

邵朗清愣了愣，忽然笑道："弟妹，你不用吓唬我，就算你舍得了你自己，——呢？"

"我当然舍不得我的孩子，可朗逸就未必了。邵公馆里还有两位夫人一位小姐，就算他想要个儿子，你还怕没人给他生吗？再说，我要是有什么三长两短，——可就是你们的宝贝了。"顾婉凝嫣然一笑，腮边莹白殷红，越发触目惊心，"二哥，你看是不是叫人来帮我止下血？为你的'生意'着想，我们母子俩越是神清气爽，完好无损，你弟弟才越会愿意跟你谈谈价。"

顾婉凝和——被人带到了准备好的房间，房门一关，方才一直都没作声的——忽然"哇"的一声号哭起来，顿时，一张小脸上满满的全是眼泪，嘴里上气不接下气不停地叫着"妈妈"。

婉凝擦着他脸上汹涌的眼泪，一迭声地安慰："是妈妈不好，妈妈吓到——了，是妈妈不好……"

小家伙哭了足有五分钟才慢慢停下来，小脸通红，睫毛上还挂着晶亮的泪珠："妈妈，是不是……爸爸不管我们了？"

顾婉凝微微一笑，捏了捏他的脸："不是的，妈妈骗他们的，爸爸很快就来接我们了。——，记住，不要和坏人讲真话。"

——噙着眼泪点了点头："妈妈，我想回家。"

虽然这宅院中偶尔也有杂役出入，但都被隔离在外，不得登堂入室。除了邵朗清和一个既聋又哑的女佣之外，顾婉凝母子每日能接触到的，就只有扶桑人了。不过，她似乎很快就适应了被软禁的生活，亦没有像之前那样尖刻激烈，只有冷淡的礼貌。他们提出的大部分问题她都拒绝回答，甚至扶桑人鹰司问起——喜欢什么玩具，她也不肯说，只是陪着儿子摆弄房间里的茶壶茶杯，或者就教——念诗唱歌，竟有几分自得其乐的意思。

"昨天妈妈说过的，'春雨细细落'，后面是什么，——还记不记得？"

——站在椅子上，一边把窗台上的几个茶盏移来挪去，一边应声："……是小贝壳。"

"小贝壳在哪儿啊？"

"沙滩上。"——停下来想了想，补充道，"春雨细细落，润泽沙滩小贝壳。"

顾婉凝刚要称赞，忽听身后有人说道："两国交兵在即，夫人不介意教自己的儿子学俳句吗？"

顾婉凝款款站起身来："鹰司君不打算教自己的孩子读《论语》吗？"

鹰司看了看在给茶杯排队的——，温和地笑道："其实夫人和小公子在生活起居上有什么要求，都可以告诉我，我们会尽量满足您，您不需要过得这么无趣。"

顾婉凝闻言笑道："——，告诉鹰司先生你喜欢吃什么？"

——头也不回地答道："核桃酪。不要枣皮。"顿了顿，又说，"核桃皮也不要，一丁点儿也不要。"

鹰司皱了皱眉，虽然他不知道核桃酪是什么，但核桃和枣都是极难去皮的东西，可见这小孩子嘴巴很刁，正思忖要不要着人去找这样的东西来给他吃，便听顾婉凝道："这样的核桃酪江宁的明月夜就有，开车过去大概四个钟头，鹰司先生要是请人去买，记得告诉厨房用小沙铫来熬。"

"好的。"鹰司爽快地点了点头，正转身要走，忽然又站住了，用手叩了叩额头，"夫人，恐怕我的人把核桃酪带回来，您的丈夫也会跟来了吧？"

顾婉凝薄薄一笑："您既然做不到，就不要故作姿态了。"

报章上的政论新闻一日比一日纷乱，战事未起，笔仗先起，口沫横飞之下，无非四个字：和战两难。鹰司和邵朗清已经放弃了对她的试探，在他们眼中，她和——是枚微妙的筹码，在恰到好处的时机放上去，就会加速天平的倾斜。她不知道他们是不是还在找寻她的下落，大概他们会以为她是故意躲起来了——反正她原本也是这样的打算。如果只是她，事情就容易多了，可是——呢？

前些日子，小家伙每晚临睡前总要悄悄问她"爸爸什么时候来"，后来有一天，突然变成了"要是爸爸不来，叶叔叔能来吗？"再后来，就什么也不问了。

她只能点头，不知道是安慰孩子，还是说服自己。他对她说，"不管是什么事，我总有法子的，你信不信我？"可是她知道，有些事注定无从更改。

那么，这一次呢？她不能想象那些不得不面对的选择，唯有相信。

若不能相信，剩下的，就只有绝望。

尽管参谋本部严令北地各级驻军克制谨慎，虞军和扶桑军队还是有了擦枪走火的小冲突。然而，是战是和，江宁政府仍然莫衷一是。

"庞副院长说，我们这么急着调人过去，怕会刺激扶桑人。"汪石卿苦笑着说道。

"真打起来了再布防，他以为人是飞过去的吗？"虞浩霆凝神盯着桌上的地图，随口答道。他这几天心情不好，不愿意和政府里那班人纠缠，唐骧又不在，这些事只好都交给汪石卿："其他人呢？"

"其他人对北地的布防倒没说什么。不过，有人怕万一我们跟扶桑人打起来，戴季晟会趁火打劫。"汪石卿略一犹豫，道，"总长，石卿以为，有没有可能我们先不急于和扶桑人开战，索性让他们从龙黔南下……"

虞浩霆凛然的目光打断了他的话："石卿，且不说我们开了口子，扶桑人会不会从龙黔南下，即便如你所想，然后呢？当年南宋借元灭金就是这么想的，吴三桂引清兵入关大概也是这么想的——然后呢？"

"属下明白这是下策，可我们不和扶桑人虚与委蛇一下，难保戴季晟不会跟他们联手。倘若我们和扶桑人在南北两线同时开战，戴季晟再借机发难，局面就不可收拾了。"

"石卿，这不是'下策'，这是引狼入室饮鸩止渴。"

汪石卿沉默了片刻，忽然一鼓勇气，声线低沉而恳切："四少，打不赢的。"

"不能赢，也要打。"虞浩霆抬起头，坦然望着他，"不战，就没有和的余地。我们肯打，他们才肯谈。"

汪石卿点了点头，正要开口，外头几下略显急促的敲门声让他和虞浩霆都皱了眉，火急火燎进来的人却是叶铮。汪石卿见他有些欲言又止的毛躁样子，不等虞浩霆吩咐，便主动辞了出去。

"总长，邵夫人和小公子的事有眉目了。"叶铮脸上没有丝毫喜色，"恐怕是扶桑人。"

虞浩霆闻言，心弦一震。已经快一个月了，婉凝和一一始终没有消息，他只盼着是她故意躲起来，叫他们一时寻不到，然而此刻叶铮说的，却是他最不愿意面对的结果："哪儿来的消息？"

"我想着罗立群他们的线索是断在华亭，咱们的人在租界里做事不方便，就请我爹叫青帮弟子去打听，正巧他们下头有香堂碰上一件怪事儿。"叶铮急急解释道，"他们有人每天要往一处宅子里送菜，去了两回，觉得那些人不寻常，就装作迷路想打探打探，谁知道那院子里都是暗哨，没走多远就被拦回来了，可他碰巧瞧见有个窗台上摆了一溜杯子，那摆法像是我们帮里求救的信号。青帮的盘道条口不外传，这事儿您不知道，我在锦西的时候教过顾小姐，就是怕再出了李敬尧这样的事儿。"叶铮说着，端起桌上的杯子喝了两口，"他们香堂里的师父让巡捕房的弟子找了个名目进去，回来也说看见了，而且宅子里住的是伙扶桑人。因为事情蹊跷，青帮的人也在查，后来总算找到一个拉黄包车的，说他干娘在那宅子里做工，十天能出来一次，谁知那女人天聋地哑还不识字，问了半天，只知道那宅子里头关的是母子俩。正好我爹叫人打听邵夫人和——，听说这事儿就拿了顾小姐的照片叫那女人去认，我爹刚打了电话过来，说那女人认了，就是顾小姐。"

虞浩霆听罢，也不理会他忽而邵夫人忽而顾小姐的混乱叙事，推门出来，一边吩咐郭茂兰"叫罗立群马上去华亭，多带人手"，一边叫着卫朔就往外走。

叶铮在后面又猛灌了两口水，才发觉他拿的竟是虞浩霆的杯子，连忙小心翼翼地放下，小跑着追了出去。

凌晨的夜色最浓，人也最易倦怠。

然而顾婉凝却抱着睡熟了的——倚在床尾，借着外头熹微的灯光月光，盯着那架小座钟上的雕花指针。床铺下掖着一张撕碎了的纸条——是那女佣来收拾晚餐的时候塞在她手里的，上面刺了细密的针孔，指尖摸过去，只是一个用摩尔斯码标示的时间：凌晨三点。

她将纸条握在手心的那一刻，鼻尖隐约一点酸涩。

"——，——，醒一醒。"她低声叫醒——，小家伙一边揉眼睛，一边哼哼唧唧地像是要哭，顾婉凝赶忙拍抚安慰："嘘，——不哭，我们回家了。"

——听见"回家"两个字，闭着眼睛就爬了起来："……嗯，回家。"顾婉凝揽住他哄了快十分钟，小家伙才总算醒过来，仍是皱着眉头："妈妈，要回家了吗？"

黑暗中，孩子的眼睛亮得像星子，婉凝捧住他的小脸："一一，等一下就有人来接我们回家了，但是不能被坏人知道，所以，一一不可以哭也不可以吵，知不知道？"

一一点点头，立刻把嘴绷了起来，一双眼睛却瞪得格外大，小狗一样趴在床边，默默看着顾婉凝赤着脚从床上下来，小心翼翼地搬过两张椅子抵在门后，又拉开衣橱把一一抱了进去："一一乖乖待在这儿，妈妈不来叫你，就不要说话，记住了吗？"

一一用力点了点头，顾婉凝笑着在他额头上亲了亲，一一忽然攀住了她的颈子，紧紧偎在她肩上，刚叫了一句"妈妈"立刻警醒地捂住了自己的嘴。

正在这时，庭院里突然接连两声枪响，嘈杂呵斥的人声中灯光骤然亮起，顾婉凝刚把衣橱关上，外头已传来一阵急促的敲门声："夫人，请开门。"

"什么事？"

顾婉凝一边应声，一边推开窗子，只听枪声渐密已然到了近处，门外的人不耐跟她多话，已然在撞门了，顾婉凝佯怒道："你们干什么？"

一言未毕，房门已被撞开了一线，外头的人一见门后抵了东西，越发奋力，两张椅子瞬间就被推开了，鹰司冲进来亮了灯，只见顾婉凝正探身往窗外大声喊道："一一，不要出来！"

鹰司抢过去把她推在一旁，然而房子后面原是片花园，沉夜之中夏树葱茂，灯光透出去唯见枝条密匝，影影绰绰，哪里能看得见人影？鹰司遽然转头盯住顾婉凝，挥手吩咐道："找到那个孩子，带不回来就杀掉。"

顾婉凝尽力抑制住本能的战栗，冷眼看着他身后的两个随从跃窗而出，突然转身朝门外跑去。鹰司刚追出两步，却见顾婉凝戛然停在厅堂门口，挣扎了两下，身形一僵，半声惊呼也断在了喉咙里。

"鹰司君，去找我那个侄子吧。"邵朗清的声音从暗影里传了出来，乌木手杖在地砖上点出笃缓的闷响，另一只手死死掐在顾婉凝颈间。鹰司闻言立刻穿过花厅去了后园，邵朗清毫不松动地扣住顾婉凝的颈子，将她"拖"到了花厅门口，冷笑着扫了一眼闯进来的虞军特勤："叫你们的长官出来，不然，你们谁都别想交差。"说着，手上加力，几乎窒住了顾婉凝的呼吸。

这些换了便装的虞军特勤径自卡住几个要害位置，一声不响持枪而立。邵朗清还要发话，却听回廊里脚步匆匆，几个戎装军官转眼就到了堂前，当前一人一见邵朗清，讶然皱眉："二哥，是你。"

邵朗清略松了松手指，嗤笑了一声，道："我还以为来的会是朗逸。"他一边说，拇指一边在顾婉凝颈间用力一按。

虞浩霆的目光却并没有落在顾婉凝身上，只是逼视着邵朗清："二哥，放了她，我让你走。"

邵朗清却置若罔闻一般，饶有兴味地掐着顾婉凝的颈子，仿佛孩童逗弄幼兽。顾婉凝尽力想要忍住，但挣扎和忍耐都是徒劳，眼泪抑制不住地涌了出来。

虞浩霆的眸光越发犀冷："你想要什么？"

邵朗清微微一笑，手上却丝毫不肯松动："这就忍不住了？看来你还真是挺喜欢这丫头的——那你怎么还把她送给我三弟呢？哦，我忘了，你们虞家最拿手的就是笼络人心，我父亲废了我一条腿就是为了你嘛。"

他嘲讽的语气中依稀带着一线温情脉脉的残忍："小四，别的我也不想要什么，我就想掐死这丫头给你看。"

虞浩霆上前两步，指节握得"咯咯"作响："二哥，我赔你一条腿。"

邵朗清先是一愣，既而笑道："你这是求我吗？好，我倒要看看你怎么赔我这条腿。"

虞浩霆一言不发掏出佩枪，抬眼对邵朗清道："二哥，你伤的是左腿，我这就赔给你。"他说罢，"咔嗒"开了保险，枪口一低，身后的叶铮赶忙拉住他："总长！"

邵朗清见状晒笑："你这是装给我看，还是装给这丫头看呢？"

虞浩霆甩开叶铮，枪口指到了自己左膝，满庭寂静，连邵朗清也想看看他这一枪开不开得下去。

只听"砰"的一声枪响，开枪的人却不是虞浩霆。

邵朗清面色骤变，一团血迹旋即从他肋下蔓延开来，他诧然回头，握着枪从后堂走出来的，正是虞浩霆的侍卫长卫朔。

邵朗清手上力道一松，顾婉凝的身子便软倒下来，虞浩霆赶忙抢上去俯身抱住她："没事了。"

顾婉凝却攥住他的衣襟一边剧烈呼吸，一边摇头，面上泪痕纵横，急切地想要说些什么，但喉间除了几声沙哑的呻吟，根本什么也说不出来。虞浩霆抚着她散乱的长发，把她揽在怀里："你先不要说话，我都明白。"顾婉凝满眼焦灼地摇了摇他的手臂，指着自己住过的那间屋子，虞浩霆忙问："是——吗？"

她刚一点头，叶铮立刻进去，片刻间就把——抱了出来，小家伙一看见顾婉凝，泪汪汪地叫了声"妈妈"，便急急辩白起来："我没说话，是叶叔叔自己抓住我的。"婉凝转身拥住——，在他额头脸颊上接连亲了几下，唇边含笑，泪水却簌簌而落。

虞浩霆一边同罗立群交代善后，一边望着一心安抚——的顾婉凝。

他总记得她那样娇，连雨夜的雷声都怕，偎在他胸口就像个孩子；然而现在，她仿佛已经不会害怕了，她的那些担心忧虑都是为了一个孩子。

如果他们那个孩子还在，她也会这样吗？他忽然有些古怪的羡慕，却不知道是羡慕——还是羡慕邵朗逸。即便她不够爱他，可如果他们那个孩子还在，她是不是就会愿意留下来？

他正思量着，却见顾婉凝刚抱起——便跟跄了一下，幸好被叶铮扶住，想是折腾了这大半夜，她又受了伤，必然难以支持，不暇细想就走了过去："叶铮，替邵夫人抱着孩子。"

叶铮是哄惯了孩子的，当下便道："——，妈妈累了，叶叔叔抱你好不好？"

——虽然不大乐意，但也觉出妈妈大约是不舒服，便决定给叶喆的爸爸一个"面子"，听话地伸了手。

"你怎么样？"虞浩霆轻声问道，灯光下，她细柔的颈子上数痕指印青紫赫然。他极力克制自己不去触碰，但每一痕都像是灼在了他心上。

婉凝摇了摇头，"没事"两个字含在喉咙里喑哑微弱，虞浩霆眉头一锁，欲言又止，居然拿捏不出该怎么跟她说话，是关心是客套是疏离是冷漠？都叫他觉得诸般不宜，烦躁地低了头，却一眼看见她裙裾下竟是赤着一双脚踩在地上。他胸中一股无名火涌上来，一揽她的人，便打横抱了起来。

顾婉凝愣了愣，一句话噎在嗓子里，就是一串剧烈的咳嗽，虞浩霆眼中愠色更重，几乎是训斥的口吻："你不要说话！"

叶铮逗着——往外走，忽然发觉小家伙眼睛滴溜溜地瞪着他身后，便问道："——，你看什么呢？"

——嘟着嘴嘀咕了一句："他抱我妈妈。"

叶铮回头一看，心底倒抽了口冷气，见——仍是目不转睛地往后看，只好笑道："你妈妈累了。你要是累了不想走路，你妈妈是不是就抱你啊？"

——歪着头想了想，却皱起眉头来："我不认识他。"

叶铮正忖度着怎么跟他解释总长大人是谁，小家伙突然又开口问道："你怎么抱我，不抱我妈妈？"

他这一问，问得叶铮几乎想吐一口血出去，脑子里灵光一闪，连忙答道："因为你比较轻嘛，抱你省劲儿啊。"一边说一边忍不住自赞急智，却见——嫌弃地看了他一眼："叶叔叔，你真懒。"

虞浩霆抱着婉凝上了车，已经跟叶铮坐在副驾上的——突然挣了一下，大声道："我要我妈妈。"叶铮只好把他递了过去。

沉夜一层层褪去，天色成了素朴的灰蓝，车里没有人说话，——也乖乖趴在顾婉凝腿上，只是眼睛总在虞浩霆身上瞟来瞟去。过了一会儿，他终于忍不住爬到两个人中间，仰起脸看着虞浩霆："你是谁啊？"

虞浩霆一向不爱逗小孩子，这会儿看着——，总觉得直接答了显得自己很无趣，想要逗逗他又不知道有什么话题，只好努力让自己的声音听起来温和一点："你猜猜我是谁。"

——回过头，求助地看着顾婉凝，顾婉凝一则说话不便，二来胸中亦是五味杂陈，犹疑着是不是要制止——去接近虞浩霆；于是，只能意味不明地摇了摇头。——却以为是顾婉凝也不认识这人，便不再和他说话，又蹭回了妈妈怀里。

虞浩霆见这小人儿不搭理自己，顿时有些尴尬，想想也觉得自己无趣，想找个什么玩意儿逗他一下，摸了摸衣袋，却一无所获。好容易车子开到德懋饭店的侧门，他仍是抱了顾婉凝下车，——却忽然说道："叶叔叔，该你抱我妈妈了。"表情很是认真。

他童音稚响，包括等在门口的郭茂兰在内，一班人全都愣住，叶铮心底咆哮，脸上权当没有听见，也不敢看虞浩霆，抱起——就走。虞浩霆还来不及想这小人儿话从何来，惊觉顾婉凝把脸埋进了自己怀里，竟不由自主地紧了紧臂弯。直到进了电梯，他方才觉得有些不妥，却无论如何也不愿把顾婉凝放下，强作坦然地对郭茂兰道："去给三公子打电话。还有，叫人送点润喉的茶过来。"

他抱着顾婉凝到了顶楼套房，见叶铮正跟——挤眉弄眼咕咕唧唧地不知道在说些什么，不禁又有些冒火，一边放下顾婉凝，一边吩咐道："叶铮，带他去隔壁。"

叶铮看他脸色不好，连忙答了声"是"，挟起——就走，不防——却在他手里踢腾起来："我要我妈妈！我要跟我妈妈在一起！"

叶铮一脸无奈，虞浩霆也只好点头："把他放这儿吧，你去找大夫来。"

——脚一挨地，立刻就扑到了沙发上，端正地坐在妈妈怀里，警惕地看着虞浩霆。虞浩霆见这小家伙一动不动地盯着自己，许多想说的话都没了头绪，恰好有侍应进来送茶，他索性就默默看着她喝茶。

顾婉凝啜着茶，心绪慢慢平静下来。前尘种种，无论当初他对她究竟是什么打算，这一晚，他肯这样大费周章地救她出来，便是恩谊……她几番欲言又止，终于低低说了一句："谢谢你。"谢谢你？

出了这样的事，她要跟他说的居然是"谢谢你"？

他们今晚原是特意安排了在扶桑留学过的人行动，谁知口音上出了问题。庭院里枪声一响，他脑海里立时就闪出了那年在锦西她中枪之后的苍白睡颜，他立刻就从车上跳下来，他们要什么他都答应，真的，就算要他的命他都答应……可是，她居然跟他说"谢谢你"？！

他的愠怒都化成了酸楚，那在心底四溢的酸楚又鼓出了满涨的愤懑："你再说一遍！"

顾婉凝咬着唇不作声，——却吓了一跳，呆呆地看着虞浩霆，不知道这人怎么突然就发起脾气来，虞浩霆知道这孩子是被自己吓着了，急忙缓了神色，转过话题："你究竟是要去哪儿？"

顾婉凝仍是低着头："崇州。"

虞浩霆怔了怔："你去崇州干什么？"

顾婉凝又呷了口茶，声音更轻："沈菁说，她可以推荐我去学校教英文或者音乐。"

沈菁？她真是想得出，他倒把这个人给忘了："朗逸不知道你跟她有联系吗？"

顾婉凝摇了摇头："我和她的信，是请欧阳转的。"虞浩霆苦笑，她就这样处心积虑？

"你这都是为了什么？"他这一问，顾婉凝却不作声了。

"总长。"郭茂兰敲门进来，脸上颇有些不自在，"邵司令说……"话到嘴边，看了看顾婉凝，忍不住咽了咽。

虞浩霆却没留意他的神色，只问："他什么时候过来？"

"呃……"郭茂兰迟疑道，"邵司令说，他这就动身去龙黔了，既然二夫人不愿留在邵家，他也无谓强人所难，所以……您看着办吧。"

虞浩霆一愣，一时间竟没反应过来："什么看着办？"

郭茂兰只好再努力解释："这是邵司令的原话。"

他看着办？他怎么看着办？他娶她的时候怎么不让他"看着办"？他摆手让郭茂兰退下，之前好容易压下的怒气又依稀升腾起来，他沉沉吁了口气，尽力让自己平静下来："你不能自己待在崇州。"

他默然了片刻，背过身去，静静说道："小霍现在在邺南，你休息一下，我叫人送你过去。"

顾婉凝猛地抬起头，惊惧地看着他的背影，脱口道："我不去！"她声音低哑，越发让人觉得楚楚堪怜。

虞浩霆回过头，眼里亦是讶然："你到底想怎么样？"却见她倔强地抿着唇，眸中泪光晶莹，只是偏过脸不肯看他。她这样的神色，只叫他觉得无计可施，他几乎想要恳求，却也不知道该恳求什么。

"你讨厌！"一直盯着他的——忽然从沙发上跳了下来，绷着一张小脸就去推他的腿，"你讨厌！"虽然根本就推不动，却十分坚持。

虞浩霆从没应付过小孩子，这种毫无杀伤力的"抵抗"倒让他觉得有那么一点意外的趣味，既不制止，也不躲闪。——推了几下，见没什么作用，把心一横，张口就咬在他腿上。小孩子乳牙细嫩，又隔着衣裳，更谈不上什么痛感，反而是这小人儿煞有介事的样子让虞浩霆觉得可笑，不忍心看他白花力气，抬手把他拎了起来："你咬人的本事比你妈妈可差远了。"

他说着，唇角下意识地浮出一弯笑意，那笑意还未展开，他自己已然惊觉，生生僵在了脸上。他局促地去看顾婉凝，正撞上她同样惊讶慌乱的目光。

正在这时，犹自在他怀里挣扎的小人儿，肚子突然"咕"地响了一声，虞浩霆连忙移了目光去看——："你饿了？你想吃什么，我叫人去做。"

——坚决地摇头："我不饿。"话音未落，肚子很不配合地又叫了一声，小家伙仍是坚持，"我就不饿。"

顾婉凝起身把他抱了过来："你真的不饿？"

——贴在她怀里，小声说道："妈妈，你说不跟坏人说真话的。"

顾婉凝握了握他的小手："这个叔叔不是坏人。"

——回过头，极不满意地斜了虞浩霆一眼："他比坏人还凶。"

大夫在一旁查看顾婉凝的伤势，写单子开药，——则跟虞浩霆讨价还价，最后以"已经早上了"为由，成功说服总长大人要到一碗桂花糖芋苗，可咬了两口又嫌不够酥，没有在家里吃的好。

"那你还吃吗？"虞浩霆打断了他的抱怨，看——摇头，便搁了勺子不再喂他。

——等了一会儿，见虞浩霆只是凝神听大夫说话，没有理会他的意思，忍不住在他腿上戳了戳："不再要一个吗？"

虞浩霆心不在焉地看了他一眼："什么？"——指着茶几上的糖芋苗启发他："这个不好。"虞浩霆这才领会了他的意思，随口说道："再要一个也不一定好，待会儿吃别的吧。"

——察觉他态度敷衍，但因为不熟，只好很大度地"哦"了一声，不再同他计较。直到侍应送了早点进来，顾婉凝拣着他喜欢的细细喂给他，——才又志得意满起来，觑着虞浩霆吃得格外有滋有味。可惜总长大人并不怎么看他，不断有电文公函送进来请虞浩霆批示，郭茂兰等人出入之间冷肃中略嫌匆忙，若不是酒店套房里金粉琳琅，鲜花应季，很容易叫人错觉是进了参谋本部的办公室。

顾婉凝在餐厅里喂——吃饭，不觉外头忽然静了。她回眸一望，不知什么时候，客厅里的人都退了出去，只虞浩霆独自一人坐在沙发里若有所思地看着她。

她的目光碰到他的，如蝶翅撞上蛛网，一触即落，却又缠滞着解脱不开。身边越安静就越叫她觉得惶然，几番斟酌，才开口道："你要不要也吃点东西？"

"嗯？"虞浩霆像是没料到她会突然跟自己说话，迟疑了一下，才点了点头，起身过来，见——优哉游哉地就着妈妈的手吃饭，顺手就在他脸上捏了捏："嘴这么刁，倒像你爸爸。"

大约是嘴里含着东西说话不方便，——只好仰起脸用眼神回应了一下。可小家伙一动，顾婉凝送到他嘴边的勺子轻轻一抖，里头的蛋羹就跌在了餐巾上。

虞浩霆挨着——坐下，虽然看着这孩子心里总有点微妙怪异，但又觉得有这么个小人儿在这儿也是好事，否则，他真的不知道该怎么和她独自相对。

他前一次见她是在唐家，月色幽幽的夏夜，他居然就那样孟浪！他后来想起，总不免懊恼，她会怎么想他？在她心里，他早已不知是什么面目了。可一个念头总在夜深人静的时候寻隙而出，要是那天，他偏要——偏要带她走，她会怎么样？

他这样想着，忍不住去看她，却见她脸颊上细细一痕新伤，竟有七八厘米的样子。他眸光一寒，把手往她腮边探去："你脸怎么了？"

顾婉凝匆匆侧过脸："没事，逗他玩儿时不留神，擦了一下。"

虞浩霆点点头，有些尴尬地把手缩了回来，——却急急咽了嘴里的东西，辩白道："是妈妈……不是我……"

"嗯嗯，不是——，是妈妈自己不小心。"

顾婉凝一边说一边把掖在他身上的餐巾收起来，——还是觉得不对："不是……"可那一日的情形他怎么努力也不知道怎么说清楚，垂着眼睛很是不高兴。

虞浩霆见状，摸了摸他的头："怎么了？"

"我没有动，是妈妈自己……"——说着，跷起小小一根食指在自己腮边一划。他这样一比，虞浩霆的脸色已变了，顾婉凝连忙倒了杯咖啡给他："我闹着玩儿的，就是吓他们一下。"已经过去的事了，他知不知道都没什么关系，她不过是不想让他担心，或许他对她有恼怒，有怨怼，有欺瞒——一如她对他，但她仍旧不想看他难过，一如他对她。

虞浩霆一口一口啜完杯里的咖啡，人却始终是绷紧的，直到搁了杯子才低声开口："你住到醨山去吧。没有人会去扰你的，我保证。其他的事——"他深深吸了口气，"等朗逸回来，我让他给你个交代。"

婉凝张了张口想要反驳，正看见绯金的晨光中，虞浩霆轻轻揉了揉眉心，话到唇边，她说出来的却只有一句："今天的蛋挞很好，你尝尝。"

虞浩霆依言拿起一枚咬着，瞥见——眯着眼睛打了个哈欠，憨憨懒懒的样子让人看在眼里，软在心里。他从前并不怎么喜欢小孩子，可是这会儿看着这小人儿却觉着很有几分可爱，他的声调也格外温软下来："你带这小家伙去睡吧，等他醒了再走。"

卧室的门悄声碰上，虞浩霆慢慢吃了手里的蛋挞，起身走到窗前，默然推开了半扇窗格。眼前一片天光明澈，云影扫过重叠鳞次的屋顶，清和的风声、电车铃声、报童烟摊的叫卖声……在这云影天光里飘袅着送上来，不必东南佳气西北神州，这样的安宁深稳，便是最真切的一代江山。

"总长。"外头几下轻笃的叩门声，语气中带着提醒。

"知道了。"虞浩霆低声应罢，在卧室门前略一犹豫，还是试探着拧开了房门。婉凝侧身揽着——，母子俩像是都睡熟了，窗帘滤过的阳光洒开一室微弱的淡金，她腮边那一痕新伤已看不分明。

他还记得那年在锦西，给她缝伤口的医官刚走，她就对着镜子曲了眉心："也不知道医官吃的樱桃有多大。"他想着那一日的情形，胸口有连绵的微痛，自从她莫名其妙地嫁给邵朗逸，他便常常跟自己说，她就是个不知好歹没有良心的坏丫头，可现在想一想，她弃他而去或许真的不是一件坏事。若他已然不能许她"事事顺遂"，那至少也该让她"一生平安"。

他站在床边凝眸看她，目光眷眷，却不敢再靠近一步。他怕自己再靠近一点，又会做出什么叫她鄙夷的事来。他不能再耽搁了，他知道。从前，他总喜欢在她枕边搁点东西，有晨起在园中折来的花枝，也有时新的小玩意儿，甚至是他着人偷拍她的照片……他只是想，她醒来的时候，即便看不见他，也有会心一笑。他不能再耽搁了，又摸了一遍身上的衣袋，却真的是什么可以拿出来的都没有。

他低笑自嘲，这样也好。于他们而言，没有告别，就是最好的告别吧。

等——喝了橙汁完全清醒过来，已经到了下午。顾婉凝抱着他上车，忽然觉得哪里不对，便问坐在副驾的叶铮："你们总长呢？"

"总长去了沈州。"叶铮回过头，脸上有罕见的沉肃，仿佛一日之间就入了秋，顾婉凝不由怔住："是……"

叶铮低声道："夫人，我们和扶桑人——开战了。"

蓁蓁和她那只脖子上系着缎带的蝴蝶犬同时从台阶上冲了下来："爸爸！"邵朗逸抱起女儿，理了理蓁蓁额上吹乱的刘海："我听说你不好好学琴，惹你妈妈生气？"

蓁蓁惊异地瞪了瞪眼睛，拨浪鼓似的摇头："我好好学的！就是妈妈让我拿鸡蛋，我不小心把鸡蛋捏碎了……琴弄脏了。"

邵朗逸笑道："是不小心吗？"

蓁蓁吐了吐舌头："谁让他们笨，也不会把鸡蛋煮熟了给我。"

邵朗逸抱着她一路走到琴房："既然是好好学的，那我听听你弹得怎么样。"说着，便把蓁蓁放在了琴凳上。

小姑娘一扬下颌，矜傲地看了看爸爸，端足架势，把琴谱翻到新近在学的一首《车尔尼练习曲》，纤幼的手指敲出一连串流畅的音阶。短短一个段落弹过，邵朗逸连忙拍手赞道："嗯，是好好学了。"

蓁蓁跳下琴凳，攀在邵朗逸身上："爸爸，周叔叔说你要去好远的地方，你能不能不去啊？你要是不去，我天天弹琴给你听。"

邵朗逸拉着她的小手贴在自己颊边："爸爸很快就回来了，你在家里好好学琴，听你妈妈的话。"

"妈妈……"蓁蓁搂住爸爸的脖子，小声嗫嚅，"妈妈跟心玫阿姨说，她再也不想见你了。妈妈还说，要是没有我，她就回家去了。爸爸，这儿不是我们的家吗？"

邵朗逸在她脸颊上亲了亲，故作惊讶地说道："是吗？我去问问她。"

"你来干什么？"康雅婕冷然质问，怨毒的目光从邵朗逸面上扫过。

邵朗逸从孙熙平手里拿过一个文件夹，打开递到康雅婕面前，康雅婕接在手里，只看了一眼，面容有瞬间的僵硬，咬牙笑道："怎么？人找回来了，你急着扶正她吗？"原来那文件夹里是一式两份离婚契书，邵朗逸皆已签字用印。她会让他们如意？做梦！

"我若是不签呢？"

邵朗逸并不看她，只是慢慢踱着步子，仿佛在赏味房中的古董清玩："签不签都随你。我这次去龙黔，说不好什么时候回来，这个就放在这儿，备你不时之需吧。"

康雅婕惑然看着他："你这是什么意思？"

"我听蓁蓁说，你想回沈州？"

康雅婕冷哼了一声，闭口不答。

"我劝你还是算了。扶桑人这次发难是蓄谋已久，沈州未必守得住。"邵朗逸回过头，隐约一叹，"你实在不愿意待在这儿，可以去广宁；要不然，干脆出国去。你可以带蓁蓁走，也可以把她交给我大嫂或者蔼茵，你自己看着办。"

康雅婕嘲讽地瞥了他一眼："我父亲苦心经营了二十年，也没让俄国人和扶桑人占什么便宜，到你们手里就守不住了？"

邵朗逸垂眸一笑："我们自然不能望康帅的项背。"他这样一退千里，康雅婕一时也不知道再说些什么，却见邵朗逸面上忽然罩了郑重之色："蓁蓁说，你该叫人把鸡蛋煮熟了给她握。"言罢，转身而去。

康雅婕茫然看着他的背影消失在视线里，转眼瞧见文件夹里的离婚契书，胸中火起，扯出来就是一撕，然而撕到一半，手却忽然停住了。

"我这次去龙黔，说不好什么时候回来，这个就放在这儿，备你不时之需吧。"

"你可以带蓁蓁走，也可以把她交给我大嫂或者蔼茵，你自己看着办。"

他到底想说什么？

"方小姐！"

方青雯的黄包车刚在仙乐斯门前停下，边上就有人大喊了一声，她顺了顺身上的旗袍，下车站定："今天怎么是你来了？"

"是我们团座……啊不！是我们师座让我来的。"说话的正是一直跟在杨云枫身边的那个小勤务兵。杨云枫是年前调回江宁的，虽然他不常来见方青雯，但却时时叫手下的马弁到仙乐斯替方青雯打发"麻烦"，仙乐斯的人也见怪不怪。

方青雯掩唇一笑，眼波流转："哦，原来是他高升了。锁子，那你升官了没有啊？"

锁子赧然摇了摇头："我们师座说，不带我去前线，所以不升我。"

方青雯笑容滞了一下："他要调到哪儿去？"

"我们师座要去绥江。"锁子说着，把手里的文件袋递给方青雯，"这是我们师座给您的。他说，让我在江宁跟着您，给您当保镖。我们师座还说，那个姓林的小子不是什么好鸟，他家里有个原配，孩子都生了……"

方青雯打开那文件袋一看，原来里面放了两份存折，她急急打断了那孩子的唠叨："你们师座人呢？"

"我们师座走了啊，一早就去南关车站了。"

方青雯闻言，把文件袋塞回他手里："你在这儿等我。"说罢，转身上了近旁停着的黄包车："去南关车站。"

锁子愣了愣，追上两步，喊道："方小姐！我们师座走啦！"

站台上尽是列队的士兵，一眼望过去，军官都是一色的戎装马靴，眉目遮进了帽檐的阴影。站台上倒也有一些来送人的女眷，但却没有方青雯这样四处寻觅张望的。

身后突然汽笛轰鸣，方青雯连忙转身，只见浓白的蒸汽从车头喷吐出来，车厢加速滑过，她盯紧了去看，却唯有一窗一窗相似的侧影……到后来，连车窗也终于高不可见了。

列车呼啸而过，被抛下的铁轨折射着明晃晃的日光，在她眼角刺出一抹泪光。

这时，一个少校军官带人从她身旁经过，跟在后头的一个小兵觑了方青雯一眼，极轻佻地吹了声口哨。那少校回过头来，正看见方青雯一边蹙眉望着开走的列车，一边抬手去擦眼泪。那小兵犹自笑嘻嘻地上下打量着她，那少校猛然站住，一个耳光劈头就打了过去，那小兵挨了这么一下，立刻耷拉着脑袋退到一边。

只听那少校说道："这位小姐，您要是送完了人就早点回去吧。"

方青雯忙道："我想问一问，去绥江的部队已经走了吗？"

那少校道："小姐，这我不能告诉您。"

她想追问一句，那他走了吗？却忍住没有开口，带着感激之色点了点头，待他们转身，才从手袋里拿出丝帕，擦去了唇上的玫红。

入夜的仙乐斯依旧酒绿灯红，明蓝艳紫的灯光把舞池照成一尊硕大的玻璃鱼缸，其间裙裾飘摇，缀满水钻亮片的曼妙女子便是一尾尾瑰丽的鱼。

方青雯袅袅娜娜的身影在人丛中穿行而过，也不理会同她打招呼的男男女女，径自走到台前，带着一点倦怠的笑意给了乐队一个手势，乐声戛然而止。

"今晚是我在仙乐斯的最后一宵。"她在台上语笑嫣然，台下的舞女常客不免窃窃私语，却见方青雯顾盼之间，柔媚不可方物，"多谢诸位的关照抬爱，别的——我也不会什么，就唱支歌吧。"

她朝乐队微一颔首，短短的前奏一过，她沉妩的嗓音教人听在耳中如饮醇醪：

"莫再虚度好春宵，

莫教良夜轻易抛，

你听钟声正在催，

滴答滴答滴答滴答滴；

碧空团圆月色好，

风吹枝头如花笑，

莫教钟声尽是催

……"

她身姿摇曳，声气缠绵，台下时有喝彩声和花枝抛上来。她从一个小姐妹手里接过一枝半开的白玫瑰，低头抚弄着唱道：

"不羡月色团圆好，

我俩也有好春宵；

随那花朵迎风笑，

我俩且把相思了。

浓情厚意度春宵，

轻怜蜜爱到明朝。

……"

肆

惜月

我的良人却已转身走了

　　春雨如烟，一城深深浅浅的新绿，都洇在这淡淡的水雾里，没有风，任红杏枝头有多少繁华也只得安静。

　　"你干吗这么早过去？"陈安琪一边问，一边张望车窗外的天色，这样况味不明的天气，她一向不大喜欢。

　　谢致轩把玩着她戴了蕾丝手套的小手："庭萱借了老秦过去料理晚上的拍卖，老秦说你们这些太太小姐捐的都是首饰，文玩古董不多，我去瞧瞧有没有能压场的东西。"

　　安琪拱了拱眉尖："北边现在很缺钱吗？"

　　"没到那个地步，真要是到了那个地步，谢总长早就发公债了。"谢致轩微笑着拍了拍她的手，"义卖募捐支援前线，'募'的不光是钱，更是人心。有一两件能压场的东西，新闻登出来才好看。"

　　"我可是拣最好的送过去的。"

　　谢致轩笑道："知道知道，我夫人是最大方的。"

　　车子停在陈府门口，安琪临下车时又嘱咐了一句："晚上我就不过去了，你记着把我那挂蓝宝的链子买回来，别弄错了哦。"

谢致轩连忙点头："夫人放心。"

国际饭店三楼的宴会厅已经布置妥当，谢致轩大略看了一遍，跟正在斟酌嘉宾位次的霍大小姐聊了几句，便去翻拍品目录，看了一遍，果然多是珠宝首饰，好在他早有准备。

谢致轩放下目录进了陈列厅，老秦闻声赶忙过来招呼，谢致轩四下看着一众拍品，道："待会儿我叫人送个哥釉贯耳瓶过来，你看着安排吧。"

老秦点头应了，见他打量一众拍品，倒想起一件事来："少爷，有件东西您掌掌眼？"

谢致轩奇道："还有你拿不准的东西？"

老秦谦谨一笑："倒不是拿不准，却是件旧相识。"说着，转身取来一方插着牙扣的织金云锦盒，"我想着，兴许您有兴趣。"

谢致轩看那盒子已觉得有几分眼熟，打开看时，里头安然躺着一环翠镯，浓碧莹润，盈盈欲滴。"这是……"谢致轩感然蹙眉，擎在手里细细端详，"这是霍小姐拿来的？"见老秦摇头，他越发诧异："那……这镯子是哪儿来的？"

老秦迟疑地看了看他，却没有答话，谢致轩晒笑道："你告诉我又不坏规矩，快说！"

老秦嘿嘿一笑："不是小的故弄玄虚，是这位夫人确实有些说不得。少爷，借您的手用一用。"

谢致轩无可奈何地摇了摇头，伸手给他。老秦匆匆几笔，躬身在他掌中画了个字出来——谢致轩的眉心倏然一紧："是她？"

老秦垂目点了点头，手中了无痕迹的一个"顾"字，却叫谢致轩心中的一个疑窦呼之欲出："她单送来这个？"

"一起送过来的还有两件首饰。"老秦一边说一边在拍品目录上指给他看，也都是好的。"不过，到底这一件，不是凡品……"说着，忍不住"啧啧"两声。

谢致轩捏着那镯子沉吟道："这件东西不要拿出去拍了，你估个价，我买了。"

"是。"

谢致轩把镯子慢慢放回去，那满城新绿也不能夺的空灵郁翠在这一室琳琅中，静谧得叫人心折。原来如此。他转身要走，又想起一件事来："这镯子霍小姐看过了吗？"

"霍小姐只瞧了清单，东西没有一一过目。"老秦说着，又是嘿嘿一乐，"倒是看了看少夫人的链子，说少爷您少不得自己买回去。"

夜雨淅沥，车灯在山路上照出粼粼光斑，如浓墨晕染的山影比夜色更深。谢致轩一言不发地握着手里的锦盒，这些年的戏，明明是花好月圆，却一夜之间就转了镜破钗断，荒腔走板得叫他百思不得其解，连安琪也说不出个所以然。外头的流言蜚语没个准头，便是自家女眷也免不了嚼嚼舌头，为了顾婉凝的事，安琪还和三嫂拌过嘴。本来他也想着，大约是虞霍两家好事近了，谁知拖到现在也没个消息。还有小霍，这几年小霍南南北北地折腾，上一回他们见面，算起来也有两年多了，他以为他是一心要学虞浩霆，可三颗花熬出来，他脸上却不见一丝神采飞扬。他直觉有什么不对，可他不说，他也无从问起。

而今晚，老秦在他手里写出的那个"顾"字，刹那间击穿了他所有的疑窦。他还记得那年，他说这镯子没能配成一对，他薄薄的笑容像秋叶离梢："那算了。我过些日子就送人了。"算一算日子，正是她生辰的时候。原来如此，可是若真的如此，那么，确是死结了。

"你这是从哪儿来？"自从回到雽山，除了安琪和骆颖珊，还有韩珆偶尔过来度曲之外，顾婉凝这里从没有过访客。这个钟点，谢致轩突然打电话说有事要见她，她原本就有些疑惑，此时见他竟然是一身礼服打扮，便更诧异了。

谢致轩听见她的声音，转身笑道："今天晚上在国际饭店有支援前线的义卖募捐，我去买了几件东西。"

"你这么晚过来，是有什么要紧的事吗？"两人甫一落座，顾婉凝便直言问道。

谢致轩却不答话，等丫头上好茶退了出去，才从衣袋里拿出一个锦盒，推到顾婉凝面前，缓缓开口："你这件东西再不要拿出来了。"

顾婉凝一见那盒子，正是之前她叫人送到义卖委员会的那只翠镯，犹疑地看着谢致轩："你这是……"

谢致轩端着茶淡然笑道："这镯子是小霍送给你的吧？"

顾婉凝一怔："你怎么知道？"这镯子当初小霍送她的时候，她颇有几分喜欢，套在腕上戴了几日，后来几次被人啧叹，知道这东西许是过于贵重，便很少戴了；出了南园的事情之后，她更是一次也没有戴过，谢致轩怎么会知道呢？

谢致轩接连呷了两口茶，才道："你要是不想要，还给他就是了，何必捐出去卖呢？"

顾婉凝闻言眉目皆低，她不知道他们的事情谢致轩知道多少，只默默咬了咬唇："我没有别的意思。我只是想，他如今也在北边，我没什么能做的，这个若是能有一点用处，或许他也多一份平安。"

谢致轩讶然抬眼："他去了绥江？他不是在唐骧那儿吗？怎么会调他去绥江呢？"

顾婉凝摇头道："我也不知道，我听韩珆说的。"

谢致轩看看那镯子，又看看她，低低叹了口气："这镯子，小霍是怎么送你的？"

顾婉凝眉睫垂得更低，浓密的睫毛在颧骨上打下一片阴影："是前几年我生辰的时候他送给我的。我知道他手里拿出来的东西，都是顶贵的……"

"你不知道。"谢致轩摇头打断了她，"他也不敢告诉你。这镯子是霍家的传家之物，算起来，单是落在霍家恐怕也有百年不止了，是早先霍家祖上娶一位郡主的时候，带来的嫁妆。"

他了然地看着面露惊诧的顾婉凝，娓娓而叙："那位郡主的父亲昔年远征洪沙平叛，洪沙国主以国礼奉上——里头就有这只镯子。世上最好的翡翠都出自洪沙，可是洪沙国主手里也不过只有这一只。那位王爷还朝之后，将镯子交还大内，皇帝又赏赐下来，后来就带到了霍家。霍家累世显宦，几代人搜寻了这么多年都没能再找到一只相配的。"他说到这里，不自觉地停下，神情复杂地望着婉凝，"那年小霍从锦西回来，拿了这镯子来找我，托我务必帮他配成一对。我家里的洋行、银楼、古董铺子找了两个月，寻了三只顶尖的老坑玻璃种镯子，一个一个比过去，还是不成。他才跟我说了这镯子的来历，也不知道是怎么从他祖母手里哄出来的。"

顾婉凝的指尖从那镯子上摩挲着滑过，低低道："我不知道，我以为……"她忽然说不下去，翡翠她不大懂，不过是见多了好的，看过去也知道名贵。但是霍仲祺送出来的东西自然都是好的，她并不怎么在意，随手套在腕上，还以为是他一时想起她的生辰，懒得花什么心思，就选了件顶贵的，却没想到会是这样。

花厅里只有座钟悠悠摆动的嘀嗒声和着窗外的微雨缠绵，乌木条屏上的青绿山水云光翠影，温润明丽。她静静地坐在灯影里，不声不响，人已入画。

怎么就会到了这个地步呢？谢致轩也一时无言。他爱安琪，安琪也爱他，他明白那些银镜台前人似玉，金莺枕侧语如花的温柔缱绻，却不明白，他们这万缕牵丝的纠缠怎么就会到了这个地步呢？

他遥想着当年，姑姑叫他到栖霞盯虞浩霆的梢，不为别的，就是为了她。他一时大意，让她和浩霆闹翻了，侍从室里一片鸡飞狗跳。他和小霍带她去看戏，她出了事，浩霆疯了一样伤心，小霍没日没夜地守着她，现在想想，大约那个时候，仲祺的心意就已经在她身上了。后来，她和浩霆分手，浩霆在她门外的雪地上站了一夜，也没能叫她动容；再后来她忽然莫名其妙地嫁了朗逸，小霍一个人远走陇北，再不肯回来……这些事和他都没有关系，他不过是冷眼看着他们各自伤心罢了。可比起现在说不能说，忘不能忘，那时候的伤心也都历历分明。

韶华抛人，细雨流光，那时候，他们多年轻啊。

谢致轩起身告辞，临出门时又回头笑道："钱的事情，我和大哥想办法。江宁的军费再吃紧，也还用不着你来卖首饰。"

谢致轩回到家里，安琪还没睡，拎起他的外套晃了晃："义卖早就完了，你又去哪儿了？也不告诉我一声。"

谢致轩笑道："我去访了一位美人儿，你闻出什么没有？"

安琪把手里的衣裳往沙发上一丢："我的链子呢？"

谢致轩打开皮包，摸出个皮面盒子双手递了过来。安琪看也不看，顺手搁在了妆台上，回过头来见谢致轩把玩着自己的火机若有所思，遂道："你要抽烟出去抽。"

谢致轩一愣，连忙收了手里的火机："没有。"

安琪又细细打量了他一遍，轻盈盈偎到他身边坐下："怎么了？是出什么事了？"

谢致轩含笑摇头："没有。"话音未落，臂上就被安琪用力扭了一下："说实话！"谢致轩倒抽了一口冷气，看着安琪直勾勾的眼神，无可奈何地笑道："我去了趟罐山。婉凝也捐了首饰，我顺便买了，给她送回去。"

安琪闻言，缓缓放松了他，没有作声。谢致轩见她这个形容，不由好笑："怎么了？"只听安琪幽幽丢出一句："你待她也这么殷勤。"说着，抻了抻睡袍的带子，站起身来。

她一向是辛辣爽直的性子，这样楚楚的神态却是少见。谢致轩连忙拉住她的手，失笑道："你这是疑心我？哪儿至于！你听我说，是她这件首饰不寻常，卖不得。"

安琪听了，疑惑道："为什么？是虞四少送给她的？"

谢致轩摇了摇头，叹道："是小霍送给她的。"

"那有什么卖不得的？"安琪仍旧沉着脸色，"小霍送她的东西，你怎么知道？"

谢致轩揽了她坐下，温言道："这件东西是霍家的传家之物，我以前见过。婉凝不知道，才拿出来卖的。真要叫人买了去，岂不可惜？"安琪听着，犹自将信将疑："就是这个缘故，没有别的？"

谢致轩捏了捏她的脸："那还能有什么？宝贝，你平日可没有这么小气，婉凝又和你要好，你今天是怎么了？"

安琪被他问得颊边一红，倚在他肩上轻声道："我们在学校的时候，一个班级的女孩子，婉凝是顶漂亮的。虞四少喜欢她，小霍也喜欢她，男人都是见色起意的，你认识她这么久，就没动过心？"

谢致轩先是皱眉，既而笑着揉了揉她的发："傻瓜！燕窝鱼翅虽好，却也未必人人都爱吃，我就偏喜欢吃白菜豆腐。"

安琪"扑哧"一笑，却又板了面孔："原来我在你心里就是白菜豆腐！燕窝鱼翅你也未必是不爱吃，许是吃不起呢？"

谢致轩垂眸而笑，索性揽过她靠在自己怀里，"我有多少身家，你可都知道，有什么东西是我吃不起的吗？"说着，忽然起起一件事来，"小霍的事，你也知道？"

安琪点了点头，眉宇间浮起一缕薄愁："他一早就喜欢婉凝，又不敢说。我还以为他放下了，没想到连传家的东西都能拿来送人……我是有点羡慕婉凝，总有人对她这样痴心。"她说着，忍不住叹了口气，"其实，你妹妹那样执念也有她的开心，我们这样寻寻常常，怪无趣的。"

谢致轩抚着她的头发笑道："我问你，要是我们有个女儿，你是盼着她将来像婉凝一般呢，还是像致娆那样？"

安琪默然想了想，道："那还是像我这样好一些。"

谢致轩笑道："这不就结了！你还羡慕她们做什么？"

炮兵团的调令下来，唐骧亲自叮嘱叫霍仲祺不必去，谁知这位霍公子在电话里头就较了劲："唐次长，您调我的兵，不调我这个长官，这个调令我没脸发下去。"

若是换了别人，这份豪情血气倒叫唐骧有几分赏识，只是政务院长的公子，又是虞浩霆特意派给他妥善安置的，再有豪情血气，也不能填到沈州去。搁下电话，跟坐在对面沙发里的汪石卿对视了一眼，苦笑道："石卿，你不是跟这位霍公子有交情吗？正好你在，去帮我劝劝？"

汪石卿含笑点头，眼中却没有附和的意思："小霍脾气拗，他实在要去，就由他吧。炮兵又不是步兵，就算真到了前线，也尽有人'照顾'他，说不定直接就安置在总长行辕了。"他说着，沉了沉眼波，"况且，他人在绥江，也能安一安江宁的人心。"

唐骧眼中掠过一丝凛然："怎么？江宁那边有异动？"

"现在还没有。不过以后就说不准了，以防万一吧。"

唐骧靠在椅背上思忖了一阵，还是摇了摇头："不行，这件事总长有交代。"

　　汪石卿见他如此说，也不再坚持，整装起身："那好，我去试试看。要是不成，你干脆叫宪兵把他绑到行署好了。"虞浩霆年轻，难免顾及这点子幼时的兄弟情分，唐骧这个人多少年了还是这样一味地宽厚，可恶人总也得有人来做。

　　汪石卿到的时候，霍仲祺正在带人分拆他们的卜福斯炮，小霍已然换了钢盔，绷紧的下颌线条如削，束紧的斜皮带一丝不苟，唯有一条蛇皮马鞭转在手里，依稀还有一点往日的少年倜傥。

　　"霍团长，您这是要抗命啊？"汪石卿施施然下了车，霍仲祺一见是他，眼里闪出一点笑意，神色却仍是肃然："军令如山，我这是奉命。"说着，迎上前去微微一笑，"石卿，好久不见，你怎么来了？"

　　汪石卿亦笑道："我是给唐次长来当说客的。"

　　两人进了团部的办公室，霍仲祺便吩咐勤务兵泡茶，汪石卿尝了一口，不由皱了皱眉："你如今就喝这个？"

　　霍仲祺笑道："这也是六安的瓜片，只不过不是内山茶罢了。好的我都送人了，委屈汪处长了。"

　　汪石卿把茶放下，半真半假地哂笑了一声："邺南这里还有人敢敲你的竹杠？"

　　"不关别人的事，是我强人所难，总得有点表示。"霍仲祺自己尝着杯里的茶，倒像是很满意，"我们这次去绥江，山长水远，也不知道战事会有什么变故，说不定一到就要调上去了，弹药——我总得带上半个基数吧？一发炮弹二十美金，你算算……多少斤茶叶也不够啊。"

　　汪石卿呷着茶细细听了，又抬眼打量了他一遍："你真的要去绥江？"

"嗯。"

汪石卿忽然站起身来，关了办公室的门，背对着霍仲祺默然站了片刻，才慢慢踱了回来："仲祺，你不要去了。"

霍仲祺瞧着他，莞尔笑道："行了！你人也来了，话也说了，情我领了，你回去跟唐次长复命吧。"

汪石卿却没有看他，也没有笑："仲祺，我知道你为什么一定要去绥江。"

霍仲祺的笑容猛然一僵，下意识地端了茶掩饰自己的失态："石卿，你这是……"

"南园的事，不是你的错。"汪石卿的口吻平淡如水，听在霍仲祺耳中却是一声霹雳，他手里的杯子"啪"的一声掉在桌上，茶水泼溅出来，洇湿了近旁的书函。霍仲祺顾不得收拾，死死盯住汪石卿，声音却虚软发颤："……是……是沈姐姐知道？她告诉你的？"

汪石卿坦然对上他的目光，轻轻摇了摇头："那天的事是我安排的。我叫人在武康扣了那批军火，我叫你回去替我送戒指，我叫玉茗留下那丫头，在她杯子里下了药……你想明白了没有？"

霍仲祺两臂撑在桌上，面色惨白，眼中却暴出了血丝："为什么？"

"为总长该娶霍小姐，为她不配做虞家少夫人，为虞霍两家没有龃龉——"汪石卿仿佛全然没有察觉霍仲祺的反应，语气一转，话锋如刀，"为你念念不忘觊觎你四哥的女人。"

他说罢，竟有闲适端起茶来呷了一口："这种事，越得不到，就越放不下。我不想见你和四少为着这么一个女人，生分了。"他话音才落，不防霍仲祺抄起桌上的马鞭抽过来："汪—石—卿！"

一鞭打在他手上，抽出道血痕来，茶杯应声而落，在地上砸得粉碎。

汪石卿却不惊不怒，只是垂眸而笑："玉茗给那丫头下了药，你可没有。小霍，扪心自问，要是这件事我一定要做，你愿意是你，还是别人？"说完，便拉开门头也不回地走了出去。

从去年秋天开始，虞军在北地的防线接连后撤，扶桑驻屯军几乎不费吹灰之力就推进到了松阳－沁伦一线，国内报章舆论鼎沸，直斥虞军"勇于私斗，怯于公战"。江宁政府不得不做出个守土卫民的表态，虞军这才在松阳陈兵拒敌，然而战端一开，接下来的事，就谁也无法控制了。

整整一个春天，几乎每个星期的报纸上都附着或长或短的阵亡名单。骆颖珊弹了弹手里的报纸，一声深叹："叶铮说，松阳那一仗，一个团填进去，三天，番号都没了。"

顾婉凝听着，眉宇间颇有几分忧色："听说，空军也折损得很厉害？"

"嗯。"骆颖珊点了点头，"之前从欧洲买的飞机不如扶桑人的新机型好，重新从美国订购要时间，可战事不等人。"她见顾婉凝面上神色含忧，不免有些好奇："怎么了？"

"我有个同学的未婚夫上个月调到绥江去了，到现在只来过一封信。"

骆颖珊一时也没有开解的话，只好笑道："许是让军情部的人截了，正审查呢！"挤不出欢喜，笑也笑得心虚，跟着又是一叹，悄声嘀咕道，"想想也是，幸好叶铮还留在江宁。"

顾婉凝觑着她，唇角轻轻一牵："你这么惦记他了？"

骆颖珊脸上微热，口吻犹自倔强："那怎么办？他总是叶喆的爸爸。"言毕，见顾婉凝眼中尽是了然神色，不由气馁，半嗔半怨地丢出一句："你就没什么担心的吗？"

顾婉凝又牵了牵唇角，浅笑如愁："我是没什么担心的。"

骆颖珊一想也对，不管是总长大人还是——的爸爸，确实都不必担心。只是她既和邵朗逸翻了脸，又被安置在了曜山，该是跟总长大人重修旧好的意思？可是虞浩霆回了江宁几趟，连去看她一回也没有，算怎么回事儿呢？

依然能无忧无虑的，大约只有孩子。

——和叶喆是被带到医院来种牛痘的，叶喆以为有"豆"可吃，——以为有"牛"可看，没想到居然是被护士按住一人挨了一针。两个人互相看着，谁都不好意思先哭，憋着憋着就忘了疼，撇了撇嘴一块儿到草坪上打滚儿去了。

暮春时节，葱翠的草尖上映着明亮的光斑，叶喆比——高了半个头，话也比——多，一边揪着草叶一边跟——"吹牛"："我爸说明天带我去骑马，他说明年我就能自己骑了。"

——怀疑地看了看他，没有吱声，叶喆瞧他不大相信的样子，也有点讪讪："我爸说明年我要长这么高就能自己骑了。"说着，扬手在自己头顶比了比，——这才点了点头："哦。"显然觉得他明年是没这个可能了。

——又低了头不说话，叶喆不耐烦起来："你想什么呢？"

——抿了抿唇："你见过我爸爸没？"

"啊？"叶喆一愣，摸摸头，"好像没……没有。"

——点头附议："我也没。"

叶喆想了想，忽然找到了问题的关键："你爸是谁啊？"

——拧着眉头思索了一会儿，摇头下了个结论："想不出，我没有爸爸。"

叶喆仔细端详了他一遍，脸上忽然浮出一个十分古怪的表情："那你妈妈肯定还挺喜欢你的。"说着，眼里竟闪出几分艳羡。

——瞟了他一眼："我妈妈当然喜欢我，你妈妈也喜欢你。"

叶喆却揉了揉鼻子："我爸说要不是他拦着，我妈早就把我'处理'了，才不要我呢！"

"处理？"——不解地重复了一句，"什么'处理'？"

叶喆皱着鼻子使劲儿想了想，也不知道是怎么个"处理"法，只好发挥了一下想象力："就是塞在马桶里，然后'哗——'就不见了……"说着，小手在半空用力按了一下。

——惊讶地看着他，好一会儿才摸了摸叶喆的手："你真可怜。"

婉凝和骆颖珊在草坪边上绕了半圈，正要叫——和叶喆回去，却见有仆妇小心翼翼地扶着一个身怀六甲的娇小妇人迎面过来，后头还跟了个勤务兵。这小妇人婉凝和骆颖珊都认识，正是郭茂兰此前藏娇多年的秋月白。

这两人三年前总算一桌喜筵，定了终身，郭茂兰虽身居要职，是虞浩霆身边第一得力之人，但月白双眼皆盲，又是安静羞讷的性子，甚少和人交际应酬，唯同骆颖珊和顾婉凝相识。此时偶遇，自然说些孕中宜忌之类的话题。月白挽了发髻，一件浅水蓝的提花绡旗袍，腰身极阔，只是她除了腹部隆起，脸孔略有些浮肿之外，身形依旧十分纤瘦，笼在衣裳里不免叫人觉得单薄。

月白习惯地半低着头，小巧的元宝领托着微微丰润的下颌，面上未施脂粉，淡红的唇噙着一丝融融笑意，静静听着骆颖珊清脆利落的叮嘱。婉凝偶尔插两句话，更多的只是含笑看着月白，如果"幸福"两个字有表情，便该是这样的吧？不必有太多雀跃欢欣，一点笃定的静好，足矣。

松阳失守，燕平震动，若是沈州亦不可保，关内再无屏障，扶桑人立时便可长驱直入，兵临城下；而龙黔亦是连番苦战，虽则边远之地不为普通人关注，但东向的出海口被扶桑人封锁之后，虞军的军需补给大多依赖龙黔到锦西的陆上交通，于是，前番政府里力争主战的声气转眼就软了下去，似乎寄望外求斡旋，寻求友邦调停才是老成谋国之策。就在这个当口，燕平首屈一指的新闻纸突然登出一篇戴季晟的访谈文章，称愿与江宁政府止戈戡武，共赴国难，更承诺只要虞军首肯，沣南数十万将士随时可北上与扶桑人决一死战。这样的态度自然喝彩声无数，虽然江宁政府一声不吭，视而不见，但民意汹汹却不肯沉默，几天工夫，单是学生的请愿血书政务院就收了几沓。

婉凝一篇一篇翻看近日的报纸社论，先是冷笑，既而眉尖越蹙越深，虞军为了避免三线同时开战，在郫南的驻军已经尽数退到洹水以北，若战事继续拖延，戴季晟一旦发难，后果便不堪设想。她神思游离，下意识地翻着桌上的报纸，惊觉一抹艳色跳入眼帘，她以为是谁寄来的明信片，抽起细看，原来是张彩色反转片，拍的是山岭之间的巨大花树，整个树冠都覆满了嫣红的花朵，比云霞纯净，比火焰明媚，是只能存在于梦境的花朵！婉凝心底惊叹，难以想象站在这样的花树下会有怎样的震撼。

她翻过照片，背面却是一片空白，又再三审视，还是一无所获，既看不出拍的是哪里，也看不出这照片的来历。她问过早上送报纸信笺来的丫头，那丫头也是一问三不知，说并没有发觉有这样一张照片。

就是寄错了，也该有个信封地址，曜山这样的地方，也不是随便能夹带进东西的……她正琢磨着，忽然听见外头电话铃响，一个丫头接了，便进来通报："小姐，绥江行营有电话找您。"

顾婉凝愕然了一下，起身去接，只听电话里传来一个艰涩的男声："顾小姐，我是周鸣珂。"

"有什么事吗？"

"呃……"电话那边的人似乎有些犹豫，"总长有件事想拜托小姐。"

不知为什么，她觉得心事微有些沉，不暇细想便道："好。"

电话里有瞬间的沉默："郭参谋——殉国了。"

顾婉凝不觉双手握紧了听筒，郭茂兰已经挂了将星，更是虞浩霆近身的人，就算前方战事如何艰难，也不至于他会出事，她震惊之下脱口问道："怎么会？"

"郭参谋去松阳督战，前敌指挥受了伤，他临时……指挥所被炮击了。"周鸣珂声音低促，约略两句说完，似乎是哽咽了一下，"总长说，是不是告诉郭夫人，请小姐斟酌。郭参谋的遗物已经派人送回江宁了，请小姐合适的时候，转交给郭夫人。"

婉凝眼底的潮热慢慢地涌上来，她本能地睁大眼睛压抑眼泪："我知道了，那……"她用力抿了抿唇，"茂兰的灵柩，什么时候……回江宁？"

电话里头又是瞬间的沉默："郭参谋的遗体……没有找到。"

郭茂兰的遗物，除了他的军装和日常所用，就是一封还未及寄出的家信。顾婉凝思量良久，把那封信放进手袋，悉心选了几样补品，带着一一去了燕子巷。

过了霓虹桥甫一下车，婉凝心头就是一酸。上一回，她还是和骆颖珊一道过来，听她们说起郭茂兰原本另买了一处宅子，但念着月白住熟一个地方不容易，且人在孕中神思惫懒，便想着待她分娩之后再搬过去。如今，月白的产期也不过还有一个月……

顾婉凝带了一一过来，月白自是欣喜非常，吩咐齐妈将厨下的糕点尽数拿出来给一一吃，一一对吃的却很有计划，四五样点心一点一点尝过，才选了块儿最喜欢的吃。婉凝和月白闲聊了几句，便把手袋里的信拿了出来，盈盈笑道："正经事倒差点儿忘了，我今天就是为这个来的。不知道是哪里搞错了，茂兰的信寄到我那儿去了。"

月白闻言，眼中粲然生辉，笑意流转，脸庞也生了光彩，摸索着接过来，用手展了又展："齐妈，帮我把妆台上那个匣子拿来。"

齐妈应声而去，捧出一个乌木匣子来，月白轻轻抽开，摸了摸里面的一叠信封，赧然笑道："其实他给我写信我也看不成，齐妈又不识字，我只能按日子放着……"她脸庞泛红，绵绵的眼波比柳影中的轻云更温柔，"还是要等他回来再念给我听。"她说到这里，忽然一抬头，"既然顾小姐来了，不如，你帮我念一念？"说着，便把那封信又拿了出来。

婉凝方要应允，转念间却笑着摇了摇头："这样的信我可念不好，你还是等写信的人回来亲自念吧。"

月色皎皎，枝头梨花迎光处着了月色，晶莹剔透，背光处染了夜色，素光薄蓝。她一步一步踏在斑驳的花影上，一颗一颗的泪珠接连落在唇角，她什么办法都没有。

等他回来再念给我听。郭参谋的遗体没有找到。一个团填进去，三天，番号都没了。总长有件事想拜托小姐。可她什么办法都没有。等他回来再念给我听。战事不等人。止戈戢武，共赴国难。

止戈戢武，共赴国难？

夜风轻送，落花簌簌，她停了脚步，花影横斜，只她的影子是定的。

她要去试一试吗？可没有用的事，又何必去试？一点用都没有吗？她该去试一试吗？她要好好想一想。

——睡着了，头顶着枕头趴在床上活像个小青蛙，婉凝在他脸侧轻轻一吻，悄声走了出去。她站在窗前，默然沉思了片刻，终于拿起电话听筒："接军情二处，找蔡廷初。"

战事未起时，军情部就取消了休假，这些日子更是千头万绪，事务纷杂，但接到曜山的电话却让蔡廷初十分意外："顾小姐，是我。"

电话那头顾婉凝的声音平静清甜："打扰蔡科长了，我有一件事情，想请您帮个忙。"

蔡廷初忙道："小姐请说。"

"我想去一趟沣南，但是不想被别人知道，你有没有法子？"

蔡廷初一愣，"啧"了一声："这……"

顾婉凝听他声气犹疑，便道："如果你觉得为难，就算了。"

蔡廷初试探着问道："廷初冒昧，敢问小姐是一个人去，还是要带小少爷一起？"

顾婉凝自然明白他想问什么，坦然道："我一个人。"

蔡廷初稍觉安心，又追问道："不知小姐此去沣南所为何事？"

"这我不能告诉你。我只能说，我要做的事不会有碍……有碍战事。"

蔡廷初沉了沉心绪，道："那小姐想什么时候走？"

顾婉凝借口去湄东探望病重的姑母，曜山的侍从刚送她到车站，就被蔡廷初的人扣住，"安置"到了军情处的一所安全房。

"要是有人追究起来，你怎么交代呢？"

蔡廷初耸耸肩："就说弄错了。"

婉凝歉然笑道："这件事恐怕要给你惹麻烦的。"

蔡廷初亦微微一笑，似有些赧然："这两年我都算升得快了，蹉跎一下也不是坏事。况且，廷初相信小姐不会做有损于总长的事，要不然，您也不会来找我。"

顾婉凝沉思片刻，正色道："我去沣南是想拜访我父亲的一位故交，他在戴季晟军中有些声望，我想他或许能帮我一个忙。"

蔡廷初点了点头："不知道小姐要见的人，方不方便告诉我？"

顾婉凝倒没有什么为难："是端木钦。"

蔡廷初眉睫一抬，眼中已是了然神色。顾婉凝说的端木钦是戴季晟的嫡系第四军军长，据说两人当年还是结义兄弟，确是戴氏军中举足轻重的人物。

顾家居然和端木钦有旧，难道这些年的千回百转是跟这件事有关？那年，老总长遇刺，四少赶回江宁，侍从室选了他到官邸，父亲和长官都交代他事事谨慎，分寸规矩不能有半点疏漏。军人的天职是服从，他懂，更何况，他一向都是家里最循规蹈矩的孩子。谁知才报到半个月，他就出了娄子，二十岁的人了，毕业的时候所有功课都是优等，却原来连"听话"都不会。这事后来成了侍从室的一个笑话，如今想来，他自己也觉得好笑。可也就是那么个"娄子"，才有了此后总长大人和眼前这位顾小姐的几番甘苦。

这世上的事，就是如此难以捉摸，要是当初他灵醒一点，现在会是怎样呢？一昼一夜，疾驰千里的列车仍然死死锢在轨上，而他这辆车却冲出了界限。

"要是有人追究起来，你怎么交代呢？"

"这件事恐怕要给你惹麻烦的。"

她说的，他之前就已经想过了，可为什么还是要这么做，他自己也没有想明白。就像那晚在唐公馆，众目睽睽，他咬牙去请她跳舞，是因为她美？因为她可怜？似乎都是，也都不是，他只是不希望他们难堪。灯光明灭，他在人群中旁观他们那一曲Tango，是他平生仅见的惊心动魄，也许只有那样爱恨纠结，隐秘深埋的情人才能跳得那样好。众目睽睽，他就那样带走了她。他想起之前的传闻，说他从邵公馆里抢了人出来送到医院。那时候，他就在想，其实很多事并没有想象中那么重要。

江宁还是暮春，沣南已像仲夏了。婉凝换了芋紫的绉纱洋装，白色的翻边遮阳帽下，短短的面纱遮去了眼眸，只露出尖俏的下颌和闪着粉润珠光的双唇。蔡廷初隔着窗子，目送她上了酒店门前的黄包车，才按铃问服务生要了一壶热水，将手里的信凑在了壶口上。

这封信是顾婉凝出门前交给他的："要是我今晚没有回来，你就马上回江宁，把这封信交给虞总长。"信只有一页，但她写得却仿佛有些吃力。水汽洇开了信封上的胶水，他略一迟疑，还是小心翼翼地把信抽了出来。

顾婉凝在端木府门前下了车，门口的侍卫见她风姿楚楚，衣饰清华，想必身份不俗，便上前问道："请问这位小姐……"

"麻烦你们通报一声，我姓梅，是端木军长的世侄女，有事想要拜访他。"她说着，从手袋里拿出一方小巧的锦盒，"他看到这个就明白了。"

约莫一盏茶的工夫，大门里头一片急促的脚步声响，为首的是一个身材高壮、年近五旬的将官，顾婉凝见了来人，微笑颔首："端木叔叔。"

端木钦上下打量着她，两次欲言又止，方才说出话来："你怎么一个人就来了？"

顾婉凝抿了抿唇："我有事要求您帮忙。"

端木钦忙道："快，进去说话。"

端木钦的府邸虽亦是前朝总督的旧宅，但装潢陈设却都十分简素，花厅里一应赏玩皆无，只在门边案头摆了几盆叶片劲翠的君子兰、龟背竹，作观叶之用。

端木钦屏退了身边的卫士婢女，眼中的动容之色也不再掩抑："小姐……小姐上一次回沣南来，还是八年前。这些年，小姐受委屈了，不过，您现在回来就好，其实……"

顾婉凝柔柔一笑，打断了他："端木叔叔，我这次来是想请您帮个忙。"

"你说。"

"我想见一见戴司令，不知道您能不能帮我传个话？我不能在这儿久留，如果今明两天不行，我就要回江宁去了。"

端木钦一愣："小姐，您既然回来了，何必还要回去呢？"转念一想，恍然道，"是他们不肯放小少爷？"

顾婉凝摇头笑道："您误会了，我是怕带了他来，我就走不了了。"

端木钦听她如是说，又一径称呼戴季晟"司令"，不觉一叹，苦笑道："小姐，当年的事，司令也是不得已，您还这样放不下吗？"

顾婉凝垂眸道："我放不放得下，想必戴司令也不介意吧？"

淡绿的褶帘将日光挡在窗外，虽然端木钦没有说，但她也猜到他们这是要到哪儿去——除了刚回国那次，她再也没有来看过她，她会伤心吗？可是，什么都不会比她这些年的人生更叫她伤心吧？梅花不属于这个季节，夏日的梅林和寻常草木一样，翠色琳琅。八年前，也是这样的天，这样的路，这样的一片梅林，那枝叶深处白玉雕栏的一方墓碑，让她十年来的噩梦尽数成真。他也是这样立在墓碑前，试图伸手抱她："清词，你不要恨我。"她没有哭，只是冷漠地躲避："我不恨你，我根本不记得你是谁。"

"清词，你带给我一句话，救了沣南数十万子弟兵。可我心里更高兴的，是你到底都顾念着我们的骨肉之情。"

"骨肉之情？"婉凝低低重复了一句，抬眼望着戴季晟，"要是戴司令也顾念骨肉之情，我倒是想求您一件事。"

戴季晟双目微闭，悠闲一笑："你不会是想叫我放过虞浩霆吧？你放心，他还撑得住。"

婉凝亦笑语温柔："是啊，要是他撑不住了，戴司令也不会这么悠闲了。我就是想知道，您是想让他多撑些日子，还是想帮着扶桑人，断了他的后路，逼他死呢？"

戴季晟细细端详着她："清词，你信也好，不信也好，我是绝不会跟扶桑人合作的。"

"哦，我明白了。"婉凝点头笑道，"原来您是想等到虞军兵败的时候，再力挽狂澜，救国民于水火。"

戴季晟哼了一声："那你想让我怎么样？"

"我不想怎么样，我只是觉得，你要是想让他多撑几天，就不要这样煽风点火，咄咄逼人。"

戴季晟摇头笑道："清词，倘若易地而处，难道虞浩霆会放过我？"

顾婉凝一时被他问住，咬了咬唇，道："你就不怕逼急了他，江宁政府会跟扶桑人合作？"

戴季晟笑微微地踱了两步："就算江宁政府有这个意思，他也不会，虞浩霆这个人，太傲气。他这样的人，不懂得什么叫委曲求全、卧薪尝胆。所以，这一点，我倒真的不担心。"

"你？"顾婉凝深深吸了口气，目光盯在他面上，"那你就当还个'人情'给我。"

戴季晟似是听到了什么极荒诞的事体，嗤笑中又有些愠怒："还个'人情'给你？你知不知道你这个'人情'有多大？"他说着，忽见顾婉凝眼中泪光莹然，他默然沉吟了一阵，忽然道，"好，我答应你暂且放过他，不过，你也要答应我一个条件。"

顾婉凝一怔："什么？"

戴季晟缓缓道："你留在沣南，还有你和邵朗逸的孩子，一并要带过来。"他话音未落，顾婉凝已决然道："不可能！"

她答得这样果决，戴季晟不由暗自一叹："清词，你该知道，你既然来了，我是不会让你再回去的。"

"我知道，所以——"顾婉凝一边说，一边从手袋里摸出一把小巧的勃朗宁手枪，象牙护板，流线雕花，极利落地上了膛，"我也没打算回去。"

戴季晟眉头紧锁："你这是干什么？"

顾婉凝唇边一丝浅笑，把枪指在自己额边："我在这儿陪我母亲。"

"你？！"戴季晟压抑着胸中喷薄的怒气，"他那么对你，也值得你这样？"

顾婉凝面上的笑容已变得凄然："我不是为了他，我只是不想被我自己的父亲利用，去对付……"她嘴唇颤抖，后面的话再也说不出来——去对付我孩子的父亲。

戴季晟遽然转身，背对着她，良久才道："好，我放你走。你把枪放下吧。"

顾婉凝却不为所动："你对我母亲发誓。"

戴季晟诧然回身望着她："清词，你就这么不信我？"

一颗眼泪从顾婉凝腮上跌了下来："你对我母亲发誓，会放我走。"

戴季晟怆然一笑，凝望着那墓碑："疏影，我保证让清词平安离开，不会强留她在沣南。"

顾婉凝这才把枪收了起来，定了定心意，道："你若是此时在郧南用兵，江宁一定支撑不住，即便虞浩霆不肯，政府也会同扶桑人谈和，不管他们谈不谈得拢，扶桑人都会逼你做决断，当烈士还是做国贼，你都不乐意吧？可有他在前面撑着，你就算跟扶桑人谈合作，都多一点底气。你又何必急在这一时？"

戴季晟长叹了一声，苦笑着摇了摇头："清词，你这么聪明，可有些事，你还是没想明白。这一局，虞浩霆一定赢不了，他现在退一步，或许还能自保。"

婉凝微微一愣："你想说什么？"

戴季晟道："你自己的话，你好好想一想。"说罢，转身朝林外走去。

她不知道她的话会不会有用，可她能做的也只有这些了。顾婉凝刚走进酒店大堂，忽然一个三十岁上下的洋装女子拦住了她："顾小姐，您好。我是戴夫人的秘书，我们夫人想请小姐借一步说话。"

戴夫人？陶淑仪？顾婉凝微微有些诧异，顺着她的手势朝咖啡厅一望，果然有个气度端庄的中年妇人正朝她致意。婉凝略一思忖，便走了过去，另有一对青年男女也要进来，却被侍应拦在了外面。

"戴夫人，你好。"顾婉凝的招呼打得客套而冷淡。这个夺了她母亲幸福的女人，她还是第一次离她这么近。陶淑仪的样貌谈不上十分美丽，但五官也算端秀，只是肤色微有些暗，她抬头微笑的神态是良好教养和富足生活浸淫出的端庄雍容。得到一个未必真心爱她的男人，她会觉得快乐吗？

陶淑仪坦然笑道："我也不知道该怎么称呼你，你父亲叫你清词，我也这么叫你吧。"

顾婉凝不置可否地在她对面坐下："不知道戴夫人找我，有什么事？"

待侍应为顾婉凝上了咖啡，陶淑仪才道："我猜，你来见你父亲，是为了虞浩霆吧？"

婉凝用勺子轻轻搅着杯里的咖啡，并不答话。陶淑仪微微一笑："你的相貌很像你母亲，可性子倒不大像。"

顾婉凝把咖啡勺往碟子里一丢："要是夫人没有别的事，我就不奉陪了。"

陶淑仪面上的笑容滞了滞，神情渐渐肃然起来："我来见你，是有件事想告诉你。我知道，你一直都恨你父亲。你父亲确实有负你母亲，可你母亲的事，不能全都怪他。"

顾婉凝的目光越来越冷："你到底想说什么？"

陶淑仪端起面前的咖啡喝了一口："你父亲跟你说，当年你母亲回来找他，两个人吵起来，他不肯放你母亲走，结果你母亲抢了他的枪，不小心走火。外头的侍卫听见枪声冲进来，误伤了你母亲，是不是？"

顾婉凝仍是垂着眼睛，不声不响。

"他骗你的。"

顾婉凝惊异地抬眼看她，却见陶淑仪面上只是一片淡静："他这么说，是觉得'意外'更容易让你接受。"

"那我母亲是怎么死的？"顾婉凝话音轻颤，手指握紧了桌上的咖啡杯。

"你在江宁的时候，有没有听人说起过，当年你父亲和虞军在沔水一战之后，连战连捷，虞军丢了大半个邺南，幸好唐骧在嘉祥奇袭得手，才解了陵江之围。"陶淑仪见顾婉凝微微点头，又道："算起来，是十八年前的事了。"

十八年前？顾婉凝一怔，手指下意识地掩在唇上："这和我母亲有什么关系？"

陶淑仪道："那时候我和季晟刚刚结婚不久，也就是因为我们结了婚，我父亲才肯把沣南的军权真正交给他。你母亲从法国回来找他，见没有转圜的余地，就拿了他的作战部署给了虞军的人。你母亲以为，只要他兵败，我父亲不会再用他，他自然也就不必和我在一起了。可她没想到，虞军会集结精锐直接抄了你父亲在前线的指挥部，季晟受了重伤，是被端木舍命救出来的。"

顾婉凝听着她侃侃而言，蹙着眉摇了摇头："不可能。"

陶淑仪也不辩驳："你不信我，可以去问端木。或者不妨去问一问虞军的人，当年是不是有这么一份情报，出处是不是你父亲军中的一个女子。"她呷了口咖啡，接着道，"我父亲盛怒之下，叫人去杀了你母亲。我虽然也恨你母亲，但我不想她死，若我父亲真的杀了她，季晟一定会恨我。我去放你母亲走，可她不肯，还一定要见你父亲，我只好跟她说你父亲重伤不治。其实，我也不算骗她，那时候，季晟确实生死未卜；没想到，你母亲信了我的话，什么也没说，就撞在了墙上。"她话到此处，眼圈儿微红，见顾婉凝眸中含泪，只是一味摇头，便轻轻去拍她的手，"你母亲去世之后，你父亲又昏迷了四天才醒过来。我跟你说这些，是不想让你恨你父亲，我宁愿你恨我。"

顾婉凝猛然把手抽开，噙着泪别过脸去："你说完了吗？"

陶淑仪踌躇了一下，道："你要是不急着走，我还有几句话想跟你说。"

顾婉凝仍旧偏着脸不肯看她："你说吧。"

"之前你带话提醒你父亲，或许是血浓于水你顾念骨肉亲情，也或许是你厌弃邵朗逸他们拿你的名声作耗，不管怎样，我都要谢谢你。可你有没有想过，你这一句话，会改变多少人的生死？"

顾婉凝面色一变，转脸凝视着她，陶淑仪娓娓续道："倘若没有你这句话，沣南元气大伤甚至是一败涂地，这个时候，你也就不必来了；多了你这句话，替你父亲解了围，但虞浩霆如今的艰难你都看到了。可你父亲也好，虞四少也好，说到底不过是下棋的人，战场上的过河卒子却是性命——谁该死谁不该死，是你能决定的吗？布衣之怒，血溅五步，天子之怒，流血漂橹。不管你想要你父亲做什么，你都要知道，他改变一个决定，就是千万人的性命。你父亲如此，虞四少也一样。"

顾婉凝默然听了，起身道："谢谢夫人教诲。或许只有夫人这样的人，才是戴司令的佳配。"

陶淑仪闻言，寂然一笑："可是我这样的人，终究不是他心里的人。不过说到这个，我倒有两句私房话想劝你。你母亲的法子虽然不好，可她想的却也没错。如今这个情形，只要虞浩霆还是江宁政府的参谋总长，你都没有可能再嫁进虞家。可是，若有朝一日他失了势，不得不求你父亲庇护，那你就是他的珍宝了。"

顾婉凝讶异地望了她片刻，只觉得无话可说："夫人果然是戴司令的佳配。"

顾婉凝晚饭之前回到酒店，蔡廷初总算松了口气："小姐，要回江宁吗？"婉凝点了点头，默然在餐桌边坐下，交握的双手撑住额头，她不开口，蔡廷初也不便相询，唯有天花板上的黄铜风扇重复着细微的"吱呀"声响。夕阳一坠入山，金红的霞光亦凝成了暗紫，顾婉凝再抬头时，面上只有沉静："我给你的那封信呢？"

蔡廷初从公文包里拿出一个封口的档案袋，撕开封条，把信抽出来递给顾婉凝，她接在手里，轻声道："借你的火机用一用。"

转眼间，火舌就将那信吞噬殆尽了。

沣南的夜晚比白日里更热闹，街边的小吃摊档一铺接着一铺，像河岸上彼此掩映的芭蕉叶，各有各的主顾。沙河粉、马蹄糕、烧卖、炒螺、腐竹糖水……咸咸甜甜的食物香气混杂在潮热的夏夜里，伴着绵软南音，叫人心也变得糯糯。蔡廷初陪着顾婉凝在路边吃了一碗杨枝甘露，才慢慢往车站的方向走。

洒过水的石板路青黑滪滪，几个短衫长裙踩着宽口皮鞋的女孩子从他们身旁经过，扬起一串笑声，顾婉凝回眸一盼，转过脸来，夜色中犹见一弯浅笑。这几日，她笑容绝少，更没有什么欢欣的神色，此时不自觉的一点笑靥像曳风初开的珍珠梅，色如珠贝，花似江梅，袅袅一枝，偏消得炎炎长夏。蔡廷初慌忙错开自己的目光，脸却已红了，心底一边暗自惭愧，一边庆幸好在是晚上。

这时，近旁突兀地飘出几句江宁小调，只是唱曲的人却分明是北地口音："月儿弯弯照九州，几家欢乐几家愁。几家高楼饮美酒，几家流落在街头？"

他侧目看时，原来是个衣衫褴褛的老者并一个十一二岁的小女孩，手里一把缺了弦的胡琴声音沙哑，那女孩子身上的衣裳也污糟得看不出颜色，手里捧着只破边的瓷碗低头清唱。虽然有个沿街卖唱的意思，却连个卖唱的"体面"都没有。况且，沣南这里哪儿会有人爱听这个？果然，那碗里只丢着三枚铜元，也不知道是不是他们自己放进去的。

蔡廷初看着也觉得可怜，便摸了两个银洋出来，搁在那女孩子碗里，还未及走开，只见那女孩子"扑通"一声跪在了地上，也不抬头，只是一迭声地说道："谢谢先生，谢谢先生！"连那拉琴的老者也收了胡琴伏在地上，喏喏道谢。

蔡廷初不料竟引了他们这么大的动静，反而觉得有些尴尬，赶忙将那卖唱的老少二人劝起来，三言两语就打听出了一段飘零故事。原来这爷孙俩是松阳人，为避战祸舍业抛家逃难到关内，一路南下到沣南来投亲，谁知亲戚没找到，盘缠又遭人骗了个精光，百般无奈只有试着在街上卖唱。今天运气不好，大半天下来才有人撂下两枚铜元，要不是碰上蔡廷初这样的"大手笔"，连夜饭都吃不上了。蔡廷初听着，又掏出五块钱来塞给他们，回头去看顾婉凝，却见她只是凝神望着那女孩子，眉宇间竟是一片哀戚之色，蔡廷初疑道："顾小姐，怎么了？"

顾婉凝摇了摇头："没什么，我想起来一个朋友。"

蔡廷初也不便多问，两人走出几步，只听身后的胡琴又响了起来："月儿弯弯照九州，几家欢乐几家愁。几家夫妻同罗帐，几个飘零在外头？"

蔡廷初见灯光闪过，映出她眼眶微红，只好模糊地劝道："打起仗来，这样的事情总是难免，小姐也不必太挂心。"却见顾婉凝螓首低垂，依稀点了点头，幽幽低叹了一句："石壕村里夫妻别，泪比长生殿上多。"

婉凝回到曜山，连逼带吓暂且稳住了那两个被蔡廷初关了几日的侍从，再转回头来看——的时候，小家伙已经睡着了，手里捏着前些日子她学着缝起来的布偶熊——这些事情她不拿手，塞进棉花撑起来才发觉那熊脸是歪的，可——却很喜欢，为了这个还跟叶喆吵了一架。

起因大概是叶喆评价这只"熊"长得像猪："是不是因为你属猪，你妈就给你缝了个猪啊？"——许是觉得自己的心爱之物被侮辱了，立刻反击道："你才属猪呢！"叶喆挠了挠头："我是属猪啊，你不是也属猪吗？"——愣了愣："你长得才像猪呢！"于是，两个人就在"你像猪！""你才像猪！""我不像，你像。"的纠结中，硬是熬了两天都没说话。

顾婉凝想着，静静一笑，在——脸上接连亲了两下，一时没有困意，便去翻这几日积起来的信件，才看到第二封，脸色突然一变，手按在信纸上，咬紧了唇也没能忍住眼泪。

信是董倩从燕平寄来的，从墨水和笔迹能看出是写了几次才写完，而她要说的事情，其实只有一件：汤克勤在松阳摔了飞机。

"今天我听见母亲和父亲说，不幸中万幸，倩倩还没有过门……可我宁愿我们已经结婚了，我宁愿我们已经结婚了！"信纸上的字迹潦草得不成样子，被董倩的眼泪湿过，又被顾婉凝的眼泪洇了上去。她不能再往下读，双手按在信纸上，想要说些什么，却不知道该对谁说。正在这个时候，值夜的丫头急急忙忙地赶了过来，悄声道："小姐，慈济医院那边的电话，说郭夫人临盆，想要见您。"

月白还算平静，纤弱的身量撑着一波波的阵痛，尽力压制自己的呻吟，顾婉凝握住她的手："我这就让人打电话去绥江，叫茂兰回来。"

月白却摇了摇头："算了，别叫他担心了。顾小姐，你陪陪我吧。"

顾婉凝自知打电话云云都是说来安慰她的空话，压着心底的酸涩，微笑着道："也好，等宝宝出来再告诉他，给他个惊喜。"

月白抚着腹上的隆起，虚软地笑了笑："大夫说，我这样子还要等上一阵，顾小姐，你能不能……把茂兰的信念给我听听？"说着，便伸手去枕边摸索，原来她把那信匣带在了身边。

婉凝本想推脱，但见她澄净双眸虽空无焦距却有企盼殷殷，转念间点了点头，从匣子里拆出一封来。她一页一页仔细念了，月白虽然阵痛难耐，但颊上也红霞微晕，眼中尽是笑影。

顾婉凝拿起最后一封，指尖不自觉地有些颤抖，打开来先浏览了一遍，眼底微润，口中却故作惊喜地说道："哎呀，他连宝宝的名字都起好了。"

月白忙问："叫什么？"

顾婉凝笑道："你猜猜。"

月白长长地吐了口气："他起的名字，我都不懂。"

顾婉凝促狭一笑："这个只有你懂，他说——如果是男孩子，就叫'慕白'；如果是女儿，就叫'惜月'。"

月白怔了怔，一颗珠子似的眼泪慢慢凝了出来，唇角却向上扬起："我知道了。"

慕白，惜月。

慕白，惜月……

顾婉凝站在产房外握紧了双手，她从不信奉神明，但在这一刻，却无比希望能有一个全知全能的神明存在，会听见她的祈祷。

那一页页信笺，每一个字都是一道伤口。"可我宁愿我们已经结婚了。我宁愿我们已经结婚了！""如果是男孩子，就叫'慕白'；如果是女儿，就叫'惜月'。"她不知道一颗心究竟可以承受多少痛苦，观者如是，亲者更何以堪？

我给我的良人开了门。我的良人却已转身走了。

他说话的时候，我神不守舍。

我寻找他，竟寻不见。

我呼叫他，他却不回答。

　　婴孩的啼哭是连日来唯一让婉凝感到安慰的消息，然而大夫的话却又将她的心弦抛到了悬崖底。月白虚弱得没有一丝血色，仿佛连睁开眼睛的力气也没有了，听见她走近，睫毛轻轻颤动，嘴唇努力向上扬起："是个女儿。"

　　婉凝挨在她身边坐下，把月白的手合在掌心："嗯，我已经叫人去给茂兰打电话了。"

　　月白吃力地"笑"了一下："顾小姐，你不用骗我了。"

　　婉凝一怔："月白……"

　　秋月白用指尖反握了握她的手，唇边犹有笑意，晶莹的泪水却从眼角簌簌而下："其实，你那天来，我就知道他一定是出事了，他寄信回来，都是算好日子的，七天一封……我知道，你是担心我和孩子，顾小姐，谢谢你。"

　　"月白……月白，你不要哭，你现在什么都不要想，她们说这个时候不能流泪的。"婉凝一时之间不知该跟她说什么才好，幸而护士把收拾妥当的孩子抱了过来，婉凝连忙把孩子放到月白枕边。她知道月白不能视物，一边把她的手牵到孩子颊边，一边尽力用欢欣的语气赞道："你家惜月好漂亮，不像——，生出来的时候像个小猴子。"

　　月白的手巍巍颤抖着去碰触婴孩幼嫩的脸庞，噙着泪水重复了一句："惜月……"她怜爱地"注视"着身边的小小婴孩，仿佛从那襁褓中汲取到了能量。片刻之后，月白转过脸庞，倏然握住了顾婉凝的手："顾小姐，我想求你一件事。"

顾婉凝心事一沉，温言道："你先好好歇一会儿，别的事回头……"

"顾小姐！"月白急切地打断了她，"我求你……替我照顾惜月，我求你！"月白一句"我求你"，顾婉凝忍了许久的泪水终于夺眶而出："好，这几天我替你照顾她，你好好将养，以后……"

"以后惜月……就拜托你了。"月白面上泪痕犹在，语调却异常平静，放开了顾婉凝的手，又转过脸去"看"惜月。

婉凝不愿再说什么无谓的话，更不愿打扰她这片刻的安宁，然而下一刻，她却忽然发觉秋月白的神情有些古怪："月白，你怎么样？"

月白缓缓转过头，面上的神情似悲似喜，有些茫然又有些惊骇，细细的眉尖几乎蹙在一处，迟疑着问道："顾小姐，你穿的——是件绿色的衣裳吗？"

顾婉凝闻言，先是一愕，旋即双手掩在了唇上，又惊又喜："月白，月白，你能看见我？！"

月白惘然中破涕含笑，先是转过脸痴痴地看着惜月，却又蓦然惊觉了什么，急急去抓顾婉凝的手："顾小姐，你能不能帮我找……"她情急之下，一口气憋在胸腔里，缓了两下，后面的话才说出来，"找找茂兰的照片，我想……我想看看他。"

"嗯，好！"顾婉凝连忙起身出去，叫外头的侍从立刻打电话给叶铮，找一张郭茂兰的照片，马上送到医院来。

叶铮这些天都在参谋部值班，一接到电话，虽然不明所以，也隐约猜度出一二，可一时之间却想不起哪儿有郭茂兰的照片。因为月白双眼皆盲，郭茂兰怕触她伤怀，两个人结婚的时候也没有拍照。郭茂兰办公桌上倒是压了一张军校毕业时的合影，但乌泱泱一票人，皆是一样的军姿戎装，能看出什么？

毕业？他焦灼间念头一闪，直奔郭茂兰的文件柜，把锁用枪托砸开就是一通翻找。

叶铮那边还没有消息，月白眼中的神采却一分一分淡了下去，婉凝把忧虑压在心底，逗弄着孩子吸引月白的注意。但月白却连碰触孩子的力气也没有了，只是勉力把贪恋的目光停在惜月脸上。

婉凝惊见她不声不响合了眼睛，急忙摇了摇她的手臂："月白，月白！你看，惜月在笑呢。"

月白掀了掀眼皮，似叹似诉："我想，到了那边……就算我认不出他，他也会认出我的。你说，是不是？顾小姐，你别担心，我不害怕。有他在，我什么都不怕……"

顾婉凝一面用手拭泪，一面极力抑住自己的哽咽："叶铮马上就过来，你先别睡，月白，你等一下……"

月白缩了缩身体，聚起全身的力量又睁开眼睛，悠悠一盼，便又合了眼帘，唇角有微薄笑意："顾小姐，你真是好看。"

病房的门被匆忙推开，叶铮把手里的东西往顾婉凝面前一递："茂兰的毕业证，只有这个了。"顾婉凝却没有伸手去接，只是不声不响地坐在床边，一动不动看着月白。叶铮打量了她们一下，却没看见孩子，心中不由阴云漫起："怎么了？"

婉凝抬起头，落在他面上的目光空冷而哀戚："不用了。"

"……全单位，榴弹，瞬发信管，同时弹着，准备好报告！"听着通信兵用步话机把命令发出去，霍仲祺又从望远镜里看了一眼硝烟弥漫的沈州城，他知道，这是最后一次。城中已然战至白刃，援军未到，撤退的命令一个小时前已经发到了他手中，他能做的，仅此而已。

马腾把指挥所里的地图、标杆、扇形尺、射击尺一一打包整理妥当，眼巴巴地看着他："团座，就这么撤了？"

霍仲祺点了点头，在惊心动魄的轰鸣声中负手四望，雁孤峰的一山青翠被连日来的炮火摧折得七零八落。

木犹如此，人何以堪？

马腾突然一咬牙："娘的！跟他们拼了。"

霍仲祺冷哼了一声："把你拼了倒没什么可惜的！"他朝阵地方向一扬下颌，"一个炮手要受训多长时间，你知不知道？更何况一个连长，一个营长？"

最后的命令让整个阵地都陷入了沉默，能分拆带走的炮有限，带不走的——炮闩拉出来扔进山谷，炮膛全部用手榴弹引爆。几乎每个人心中都浮出《炮兵操典》里的话："炮是炮兵的第二生命，炮是炮兵的爱人。"

残阳如血，山风夹着马鸣，他的兵去得远了。霍仲祺拧开随身带的酒壶，干邑的白兰地，也是最后一次了吧？他正了正肩上的ZB－26，正准备走，忽然山坡下头爬上来一个背着一堆鸡零狗碎的人。

霍仲祺一看便皱了眉："你回来干什么？不是让你跟着团副吗？"

马腾咧着嘴嬉皮笑脸地一乐："团副让我来跟着您。"

霍仲祺看也不看他就往山下走："滚！我有机要任务。"

马腾紧赶慢赶凑过来："团座，您别装了。您拿了小秦的枪我就知道您想干吗，您是要进城，对不对？"

霍仲祺还是不理他，马腾干脆绕到他前头："您去我也去。"

霍仲祺倏然站住，冷冽地盯了他一眼："滚回去！"

"我不。"马腾梗着脖子顶了一句，"您不就是想寻死吗？我早就看出来了！您死都不怕还怕我跟着？"

霍仲祺拎起枪在他身上抽了一下："对！你一点儿用没有，赶紧滚！"

马腾涨红了脸嚷道："那正好，您说的，把我拼了也不可惜。"说罢，自己掉头先往前走了。

伍

干城

回忆般的柔光静好，仿佛临水照花的倒影

马腾跟着霍仲祺趁夜色摸进了沈州。雁孤峰的炮兵阵地暴露之后，他们也一天到晚挨炸，可这会儿进了城，他才知道什么是尸山血海。沈州城失陷泰半，"阵地"犬牙交错，反反复复的巷战已经让人不知道是为了活还是为了死，像他们这样全须全尾衣不沾血的竟一个也没有。

一个头上缠着绷带的排长带着个通信兵猫在巷口的掩体里正往外放枪，瞄见他俩从后头过来，骂骂咧咧地招呼了一句："哎哟喂，哪个长官部跑出来您二位啊？帮兄弟顶一把再走？"

待他俩走近，那人借着炮火光亮看清了霍仲祺的肩章，不由有些讪讪："长官……"

霍仲祺伏下身子四周打量了一番："你这儿守不住，跟我走。"

那排长一愣："去哪儿？"

小霍的舌尖在牙齿上掠了一下："美华银行。"

长官的话甭管对错都得听着，他们一路过去，二十分钟的路打打停停愣是走了两个钟头，又凑着十多个散兵游勇。马腾身上的鸡零狗碎全都撒了，路上碰到半个小队的扶桑兵，眼看他刺刀拼不过，边儿上的小通信兵一枪打在那扶桑人头上。他过去拍了拍人家，"谢"字还没出口，就见那小兵白着脸，眼神儿都是恍惚的。

霍仲祺走来，把自己的酒壶递给他："害怕？"

那小兵一仰脖子喝了，木着脸摇头，霍仲祺忽然温和一笑："以前我的长官跟我说，要是第一次杀人的时候连手都不抖，那是畜生；可要是该杀的人，你下不了手，那就是废物。"

马腾听着咂了咂嘴："那畜生好，还是废物好啊？"

霍仲祺白了他一眼："自己想。"

等他们到了美华银行的栈库，一班人便明白霍仲祺为什么要到这儿来了。这是附近最高的一栋楼，水泥浇筑，墙体极厚，里头还有现成的防洪沙袋能用来当掩体。不过，他们也不是头一个想到这儿的，里头原本就守了一个连，只是这会儿还能开枪的全算上，也就剩下十几个了。

马腾摸了摸墙上弹痕："团座，你怎么知道这儿啊？"

霍仲祺把机枪架在窗口上试了试，又转身要上楼顶平台："我在隔壁喝过酒。"

天色渐明，通信兵一脸惊喜地跑过来："长官，这楼里的电话还能用，不过，不是军用线。"

霍仲祺眉峰一扬："能接到师部吗？"

通信兵摇了摇头："师部的电话早就打不通了。"

"想法子联系前敌指挥所，问一问最近的援军在哪儿，什么时候能到。"

"是。"

蔡正琰突然接到这么一个电话，也不知是急是怒，本来他就为着支援部队被阻在外围心急火燎，按说沈州城里这个时候还有电话能接出来是件好事，可是那边一说带兵的是个姓霍的炮兵团长，蔡正琰只觉得头都大了两圈儿。霍仲祺丢了的事儿，他刚刚知道，还盼着能有别的消息，没敢立刻告诉绥江行营。这儿冒出来个霍团长，不是他还能是谁？

"娘的！"马腾坐在地上喘了口气，又回身扔出两颗手榴弹才放心，"还没完没了了。"

三天了，白天四轮，晚上两轮，扶桑人倒是不偷懒，幸好守军进来之前烧了周围的民房，扶桑人没有掩体，要不然，就他们这些个人，累也累成孙子了。

他偷眼看霍仲祺，团座大人脸色苍白，双眼却光芒晶亮，颈子上一痕灼红触目惊心。

今天一早，霍仲祺就提着枪上了楼顶，本来他们在上面架了两个机枪位，可子弹不够，只撑了两天。今儿个团座不知道抽的什么风，在上头一边"散步"，一边瞄着下头的扶桑人放枪。要不是他灵醒，跟上去把他扑倒，说不定他这脖子就得给打穿了，乖乖，真是一身冷汗啊！

偏他一点儿领情的意思都没有，踹开自己不算，还磨着牙感慨了一句："要是小白在就好了。"

小白？小白有什么好？除了枪法比他好那么一点儿，人事儿不懂！提起小白，他就想起他们在陇北的时候，小白打了兔子回来烤，团座每回都先撕一只兔腿给小白——哪儿像他们以前那个连长，活脱脱一个小军阀！兔子都孝敬给他玉香楼的姘头了，也不怕叫子弹硌了牙！对了，他还藏了本书在小白那儿，那破孩子肯定要偷看的。

他们这回怕是再也见不着了吧？他这么想着，鼻尖儿就有些泛酸。

冷不防霍仲祺得空瞟了他一眼："想什么呢？"

他慌忙抖擞了下精神，故意苦着脸打马虎眼："团座，我把你的口琴丢路上了。"

马腾说完，原等着霍仲祺再踹他一脚，却见团座大人神色一肃，一瞬间他也反应过来，西南方向远远有密集的枪炮声传来，他脸上还没来得及浮出一点喜色，那声音却又平息下去了。不等他稳过神儿，就听近旁砰然炸响，娘的！又来了，两只手自己就扶在了枪上。

霍仲祺却按了按他："走近了再说。"

这回似乎有些不同寻常，冲过来的扶桑人比之前多了两倍，他换枪管儿的工夫，就有十几个冲到了近前，就在这时，东边的窗口突然栽出一个人来，堪堪要落在人丛中，马腾心里一抽，没见有手榴弹扔上来啊，怎么会有人摔出去呢？然而就在那人将要落地之时，突然有连串爆响，腾起浓烈的烟火。他周围的扶桑人瞬间血肉横飞，距离稍远没被炸死的也呆了一样，炸过之后才恍然卧倒在地上，不敢站起来。

霍仲祺厉声喝道："怎么回事？！"

只听那个通信兵上气不接下气，一边哭一边答："我们排长……我们排长爬出去了。"

头天晚上跟他们一道儿过来的那排长在路上就受了伤，身上中枪，一只膝盖被打得粉碎，没有医官，没有药，只能等……等着活，等着死。等到不愿再等，绑了两捆手榴弹在身上，爬上窗台栽了下去。

霍仲祺没有回头，手里的步枪奇稳，冷漠的枪声点在还活着的人身上，一朵一朵血花融在还未散去的血雾中，映红了他的眼。

从未有过的宁静让这个午后显得格外漫长，他们来的时候能凑出一个排，现在就剩下六个人了，除了那个守着电话的通信兵，没有一个是完好的。子弹咬在肉里火辣辣地疼，血流得他都想自己舔一口，马腾龇牙咧嘴地冲着霍仲祺笑了笑："还没动静，这些狗东西不会也死绝了吧？"他没留意到自己那个"也"字用得有多绝望，他只希望他们现在来，趁着他还能动。

霍仲祺坐在墙角，军装上洇满了血，一层一层深深浅浅叠上去，辨不出伤口，他摘了钢盔撂在一边："我猜——他们要打炮。"一笑悠然，仿佛依旧是当年骑马倚斜桥，满楼红袖招的五陵年少。

"娘的！"马腾啐了一口，不再作声。

正在这时，那个小通信兵突然跑上来：

"团座，团座！接进来一个绥江行营的电话，找阵地指挥官！问有没有一个姓霍的团长。"

霍仲祺欠了欠身，一下子没能站起来，马腾眉毛一竖："小王八蛋！把电话机拖过来！"

听筒里传来"滋滋"的噪声，霍仲祺拿听筒的手有些迟疑："长官，二十六师炮兵团团长霍仲祺向您报告。"电话那头的声音异常坚稳："我是虞浩霆，报告你的方位。"

他忍了又忍，喉头像被堵住了一样，一痕泪水飞快地滑落下来："四哥……"

"四哥……"电话那头的声音微微颤抖，他攥住听筒的手指节发白，声音却依然沉笃："我是虞浩霆，报告你的方位。"

"报告长官，我们在美华银行栈库，坐标大约是123.38E，41.8N。"

"我现在命令你们隐蔽待援，重复一遍，隐蔽待援。这是军令！听清楚没有？"

"四哥，我对不起你。婉凝……"炮弹尖锐的呼啸破空而来，霍仲祺猛然在脸上擦了一把，死命咬了咬唇，"她……那天在南园，她只以为……她只以为我是你。"

巨大的轰鸣声震耳欲聋，空气蒸腾着热浪，电话里没了声音，抛下听筒，霍仲祺靠着墙慢慢站起身，又去摸枪："在这儿死，还是再出去找找便宜？"

马腾也从地上撑了起来："团座，您去哪儿我去哪儿。"

他伏在用敌军尸首垒起的掩体上，向硝烟中的人影开枪。

这是最后一次了吧？

这几年，他运气太好，他这才知道，给自己一个合理的死法也并不是那么容易。

那天晚上，第一颗弹片穿过他的身体，瞬间撕裂的痛楚反而让他心里一阵轻松，可旋即却又难过起来，原来子弹射进身体是这样的感觉。他想起那年在广宁，他眼睁睁地看着一朵血花在她身上绽开，她那样娇，她怎么受得了？

这次真的就是最后一次了吧？

失去意识的那一刻，他依稀听见马腾常哼的那支小调：

"旮梁梁上站一个俏妹妹，

你勾走了哥哥的命魂魂。

山丹丹开花满哇哇红，

红不过妹妹你的红嘴唇。

……

是谁呀留下个人爱人，

是谁呀留下个人想人。

你让哥哥等你到啥时候？

交上个心来看下个你，

舍得下性命舍不下你。"

他突然有一丝后悔，却又觉得安静。

然后，就没有然后了。

巨大轰鸣声过后，电话那边再也没了声音，虞浩霆犹自握着听筒，凛冽的目光怒意鲜明："现在沈州推进最深的是谁？"

林芝维忙道："三十师。"

虞浩霆缓缓放开电话，每一个字都咬得重如千钧："告诉杨云枫，小霍在城里。"

沈州是北地的交通和通信枢纽，一旦失守，就洞穿了绥江防线。燕沈之间的铁路若落在扶桑人手里，燕平无险可据，国内战局就会糜烂。所以，必须咬死。杨云枫的部队驰援沈州，星夜行军，占了一个"快"字，可到了现在这个份儿上，想再进一尺一寸都得用人命来填。

"告诉杨云枫，小霍在城里。"

绥江行营的参谋原话照转，分量他当然掂得出，也只有他最明白。眼下的情势，不管是讲情分，还是谈大局，霍仲祺都不能有万一。这个时候，已经来不及骂娘哪个脑子里进水的二五眼居然把他搁了进去，只有尽快把人找到。

然而，顶在最前面的一个加强团已经折损了三分之二，新替上去的团长在电话里喊："师座，四个营已经死了六个营长了！预备队全都上了，真的没有人了……"

杨云枫一句话吼得那边没了声音："没有人了？那谁在跟我讲电话？！"

他身边的副官和一票作战参谋都倏然静了下来，只有被爆炸声震动的房梁灰尘簌簌打在地图上，杨云枫环顾四周："师部所有人，四十岁以下的，有一个算一个，从现在开始编成作战单位。"

惜月远比——幼时爱哭，小小的身躯时时爆发出惊人的力量，于是虽有文嫂带着和一班丫头帮手，顾婉凝却总是不能放心，必要亲自看顾。——在房间里午睡，顾婉凝便抱了惜月在回廊里踱步，好容易才哄着小姑娘合了眼帘。

文嫂从她怀里接过惜月，疼惜地看了她一眼："小姐，您歇一歇吧。"

婉凝靠着廊柱坐下："等一会儿，她睡踏实了再说。"

文嫂抱着惜月转了几步，忽然回身欲言又止地望了婉凝一眼，思忖片刻，还是开了口："我知道您心疼这孩子，可也还是要顾惜自己的身子。说一句托大的话，我在虞家伺候了几十年，这样的事见得多了。我男人早年也是阵亡的，万幸还有个囫囵尸首。"她说到这里，竟是一笑，连眼底的怅然也不过淡淡一缕，"出兵放马的人，什么事都说不准。"

婉凝点点头，感激地笑道："我明白，我自己有分寸的。"

其实没有惜月，她也常常无法入眠。自她接了郭茂兰的死讯，便总有一丝暗影在她心底缭绕。只有她自己知道，那些从梦中惊醒，再不敢入睡的永夜。碧海青天夜夜心，她无事可悔，亦无谓簟纹灯影，她只是怕。可怜无定河边骨，犹是春闺梦里人。所以，她不敢再梦。

文嫂面上有仿若旧照的浅淡笑影，温暖却遥远："小姐，您就真不打算告诉四少吗？"

"文嫂……"顾婉凝神情一滞，隐约想到了她话中之意。

文嫂轻拍着惜月，叹了口气："小姐，您瞒得了别人瞒不了我，还要我拣出四少小时候的照片给您看吗？"

婉凝慌忙别开脸庞："文嫂，我不是……"一言未尽，却有个丫头急匆匆地赶了过来："小姐，绥江行营有电话找您。"

顾婉凝怔了怔，猛然站起身来，面色雪白，有瞬间的晕眩："什么事？"

"不知道，只说请您听电话。"

她下意识地点头，庭院中枝叶荫翳，破碎了午后的日光，她竭力镇定，脚步却渐渐虚浮。

他说过，"没有人会去扰你的，我保证"，的确没有。从去年到现在，她只接过一个同他有关的电话："总长有件事想拜托小姐。郭参谋——殉国了。"

除此之外，别无其他。可即便再有这样的事情，也不必再来告诉她，除非……不会的，她太多心了，不管怎么样都不会是他，笑话，他是什么人？可是，郭茂兰呢？沈州战事惨烈报章新闻里累牍连篇，她仔细回想，这几日确实没有一点他的消息。

"出兵放马的人，什么事都说不准。"

"其实，我也不算骗她，那时候季晟确实生死未卜。"

"你没有见过战场，若是军阶高家世好的就不会出事，我大哥就不会死……"

她再三告诫自己不要大惊小怪，她不是还被邵朗逸骗过一次吗？可是看着桌上的电话听筒，她竟不敢去拿。

"小姐，您就真不打算告诉四少吗？"

她不敢假设，不能预想，甚至连知觉都变得迟钝，仿佛四周皆是"深有万丈，遥亘千里"的迷津，而她便是汪洋巨浪中随时都会倾覆的一叶舟楫。她想起那晚月白弥留之际的低语："我想，到了那边……就算我认不出他，他也会认出我的。"

她是真的相信吗？但她不信。你尽可以对自己说，什么天上人间碧落黄泉，什么前生来世死生可复，可你自己心里知道，那些都不是真的。

她终于拿起电话，把听筒贴在耳边："我是顾婉凝。"

电话那头的声音有她熟悉的坚稳，亦有她陌生的沉郁：

"是我。"

她的手掩在唇上，两行眼泪瞬间滚落出来，喉间的哽咽让她一时间不能回话，直到他惑然唤她："婉凝，你在听吗？"

她连忙擦了眼泪："我在。"而这一次，沉默的却是他。

她刚想追询，却听他的语气又沉了几分："小霍……"她一怔，手指微松，听筒向下一滑，她赶忙双手握紧。

"小霍伤得很重，你要不要……来看看他？"

她听着他的话，心里一片茫然，低低说了声"好"，却是放了电话之后才突然明白过来，方才的泪痕未干，又有新的一痕滑过。

银白的舱门打开，舷梯上探出一抹柔绿的身影，宛如雪后新枝。

婉凝朝接机的人颔首致意，意外看到虞浩霆竟亲自来接机，不觉心事一沉。她走下舷梯，自然而然便立在他面前。他并没有走近，面上也没有额外的表情，大约是久在前线的缘故，挺拔峻峭的身姿在傍晚的霞影中似乎比往日更加严整。

她探寻的目光没有得到回应，还未开口，虞浩霆已低声道："上车再说。"侍从开了车门，他让着她上车，他风度一向都好，但动作之间却让她觉得有一种刻意的拘谨疏离。

车子开出机场，不等顾婉凝出声相询，虞浩霆便道："小霍的伤势不太好，不过，我已经安排了最好的大夫。你——不要太担心。"

她点点头，没有再作声。这时，虞浩霆忽然递过来一个暗色的小金属盒，婉凝接在手里，盒身一偏，里头有轻微的撞击声响。

她轻轻打开，只看了一眼，就愣住了。

盒子里竟是一枚乌金发亮的子弹，盒盖背面却嵌着一张照片，正是她自己浅笑回眸的侧影，她却想不起是什么时候在哪里拍的，更叫她心惊的，是那照片上涸着几圈暗红，像是血渍。

"这是？"

"这是小霍出事的时候带在身上的。点二五的勃朗宁，合金被甲弹头——"虞浩霆语意一顿，"要是我没记错，应该是你在广宁受伤那次，取出来的子弹。"

她没有说话，头垂得更低，盘起的发辫有些松落，他今天一见她，就发觉她神情憔悴，是飞机颠簸，还是她太过担心？他并不愿意让她到这儿来，但很多时候，人都不能只做自己想做的事。他给她的盒子，是小霍身边那个头上臂上都缠满了绷带的副官拿来的。

死人堆里爬出来的兵，满脸淌泪，一见他就跪下了："总长，大夫说我们团座……我们团座就这么一点儿念想，您……我求求您，找一找这位小姐，见我们团座一面吧！求求您！"颤颤巍巍地把个炮弹皮做的盒子递上来，抽噎终于变成了号啕，"我们团座……大夫说，我们团座怕是……"

他把盒子打开的那一刻，只觉身畔的一切都寂静如水，果然。

她含笑的侧影。明眸善睐，下颌处微露兰指纤纤，多半是度曲的时候拍下的，浸在淡淡的血色中，有惊心动魄的温柔。

他心头抽搐，却不觉得疼。

桌面上的强烈反光恍然间将他推回那一日白雪皑皑的冰原，他勒了马停在他身边，声音低了又低："四哥，我这人没什么志气。我只想，得一人心，白首不离。"

他的视线落在那洇了血迹的照片上，那样的回眸浅笑，他记忆中的比这更美，明月流光，花开如雪，可是真正叫人心折的只有她的笑颜。

他忽然觉得倦，一路走来，千关过尽，而他生命中最珍贵的，却都尽数辜负。

顾婉凝把盒子放进手袋，直到行辕，他们都没有再交谈。

消毒药水的气味从房间里弥漫出来，跨过门槛的那一瞬，她的心倏然一提，指尖隐隐发凉。白衣的护士、缠着绷带的军官、浅色军装的小勤务兵……房间里人并不少，却都尽量不发出声响。这样躁动的安静反而叫她觉得心里发慌，仿佛有暴雨前飞低的蜻蜓，在她的胸腔里快速振动翅膀。

屋里的人见他们进来，都默然让了让，她这才看见躺在床上的人。

白色的被单下蜿蜒出几根透明或半透明的胶管，或是用来在伤口处导流，或是把抗生素注入创伤后的身体。她不敢去想那覆盖住的伤口是怎样的，她只能看见他枯白的面孔，没有一丝光彩。

没有知觉，没有生气，甚至不像是躺在那里，而只是被人"放"在那里。

她肩膀紧紧缩在一起，双手都压在了唇上，她以为她会哭，可是没有。她仍然不能相信，此时此地，她面前的这个人就是记忆中那个永远都春风白马的明艳少年。

她迟疑地伸出手，刚要触到他的脸颊，被单下的身体却猛然抽搐起来。近旁的医生和护士立刻围了上来，她连忙让开，已有一个护士回身道："其他人都出去。"

一片白色的身影完全遮挡了她的视线，她茫然退后，下意识地跟着身边的人往外走，不防正绊在门槛上，身子向前一倾，却被人俯身揽住带了出来。

近旁有人低促地叫了一声"总长"，她惶然抬头，正对上他的眼。

虞浩霆偏过脸对卫朔轻轻摇了摇头，转眼去看顾婉凝，却见她眼眸里的泪光一点一点蓄满了。他喉头发涩，只说了一句"你不要哭"，她的泪水便应声而落。

他微微躬了身子，把她圈在胸前，怀抱里娇小的身躯迸发出压抑不住的战栗，纵然连他自己都觉得无力，却仍然想要给她一点安慰："我已经叫了最好的大夫来，仲祺不会有事的，不会的……"

她却只是摇头，小小的拳头抵在他身上："……打电话给我，我以为……"

剧烈的抽噎让他无法听清她的话："婉凝，你说什么？什么电话？"

她抬起头，泪水簌簌，面上的神情是彻骨的绝望和痛楚："……行营，行营只打过一个电话给我，说……茂兰殉国了……"她握紧的拳头慢慢松开，继而攥紧了他的衣襟，"月白，月白也死了……你打电话给我，我以为……我以为是你。"

她泉涌般的泪水崩溃而出："我以为是你！"

虞浩霆一怔，旋即明白过来，一手抱紧了她，一手去擦她颊上的眼泪："是我没有想妥当，吓着你了，是我不好，都是我不好……"

她偎在他怀里，肩头耸动，仍旧哭得泪人一般："我以为是你……"

我以为是你？

他皱起眉心，突然想起那天断在炮火声中的电话，他说："婉凝……南园……以为我是你。"

这个时候他提什么南园？他当时没有细想，只以为自己听错了。

以为我是你？

她的眼泪湿了他的衣襟，他颤抖地抚着她的发，他觉得，他们之间似是有一个极大的误会。他想要问，可是当他捧起她的脸，望着她泪水恣肆的面容，他又觉得——

什么，都不必问了。

他轻轻拍抚着她的背脊，浅浅的亲吻逡巡在她发间，心底弥散着悲凉而温柔的满足："我怎么会有事呢？傻丫头，你问问他们，谁敢让参谋总长出事？"

他柔缓的语调仿佛最安稳的慰藉，婉凝的哭声渐渐低了，激荡的情绪被泪水带走，人反而冷静下来。她放开他的衣襟，看着他戎装上洇湿的痕迹，局促地退开两步，一时竟不敢抬头看他。

正在这时，恰好大夫出来同他说话，她像是被猎人惊吓的小兽，飞快地看了他一眼，面上的表情悲伤又惊惶："我去看……"话没有说完，人已闪了进去。

护士刚刚换完药，沾血的绷带堆在一旁，看得人触目惊心。

婉凝挨在床边坐下，小霍仍然没有醒来的迹象，被单拉开了一幅，暴露出纵横狰狞的伤口和一些密集规整的缝合针迹。她鼻尖一酸，连忙死死咬住嘴唇，把涌动的泪意压了回去，见护士端了水和棉签过来，便低低道："我来吧。"蘸了温水的棉签细细润在他唇上，像滴进沙砾一般得不到回应。

她还记得她第一次见他，他笑容朗朗："我这个参谋不参军国大事，也不谋仕途经济。"从那时起，他每每都替她解围，护她安危。只是风流偶傥如他，叫她以为他早已习惯了对女孩子多一分温柔呵护，再加上虞浩霆的缘故，才待她格外用心，她从没想过他会对她说："婉凝，我喜欢你。那天在陆军部，我第一次见你，就喜欢你。"她居然从不觉察！

她对他说："我没有什么朋友，也没办法和别人做朋友，你就是我最好的朋友了。"彼时，她真的这样以为，而现在她才知道，飞扬跳脱如他，却隐忍如斯——

"我跟她们说我正在追求你呢！"

"等我回来，你连《佳期》一起演给我看。"

"这个'谢'字，你以后再也不要跟我说了。"

"你不知道，他也不敢告诉你。这镯子是霍家的传家之物。"

她知道，他不是个想要做烈士的人，他也根本不必这样犯险，他原本就是绮罗丛中、笙歌筵上的翩翩浊世佳公子，合该醉淋浪，歌窈窕，舞温柔；却因了那样一件事，辞家万里，生死由之。

"我不知道你会来。我不是有心的，我这就走。"

倘若没有她慌不择言的那句话，他是不是就不会这样？

"仲祺。"她用最认真的口吻在他耳边唤他，"你要是不能好起来，我会恨我自己一辈子。"

马腾倚靠在墙上呆呆看着她，虽然他半边身子被医生包得像个粽子，但死活都要守在霍仲祺身边，寸步不肯离开，医生护士没有办法，只得由他。

那天，大夫给霍仲祺做过手术出来一摇头，他就知道团座不好了。他几乎想一头扎在墙上，他就不该跟他去沈州，哪怕回头他要毙了他，他也该砸晕了他拖他走。

他明知道他早就存了死念，可他那时候只想着，他们一道儿壮烈一把，也算生而无憾了！直到护士剪了霍仲祺的军装，他收拾出那个炮弹皮盒子，才想起这件事来。

那盒子霍仲祺一直贴身带在身边，有一回打开的时候被他碰上，一瞧见里头嵌着张女人的相片儿，他就乐了，原来他们团座不是不稀罕女人，是特别稀罕一个女人。

他涎着脸凑过去："团座，给我瞧瞧呗，是个美人儿啊？您要放也放个花儿朵儿的，怎么放个枪子儿呢？"

霍仲祺冷着脸来了一句："滚！"

马腾却是脸皮厚得赛过城墙拐弯儿的主儿："您的相好啊？"

霍仲祺面无表情地摇了摇头："她救过我的命。"

马腾两只眼睛一下子就瞪圆了："……团座，死了啊？"霍仲祺一巴掌就扇在他脑袋上："你胡说什么呢？"

马腾揉了揉自己的脑瓜，讪讪地解释："我这不是觉得就凭您这不要命的劲头，她还能救您的命，那肯定是没好儿……呃，不不不！那肯定是吉人自有天相。"

霍仲祺冷冷瞥了他一眼，起身就走，他犹自跟在后头念叨："就给看看呗，看看怕什么啊？"可到底，霍仲祺也没给他看。

从那以后，他就知道，他们团座的心啊，是一点儿零碎没剩，全叫人给收走了。他心里头琢磨，这几年，高天明月，他吹那闷得人心里发疼的曲子是为她；孤城落日，他要只身犯险血染征衣也是为她。怪不得他喜欢听他唱那支酸曲，"旮梁梁上站一个俏妹妹，你勾走了哥哥的命魂魂"，唱的可不就是他吗？

可他们团座这样的人才，也有捞不着的红珊瑚，够不到的白牡丹吗？

他听人说，是总长亲自下令从沈州城里把他们团座寻出来的，他们团座是有来历的，他知道。

他横下心去求总长，他们团座就这么一点儿念想了，既然有这么个人，来见他一面也好啊！他去了三天，处处碰壁，好容易见着总长，他一时没忍住，哭得鼻涕一把泪一把，越怕说不清越说不清。末了，总长大人一句"我知道了"，他就被人架出来了。

本以为这种事儿总长大人根本不会管，没想到今天真就来了这么一个天仙似的人物。虽然不大能认准她究竟是不是照片里的人，但心里却认定，也只有这样的女子，才配得起他们团座。

刚才他在这儿盯着医生诊治霍仲祺，却也听见她在外面哭了，再进来的时候，雨湿花重，泪痕宛然，他看在眼里，忽然觉得，能叫这样的女人哭一场，就算是死，也值了。待见她这样依依温柔，更后悔当初没把霍仲祺拦下，要不然……要不然现在就该是鸳鸯交颈、鸾凤并头的于飞燕燕，怎么会弄成个生离死别呢？

呸！什么生离死别，他们团座是吉人，吉人都有天相。

他泪眼模糊地觑着顾婉凝在霍仲祺耳边喁喁细语，心里默默祝祷，要是黑白无常来勾魂，那就勾他的好了！反正小蕙也嫁人了，他无牵无挂，死了也没什么可惜。

沈州虽已是断壁残垣，但幸未失守，杨云枫抢下沈州的当晚，虞浩霆奔波六百公里，把防线重新拉了起来。北地战事之胶着酷烈亦出乎扶桑军部的预计，消息传回国内，扶桑内阁略有犹疑，反引了军部反感，陆相不肯就任阁臣，形同虚设的内阁只好辞职解散，出面组阁的新首相出自海军，人事更迭之际，战局也僵持下来。江宁政府一面同扶桑外务省斡旋，希求战事不再扩大，一面敦请欧美诸国调停。

"霍院长让我转告总长，扶桑陆海军不睦，新内阁未必事事都屈从军部。扶桑人透出消息，不是不可以谈。"徐益神态稳重，眼中却闪烁出一线欣喜。

虞浩霆点了点头，既不意外，也不疑虑："怎么谈？"

徐益略有踌躇，扶了扶眼镜："院长那边还在交涉，扶桑人可能要扩充一些在北地的利益。"

"就这样？"虞浩霆踱着步子，轻飘飘地问了一句。

"霍院长的意思，如果总长能把战事控制在燕平以北，自然最好。"

虞浩霆在离他五米开外的地方停下："如果不行呢？"徐益不自觉地低了头："院长没有说。"

的确是自己多此一问了，虞浩霆道："麻烦你回去替我向霍伯伯赔罪吧！仲祺现在不方便挪动，再好一点，我就送他回去。”

徐益点头，探寻的目光却一无所获。

他一到绥江行营，虞浩霆就先叫他去探了霍仲祺。看见院长大人的这位娇公子，他竟也忍不住眼中一热，不知话要从何说起，反倒是小霍垂眸笑道：“父亲又骂我了吧？”

徐益的声音有哽咽的轻颤：“没有，只是夫人……夫人很担心，还有大小姐，都想来探望公子。可院长说，总长必然事事都安排妥当，她们来了，行营里反而诸多不便。”

霍仲祺勉力撑着笑意：“父亲说得对。你告诉母亲和姐姐，我很好，只是养伤而已，已经没什么要紧了……”

徐益听着，忽见他的视线错开了自己，目光中有异样的欣悦和温柔，可眉心微蹙，又仿佛有些气恼。徐益回头看时不觉一怔——一个穿着素色旗袍的女子端着杯牛乳，款款走了进来，看见是他，似乎也有些意外，不过很快便端然一笑：“徐先生。”

徐益连忙起身，想要同她打个招呼，话到嘴边却卡了壳，不知该如何称呼，只好微笑颔首。

顾婉凝搁下牛乳，略扶起了床上的人，把枕头整理妥当，又从抽屉里取出一支吸管插在杯子里，递到他面前。霍仲祺又皱了皱眉，刚想说些什么，看了徐益一眼，终究没有开口，就着她的手默默喝了杯里的牛乳。

徐益见状，又说了两句闲话便起身告辞。勤务兵送他到门口，徐益隐约听到霍仲祺在说话，只是他声音太低，听不分明，既而就听见顾婉凝轻柔的语调里夹着笑意：“你要是不想让我看见你这样子，就早一点好起来。”

他心中惊疑，面上却不敢露出，走到院中才问那勤务兵：“顾小姐在这儿，虞总长知道吗？”那勤务兵点了点头，徐益更是诧异：

"她什么时候来的？"

"上星期。霍团长还没醒的时候，顾小姐就来了。"

小霍是顾婉凝到绥江的第二天夜里醒过来的。

她睡得很轻，蒙眬中只觉得自己搭在床边的右手触到了什么，脑海中的某个点如触电一般，瞬间清醒过来：不是她碰到了什么，是有人在碰她！是他在碰她！

疼痛和麻木，两种迥异的感觉缠绕着他的身体，仿佛在深海中慢慢浮潜，他本能地去寻觅光芒，一个模糊的影子映在他眼前，是濒死的幻觉吗？

他极力分辨，光亮，声响，触觉，疼痛，她……所有的一切都越来越清晰。脑海中的混沌逐渐散去，被束缚的身体却仍然沉惰，他看见她惊诧而急切的目光："仲祺……"

他梦里千回百转过的容颜和声音，像雨后的明澈阳光，穿云破雾的光束无可阻挡。他想叫她，却发不出声音，她起身朝门外跑去，是幻觉吗？

难道在幻念中，她也终究不肯为他回眸？

"团座……"挡住他视线的是一张熟悉而热切的脸，他们都死了吗？一片白色的身影淹没了他，她的面孔在人群中若隐若现，焦灼而悲伤的神情刺痛了他。

他突然明白过来，奋力挣扎着身体，积聚所有的力量，直直盯住她，脱口而出的声音嘶哑得让他自己都觉得惊恐："你出去！你……"

肺部剧烈的疼痛让他无法呼吸，他再也说不出一个字，只是死死盯住她。

她仓皇转身，消失在了他的视线里。

"你出去！"霍仲祺突如其来的"震怒"让房间里的人都是一愕，马腾还没来得及"喜极而泣"一下，眼泪立时就被他近乎狰狞的声色俱厉吓了回去，好半天才回过神儿来。乖乖，这是什么个情况？把他们团座气成这样？找错人了？可就算不是，团座也不用发这么大脾气吧？好歹也是个美人儿啊！难道还是个有仇的？不能吧？总长大人这么没谱？或者，也是个觍着脸缠着他们团座，一门心思想当他们团长夫人的？那其实真还是……还是挺不错的啊！

不管了，什么都没有团座要紧，只要不招他们团座喜欢，这女人以后休想再靠近他们团座一步！

半个钟头之后，诊治霍仲祺的大夫脸上总算有了笑影，临走之前又详详细细地跟护士嘱咐了一番，马腾在边儿上听着，也松了口气。他扒在床边，看着霍仲祺，面上的神情像笑又像哭："团座，你死不了……死不了了。"

霍仲祺乏力地望了他一眼，仿佛是在笑，随即肩头又振动着像是想要起来，马腾连忙虚按住他："团座，你别动，大夫说会牵动伤口。"

霍仲祺急切地看着他："婉凝……"

马腾愣了愣："您是说顾小姐？"

霍仲祺点了点头。

马腾忙道："您放心，我这就轰她走。有我在，包管她半点儿也烦不着您！"不防霍仲祺听着他的话，却越发激动起来，拧紧了眉头："婉凝……婉凝，她在……"

马腾也皱了皱眉："您要见她？"

霍仲祺方才一动又牵扯了伤口，不能再开口，唯有一径忍痛点头。

"我去叫她。"马腾说着，走到门口张望了一眼，见顾婉凝一个人立在院子里，夜色中纤柔的身影楚楚堪怜，心里不免有些可惜，团座也忒挑剔了，这样天仙一样的人物都这么不招他待见？一时也不知道怎么跟她说话，匆忙招呼了一句"哎，我们团座要见你"，便折了回去。

回过头来看霍仲祺，只觉得他落在自己脸上的目光，直像开了刃的刀锋一般，他忍不住用那只没打绷带的手摸了摸自己的脸："团座，一个丫头片子，不值得您动气。"

霍仲祺却没有理会他，视线只落在他身后。她雾蓝的衣裳像大雨过后的琉璃天色，莲瓣般的面庞有淡淡的潮红，在灯影下映出了晶莹泪光，她方才是哭了吗？

他吓着她了，他……他忽然恼恨起自己来，他这样虚弱地躺在她面前，还不如死去。

她试探着靠近，像是怕惊动了他，风铃般的声音压得极低："……对不起，我只是想来看看你，你没事就好。"

"不是！"他努力控制住自己的身体和情绪："……我身上有伤，我怕吓着你。"

婉凝怔怔看着他，珠子一样的泪水无声无息地滑落下来。

"我没有事，你……你别哭。"霍仲祺忍不住想要挣扎起来，婉凝慌忙按在他肩上："我知道，你不要动。"

她清甜的气息叫他心上蓦然一松，仿佛严冬过后，吹上冰原的第一缕春风。

沈州战事暂歇，龙黔的守军却片刻不得安宁。

龙黔驻军并不缺乏山地作战的经验，但钦康山区仍然是一个令人寝食难安的战场。除了敌人的枪炮、一日三变的天气、无声无息的疫病、随时可能喷洒毒素的蛇虫鼠蚁……都在不断地吞噬着生命。战斗稍停，工程部队就要立刻重修被轰炸过无数次的机场和公路。修好，又被炸断，炸断，再重新修好，只是破坏远比修缮容易，和时间的赛跑仿佛永远无法取胜。

玫瑰色的雀鸟从他面前掠过，一动不动地停在近旁的灌丛上，邵朗逸注目片刻，微微一笑，绕开了它。营帐外的两个参谋看见他过来，立刻起身敬礼，面上的神情却有些赧然，他看了一眼倒挂在火堆上的钢盔，吸了口气，里面煮的居然是咖啡，半真半假地揶揄笑道："不错，还有这个闲情，大将风度啊。"

两个参谋更加不好意思，低了头不敢作声，邵朗逸却浑然不觉一般："不请长官尝尝吗？"

两人对视了一眼，连忙找了杯子小心翼翼倒出半杯来，邵朗逸晃晃杯子，低头呷了一口："还行。有糖吗？"

两个参谋闻言都松了口气，其中一人苦笑道："只有白糖。"

邵朗逸又呷了一口，品咂着笑道："那算了。"

三人正说着话，突然一个军官急匆匆地朝这边赶过来，一路上惊起不少蜂蝶雀鸟。邵朗逸遥遥一望，竟是孙熙平，眼中掠过一丝不易察觉的沉郁："什么事？"

孙熙平看了看周围的人，没有直接答话，反而凑到邵朗逸耳边低语了一句。

邵朗逸眉头微皱："她有什么事？"

孙熙平有些尴尬地摇了摇头，邵朗逸沉吟片刻，转身折回了指挥部。

到了营帐门口，孙熙平自觉地停了脚步，邵朗逸一掀门帘，原先背对着门口的人立刻转过身来。一身夹克军装泥渍斑斑，连船形军帽下的面孔也带了尘色，一见是他，抿紧的嘴唇不住颤抖，泪水夺眶而出，在脸颊上冲开了两道鲜明的印迹，抽泣中犹带着愠怒："你这是什么鬼地方？！"

邵朗逸讶然打量了她一眼："你怎么到这儿来的？蓁蓁呢？"

康雅婕用手背胡乱抹了抹眼泪："蓁蓁在广宁，蔼茵带着她。"

"那你来干什么？"

康雅婕柳眉一竖，从胸前的衣袋里摸出两页皱巴巴的纸来，一页还撕破了。

邵朗逸瞟过一眼，就知道是他签过字的离婚契书。他刚要开口，就见康雅婕咬牙切齿地将那契书撕了个粉碎，狠命丢在他身前："你做梦！"

邵朗逸默然看着地上的碎片，长长叹了口气："你这又是何苦？"

康雅婕仰起脸，逼视着他："你不让我好过，我也不会让你好过！你想跟我离婚？我偏要让你天天都看着我，我就是要让你难受！"

邵朗逸偏过脸，耸肩一笑："这不是你该待的地方，带着蓁蓁，回去吧！"

他说罢，转身要走，康雅婕却突然从背后抱紧了他，双手死死扣在他身前。邵朗逸想要拨开她的手，一触到她的手背，却蹙了眉，低头看时，只见她双手的手背上划痕交错，一迟疑间，便听身后的人抽抽噎噎地说道："你以为你说什么我都会信你？我知道你是什么打算，你是怕你回不来了……你就是想让我死心。可你想过没有，除了蓁蓁，除了你，我就什么都没有了……我不管！你去哪儿我就去哪儿。你要是死了，我就跟你一起死！"

她越说越委屈，抽噎连成了号啕："我跟你死在一起，至少让蓁蓁觉得，觉得……"

邵朗逸背上的军装已然湿透，康雅婕还犹自哭个不住。他拉开她的手，转过身看着她，她不着边际的慌乱和恼怒，让他想起那年在隆关驿，她束手无策地跪在那只受伤的鹿身边，抬头看他的神情也像是受了天大的委屈，眸子里含着一层薄雾。

邵朗逸闭目一笑，云淡风轻的言语立刻就止住了她的恸哭："马上就有人要进来开会，你要真想待在这儿，就不要再哭了。要不然，别人真以为我要全军覆没了——邵夫人。"

康雅婕嘟着嘴看了看他，身子往他怀里一倾，邵朗逸却退开半步，用手托住了她。康雅婕瞬间涨红了脸，羞怒交加："你就这么讨厌我？"

邵朗逸握着她的肩又把她推开了一点，波澜不惊地说道："麻烦邵夫人先去洗个脸。"

康雅婕一愣，旋即反应过来，甩开他的手，转身走了出去。

连大夫也不得不承认，小霍康复的速度几近奇迹："不过，霍团长的肺叶受了伤，以后就算痊愈，也会有影响。"

虞浩霆点了点头，眉宇间的欣慰染着一点忧色。

其实霍仲祺养伤的地方离他的办公室不过两进院落，但自他醒来之后，他只去看过他一次。只那一次，他就已察觉了她对他的回避。

她温柔而客套，仿佛是觉得屋子里人太多，同他打过招呼就转身离开，和那个攥紧了他的衣襟，贴在他胸口痛哭失声的女子判若两人。没有人觉得不妥，唯独他心头凋落一瓣怅然，落花无声，连叹息都嫌重。

他问的话，大半被小霍的副官和护士答了，还有炮兵团的军官，一屋子的人面上都带着喜色，说小霍的伤势见好，说他们在沈州的九死一生。

他和他，他们身边都很久没有这样多的笑声了。

可偏偏他们都心不在焉，倚在床上的人在最初的欲言又止之后，便只有笑意淡倦，偶尔不着痕迹地望一眼窗外，有掩饰不住的疑虑。他不知道他能看见什么，但他知道，他想看见什么。

他看得出别人的心意，那他自己呢？他掩饰得够好吗？

绥江的初夏清朗而温暖，午后宁静的庭院，天色湛蓝，阳光如金纱。拎着饭盒的勤务兵从屋里出来，一见虞浩霆和卫朔，慌慌张张地要行礼，被卫朔摆摆手噤了声。

深绿的窗纱映出素影亭亭，里头忽然飘出一句笑语："你跟朗逸学的吧？"

虞浩霆不由自主地站住，只见窗内的人正把削好的苹果在果盘里切成小块，用温水浸了。他看在眼里，唇角微勾：到底是做母亲的人了。

一念至此，时光宕然来去，一个笑容明媚，在山路上追着牧羊犬的少女雀跃着从他面前穿过。

他忍不住回头去看，眼前却只有一地斑驳的光影。

婉凝把削好的苹果搁在果盘里，提了果柄轻轻一拎，果皮立时一圈一圈连绵不断地脱落下来。

霍仲祺见了，眸光一亮："你跟朗逸学的吧？"她点了点头，他眼中的笑意越发明亮："我小时候也跟他学过，可是没学会，还切了手。"

婉凝低头浅笑，把温水浸过的苹果插好果签："我削了三十多个苹果，才学成这样的。不过还是没有三公子削的好，皮太厚。"端了苹果过来，嫣然笑道："这个还是我学得来的，你没有见过他吃蟹，吃完了扣起来，还是完完整整的一只，重新放回去都成。"

小霍吃着苹果，闻言莞尔："有的。不过我看看也就算了，连学的念头都没动过。有一回说起这件事，我们都叹为观止，只有四哥说：那有什么难的？我也会。后来我们在冷湖吃蟹，我就闹着他们比一比，结果——"

他促狭笑道："四哥吃得比朗逸还快，也是完完整整的一只。可我翻开一看，原来他只吃了膏，都是装模作样骗我们的。"

她风铃般的笑声轻轻扬出窗外，荡开他心头的潋滟波光。那些许久无人问津的少年往事，是流水带进蚌壳的沙砾，于时光荏苒中，渐渐砥砺出温润珠光。他自己也噙了笑意，想着她方才蛾首低垂，悉心切开水果的侧影，大约周美成的《少年游》，亦不能过。

"……我们说他要赖作弊，他却说：'你们只说要吃出一只整壳的来，又没说一定要把肉剔干净，我吃蟹从来都只吃膏的。'"

纱窗模糊了人影，不够真切反而泄露出一种近乎回忆般的柔光静好，仿佛临水照花的倒影，叫人不忍惊动。

他无声一笑，悄然转身。

马腾嫌温水浸过的苹果没滋味，自己拣了一个透红的，懒得削皮就直接啃了一口，嗯，脆甜，好吃。他一边吃一边偷眼觑看靠在床上的霍仲祺，不禁诸多腹诽：好像没听大夫说团座有伤到头啊，怎么变了个人似的？

那女人刚问了一句"我听说，你如今喝酒喝得很凶……"他还没来得及附和点儿什么，霍仲祺就抢道："你放心，我以后再不喝了。"那个腔调儿，那个模样儿……哎哟，他牙都酸了。他们团座，玩儿起命来也是豹子一样的人，现在倒好，活脱脱一只小家猫儿，一身的软毛，怎么抒怎么顺。被个女人拾掇成这样，真丢人啊！不过话说回来，这女人……他琢磨得没有边际，目光只落在顾婉凝身上，就忘了吃。

霍仲祺瞥见他傻愣愣的神气，冷着脸微微一哂："你看什么呢？"

"啊？"

马腾犹自怔了片刻才醒悟过来，依稀也有些不好意思，可好在脸皮不薄，笑嘻嘻地咬了两口苹果："团座，书上写的美人儿，什么'玉纤纤葱枝手，一捻捻杨柳腰'，托您的福，这回我也见着了……"长官是取笑不得的，可夸夸长官的意中人总不会错，岂料话没说完，霍仲祺立时就变了脸色，刀子一样的目光戳得他脸上生疼："出去！"

马腾吓得一抖，手里的苹果差点儿就跌了出去，条件反射地跳起来，喏喏着不明所以，待见霍仲祺阴沉沉地盯着他，倒抽了一口冷气，低着头慌里慌张地答了声"是"，掉头就逃。

顾婉凝也惊讶霍仲祺发作得莫名其妙，看着马腾夺门而出的背影，不由好笑："你什么时候脾气这么坏了？"霍仲祺不好和她解释，微微红了脸色。

周遭一静，他突然不知道该如何同她说话，唯看着她整理桌上的杯盏水果。那一串连绵不断的果皮落在那里，他心念一动，想起她方才的话——"不过还是没有三公子削的好。"

她离家出走的事，他也听韩珝说过，只不知道是什么缘故，此刻她说起他，这样客气无谓，怎么看都不像是闹翻的夫妻。他想问，却又觉得自己问出来，不免有些"居心叵测"的意味。那，他究竟有没有呢？

这些日子，他对着她，每每都想剖白了自己的心迹，可又觉得无论说什么都是词不达意。

她这样待他，多半是因为他的伤势，他想跟她说，她不必这样迁就，却又怕她若是真的离开，他便再不能见她了。

他果然是私心作祟吗？一个讥诮的笑容猛然撞了进来："小霍，

扪心自问，要是这件事我一定要做，你愿意是你，还是别人？"他心口疼得钝重，咬了咬牙，却浮出一个清暖的笑容："你出来这些天，——要想妈妈的。反正……反正我已经没什么事了。"

婉凝回过头，明澈的眸子停在他面上，神情端正得像是被老师点起来答问的小学生："我明天就走。"

他一怔，好容易撑出的平然镇定瞬间溃散："我不是这个意思！我是说……咳……"他急急想要辩白，忍不住就是一阵咳嗽，她递过一杯水给他，悠悠一笑："我知道。"

他一时无话，她也不理会他，从衣柜里拿出一套昨天才送来的新常服，配套的肩章领标都已换了准将衔。小霍看着她逐个换好，又细心整理妥当，眉头越蹙越深，终于忍不住道："你……你明天真的要走吗？"

她把那军装拎起来相了相，像是自言自语："你穿起来给我瞧瞧，我就走。"

霍仲祺眉目一展，恍若有春风吹过，催开了鲜花满园。

"龙黔战事吃紧，是不是从锦西调人过去？"许卓清星夜从江宁赶来面见虞浩霆，只为北地战事稍歇，龙黔压力骤增，邺南虽然表面上平安无事，但一有风吹草动便是心腹之患，眼下最易动用的唯有在锦西的薛贞生。薛贞生原是个战将，当年虞军拿下锦西，虞浩霆却把他留在广宁执掌地方，军政一揽，这几年很是风生水起。

虞浩霆点了点头，却没有更多的交代。

许卓清犹豫了一下，追问道："那——怎么安排合适？要不要薛贞生亲自督战，还请总长示下。"

"龙黔的事，让作战部跟邵司令商量，不用问我。"

"是。"许卓清衔命而出，虞浩霆看着壁上的地图，独自一人，默然良久。

拆开的公函散放在案上，边上放着一碟鸽脯，一碟蚕豆，还有锦西首屈一指的烧春曲酒。堂前两个唱曲的少女，眉眼水秀，正在妙年。

"你这可不像个厉兵秣马要出征的样子。"

一句妩媚娇嗔，堂后转出一个纤纤丽影，雪白的软缎旗袍行动间素光起伏，不动声色亦有风流无尽，却是昔日名满广宁的头牌倌人白玉蝶。

薛贞生的外套搭在摇椅背上，立领衬衫敞了领口，衣摆上隐约沾了酒渍，唯有一双军靴擦得乌光水滑。他既不起身，也不答话，一边端着酒慢慢喝着，一边眯着眼睛在她身上流连。待她走近，猛然丢了酒杯，扣住她的纤腰一握，带进自己怀里，不等她娇呼出声便肆无忌惮地吻了下去。

"讨厌！"怀中的女子嗔怒地将他推开，眼中却泛着桃花娇色。

薛贞生懒懒松开了她："怎么？你是盼着我走了，好重新回翠锦楼挂头牌吗？你就不怕没人敢去捧你的场？"

她雪白的手臂环住他的肩，做出一副楚楚可怜来："人家的卖身契都在你手里呢！除非——"她小小的银牙，一下子叮在他肩上，"除非你这个没良心的，要卖了人家。"

薛贞生轻轻一笑："那要看我缺不缺钱了。"

白玉蝶媚眼如丝地瞟了他一眼："你真的要走？"

薛贞生捏了捏她的腮："你说不走，我就不走。"

白玉蝶嗤笑了一声："你们男人嘴里就没一句真话。"

薛贞生不置可否地一笑，站起身来，屏退了庭院中的侍卫歌女："小蝶，你是个聪明人。你说眼下这个局面，我该不该去龙黔送死？"

白玉蝶嫣然笑道："你才不是真的想问我，你自己早就有主意了。不过，你若是公然抗命，跟江宁政府翻了脸，岂不是要投靠戴季晟？"

"戴季晟？他也配？"薛贞生漫不经心地耸了耸肩，拾阶而下，"江宁跟扶桑人这一仗还不知道要打多久，我犯不着把锦西白白填进去。可就算虞军伤了元气，百足之虫，死而不僵，戴季晟想要吃下去也没那么容易，那个时候……"他眼中锐光一闪，没有再说下去。

白玉蝶思量片刻，犹疑地看着他："你想清楚了。单凭锦西，你就不怕重蹈李敬尧的覆辙？"

薛贞生挑了挑浓长的眉峰，回头笑道："你等着瞧吧。"

暖红的夕阳在鸽灰的云层间沉潜，傍晚的庭院忽明忽暗，顾婉凝和照料霍仲祺的小护士在院子里互相淋着水洗头。香波的味道被温热的水汽慢慢晕开，淡淡的玫瑰香气静静飘浮在晚风里。

清水徐徐而下，冲开了细密的泡沫，顺滑的青丝渐渐延展成一道乌黑的瀑，皙白的柔荑穿梭其间，仿佛一帧微微活动的油画。

发丝刚一拢起，婉凝忽然瞥见近在咫尺的不是小护士的白衣，却是齐整的戎装马靴。她心下一惊，来不及拧干发上的水便慌忙站了起来，几乎撞在那人身上。待她回头看时，水光潋滟的双眸却被惊喜轰然点亮："你？！"

夕阳烁金的余晖里，立着一个戎装笔挺，温存含笑的身影，正是霍仲祺。

只是他到底动作不便，顾婉凝贸然起身，他不及躲开，簇新的军装上溅了不少水迹。他笑吟吟地看着她，却不说话，只是慢慢放下手里的水壶，拿过搁在一旁的毛巾，包住她身前湿漉漉的长发，按了按她的肩。

她顺从地坐了下来，他的手隔着毛巾轻轻揉着她的发。天色渐暗，空气中的香氛渐渐淡了，唯剩草木清华，他的声音也有繁华褪尽的宁和简静："我本来是想死在沈州的，可是真到那一刻，我又后悔了。我想，要是我死了，你未必就会开心；要是我不死，以后万一有什么事，我总还可以……"他说得依稀有些迟疑，"总还可以……照顾你。"

她头垂得更低，他看不见她的神色，而看不见她的神色，他才能继续说完想说的话："我只是……你什么都不用想，你只要知道——不管怎么样，我总是在的。"

霍仲祺在沈州负伤的消息不胫而走。政务院长的公子孤身犯险，危城拒敌原就是抢眼的新闻，有对他略知一二的记者，更晓得这位霍公子乃是个骏马骄嘶懒着鞭的风流子弟，偶傥英俊便是拍出照片来也比常人漂亮，于是纷纷托请新闻处和在沈州行营相熟的军官，想要约他做采访。新闻处亦觉得这件事于战事人心颇有益处，只是他身份特殊不好勉强，幸而霍仲祺没有推脱便应承下来。

一班记者提前做足了功课，此起彼伏地发问，小霍风度极佳，来者不拒，采访的时间大大超出了新闻处的预计。别人倒还罢了，只顾婉凝在隔壁听着，不免担心他重伤初愈难以支撑。好容易那边的采访到了尾声，记者们又要他出来拍照，还有两个女孩子别出心裁要同他合影，最后连行营里的几个小护士也过来凑热闹，又折腾了半个多钟头。

霍仲祺虽然应酬得十分耐心，但马腾也看出来他脸色不对，连忙跟新闻处的人打招呼。果然，这边人刚一走，霍仲祺身形一晃，就撑在了马腾臂上。马腾扶了他进去，顾婉凝一见便蹙了眉，不言不语地端了一盏参汤回来，小霍接在手里刚要开口，一个新闻处的军官忽然转了回来，一见这个情形，面上便有些尴尬，微一犹豫，还是歉然笑道："今天的事真是麻烦霍公子了。是这样——有一位时报的记者在蔡司令那边耽搁了，刚赶过来，想问问您……"

他话还没完，马腾就闪过去一个白眼："不行！我们团座要休息了，你们没安排好是你们的事！"

那军官神情更是尴尬，他本来也有些犹豫，只因为时报是国内首屈一指的大报，他才有此一问，此时唯有喏喏点头："是我们安排得不妥，那……您看能不能改天再约？"

霍仲祺舀着一勺参汤慢慢喝了，微微一笑："别麻烦了，我没事，过十分钟你请他来吧。"

"团座……"马腾还想再劝，可霍仲祺一摆手，他只好闭嘴，转过脸挤眉弄眼地给顾婉凝递眼色。顾婉凝却不理他，直等那新闻处的军官离开，方才对霍仲祺道："你不要撑了。我去请大夫过来，待会儿你照个面随便说两句就算了。有大夫的话，别人也不好说什么。"

她说罢，转身要走，却被霍仲祺叫住了："婉凝。"

她恳切地回头看他，他正垂眸喝着手里的参汤，慢慢咽了最后两口，再抬头时，眼底有压抑的恸色："婉凝，你知道的，我不是个英雄。我那时候……是真的想死，我那些死在沈州的兄弟才是英雄！他们的事，应该有人知道。"

他弯了弯唇角，惨淡的笑意闪烁着微薄的曦光："更要紧的，是仗打到这个时候，国家需要一个英雄，尤其是一个活着的英雄。你明白吗？"

她听着隔壁谈笑风生，看着他又被请出去拍照，金属肩章光芒熠熠，武装带束紧了挺拔的腰身，来日印在新闻纸上给人仰慕的，便是这样的"国之干城"。目光触到他的背影，她想起的却只有初到沈州那天，第一眼见他的惊撼，了无生息的面孔，支离破碎的躯体……那些只能涌血于暗处的狰狞伤口终于都无人得见。

总算拍完照送走了记者，新闻处的人也在马腾嫌恶的白眼儿里识趣告辞，小霍寒白着一张脸，精神一散，额上渗的却尽是冷汗。顾婉凝连忙解了他的皮带、外套，正要收起来，霍仲祺却忽然拉了拉那衣裳："等一下。"接着，便取下胸前的勋章递给马腾，"这个，放到云关那个阵地去。"

马腾略一迟疑，双手接过那勋章放进衣袋，郑重答了声"是"，又挺身行了个军礼才转身去了。

顾婉凝约略明白他此举为何，然而想了一想，却仍是惑然："你的阵地不是在雁孤峰吗？"

霍仲祺点了点头："云关有个步兵阵地。"他说罢，静默了片刻，才又开口，"那个阵地是沈州西南的一处关隘高地，我们和扶桑人抢了很多次。守在那儿的一个营，最后一天打退了扶桑人六次，每一次，我在我的阵地都能看见。到了第七次，只剩下几十个人了，援军没来，他们还在拼命。可我知道，没有下一次了。"

他说得很慢，口吻只是平然："阵地要是落在扶桑人手里，前头那些人就都白死了，援军就算到了，也要重新抢回来，很难。所以，我开炮了。"顾婉凝一愣，面孔也倏然失了血色。

"他们一定知道是自己人的炮，可我不知道他们会怎么想。那阵地上后来——什么都没有了。"

北地局势平稳，邺南也暂无异动，参谋本部稍作喘息，正全力安排龙黔的战事，把控锦西的薛贞生突然和戴氏麾下的云鄯驻军联合通电，称江宁政府轻开战端，决策失当，以致时局艰危，两地力行"联省互保"，以维系地方安定。

这样的变故大大出乎江宁政府预料，沣南戴氏倒不置可否。其实口舌之争尚在其次，只是锦西一旦脱离掌握，邵朗逸在隆康山区就成了孤军。邵朗逸还未有表态，参谋本部已接连派员到广宁斡旋，却都无功而返。尔后更有消息传出，如今扶桑人在龙黔战区的指挥官正是薛贞生昔年留学东洋时的老师。龙黔烽火蔽日，扶桑人对锦西却全无滋扰，不免有人揣测是薛贞生和扶桑人私下里早有交易。

然而，他这几年在锦西治军理政多有建树，且当日虞浩霆对他信任有加，他手中不仅有多年带出的精锐亲信，还有从李敬尧那里收编的锦西旧部，于是，不管舆论如何腾沸，一时之间，却是谁也奈何不得他。即便是许卓清亲自飞到广宁同他面谈，薛贞生仍是不肯转圜："卓清，你说我有负总长信任。那我问你，是总长对我薛贞生的知遇之恩要紧，还是锦西数千万军民的安危要紧？"

许卓清冷笑道："那是你锦西一地要紧，还是民族危亡要紧？你就不怕一念之差，做了'国贼'吗？"

薛贞生却甚是无谓："民族危亡那是参谋总长的事，我一个锦西警备司令管不了。"说着，马鞭往对面的水阁里一指，"你瞧瞧那是谁？连庆昌，燕平数一数二的须生名角。为什么千里迢迢到我这儿来？因为我这儿太平。"

他说到这儿，摇头晃脑地随着台上的戏码哼了两句"我正在城楼观山景，耳听得城外乱纷纷"，唱罢，笑微微地呷了口酒："卓清，你要是愿意，就留在我这儿吧！江宁那边的事谁也说不准。我听说，政府里头不光有人想跟扶桑人求和，还有人要勾搭戴季晟。"

他瞥了许卓清一眼，继续说道："这回幸好是沈州没丢，可下回呢？再打下去，虞军就是他们的筹码。总长打得好，他们跟扶桑人谈起来能多捞点儿便宜；总长那边一个闪失，他们掉头就去给戴季晟当狗。你信不信？"

许卓清默然良久，忽然道："你以为总长不知道吗？"

薛贞生深吸了口气，哂然一笑："孔曰成仁，孟曰取义。总长想要勉一己之力'渡同胞于苦海，置国家于坦途'我拦不住，可我不能不顾念我这些袍泽弟兄。"

许卓清抿了抿唇："总长就不是你的袍泽吗？"

薛贞生酒到唇边，眼波一凝："总长，就是总长。"

"好！"许卓清端起面前的酒站起身来一饮而尽，杯子就地一摔，掉头就走。

薛贞生见状，若无其事地朝边上招呼了一声："星南，替我送送许处长。"

瞿星南送了许卓清回来，见花厅里的酒宴和水阁里的戏都已撤了，薛贞生自己倒握了一把胡琴坐在池边的条石上，闭目拉出一段西皮二六："诸葛亮无有别的敬，早预备下羊羔美酒犒赏你的三军。既到此就该把城进，为什么犹疑不定、进退两难，为的是何情……"

"司令。"瞿星南走近他低声回禀道，"许处长直接去了机场。"

薛贞生点了点头，又拉了两个音，忽然停了弦："星南，叫军需那边准备好，回头收编龙黔的溃兵。"

"是。"瞿星南应了一声，人却站着没动。

"怎么了？"

"司令，我们真要跟江宁那边撕破脸吗？"

"我跟谁都不想撕破脸，他们也都不会想跟我撕破脸。"薛贞生轻轻一笑，"李敬尧那样的人，你也跟了他那么久，为什么？"

"他有钱。"瞿星南脸上不见一丝隐晦尴尬。

薛贞生又是一笑，摆了摆手，瞿星南颔首退了出去，只听身后胡琴复响，薛贞声唱得顿挫悠扬："……左右琴童人两个，我是又无有埋伏又无有兵。你不要胡思乱想心不定，来来来，请上城来听我抚琴。"

撕掉昨天的日历，新的数字一跳出来，婉凝心上不由蓦地一震，指尖在那数字上慢慢描了一圈，忽然有了主意。

行营的厨房里存着一台烤箱，经年没人动过，顾婉凝请勤务兵挪了出来，仔细擦拭干净，接了电一试，倒还真的能用。这边鸡蛋、牛乳、砂糖都是现成，只缺了打蛋器，于是原本就麻烦的一桩事情，不免更加费力。行营的司务长闻讯过来查看，见她握了三根筷子在那里打蛋，虽然努力，但一看就是生手："小姐是要做什么？"

顾婉凝动了动嘴唇，刚要开口，却莫名地有些赧然，越发认真地搅动蛋白："我想烤个蛋糕，一会儿就好，不会耽误你们中午开饭。"

这司务长知道这女孩子是来探视霍仲祺的，此时见了这个情形，也体谅出一点儿小儿女心思，遂笑道："西洋点心我们不拿手，不过小姐要是找人帮忙，尽管吩咐。"

那小勤务兵没见识过这么"糟践"东西的做法，看她把面粉倒在蛋黄液里，忍不住咂了咂嘴："小姐，我们家过年的时候擀面，这么多面——"他一边说一边比画，"就一个鸡蛋。一个就够了，可香了。"

顾婉凝嫣然一笑，力气都花在手上，却也顾不得理他。勤务兵看着她弄了牛乳、砂糖一通鼓捣，只觉得心疼，眼睛一错不错地盯着烤箱，唯恐有什么闪失，对不起那一锅鸡蛋。等顾婉凝拉开烤箱，小心翼翼地取了蛋糕出来，那勤务兵更是大气也不敢出，这一大块浅黄上头覆着一层咖色的所谓"蛋糕"，这么瞧着可还没一锅鸡蛋好吃呢！

顾婉凝沿着蛋糕边缘切了一行，自己削出一块尝了，把剩下的递给他："你尝尝。"

勤务兵接在手里，使劲儿抽着鼻子嗅了嗅乳香，又前后端详了两遍，才一狠心咬了下去，这一口下去说不定就是半个鸡蛋了……咦？真还挺好吃的，一块吃完，意犹未尽地抹了抹嘴，也不知是赞是叹："小姐，您弄这个是好吃，可就这么一个，我自个儿一顿饭就吃了，您这就是不过日子的吃法儿。"

顾婉凝听了好笑，一本正经地"安慰"他："我这个也就是一年做一回，你就当是过年好了。"说着，把剩下的蛋糕一分为二，一块儿装在饭盒里扣好："你把这个拿到总长办公室去，要是有人问起，就说——"她眉睫一低，"就说我蛋糕烤多了，吃不完，让他们分了吧。"

送蛋糕的勤务兵还没到门口就被卫兵拦下了，恰好碰上虞浩霆的机要秘书林芝维要出门，林芝维一问缘由，半是惊疑半是好笑：这么一盒蛋糕，无非是拿来给总长尝个鲜罢了。真要分，侍从室的人都不够。待会儿总长回来，这顿饭可要吃得……只是人家没说，他也不好点破，公事公办地点了点头，对门口的卫兵道："你拿进去吧。"

林芝维在前院的办公室看见虞浩霆回来，连忙笑吟吟地迎了过去："总长，今天中午的伙食不错。"虞浩霆听他没头没脑地来了这么一句，随口应道："司务长加菜了？"

林芝维笑道："司务长没加菜，是有人加了点心。"他知道虞浩霆事务繁杂，也不多卖关子，"早上顾小姐烤了个蛋糕叫人送过来。"

"蛋糕？"虞浩霆慢了脚步，心头怦然一动。

林芝维点头："嗯，搁在您办公室了。"

蛋糕？他隐约想到了什么，却又犹疑着不能确定，是巧合？还是她特意……模糊的欢欣在心底跃跃驿动，面上却仍是持重沉稳，甚至还皱了皱眉："她什么时候会做蛋糕了？"

这个问题，他近旁的卫朔和周鸣珂都不能回答。当然，答案也不重要了。不知是不是心意使然，他们一进门，便觉得空气中弥散着淡淡的牛乳甜香，让人心里也跟着一软。虞浩霆眼中骤然闪出笑影，林芝维却忽然有了一种"不祥"的预感——那勤务兵送来的蛋糕可是扣在饭盒里的。

果然，他们一转过门厅就看见侍从官的办公室里，齐振正拿着块儿蛋糕一边吃一边跟人品评："……加点儿果仁儿就好了。"另一个擦了手喝水的侍从像是刚吃完。林芝维一见，心里就凉了半截，只盼着他们吃的千万不要是顾婉凝送来的那一个，可行营的伙食再好，也不会有谁去花这个闲工夫。

"总长。"齐振捏着剩下的一牙蛋糕，颇有些不好意思。

虞浩霆看了看他，又看了看桌上已经空了的饭盒："你哪儿来的蛋糕啊？"

齐振嘿嘿一笑："我也不知道，我回来的时候就放在我桌上了。好像说是谁做多了，拿过来分给大伙儿的，不知道是不是司务长在学西洋点心。"他边说边笑，却忽然觉得气氛不太对，总长大人虽然没什么表态，但林芝维和周鸣珂却都不苟言笑，且看他的眼神都有些异样，齐振立即收起笑容，警醒地闭了嘴。

虞浩霆却似浑然不觉，只是饶有兴味地瞧着他手里剩下的那一点蛋糕："好吃吗？"

"呃……"齐振越发心虚，嗫嚅着答了一句，"好吃。"

虞浩霆终于展颜一笑，喃喃自语道："到底是做母亲的人了。"见齐振一脸茫然地捏着蛋糕，丢下一句"好吃就赶紧吃吧"，便转身往自己的办公室去了。

齐振下意识地把那蛋糕塞在嘴里，还没来得及嚼，林芝维忽然走过来亲亲热热地拍了拍他的肩："好吃吧？顾小姐烤的。"

齐振看着虞浩霆的背影，猛然觉得那蛋糕堵在喉咙里不上不下，涨红了脸孔招呼一旁的下属："水……水……"

江宁、龙黔、锦西、邺南，霍家、朗逸、薛贞生、戴季晟。

作战部的报告，军情处的密函，新出刊的报纸……他一样一样挪开，铺就一张三尺徽宣，蘸饱了墨，却久久不能落笔。他从来没有这样败过。他知道怎么样才能不败，可他也知道，他不能不败。

那年，他还骑不了那样高的马，父亲把他抱在马背上："这个天下，等着你来拿！"

那年，他们的手都还没有杀过人，朗逸的笑淡如初雪："江山不废，代有才人。秦皇汉武都以为是自己占了这日月江川，其实——不过是用己生须臾去侍奉江山无尽罢了。"

他们说得都对，可他们说的和他想要的，却总像隔了一层，似是而非。

虞浩霆搁了笔，雪白绵密的宣纸上终是未着一痕，吩咐人叫了林芝维过来："给邵司令发电报，如果战事不利，就避开扶桑人撤到洪沙，不要回来。"说完，便拎着马鞭走了出去。

夜色中的绥江，细浪如鳞，苇影依旧，却没了俏皮恣肆的船歌。他牵了马徐行江岸，风声夹着夏虫嘤鸣，那年中秋，也是在这里，他对她说："婉凝，你要一直和我在一起，我陪你看山看河。"

他真的相信，他们可以。他真的以为，他们可以。那样好的风景，那样好的笑颜，那样难得的人月两圆，他真应该更用心地去看一看。

可是没有。

当时只道是寻常。

当时只道，是寻常。

他站住，慢慢摩挲着手里的马鞭，把卫朔叫到近旁："你去跟顾小姐说……"他略一迟疑，声音变得格外宁静，"你问问她，想不想骑马？"

卫朔答了声"是"，想了想，又低着头问了一句："要是……要是顾小姐说不想呢？"

虞浩霆怔了怔，转身望着江面："那就算了。"

陆

良夜

他原本，就是最温柔的情人

夜色掩去了烽火的灼痕，深黑的山影如驯顺巨大的兽，在江岸远处匍匐，勾勒出连绵浑厚的轮廓。月光在云层中时现时隐，柔光如纱，夜风送来的蹄声，不疾不徐，一声一声点在他心上。由远及近的两骑，一个沉着端正，另一个，却亭亭如荷。

她在他近旁勒缰下马，翩然站定，迎着他的目光抬起头，那一瞬间，彼此都失了言语。

婉凝螓首轻垂，低低同他打了声招呼："钧座。"言罢，自己先抿了唇，微微一笑。

虞浩霆闻言亦是莞尔，她虽然穿了虞军的制式衬衫和马裤马靴，可人太过娇娜，终究是不像，这样硬朗的装束反而更衬出她容颜柔艳，风致婉转。他移开目光，眺向江面："巧笑知堪敌万机，倾城最在著戎衣——古之人诚不欺我。"

顾婉凝捋着马鬣，颦住了眉尖，牵着马从他身边走过，轻抛了一句："这可不是好话。"

虞浩霆跟在她身后，哂然笑道："越是怕死的人越忌讳说死，我没有那么多忌讳。"

江天寥廓，江风清寂，故人心事，可堪重提？

他这样走在她身边，仿佛屏立江岸的群山，坚稳巍峨，叫人心意安然。她知道，他这个时候叫她来，一定是有什么非说不可的事情，然而等了许久，他都只是沉默，是他不愿开口，还是——他不知道该怎么开口？

"龙黔的战事是不是不太好？"她试探着问。

他答得再简单不过："嗯。"

"薛贞生的事……很棘手吗？"

"还好。"

"报纸上的政论版最近吵得很厉害，听说政府里也是？"

"嗯。"虞浩霆点了点头，见她面上忧色端然，几乎想要去揉揉她的顶发，他安抚地轻轻一笑，"这些事你不必想，想也没用。"

这次轮到她默然，他说得对，这些事，她想也没有用。

虞浩霆打量了她一眼，道："我是说，这些事不是哪一个人想怎么样就怎么样的，一个人能做的，不过都是尽一己之力罢了。"他说到这儿，话锋一转，"你弟弟今年毕业了吧？"

他突然提起顾旭明，婉凝微有些诧异，但还是点头道："嗯，不过，他打算一边找事务所实习，一边接着读M. Arch。"

"你就这么一个弟弟，去看看他吧。"

他的口吻很随意，顾婉凝听在耳中却心头一凛，她并没有应声，虞浩霆已接着说道："你要是方便，我还想麻烦你去探探我三姐，这些年她一个人在外面，难免孤单。"

月光浅浅，他的面容隐在夜色里，只有俊俏的轮廓和湛亮的双眸是清晰的，他这样委婉郑重地叫她离开，她已然明白自今而后，她和他，各是天涯。他为她做了一个最好的选择，也留给自己唯一一个选择。她鼻尖有一点楚楚的酸，可是这些日子她已经哭得够多了，她不愿在他面前流泪，只是停了脚步，静静一笑："好。"

她答得这样干脆爽快，让他意外之余，又有骤然释去重负的松弛和一点近乎心满意足的惝恍。他敛了自己的心意，上前抚了抚她的马，轻快地笑道："这边的战马是顿河马，和你以前在马场里玩儿的很不一样，你觉出来没有？"

他突如其来的欣然让她心里越发酸楚，偏了脸朝着江面："嗯，这马不用哄，就是不漂亮。"

虞浩霆闻言笑道："要不然，你试试我这匹？"

他的坐骑自然是千里挑一的良驹，虽不如赛马来得神骏优雅，但确实要比卫朔临时牵给顾婉凝的那匹匀称漂亮。婉凝依言在那马颈后拍抚了几下，执缰腾身，稳稳坐上了马背："我去跑一跑。"话音未落，便策马而去。

虞浩霆一怔，想要叮嘱的一句"小心"尚未出口，已只见她的背影了。他摇头一笑，转瞬就皱了眉，她去得太快了，她和这马不熟，野外也不比马场，又是夜里……他心下惴惴，跨马扬鞭追了过去，可毕竟是迟了片刻，且他那匹马速度极佳，风驰电掣地跑开，一时半刻间任谁也追赶不及。

耳边风声呼啸，他的心是被风吹乱的茎草，终于一点一点近了，她似乎也慢了下来。他刚要唤她，只听一声嘶鸣，那马被她生生勒住，前蹄微扬，惊得他背后隐隐冒出冷汗来。

她却扬起下颌，回眸一笑，月光下皎洁的面孔既骄且娇："我骑得好不好？"

刹那间，恍如光阴逆流。他强压住心头悸动，翻身下马，满眼愠怒地去拉她手中的缰绳："下来！"

她握紧缰绳，咬唇看着他，他眸子浓如夜色，那光芒却灿若星辉，只是眼中尽是愠意："下来。"

她终于丢了手里的缰绳，低着头从马上下来，牵过自己那匹马："我们回去吧。"那年他们第一次去云岭骑马，他不容她抵挡便纵身上马，把她箍在身前："顾小姐马术这么好，我当然要来讨教一下。"可今时今日，便是她有意在他面前纵马犯险，他也无心再和她同乘一骑看良夜秋江。

她悻悻无趣的样子密密实实地堵在了他心口，他叫她出来骑马是有事要跟她说，也是为着让她开心——还有，便是他私心里明白，从今以后，他和她，各是天涯，恐怕再不会有这样的机会了。他不想扫了她的兴致，可方才的事，无论如何没有迁就的余地，她应该明白，她从前也没有这样任性胡闹过！

他陪着她慢慢折回去，远远望见卫朔和一班侍卫的影子，他默然苦笑，他和她，无论是最初还是最后，都要这样阴差阳错，言不由衷吗？

他这样想着，她却忽然勒了马，低婉的声音仿佛一出口就要飘散在夜风里："其实，你和霍小姐在一起，江宁那边……是不是会容易一点？"

虞浩霆一愣，她以为他叫她走是为了这个？他想要辩解，可喉头动了动，却什么都没有说，她这么想也不是坏事，将来……她总会知道的。况且，她要是为了这个跟他闹别扭，那到底，她还是在意他的。

他眼中微微浮了笑影："可能吧。"

霍仲祺身子绷得笔直，灯杆一样戳在虞浩霆的办公桌前头："我不回去。我的部队在哪儿，我就在哪儿。"

虞浩霆赞许地点了点头，抽出一纸委任状递给他："你的部队现在在郴南，霍师长。"

霍仲祺接过来看了一眼，却是把他升了一格，又派回给了唐骧："总长，我想留在沈州，城里城外的情况我都熟悉，我……"

"仲祺，够了。"虞浩霆沉声打断了他，"这几年，你做的——于国于我，都够了。"

小霍目光一颤，情不自禁地低了头，却仍是抿紧了唇："我不回去。"

"仲祺，霍伯伯很担心你，你不要让我为难。"

霍仲祺猛然抬起头，却见虞浩霆神色如常，甚至还含着些许笑意："你要是不愿意待在郧南就回江宁，要是有什么事，有你在，或许还能帮我跟霍院长讨个人情。"

小霍脸色微微一变："我明白了。四哥，你放心。"

"另外，你替我去趟青琅。"虞浩霆又拿过一个密封的文件袋给他，"除了这个，你再带几句话给黎鼎文和温志禹……"

公事终归有限，一一谈完，他和他，却都有未尽的话，只是太多的纠缠牵念，让人不知该如何触碰。他尽量放松自己的神情和语气，却仍然觉得吃力，好在要说什么，是他一早就已经想好了的。

"婉凝……"他刚一开口，就见小霍讶然看了自己一眼，旋即便慌乱地错开了目光。

虞浩霆仿佛全然不曾留意："她可能要去美国探她弟弟，她还有个好朋友在那边，欧阳甫臣的女儿，你也认识。"他这样说着，自己也觉得啰唆，"我想，我是说如果霍伯伯不反对，不如——你送她过去。她一个人要带着——，还有茂兰的女儿……"

"四哥！"霍仲祺惊诧地叫了一声，"我……"

虞浩霆飞快地蹙了下眉，轻轻一笑，直视着他："我和她，早就没有什么了。"

我和她，早就没有什么了。

他之前一直以为，这样的话，他一定说不出来。可原来，他可以说得这样轻松，只是话一出口，胸腔里似乎有一瞬间的真空，没有知觉，当然也就不会觉得疼。

我和她，早就没有什么了。

曾经他也怀疑过，他和她的那些过往，或许只是一场一厢情愿的绮梦；然而那天她在他怀中的泪雨滂沱终于让他相信，一路走来，总有些欢悦和痛楚未曾辜负。可也就是在那一刻，他真的宁愿前尘种种，只是一场贪恋痴嗔的独角戏。

我和她，早就没有什么了。

他的话，和那轻淡的笑容，像一颗子弹穿透了他心上的壁垒重重。他心上骤然锐痛，却不知道该说些什么，抑或能说些什么："四哥……"

虞浩霆端起杯子呷了口茶，再抬眼时，目光依旧淡如晨雾："其实你也知道，她和我在一起……本来就是勉强。"他说着，从容一笑，又道，"朗逸那里，回头我跟他说。"

他回来的时候，她正整理行装。他不自觉地停了脚步，站在帘外凝眸望她，一动不动，隐隐期望着她能察觉他的存在，用一个眼神把他解脱出来。然而赭色的帘影里，她偏偏专注得连一丝余光也没有，一件衣裳叠起又拆开，反反复复总也整理不好。他眼底微热，终于打了帘子进来："你这是要走吗？"

"嗯。"婉凝点了点头，仍然盯着摊在床上的那件旗袍。

"你是不是……打算去看你弟弟？"霍仲祺问得有些慌乱，话刚出口，他已然察觉不妥，却无从补救。这件事她没有同他说过，他这样一问，显是知道了。

顾婉凝转脸看了看他，莹澈的眸子在他面上流连而过，便又低了头："我先回江宁。"她眼里没有笑意，也不见忧色，唯有一片澄清，口吻也平静得稍嫌客气，但这平静却让他想说的话，似乎更容易开口。

"婉凝——"他轻声唤她的名字，尽力想让自己的声音听起来不那么局促，然而话到嘴边，却仍然吃力得超出他自己的预料，"要是……要是我陪你过去，你介不介意？"

她手上的动作隐约一滞，却没有答话，只是把叠好的衣裳展开来，不声不响地重又叠过。他静静地立在门边，再不敢说什么，甚至不敢太过专注地看她。

阳光射在地面的明亮光束，照见微尘飞舞，窗外仿佛有飞鸟振翅的声响，那是他一生最漫长也最短暂，最艰难也最希冀的等待。就在他几乎要以为她永远都不会给他一个答案的时候，她终于相了相打理妥当的衣裳，轻声说："好啊。"

她的声音太轻，他恍然间以为那声音不过是自己心底的幻念，幸好她转过脸，温婉一笑："我的事，总是要麻烦你。"

沧莱海岸曲折，多岛多岬多良港，半岛尖端的青琅山海相接，开埠至今已有四十余年，既是北方的第一大港，亦是避暑胜地。每逢溽夏，不消说徐沽、华亭等地的达官贵人、华洋商贾，便是有闲暇的中产之家也不乏趁着暑期举家出游的。兼之青琅市府为助游客之兴，近年来屡屡盛办祭海节会，昼有泳赛，夜燃焰火，城中的海水浴场日日热闹非凡，丝毫嗅不出一丝战火烽烟的气息。

"妈妈！"车门一开，响亮的童音里满是惊喜，一一从车上跳下来，直扑到顾婉凝怀里，"妈妈，我看到海了，还有好多大船。"一一已经快三个月没见到妈妈了，他第一次和顾婉凝分开这么久，被接来见妈妈已然十分开心，一路过来还能看到海滨风物，就更是额外惊喜了。

"妈妈，我都想你了。"——攀在妈妈颈子上小声撒娇。

婉凝在他额头上亲了亲："妈妈也想你了，你在家里听文嫂的话没有？"

小家伙一本正经地点头："听了。我还看着妹妹呢！月月一哭，我就给她讲故事，不过，有的她听不懂。"说着，贴在顾婉凝肩上用力蹭了蹭，"文嫂说妹妹太小了，要长到我这么高才能来，月月什么时候才能长到我这么高啊？"

婉凝捏着他的小手站起身来："很快的。"

——想了想，嘟着嘴嘀咕了一句："那我怎么没有长得很快呢？"他抬起头探寻地看着妈妈，却见近旁一个戎装笔挺的年轻军官含笑而立。他自幼见惯了戎装军人，刚才又一心都在妈妈身上，心无旁骛没有留意，现在才觉得这人的衣装态度和其他侍从不大一样，而且……

顾婉凝见他圆溜溜一双眼睛直盯着霍仲祺，便道："——，叫霍叔叔。"

——直了直身子，很有礼貌地招呼道："霍叔叔，你好。"

小霍蹲下来，笑着握了握他的手："——，你好。"

——又盯着他看了看，忽然说："我见过你。"

霍仲祺一怔，下意识地望向顾婉凝，顾婉凝也有些意外，揣测着笑道："可能他平时见的都是军人，认不大清楚。"

"不是。"——立刻辩解了一句，转身跑到车边，把副驾的军官路上看的报纸要了过来，"我在这上面看到的。"前后翻了一下没有找到，皱着眉头坚持："我看的那张有的。"这一来，众人都明白他是在报纸上看到了霍仲祺的照片。

小霍看着他澄澈的目光，赧然一笑："看来这记者的照片拍得不坏。"

　　——头一次到海边，单是在沙滩上蹚水踩浪就玩儿得乐此不疲，捡到大个的海螺甚至绊到一串海藻也要兴奋一阵。等霍仲祺带他上了青琅港的军舰，小家伙说什么也不肯下来，一直到困得睁不开眼睛，才被小霍抱了回来，小脸晒得通红，听见妈妈的声音，睡眼惺忪地伸着手栽进顾婉凝怀里，喃喃念了声"妈妈"就睡着了。

　　夕阳在有节律的潮声中隐去了光芒，幽蓝的海，深蓝的天，灰蓝的云……被落地的玻璃门窗框成一幅幅风景写生。他坐在客厅的沙发上，一边喝果汁一边看着她用毛巾把睡熟的孩子擦干净换上睡衣，留出角度最合适的窗子让海风吹进房间——熟稔，温雅，沉静……比任何刻意的温存都更让人觉得心意安宁。

　　只是，她走出来看见他的时候，眼中的讶然叫他觉得有些尴尬。

　　"我只顾着他了，不知道你还在这儿。"她歉然而笑，霍仲祺连忙站起身："我是想问你要不要出去吃饭。"

　　顾婉凝摇了摇头，目光又落回卧室："我不出去了，恐怕他待会儿醒了要闹别扭。他今天没有给你惹麻烦吧？小孩子贪玩儿，你不用迁就他，有什么不高兴的，他一转脸也就忘了。"

　　"没有，——很听话。"他说罢，寻不出还有什么继续待在这儿的理由，只好拿起军帽同她告辞，然而临出门时又觉得哪里不妥，又转回来交代了一句，"我去见几个朋友，一会儿就回来；有什么事，打电话到Mazails饭店找我。"

　　"啊？"顾婉凝刚翻开一本杂志，在目录里找有趣的文章，不防他忽然又回来跟她说话。

　　霍仲祺见她茫然看着自己，更觉得不妥，只好匆匆说了句"没事"便快步走了出去。

此时的青琅正是一年里最冠盖云集的时候，霍仲祺的熟人极多，他一到青琅就约请不断，只是他无心应酬，尽数推却罢了。本来今晚的饭局他也一早推脱了，只是一时之间心绪起伏想要寻一个出口。他临时起意，于Mazails饭店的一班人却是意外之喜。这些人多是旧日同他一道走马章台的公子哥儿，一见他进来，立时便有人笑容满面地迎上前来，装模作样为众人"引见"："来来来，这才是真正的稀客，大英雄，大功臣……"

　　霍仲祺讥诮地一笑："你再说一句，我马上就走。"

　　等那人打着哈哈住了口，他才摘下军帽递给马腾。席间早让出了位子给他，还顺带挪过来两个妆容精致、身份模糊的摩登女郎。他依然能在一瞬间辨得出她们的香水是玫瑰还是晚香玉，但这莺声燕语、甜笑秋波却让他连答话的兴趣也提不起分毫。

　　他一落座，便招呼侍应要了一杯橙汁，有和他熟络的人立刻就拍着桌子叫道："小霍，你这是干什么？谁不知道霍公子从来都是海量。"

　　霍仲祺把面前的酒杯放回侍应的托盘，对众人微笑道："不好意思，我身上有伤，遵医嘱，戒了。"

　　暧昧恣肆的调笑，机巧轻佻的言语都是他再熟悉不过的，不假思索便能敷衍得宾主尽欢；然而眼前的推杯换盏、觥筹交错又让他无比陌生。他看着桌上的琳琅珍馐，身畔的姹紫嫣红，脑海里浮出的却总是硝烟尽处的断壁残垣汩汩鲜血，以及超出人想象之外的死亡——瞬间的，漫长的，静谧的，剧烈的，安然的，破碎的，兄弟的，敌人的——比死亡更摧枯拉朽的，是重叠无尽的死亡。

　　眼前的一张张笑脸变得模糊，胸口突然一阵想要呕吐的窒息之感，他强笑着拒绝掉各式各样的挽留，直到湿咸的海风吹进车窗，他才放松下来。用力捏了捏眉心，只想下一秒就能看见她，看见她安然沉静地照料睡熟的孩子，看见她低下头时的温婉微笑……但他踏着月色回来，步履匆匆又戛然而停，只是一扇门，他却不能说服自己去敲。

他绕到沙滩上，海浪退去后的沙粒湿润温暖，恒久的潮声和她房间里的灯光，让他渐渐安下心来。

直到那灯光无声熄灭，他才蹑回自己的房间，按医生叮嘱的数量从随身的褐色药瓶里数出药片，一口水咽了下去。借着月色审视了一遍房间，抽出压在枕下的鲁格枪，重新上膛试了试手感，靠着床头和墙壁的夹角慢慢坐了下来，这是房间里最安全的位置——自从他不再需要有人昼夜看护之后，这是他唯一能入睡的方式。

——睡足了一个晚上，第二天一早就生龙活虎地爬了起来，巴巴地跑去跟霍仲祺商量，可不可以再到军舰上玩儿一次。霍仲祺一答应下午就带他去，小家伙立刻雀跃起来，一上午都安安静静，像个小尾巴一样跟着他。小霍带着他在沙滩上似模似样地垒出一艘"军舰"来，一一绕着转了两圈，很是满意，便决定给这船起个名字。

霍仲祺想了想，道："来，把你的名字写上去。"

——闻言，笑呵呵地在船身上划了两下，小霍莞尔一笑："你这个太简单了，大名会不会写？"

——点点头，手指一笔一顺地把自己的名字画了出来，霍仲祺见了，却道："写错了吧。"

——自己看了看，摇摇头："妈妈教我的，没有错。"

霍仲祺也不和他争辩，在边上重新写了个"邵"字："是不是该这么写？"

——歪着头看看他写的，又看看自己写的，纠正道："你写的有点像，不过不对，我妈妈教我是这么写的。"

霍仲祺笑了笑："你叫邵珩，对不对？"

"对啊。"

"那就是这个字。"

"不是，我妈妈教我的不是这个字。"

霍仲祺想了想，点着那两个字试着跟他解释："你姓'邵'，是这个字；你写的这个，也念'shao'，但是没有这个姓。"

——听到这儿，一口打断了他："我不姓邵。"

"你不是叫邵珩吗？"

"是呀。"——皱了皱眉，觉得这次跟他沟通起来很不顺畅，"我叫绍珩，但是我姓顾，我的名字有三个字，我妈妈的名字也有三个字，最前面一个字才是姓。"

霍仲祺一愣，脱口道："你怎么会姓顾呢？"

——摆出一个"你好像有点笨"的表情："因为我妈妈姓顾，所以我也姓顾，我叫顾绍珩。"接着又很体贴地补充了一句，"有点不好写，你要是记不住，就叫我——吧，我妈妈也叫我——。"一边说，一边偷偷扁了下嘴，"只有我惹她生气的时候，她才叫我名字。"

小家伙一副理所当然的样子，霍仲祺落在他身上的目光却凝重起来。

执掌江宁海军的黎鼎文和温志禹是昔年留英的师兄弟，跟着不列颠海军养足了一副绅士派头，咖啡、雪茄、高球样样精通。霍家在青琅的别墅里恰巧有去年新置的微高场地，两人一见技痒，谈完公事干脆就地切磋起来，小霍高球玩儿得不熟，索性靠在沙滩椅上，啜着加了冰的凤梨汁闲闲观战。

马腾待在边儿上更觉得他们掇弄着个小白球戳来戳去，实在无聊得紧，明豁豁的阳光晒得人有些犯懒，碧蓝的海水在视线尽处涨成一条和缓的弧线，缀着几点雪白的帆影……这情形他头一天看见，心里的兴奋劲儿跟——也差不了多少，可看了几天也就习以为常了。他是旱地上长大的孩子不会游水，被潮水荡久了还有点儿发晕，连带着跟边儿上几个海军军官也没什么话说——这些仁兄一水的雪白军装，襟前袖口金灿灿的铜纽子在阳光底下直晃人眼，干净得跟新郎官似的，也能打仗？他挑剔地打量着黎鼎文和温志禹带来的副官和随从，忽然觉得这几个人有点儿不大对劲儿，虽说神态举止都温雅稳重没什么毛病，但目光却都撇开了他们专注挥杆的长官，不约而同地朝着另一个方向——那种带着点儿毛躁的惊喜眼神儿，是男人的心照不宣。

马腾跟着看过去，只觉得脖子侧边的血管轻轻一跳，隔着夏花簇拥的泳池，潮水起落的海滩边上远远能望见一大一小两个人影，踩着浪花跑来跑去的小家伙当然是——，陪在他身边时不时把他从潮水里拽回来的自然是顾婉凝。只是——马腾脸上一烫，这这这……这位顾小姐平日里看着也是文文雅雅规规矩矩的，这会儿居然……青天白日的，这算怎么回事儿哟？虽说他们离得远看不太真切，可是谁都看得出来她身上就没有正经衣裳！他说这几个人模狗样的小子瞧什么呢，还真瞧见好的了是吧？

他连忙在霍仲祺肩头摇了两下，磕磕巴巴地"举报"："师……师座，师座……"

霍仲祺被他骤然一推，手里的凤梨汁差点洒出来，皱着眉斜了他一眼："怎么了？"就见马腾盯着远处的海滩，脸色涨红，嘴里只喃喃着："师座……"

小霍顺着他的目光望过去，先是一怔，旋即就察觉了身边的情形，撂下杯子，抓起搭在椅背上的外套就走了过去。

她背对着他，长发松松编了起来，发辫被海水打湿了一半，乌黑的发丝贴在蝴蝶骨上，白色的泳衣系带在颈后打着个小巧的蝴蝶结，盈盈一握的腰肢和纤巧匀长的腿比她身后的碧海艳阳更加耀人眼目。

"霍叔叔。"蹲在潮水里的——先看见了他，抹着脸上的沙粒和海水，拍着水花跟他打招呼。

顾婉凝亦回过头对他微微一笑，随即转过身去"监督"——不过多地涉入潮水。

她若无其事的明朗端然，让他一路过来的烦躁又添了愤懑，也不知道是愤懑马腾的大惊小怪，还是愤懑他自己的幼稚。然而下一秒，那在阳光下美好得有些过分的曲线，把他刚刚压下去的愤懑和烦躁一股脑儿推到了透镜的焦点，阳光一照，马上，就着了。

霍仲祺不自觉地皱了眉，抖开手里的外套罩在了她肩上，顾婉凝讶然转身，见了他蹙眉的神态才反应过来，只是她掩唇一笑，打趣他的话还没来得及出口，不防霍仲祺突然拦腰将她抱了起来，朝近旁的两个婢女吩咐了一声"看好小少爷"，转身就走。

趴在沙滩上等下一波潮水的——惊觉身后有变故，赶紧站了起来，看着霍仲祺快步离开的背影，茫然之后便嘟了嘴，妈妈明明是在跟他玩儿的，不跟他打招呼就把妈妈带走，霍叔叔很没有礼貌啊！而且，不跟他打招呼就把他妈妈抱走了，他怎么觉得好像有点眼熟……大人总是说小孩子要有礼貌，可是大人才没有礼貌呢。

沙滩那边的一班人遥遥望见这一幕，黎鼎文权作什么都没看见，只是低了头专注挥杆，温志禹觉得有趣，便笑吟吟地问马腾："是什么人？"

马腾没好气地嘀咕："我们夫人！"

温志禹一愣："你们师座结婚了？"

"快了。"马腾随口糊弄了一句。

唉，说是这么说，可仔细一盘算，这位小姐还真是有点儿麻烦。

眼瞅着一个俏生生娇滴滴的丫头，居然就这么变戏法儿似的弄出个娃娃来，他惊得下巴都要掉在地上了！可他们师座都不介意，他还能说什么？想想也是，鬼门关上转过一圈的人，能活着回来见着可心的女人，又白捡了个儿子，说起来也算占足了便宜。

不过，女人真不能纵得太厉害，瞧瞧今天这个有伤风化的扮相，真该好好管管！他们师座就在这上头少主意，早管教好了，说不定就不会弄出这么个不清不楚的娃娃来，真叫人犯愁啊！可话说回来，这小家伙倒真是个漂亮的娃娃，跟他娘亲一样招人疼，有时候，说不好哪个小眼神儿转过来，他咂摸着还觉得有点儿眼熟……眼熟？

小霍刚把婉凝带到门廊，顾婉凝就在他胸前推了一把，霍仲祺顺势把她放下，一低头，正对上她抿紧的唇和恼怒的眼。

"其实我……其实是那边有客人……"他不由自主地回避她的目光，期期艾艾地想要解释，却又觉得这些话连他自己都不能信服。青琅的各色海水浴场里，上至名媛淑女下到小家碧玉，穿着泳衣抛头露面的比比皆是，何况是自己家？

他被父亲打发到燕平读书那年，整个暑假都跟谢致轩耗在这儿，从别墅区的湛山到向公众开放的太平港，挨个浴场泡过去，专门编派品评哪里的女孩子漂亮活泼身材好，有一回口哨吹得太轻佻，还差点跟人家男朋友打起来，他还嫌人家小家子气；现在想想，要是有人这么调戏她，他兴许一枪托就砸过去了……

霍仲祺舔了舔嘴唇，眉睫一低："其实也没什么。"他面色泛红，衬衫上沾了水渍，神情越来越狼狈。她不说话，他只好继续找补："其实，我是怕你晒着……"

顾婉凝原本一直冷着脸色，听到这句终于忍不住"扑哧"一笑，戏谑地抬眼看他："那谢谢霍公子了。"

霍仲祺脸色更红，再支吾不出什么话来，摇了摇头，也唯有窘迫微笑。

是谁说过——微笑是化解尴尬的最好方式。

门廊上的凌霄，花如蜡盏，叶如碧瀑，蜿蜒低垂的藤蔓托着一簇微开的艳橙花蕾，在晴风中低低摇曳。日光迟迟，时间仿佛突然慢了下来，连她睫毛的细微颤动都清晰可见。他的外套罩在她身上空落落的，冷硬的戎装呵护着娇柔娟好的女子，宛如一山青翠之中赫然开出的一朵白茶，晶莹轻润，无声无息，只那一朵，便叫他觉得如过千山！

他的目光越来越专注，她惶然察觉了什么，淡淡的红晕从脸颊一直泛到颈子，下意识地揽紧了身上的外套。她连忙擎出一个明快的笑容，想要说些什么，然而他幽亮的眸子忽然低了下来，越来越近的，还有比阳光更明亮温热的男子的气息。

她梨涡浅笑，是他这一生最美的风景。

他闭上眼，远处海浪轻拍，海鸥啾鸣，她清甜的气息让他心上有柔软的疼，像是有海浪打到眼底。他仿佛触到了她柔软的唇瓣，他不自觉地蹙了眉尖，还没来得及让那美好的触感再真切一点，他的胸口却突然被人抵住了。

他睁开眼，映入眼帘的是她惊乱的面容，还有，推挡在他胸口的双手。

停滞的那一刻时光，从他面前呼啸而过。

他望着她，煞白了脸色仓促地退开，握成拳的右手掩在唇上，因为太过用力而微微颤抖。他望着她，眼中的恋恋温柔刹那间消失殆尽，取而代之的是愧疚和羞耻。

海浪在琥珀般的霞影里渐落渐低，终于成了夜色里的一道细白花边，在沙滩边缘绵延起伏。初升的月，清光微薄，在没有亮灯的房间里无声游移，勾出一个个清浅的影，房间里的人却有一颗焦灼如困兽的心。情感已然难以描述，欲望更加奇形怪状，糅杂凛冽的冲动让他觉得自己这样面目可憎。

门廊上那个未遂的亲吻仿佛一次拷问，让他再不敢碰触她的目光。

楼上的琴声，舒缓轻盈，他听过她的哼唱，大约是支摇篮曲。她在哄——一睡觉了。他踱到门廊上，屏息凝听，琴声很快停了，他又默然站了许久，直到楼上的灯光熄灭。

她也睡了吧？这念头让他有片刻的松弛。

霍仲祺习惯性地去抽屉的角落里摸药，倒出来的却只有半颗，他这才想起下午本该去找大夫拿药的。

不知道从什么时候开始，他成了习惯夜狩的猎人，每到夜幕降临，整个人都像上满了发条的机器。他竭力暗示自己，时间这样久了，半颗药也应该可以让他安然入眠。然而没有。落地钟的嘀嗒声，海滩上的波浪声，连越来越清亮的月光都在敲打他的神经。这声音太响，这声音太轻，他宁愿去听战壕里的枪炮轰鸣——至少，那能让他安静。

一个细微的声响突然从夜幕的缝隙里探出来，他眉心一跳，先疑心是自己听错了，他没有把门锁死的习惯，尤其是朝海的百叶门，但是这样晚了，不该有人来碰他的房门。

与此同时，他手里的枪已经开了保险。

落地的白纱窗帘微微荡起，一个同样轻盈的影子闪了进来。

银白的月光，洁白的裙摆，莹白的脸庞……是银盆盛雪，明月藏鹭般纯澈的梦境，他听见自己心底落下一声释然的叹息。原来，是心意使然的一个梦。但不对，他明明是醒着的。他的心绪骤然纷杂起来，他想要找一个合理的说辞来解释他为什么会缩在墙角，随即又意识到，自己手里还握着一把上了膛的枪。

而她似乎根本不需要他的解释，她蹲下来，刺绣繁复的洁白裙摆覆上柚木地板，乌黑的发从肩头垂落，一言不发，像幽寂湖面上静静绽开的白色睡莲。她拿过他手里的枪，漫不经心地关了保险搁在一边。他脸颊发烫，澎湃的心跳像十六岁的少年，无论一个男人经历过什么，在一个独自抚养孩子的母亲面前，总会显得幼稚。

她的手抚在他胸前，他犹疑地想要握住，却被她抽开了。她纤巧的手指捻开了他衬衫的纽扣，一颗，两颗，三颗——他突然想到了什么，急急拉起自己的衣襟，她却推开了他的手。

她眼里没有笑容，也没有伤感，纯澈而安静的眼神在月光下，宛如精灵。她推开他的手，带着一点温柔的执拗，凉滑的脸颊慢慢贴在他胸口，乌黑的发丝掩住了那些狰狞破碎的伤痕。她不说话，蜷着身子挨在他身边，那姿态像个正需要人保护的孩子。

"婉凝……"他揽住她的肩，声音和手臂都有抑制不住的颤抖，她仍然没有声响，只是脸颊用力贴紧了他。

有轻柔的亲吻落在她发间，又蔓延到了额头，眉睫，脸颊，直到她沁凉的唇，一点一点试探着确定，方寸间的呼吸炙热起来，她的脸颊和嘴唇渐渐有了他期望的温度，她娇小的身躯被他囚在月光无法窥探的角落，裙裾上的花朵像被风吹过的玫瑰园。

占据了她呼吸的亲吻似乎慢慢失去控制，支撑她身体的手臂也越来越强硬，她试着想要挣出一点空间，他的怀抱立刻禁锢了她的动作。她忽然觉得害怕，她经历过一个男人在同一件事情上的温存和强横，她一动也不敢再动，只能在剧烈的呼吸中唤他的名字："仲祺……仲祺……"

她声线里的慌乱和脆弱惊动了他，他缓缓放松了自己的怀抱，在她唇上轻轻一印，抱起她放在了近旁垂着纱帐的铸铜大床上，他覆在她身上，挡住了窥探的月光，绵密而细致的亲吻，像细浪浸润沙滩，像春雨润泽花园，那些急迫而莽撞的欲望克制成了最深切的温柔——

　　他原本，就是最温柔的情人。

　　他已经不记得上一次在满眼阳光中醒来是什么时候了，但他知道这一次，一定一生不忘。

　　她小猫一样偎在他怀里，乌黑的长发散乱在被单上，像笔洗中初浸的墨痕，他挨过去捻起她的发梢亲了亲，忍不住轻笑出声，又拨开她颈边的头发，亲了亲她的肩……直到她把脸埋进枕头，含混地抱怨要睡觉，他才停下，痴痴看着她想了一阵，心底那一片草长莺飞的喜悦，又涌出一种似是而非的躁动：她醒来看到他，会怎么样？她会笑，还是会恼？会尴尬，还是会伤心？她要是哭了，他可要怎么办呢？

　　霍仲祺把窗帘一幅一幅地拉起来，好多遮挡一点阳光，他走几步便回头看看床上的人，也不知道是盼着她醒，还是盼着她迟一点再醒来。他倚在床边静静看她，如果每天都可以这样陪着她从梦中醒来，他愿意做任何事。

　　不过，他的遐想很快就被"嗒嗒"的敲门声打断了。小霍抬眼一看，立刻站了起来，一一的小脑袋正贴在玻璃窗格上朝房间里张望。

　　他连忙过去开门，却没放小家伙进来，直接把一一抱到了门廊上：

　　"你怎么起得这么早啊？吃早饭了没有？"

　　一一却不理会他顾左右而言他的问题，绷着小脸直接点明了问题的关键："霍叔叔，我看见我妈妈了，我是来叫我妈妈吃早饭的。"

霍仲祺脸上一热，轻轻咳嗽了一声："你妈妈还没睡醒呢，霍叔叔陪你吃早饭好不好？"

"我吃过早饭了。"

"呃……那霍叔叔陪你在外面玩儿一会儿？"

——没有点头也没有摇头，亮晶晶的眸子只是盯着他的脸："霍叔叔，你是我爸爸吗？"

霍仲祺几乎被他问得怔住，更不敢轻易答他，只好故作轻松地笑着反问："你怎么想起来问这个？"

——皱了皱眉："我没有见过我爸爸，叶喆说，我妈妈和谁一起睡，谁就是我爸爸。他们家就是这样的。"

霍仲祺喉头动了动，只觉得这个匪夷所思的逻辑一时间竟是无懈可击，不禁也皱了眉头："叶喆是谁？"

"叶喆是叶叔叔的儿子。"

霍仲祺闻言心里暗骂了一句，不知道叶铮怎么教的儿子，一丁点儿的小孩子懂什么？看着——端正认真的神情，他心里一阵难过，面上却莞尔一笑，捏了捏——的脸："那你想不想让我当你爸爸？"

——马上点了点头，霍仲祺倒有些意外，忍不住笑得眉眼皆弯："为什么？"

——下巴一扬："因为——他们都说你是英雄。"

小霍赧然抿了抿唇，眼眸中灿然一亮："那你回头告诉你妈妈，好不好？"

"嗯。"——刚要答应，却又摇了摇头，"你去跟我妈妈说吧。我说的话，我妈妈喜欢我，她觉得不好也会说好，但是，她不是真的觉得好……我说不好……你明白吗？"

小霍点点头，揉了揉——的头顶："好孩子。"

——在沙滩上已经有一个"舰队"了，新添的一艘"战列舰"刚装上炮塔，小家伙忍不住拍了拍手，一抬头，欣喜地叫了一声："妈妈！"小霍匆忙向来人敷衍了一个没有展开的笑容，便低了头，尤为专心地清理周围的细沙，一抹明丽的嫣红扫进他眼尾的余光，耳畔是——兴奋的声音："妈妈，霍叔叔说一会儿可以带我去水族馆，你要不要去？里面有珊瑚，还有很大很大的鱼骨头……"

婉凝皱了皱眉："妈妈不去，妈妈不喜欢看标本。"

——惑然问道："标本是什么？"

"嗯，你去看了就知道了，有的也很漂亮。"婉凝擦了擦他脸上的沙粒，"来，去冲个澡，换衣服。"她话音刚落，霍仲祺便牵着——站了起来："我带他去吧。"他明明有许多话想对她说，却又不敢去看她的眼。

晴空碧海，目之所及都是深深浅浅透明的蓝，她走在潮水边缘，白衫红裙，走到哪里，哪里就是一幅有了焦点的水彩。他慢慢靠近，却不愿惊动，直到她转过脸，让他看见那淡淡的笑靥弯弯的眼，他才觉得，周遭的一切都骤然鲜活起来——阳光有了温度，海浪有了声音，夏花有了香气，归舟有了港湾。

他走在她身畔，目光眺望着远处的岬湾，手却突然捉住了她的指尖。纤巧的柔荑像被捕获的雏鸟，微微颤动，却终究没有逃离。他握得更深，索性牵了她的手背在自己身后，一低头间，无法掩饰的笑容明亮飞扬，像折射在夏花上的阳光。

霍仲祺又走出几步，忽然脚步一停，握着她的手跪了下来："顾婉凝小姐，我——霍仲祺，谨以挚诚心意，恳请你做我的妻子。不知道你是否愿意给我这个荣幸？"

顾婉凝一怔，笑靥倏然隐去，咬着唇避开了他的目光，良久没有言语。

霍仲祺亦觉得自己冒失，红着脸站了起来，面上的笑容尴尬中带着一点腼腆："你别多想，我就是一时……呃，不是，我是真的想……"

"我明白。"顾婉凝低低打断了他的词不达意，"这件事我没有想过，我要想一想。"

霍仲祺连忙点头："你不用为难，我……"他说着，忽然自嘲地一笑，"我连戒指都没备着，这一次不算。"

她双手抱膝坐在遮阳伞下，看着一只沙蟹飞快地横行而过，身后传来一个温润的女声："顾小姐。"婉凝回过头，只见不远处一个芝兰扶风的倩影含笑而立，雅蓝条纹的短袖长裙越发显得她颀长端秀，花纹简洁的蕾丝手套式样优雅，手上没有戒指或者镯钏，唯有一只玫瑰金色的腕表在艳阳之下光芒熠熠。

"霍小姐。"婉凝一面同她打招呼，一面歉然微笑着起身。

霍庭萱的笑容在艳阳之下也毫无瑕疵："我听他们说，仲祺带——去水族馆了。"

顾婉凝点点头："这个时候也快回来了。这里有些晒，您进去等吧。"

霍庭萱笑微微地打量她："顾小姐要是有空，不知道方不方便和我聊一聊？"

她上一次见她，还是当日唐公馆的派对，她惊鸿一现，便是风雨满城，待到后来，已经没有人再去追索当初红颜祸水的飞短流长，同后来的烽火狼烟有什么样的牵连。但她仍有些许好奇，她自己究竟知不知道呢？

眼前的女子，依旧是雪肤乌发，薄绸的洋装衬衫无袖驳领，蓬起的嫣红裙摆露出沾了沙粒的光洁小腿，手上拎着鞋子，乍一看仍然像个十八九岁的小女孩，但言笑之间，昔日的娇憨神态已然淡了，又或者，她那样的姿态不肯流露在她面前。

顾婉凝吩咐人上了果盘冷饮，对霍庭萱笑道："我在这儿招呼霍小姐，是反客为主了，还请您不要见怪。"

霍庭萱恳切地望着她："你不用和我这么客气，我和我家里人都要谢谢你照顾仲祺。"

顾婉凝摇头："霍小姐，这几年，我给他……可能还有你们家里，都添了不少麻烦，很抱歉，以后不会了。"

霍庭萱微微一怔，方才想要说的话便没有出口，房间里隐约静了下来，被海风荡起的薄纱窗帘起伏如涟漪。她不太确定她这句"以后不会了"究竟是有什么样的含义，但她这样坦然，那么她也可以更直率一点："有些事外人或许不该过问，不过作为浩霆的朋友，有件事我还是想多两句嘴，其实浩霆一直都很放不下你，我想你们大概是有什么误会，是因为仲祺吗？"她留心她的神色，却没有收获额外的信息，顾婉凝笃定地摇了摇头，笑意清浅："霍小姐误会了，我和虞总长早就没有什么了。我和他本来就不适合在一起，不关别人的事。"

霍庭萱眸光有一瞬间的黯淡，语气里有罕见的艰涩："他现在的处境很难，你……"

"霍小姐。"顾婉凝忽然打断了她的话，"政治上的事我不懂，如果他的处境真的很难，我没有什么能帮他的——"她声音高了一高，"可是你能。"

两人对视了一眼，顾婉凝似乎察觉了自己目光中的殷切，匆忙垂了眉睫。

她沉下心意，声音也静了："霍小姐，其实一个男人他不爱你，他忽视你，辜负你，背弃你……也没有什么大不了，至少，你还可以有希望。可是如果这个人不在了，那才是真的什么都没有了。"她的声音越来越轻，到最后几乎一出口就淹没在了隐约的潮声里。

"我没有什么能帮他的，可是你能。"

"如果这个人不在了，那才是真的什么都没有了。"

她的话在霍庭萱听来，只觉得心弦冰涩。她说的，她明白，她目光中的那一点殷切泄露了太多，但此时此刻，她能做的又有多少呢？如果她知道她的来意，她一定会很失望。她的眼神仍然淡定优雅，唇角扬起的弧线仍然恰到好处："你和仲祺在一起，不会是为了这个吧？"

顾婉凝眉间微颦，眼中闪过一丝讶异，沉吟了片刻，才道："你是仲祺的姐姐，最知道他是什么样的人。他这样一个人，这样的心意，无论是谁，都会愿意和他在一起的。"

"那你有没有想过，他和你在一起，将来可能会有很多困扰。"她的话很含蓄，口吻也有一种轻描淡写的亲切，她一向不喜欢冒犯别人，即便是一个她理所当然应该厌恶和鄙夷的女子。

顾婉凝没有作声，慢慢走到窗边，背对她遥遥望着远处的海天一色："人有时候很奇怪，因为怕'将来'可能会不好，就放弃'现在'自己明明喜欢的人、喜欢的事。你说，如果仲祺那时候死在沈州，他还有什么'将来'？"

她回过头来委婉一笑："不过，霍小姐请放心，过些日子我就要出国去探我弟弟了，很长时间都不会回来。"

霍庭萱的眼波悠悠一漾，凝在她身上，只见顾婉凝轻轻蹙了下眉，又笑道："或者，再说得清楚一点，我并没有想要和他结婚，所以也不会和霍家有什么瓜葛。我这样的人，很快——就没有人记得了。"

正在这时，走廊里忽然有匆忙的脚步声响，两人默契地停止了交谈。

"姐！"霍仲祺翩然而入，笑意殷殷，语气却有些沉，"有什么事，你跟我说。"他一进来，就斜坐在顾婉凝身畔的沙发扶手上，有意无意地隔开了两人的视线。

霍庭萱见状，心底轻轻一叹，他这样小心保护的人，其实并非他想象中那样脆弱。"我得去看看我家那个小家伙，你们聊。"顾婉凝说着，起身而去。

霍仲祺用果签插起一片芒果，眼中有了然的嘲色："姐，是父亲让你来的吧？"

"嗯。"

熟透的芒果香甜芬芳，叫人回味，霍仲祺一笑，颊边透出一个深深的酒窝："我不会跟她分开的。父亲实在不同意，我带她走。"

霍庭萱的眼神变得异常复杂，弟弟早已不是旧时那个犯了错就在父母面前甜蜜撒娇的锦绣少年，彼时动人心弦的紫箫玉笛，而今却是伤人的刀锋箭镝，只是，他终究还是太天真。

霍庭萱淡漠地摇了摇头："父亲说，他只有你这么一个儿子，你真的要和顾小姐在一起，他也没有办法。不过，父亲有个条件——毕竟她之前的事太惹眼，父亲要你马上卸了军职，带她出国去，在外头待两年，等事情平静些再回来。"

"为什么？"这个信息太过意外，霍仲祺虽然眼中已闪出惊喜的光彩，一时间却仍是犹疑不定，"父亲不介意……"

霍庭萱面上却没有喜色，怜悯般的目光里有不易察觉的悲伤，像是落在他身上，又像是在看远处："仲祺，你还不明白吗？"

你还不明白吗？

那怜悯中带着悲伤的目光一分一分冻结了他眼中刚刚浮起的惊喜。

原来，如此。

他的眼波如阳光下晃动的海水，明昧不定："眼下政府跟扶桑人和谈，要追究轻开战端、扩大战事的责任，有人吵着让四哥负责——我还在想是什么人在背后挑唆，原来是我们霍家。"霍仲祺的笑容疲倦而讥诮，"之前我在沈州，父亲一定以为是四哥故意的，对吗？"

霍庭萱没有答话，纤长的睫毛垂落下来，沉默说明了一切。

霍仲祺猛然站了起来："那还打什么？！叫政务院发声明停战就是了。"

"仲祺。"霍庭萱平静地望着他，"就是有的打，才有的谈；要是不能打了，谁和你谈？如果之前沈州保不住，根本就没有谈的余地。"

"四哥撑得住，父亲那边谈成了，开战的事他要负责。那要是他撑不住呢？"

"那就是另一个谈法了，政务院只能跟沣南合作，改组政府。"

霍仲祺点点头，不怒反笑，声音微颤："他们还有没有良心？！"

"父亲也不想这样，但是真到了那一步，也只能如此。"

霍仲祺默然了一阵，忽然道："姐，那你怎么想？"

"如果虞军能死守绥江防线，政府能尽快和扶桑人谈和停战，于国事是上策，只是浩霆要引咎请辞。"霍庭萱顿了顿，语速快了起来，"或者，他撇开政府单独跟扶桑人谈和，虞军撤回关内，谁都拿他没办法。再绝一点，他还可以让出龙黔，祸水东引，让扶桑人去吃沣南。"她一径说完，轻轻吁了口气，"扶桑国力有限，也不想战线拉得太长，有便宜，当然愿意捡。"

"四哥会吗？"

"他不会。"霍庭萱婉转而笑，眸光晶莹，"父亲从小看着他长大，也知道他不会。所以，父亲担心的是你。毕竟，你是他的儿子，他宁愿你跟婉凝在一起，背个荒唐放诞的名声，也不愿意你再回前线去。"

霍仲祺目光一颤，既而笑道："要是父亲再多一个儿子，我也就没这么金贵了吧？"

静谧的午后，好风似水，吹过孩子的梦境，流淌着亮白明煦的阳光。小霍放轻脚步走进来，婉凝回眸一笑，目光便又浸在了——身上。

他的声音轻而温柔："我回来的时候，听见你的话了。"

顾婉凝怔了一下，旋即莞尔："我不这么说，你家里人怎么会喜欢我呢？"

小霍闭上眼，唇边的微笑像春日傍晚带着花香的风，低下头在她发间轻轻一吻："小骗子。"

绥江行营里的一切都直接，高效，有条不紊，无论是龙黔的战局动荡，还是政务院和扶桑人的秘商，似乎都对这里的人和事没有丝毫影响。站在这里，让她有一种特殊的安全感，不温暖，但简洁明了。而霍庭萱知道，此时此刻，她并不是一个应该出现在这里的人。

眼前的男人一如既往地沉着笃定，戎装笔挺，玉树琳琅，连投射在她面上的目光和从前都没有两样："庭萱，你来——霍伯伯知道吗？"

霍庭萱的声音沉静得有些哀伤："是我想来看看你。"

虞浩霆点点头："要入秋了，北边冷，你早点回去吧，免得你家里担心。"

霍庭萱嗫嚅了一下，眼眸中忽地燃出两簇细小的火花："我父亲已经在联络戴季晟了，你知道吗？"

虞浩霆淡笑着点了点头，玩笑似的答道："军情处一直在加班的。"

霍庭萱眼底泛了潮意:"那你有什么打算?"

虞浩霆走过来拍了拍她的肩:"你先别急着掉眼泪,我也没有马革裹尸的打算。回去吧!我还有事,就不招呼你了。"他说着,就往外走,只听霍庭萱在他身后急切地叫了一声:"浩霆!"

接着,她就从身后抱住了他。

这个意外让他皱了眉,他从来没有见过她这样失态。她也知道,自己从来没有过这样失态,仿佛列车突然冲出轨道。她把脸贴在他身上,眼泪慢慢地渗了出来。

"其实一个男人他不爱你,他忽视你,辜负你,背弃你……也没有什么大不了,至少,你还可以有希望。可是如果这个人不在了,那才是真的什么都没有了。"

"如果仲祺那时候死在沈州,他还有什么'将来'?"

"我这样的人,很快——就没有人记得了。"

她目光中的那一点殷切刺痛了她,她似乎明白这些年兜兜转转,他在她身上希取的究竟是什么。她用力抱紧了他,声线里有轻微的哽咽:"浩霆,我们结婚吧。"

他握着她的手,从自己腰际慢慢移开,甚至没有回头:"庭萱,我谢谢你。政治和军事,很多时候都是两回事,你明白的,我和霍院长也谈过。回家去吧。"说完,便在她薄雾般的泪光中走了出去。

邵朗逸的嫡系尚能建制完好地退到洪沙,虞军在隆康山区另一脉的守军却被扶桑人追得一溃千里,幸而还有孙熙年这样的悍将还能且战且退,几乎拼光了麾下的子弟兵,才掩护着前敌指挥逃出生天。陆续败退下来的散兵不过十之二三,大多被薛贞生明火执仗地落井下石——就地收编在了锦西。如此一来,不免又有人旧事重提,非议虞浩霆当初对他信任有加，到如今却养虎为患。

虞浩霆翻了一会儿报纸，仿佛有些无趣，眯着眼觑了卫朔一眼："卫朔，你回江宁一趟吧。"

卫朔连忙站起身，挺直了身子："总长有什么吩咐？"

"没什么事，给你放几天假，回去看看你父母。"

卫朔皱了皱眉："我不回去。"

虞浩霆的眼神里蕴了点笑意："我又没说不让你回来。这边一时半会儿打不起来，等打起来了，我想放你的假也没空。"

卫朔执拗地摇了摇头："我不回去。"

虞浩霆走到他身边，抬手在他肩上戳了一下，压低的声音里带着戏谑："去吧。你整天跟着我，成亲几年了，连个孩子都没有……"

卫朔脸上热了热，身子仍然绷得笔直："我不回去。"

虞浩霆神色一冷："连你我都支使不动了？现在就走，下个礼拜三回来，听明白没有？出去！"

卫朔只好答了声"是"，闷着头退了出来。

他手上利落地整理着行李，心里忽然一阵委屈，委屈得他几乎想要落下泪来。

那一晚，他们的车像颠荡在引爆的雷区，开车的侍从脸色煞白，额上密密一层汗珠。一直在看文件的虞浩霆忽然点名似的叫了那司机一声，车里的人精神一振，便听他闲闲地说了一句："放心，参谋总长在你车上呢。"

那一刻，他们竟都觉得安心。

这么多年了，他和他在一起的时间比其他任何人都多。从懵懂孩提到风华少年，他似乎与生俱来就习惯了这样的姿态。难道有些人天生就能比别人承受更多？

那时候，他也不过是个孩子，夫人指望他越过兄长，吸引老总长的视线，老总长指望他承继这半壁江山。后来，多少人指望着他出人头地，多少人指望着他升官发财。到如今，人人都指望着他有铜墙铁壁，去抵挡烈火烽烟——依靠他、信赖他的人在指望他；质疑他、指责他的人在指望他；就连那些日日夜夜挖空心思算计他的人，也都在指望他。

人人都指望他，可他能指望谁呢？

"妈妈，——都有妹妹了，我也要。"叶喆闭着眼睛拱在骆颖珊怀里絮絮念叨，

"我们买个比月月大的妹妹吧！月月只会哭，不好玩儿。"

骆颖珊不胜其烦地把他拎到枕头上摆好："成，明天让你爸爸带你去买。"话音刚落，就见叶铮游手好闲地晃了进来："要买什么？"

叶喆的眼睛挤开了一条缝："买妹妹。"

叶铮在儿子脸上掐了掐："什么妹妹？"

"——有妹妹，我也要，要比月月大……"

叶铮闻言，神色一黯，旋即又笑嘻嘻地觑着骆颖珊："妹妹不用买，跟你妈妈要就行了。"

骆颖珊剜了他一眼没作声，轻轻拍着叶喆哄儿子睡觉。叶铮靠在床边的矮柜上，探手过去在骆颖珊脸上也掐了掐，低声"点评"了一句："瘦了。"

骆颖珊半嗔半笑地说："瘦了就好了。"

叶铮倒是难得地没跟她斗嘴，低头一笑："我有事出去一下，你先睡吧，不用等我了。"

骆颖珊皱了皱眉，跟着他走出来："这么晚了，你要去哪儿？"

叶铮拎着帽子停在楼梯上，回过头玩味地看着她："公事。你要

是不信，跟我一起走？"他说着，刚要下台阶，忽然又站住了，仿佛很不情愿地咂了咂嘴，"有些事儿早点跟你交代了也好。"他故意顿了顿，阴阴笑道："这些日子我跟罗立群收拾了些人，备不住回头有人打我的黑枪。"

骆颖珊一怔，叶铮却是嘿嘿一笑："我是说万一，万一我出了什么事儿，你就把叶喆送到燕平我家里去。你呢——"他摸了摸骆颖珊微微发白的面庞，嬉皮笑脸地道，"闲着也是闲着，没什么事儿就赶紧改嫁吧。"

骆颖珊气苦地瞪着他，刚要开口，却见叶铮神色凝重地用食指在她面前点了点："不过有一条：你嫁谁都行，就是不能嫁给唐骧！"

骆颖珊呆了呆，眼泪哗地涌了出来："叶铮你混蛋！"咬牙切齿地抬手就要往他脸上打。叶铮攥着她的腕子把她带到怀里，一脸无奈地拍抚着："好了好了，你要实在想嫁给唐骧，那也行，反正我也管不了了，你哭什么啊？"他嘴里说着，手已经探进了骆颖珊的睡袍……

骆颖珊猛然惊觉，满眼泪光中茫然看着他，抽泣里带着惊诧："你干什么？"

叶铮若无其事地放开了她，正了正头上的军帽，正色道："姗姗，以后我出门的时候你不要勾引我，会耽误事情的。"说着，点了点腕上的表，利落地下了楼。

门外秋风乍起，夜色正浓，依稀带了点萧瑟的凉意叫人越发想念曾经的春光明迷。那一年的暮春花影，他说他，长安少年无远图。叶铮轻轻一笑，他就是长安少年无远图，可他愿意为了他，把后面的句子续下去——

长安少年无远图，一生唯羡执金吾。此时顾恩宁顾身，为君一行摧万人。

柒

折花

她若是开口留他，他就真的走不了了

马腾在门口探头探脑晃了几下，终于引起了顾婉凝的注意："怎么了？"

"师座他……"马腾走进来，唯唯诺诺地小声嘀咕，"刚才把电话给摔了，要不您去看看？"

"谁的电话？"

"不知道。"马腾摇摇头，一脸愁云惨雾，"我们师座以前不这么发脾气的。"

霍仲祺摔的不只是一部电话。

顾婉凝端着碟龙眼过来，刚走到门口，就见信纸、笔架、电话……连一盏珐琅台灯都被打落在地板上。霍仲祺一个人坐在沙发里，面孔埋在手心，听见她的声音，才抬起头，抿了抿唇，却没有言语。

"是你父亲的电话吗？"

霍仲祺咬牙点了点头，婉凝剥出一颗龙眼递在他手里，径自起身把摔在地上的东西一样一样捡了起来："有些事不是一个人两个人可以决定的，你不要为难你自己。"他抬起眼，正看见她唇角薄薄的笑意，落花一般姿态凋零。

没有月光的夜，海浪也显得狰狞，浑厚的潮声有不可抗拒的威严。

潮来潮去，他在沙滩上走了无数个来回，直到午夜的深沉模糊了海天的边界。霍仲祺在壁灯的微光中正要上楼，忽然瞥见书房的门缝里漏出一线灯光。他轻声过去推开了房门，便看见一个笼着睡袍的娇小身影无声无息地蜷在沙发的角落，即便他走进来也没有回头。他望着她身边散落的报纸，蹙了蹙眉，是在这儿睡着了吗？

然而他刚一走近，就发觉自己想错了。她没有睡着，她只不过是不肯抬头看他，她缩紧的身子微微颤抖，克制到极处的哽咽是惊雷无声，一瞬间就震乱了他的心。

"婉凝，你怎么了？"他把她圈在怀里，试探着去捧她的脸，触手却尽是泪水，她攥在手里握皱了的一张报纸，他目光划过，心下了然："你是担心四哥？"

她面上泪痕恣肆，两颊烧红，眼眶也是红的，声音像被泪水浸没："他们凭什么……凭什么这么说……"

霍仲祺用力抱紧了她，只觉得什么样的言辞都苍白乏力："你别怕，四哥不会有事的。"

顾婉凝却只是摇头，"我知道。"她仰望着他的眼，终于抽泣出声，"可是他那样一个人，你让他败，比让他死还……"她再也不能说下去，他那样一个人呵——

"你说如今四海之内，山河零落，那你就等着瞧……我迟早一个一个料理了他们，让这万里江山重新来过。"

"你是我的人，本来就应该比旁人都好。"

"婉凝，你得一直和我在一起。天南地北，我陪你看山看河。"

"我要你和我在一起，只有甜，没有苦。"

她从没见过一个人，有像他那样不可理喻的骄傲。

她也从没见过一个男子，能笑得像他那样好。

她的泪水是无法遏止的泉涌，他捧住她的脸，急切地唤她："婉凝，婉凝，你听我说——从小到大，我从来没见过有四哥解决不了的事情，真的。你可以不信我，但是你要信四哥，没有他解决不了的事，从来没有……"

他一字一句都郑重其事，然而，她只是摇头："不是的，如果没事，他不会让我走。他宁愿死，也不愿意让我看着他输，你明白吗？他是真的没有办法了……"

你就这么一个弟弟，去看看他吧。他话音落下的那一刹那，她就知道，他要选什么。回头你要是方便，我还想麻烦你去探探我三姐。她听着他的话，几乎不忍心去看他的眼。虞三小姐哪需要她探看才不孤单呢？他不过是想说，你有什么事可以去找我三姐。

她能为他做的，不过是让他放心而已。她才一说"好"，他便如释重负。她酸楚得想哭，可她不愿意让他看见她哭。他那样一个人呵——是可伤不可退，宁愿死，也不肯跪的。她从没见过一个人，有像他那样不可理喻的骄傲，可他必须亲手埋葬掉自己的骄傲。于他而言，屈辱比死更残忍，那比屈辱更深的凌迟，是让她看见他的屈辱。

霍仲祺默然听着，拿手帕去拭她的眼泪，柔声道："婉凝，先不哭了，你放心，我有法子。父亲要是不听我的，我就回沈州去，看他怕不怕！你知道的，我家里只有我一个儿子，我闹起来，他们什么都得答应。"他说着，微微一笑，"我父亲都肯让我陪你出国去，乖，不哭了。"

顾婉凝在泫然中蹙眉看了看他，突然惶恐地摇头，"你不要回去了。"

霍仲祺抚着她的头发笑道："嗯，我就是吓唬吓唬我家里，我父亲最老谋深算的，他肯帮四哥，就一定没事。你好好睡一觉，等明天早上醒了，就没事了。我保证。"他揽了她倚在自己胸口，"睡吧。"想了想，又笑道，"我唱一段《惊梦》给你听？"

顾婉凝嘴角犹噙着一滴眼泪，声气如叹，笑意荒凉："好啊。"

"我也好久没唱过了，唱得不好，你可不许笑。"小霍低低清了下嗓子，试着开口，正是一段温存流丽的《山桃红》："则为你如花美眷，似水流年，是答……"从前习惯的调门如今却嫌高了，他胸腔里骤然一痛，竟唱不上去，别过脸轻轻咳嗽了一声，赧然笑道，"……看来是唱不成了。"

唱不成了。

他是真的想带她走，义无反顾地众叛亲离，也未尝不是一种痛快。何况，他有她。他做错过许多事，辜负过许多人，可只有她是镌在他心底的。他拼力去藏，却成了一场欲盖弥彰。他什么都不怕，他甚至不怕在旁人眼里，他这样做，十足十是个小人。可他怕她看轻了他，他只怕她看轻了他，怕她觉得他卑污龌龊，怕她鄙薄他的心意。

可她居然应了他。她说，我的事，总是要麻烦你。天知道他有多愿意找一辈子这样的麻烦！她对他嫣然一笑，便叫他觉得自己无所不能。然而，这一刻，沾湿他掌心的泪水却让他知道，或许他真的能带她走，或许他也能让她过得快活，但是她心上的一点缺憾他补不了！夜阑人静，午夜梦回，那缺憾会蜇得她心疼。那缺憾，他补不了。四哥过不了这一关，她跟他走，也不会快活；四哥过得了这一关，她却又不必走了。她说："我并没有想要和他结婚，所以也不会和霍家有什么瓜葛。我这样的人，很快——就没有人记得了。"她是为他打算，又何尝不是为他呢？可是她明不明白？若是这样，他这一生，又有什么意思呢？

玻璃窗格上噼啪作响的雨点把顾婉凝从蒙眬睡意中惊醒，窗外天光晦暗，身边的小人儿倒睡得香甜。她刚想伸手去摸——，忽然听见有人进来，她下意识地便合了眼。

　　靠近她的气息是熟悉的，但他身上佩了武装带和略章的硬挺戎装却让她觉得惶然。他衣上的金属扣纽隔着柔软的缎子衣裳贴在她背后，他不说话，只是轻轻握住了她的手。

　　他的怀抱似乎和之前不同，可她又说不出是哪里不同——直到一颗眼泪从贴在她额角的脸颊上滑落下来，那一线潮意挑破了她心底的惊惧："仲祺……""仲祺……"她幽幽唤他，听得他心弦一颤，不由自主地抱紧了她，却连忙把手指竖在她唇上。他不敢让她开口。他怕她会留他。他怕她若是开口留他，他就真的走不了了。

　　窗外急雨如注，滔滔潮声浩荡如光阴，一去不返，他终于在她额角落了一个轻盈的吻："你放心。"

　　沈州的铁马秋风刹那间就吹散了青琅的温润缠绵，霍仲祺一走进来，就迎上了虞浩霆凝重的目光："出什么事了？"

　　"总长。"他挺身而立，尽力做出个标劲青松的姿态，"您要是放心，就把沈州交给我吧。"

　　虞浩霆皱了皱眉："你这是干什么？"

　　"之前沈州的守军折损殆尽，您知道的，没人比我更合适了。"

　　"胡闹。军人的第一要务是服从，你懂不懂？"他见霍仲祺低了头默然不应，轻轻一笑，"你要真想帮我，回去比在这儿有用，懂不懂？"

　　霍仲祺抬眼苦笑，目光里浮起了一抹凄怆："四哥，你不用骗我了。我在这儿，父亲多少还能有一点顾忌；我回去了，他只会变本加厉。"

虞浩霆垂了眼眸，良久，才道："仲祺，你在不在，事情都是这样。"他的声音忽然变得低涩，"回去吧，带她走。"

"四哥！"霍仲祺颤声叫他，眼中晶莹闪动，"你还不明白吗？！你在这儿，她哪儿也去不了！"视线相撞，激出一样的痛楚。

"她……"虞浩霆欲言又止。霍仲祺低声道："我给叶铮打了电话，说你的意思，一旦沈州失守，马上就送她走。"

虞浩霆点了点头，两个人又是片刻的沉默，霍仲祺忽然笑了，赧然里隐约带着点淘气："总长，人在城在。"虞浩霆看着他，亦洒然一笑："好。"

男儿到死心如铁，看试手，补天裂。

朔风凛冽，干燥的雪花直扑眉睫，寒冷让人麻木也让人清醒。战争的爆发像炸开的动脉，而停歇则静默如死亡。战线的僵持是谈判桌上的筹码，每一个标点背后，都是无法计数的生命和热血，每一条电令之下，都是他亲手送到炮火中的子弟兵。

死，有的时候，反而成了一件简单的事。

"总长，急电！"林芝维推开车门，一脚踩进一尺多厚的积雪里，跟跄了一下。急促的声气让虞浩霆皱了眉，然而回头看时，却见他眼中有掩饰不住的兴奋，以及——欣然？

"什么事？"

林芝维蹚着雪急"跑"了几步："总长，扶桑地震。"

虞浩霆一怔，一边接过文件夹一边问："震中在哪儿？烈度呢？"

"还不清楚。不过，有海啸。"

两天之后，空投到扶桑阵地的传单上影印了国际通讯社的报道和大幅照片。罕见的巨震灾难空前，繁华都城在大火中毁于一旦，连扶桑的皇族子弟也有人葬身震中。

刚刚僵持下来的战线，突然又沸腾起来。扶桑人把前线轰成了焦土，虞军的防线却一径收缩，避其锋芒，就在沈州的城墙几成泥渣的时候，一路轰鸣的战车戛然而止——困兽的血终于流干了。

签完最后一道电文，窗格上已经映出了暖红的霞光，虞浩霆闭上眼，轻轻吁了口气。他不信天，也不信命，不过有时候，大概人还是要一点运气。卫青不败由天幸。那他呢？

军中的除夕，没有爆竹辞岁，没有家宴团圆，只有酒：伏特加、白兰地、烧刀子、老白干……这得看军需官们的本事和自家长官的面子。虞浩霆从沈州的城防阵地一路回来，一餐年夜饭东一勺西一碗，到了哪儿都少不得喝上一杯。行营里倒是别有一番热闹，齐振和林芝维一班人凑了一桌火锅，吃到兴起，也要酒令玩儿。他们回来的时候，林芝维大约被罚了，正听见他捏着嗓子唱曲儿："口咬青丝风筝断。你走时荷叶榆钱，到如今霜凝冰寒……"

卫朔听着只觉得牙碜，忍不住蹙了下眉，侧眼一看，虞浩霆果然也没什么好脸色。只是他刚要往前走，虞浩霆却突然站住了："卫朔……"

他迟疑地叫了一声，胸口微微起伏："我要回江宁一趟。"说罢，回过头来目光殷殷地望着卫朔，笃定地重复了一遍："我们回江宁一趟。"

这念头倏然萌生，一瞬间竟叫人不能自已。

飞机在江宁落地的时候，夜已经深了。只是除夕的夜，辞旧迎新，无人入眠。

车子在此起彼伏的爆竹声中穿过笼着薄雪的闹市民居，空气里淡淡的硫黄气息叫人想起战场。然而此时此刻，不管怎样的热闹喧腾，都让人觉得安宁静好。烟火灯光里映出一行行崭新的春联，满眼的

"风调雨顺""万象更新"，满眼的"吉祥如意""物华天宝"。

直到出了城，周遭才安静下来，车子也渐渐加速，就在这时，虞浩霆忽然吩咐"停车"。

路边一座小小的院落，门楣素朴，上头挂着两盏朱红的灯笼，还另插了一盏金光灿灿的鲤鱼灯。金红交错的灯光照见近旁的矮墙上斜斜伸出一树覆了雪的欹枝。

虞浩霆下了车，慢慢踱过去，探手拂开那花枝上的薄雪，几朵幼弱的蜡黄小花露了出来，冰雪镇过的幽香，委婉清冽，沁人心脾。他静静看了片刻，抬手折下一枝，转身招呼跟着下车的周鸣珂："放两块钱给人家。"

"'哥哥'，叫'哥哥'。"

"……"

"哥哥！"

"妈——妈——"

叶喆纠缠了几次，刚刚长出三颗乳牙的惜月就是不买账，叶喆忍不住嘟了嘟嘴："月月真笨！"

"月月才不笨呢！"一一立刻凑上去纠正，"月月，叫'哥哥'。"

惜月黑白分明的大眼睛滴溜溜转了两转，软绵绵地开口："哥——哥——"

叶喆讪讪地拉了拉惜月玩具似的小手，跟一一打商量："一一，把月月借到我们家玩儿几天吧，我的炮全归你。"

一一摇头："肯定不行，月月会哭的。"

"不会的，我给她吃橘子糖。"

两个小家伙讨价还价还没个结果，惜月已经睡着了。一一和叶喆的兴趣很快转移到了压岁钱上，嘀嘀咕咕讨论个没完，时不时地被各自的妈妈塞进嘴里一颗红枣或者莲子。

骆颖珊和叶铮想着顾婉凝带着两个孩子在曜山守岁未免孤单，就带了叶喆过来。于是，就算不放鞭炮，酌雪小筑里也热闹非常。花厅里特意燃起的守岁明烛，烛花一跳，回廊中由远及近的脚步声惊动了堂内的人。

"总长！"

叶铮霍然起身，既惊且喜。骆颖珊和顾婉凝也站了起来，一一看着一下子进来一票人，有点儿摸不清状况，贴在妈妈身边暗暗打量来人。

虞浩霆一言不发地摆了下手，片刻之间，花厅里的人几乎走了个干净，只有一一犹自牵着妈妈的手，不肯理会叶铮"出去放花炮"的花言巧语，直到顾婉凝轻轻点了下头，才不大情愿地被叶铮抱了出去。

顾婉凝的双手紧握住桌案的边缘，腕子上的珍珠手钏微微颤抖，像是要支撑自己站住，又像是说服自己不要离开。她眼尾的余光里都是他慢慢走近的影子，她极力想要去把握自己胸腔里的情绪，却只能徒劳。

她侧着身子没有看他，小巧的下颌陷在领口那两弧茸白的貂毛里，鹅黄缎面的丝棉旗袍上绣了银白淡绿的折枝花样，在这冬日里叫人分明看见了早春。他走到她身旁，把那枝幽香清瘦的蜡梅搁在她手边："这是我回来的路上，遇见的第一枝花。"

她低着头，一颗珠子似的泪滴"啪嗒"一声打在那蜜蜡般的花上。

她仰望着他，颤巍巍地抬起手，可就在即将触到他脸颊的那一刻，却猛然缩了回来，匆匆抹掉自己唇边的泪痕："你还没有吃饭吧？我去看看夜宵有什么。"说着，慌忙转身要走，虞浩霆一把从背后捞住了她的腰："我不吃夜宵。"

他的怀抱刹那间停滞了时光。

她缩着肩膀，像在屋檐下躲避雷雨的燕，周遭的一切她都听不到，也看不见，只有剧烈的心跳仿佛要怦然跃出胸腔。

他的唇落在她发上，她一失神间，被他转了过来，绵长的吻从她的额头绵延到了她的唇，热切而坚决的触感如电流，如火焰。

她恍然醒悟过来，双手死死撑在虞浩霆胸口，仰望他的双眸泪光莹然。

虞浩霆讶然看着她抵在自己胸口的拳头，缓缓放开了她，眼中渐渐闪出冷冽的光芒："你要是不想见我，就摇一摇头。你摇一摇头，我马上走！"

顾婉凝张了张口，却没有任何声音，她垂了眼眸，从他身前退开了一点，低低摇头。慢，而坚持。

"好。"虞浩霆咬了咬牙，"你就是个……"一语未尽，转身就走了出去，军靴在地砖上踏出凌厉的声响。

婉凝看着他的背影转瞬间消失在夜色里，一起带走的还有笼在她身上短暂而炽烈的温度。

她慢慢走出去，庭院里空无一人，连悄然而落的雪花都是静的，叫人疑心方才的一切，不过是场梦。

眼泪无所顾忌地淌在脸上，无人得见，也就不必去擦。

突如其来的绞痛从掌心沿着手臂窜进胸口，她连忙去扶身边的廊柱，却忽然被人揽住了。身后一个熟悉的声音微带戏谑："就算是我走了，你喜极而泣，也不用哭成这样吧？"

她急忙转身，孤岩玉树一样的身影触手可及。她怔怔地看了他一眼，突然失控地抱住了他的肩："你……你怎么没走呢？"

虞浩霆低下头，在她耳垂上轻轻咬了一下："我要是再信你，我才是疯了。"抬手把她抄在怀里，又在她唇上"咬"了一下，"你就是个没良心的坏丫头！"

她旗袍的下摆被他翻上来，柠黄的丝绸里子衬着莹白纤润的一双腿，有一种清新的媚感。她不推拒，也不迎合，只是把脸颊贴在他胸口，须臾不肯离开，叫他想起他第一次见她的那晚，她也像这样，缩在他怀里予取予求。只是那时候，她不会这样抱他，她只有害怕，没有依赖。

被情感温存的欲望，缠绵成春风化雨的亲吻，冰消雪融，春日的花蕾舒展开来，他轻轻一笑，在她细巧的锁骨上吮出一瓣嫣红。然而笑容未竟，他的脸色忽然微微一变，再看她的眼神，果然也变了！

虞浩霆暗自一叹，他怎么把这件事忘了？脸上却笑得不怀好意："宝贝，你要摸我不如换个地方。"一边说，一边捉了顾婉凝的手往身下带。

然而他怀中的人却把手抽了回来，在他肋下战栗着摩挲，满眼惊恐地看着他："……怎么回事？"

虞浩霆捉了她的手，送到唇边用力亲了一下："以前的事了。"

顾婉凝摇头，惶恐而又坚决："以前没有。"

他邪邪一笑："宝贝，我身上有什么没什么，你记得这么清楚？"

顾婉凝却根本不理会他的调笑，只是探过他的衬衫，把手按在他肋下，几乎像要哭出来一般："到底是怎么回事啊？"

近一尺长的伤口斜贯在他肋下，缝合的印记依然狰狞可怖。

虞浩霆知道瞒不过了，只好揽着她躺了下来："就是之前在绥江，我的车让炮弹掀了。看着吓人，其实不要紧。"他说着，展颜一笑，"那天我还跟司机说，放心，参谋总长在你车上呢。刚说完没十分钟就出事了，幸好他们都没事，要不然……"他说得风轻云淡，她伏在他身上，眼里却尽是哀戚："我在绥江的时候，你怎么没有告诉我？"

虞浩霆把她往自己面前带了带，蹙眉笑道："宝贝，你怎么变笨了？参谋总长受伤那不是动摇军心吗？"她偏过脸，可眼泪还是落在了他身上。虞浩霆拥着她，轻轻抚着她散落下来的长发，柔声道："宝贝，不哭了，嗯？我什么事都没有，不信——"他翻过身把她箍在怀里，促狭地觑着她，"你验验？"

她原本还能圈在眼里的眼泪应声滚了出来。他把她抱起来贴紧了自己，温柔的声线里忽然带了点撒娇的意味："宝贝，你一哭，我都不敢动了。"

他的动作深入而沉缓，带着不容置疑的果决，是掠夺亦是修补。那无法启齿的水深火热让她分不清欢愉和痛苦，直到崩溃如火焰的电光贯穿了她所有的意识。

他整夜抱着她，直到晨光熹微。他吻着她刚要起身，却惊觉她环在他腰际的手隐约扣紧了。他心头一震，抚着她轻声道："婉凝，你是不是醒了？"只听她含混地应了一句："没有。"

他心里一阵温柔酸涩，停了片刻，才道："早上了，外头天都亮了。"她仍是偎在他胸口，轻声道："是雪。"声音虽然轻，却有一点执拗的坚持。他苦笑，她从来没有这样任性地留过他，她这样留他，他怎么走得了？

他揉了揉她的唇瓣，紧接着便吻了上去。他刻意作弄她，她很快就应付不来，就在半梦半醒之间被他带到了云端。

虞浩霆刚走出酌雪小筑的庭院，忽然看见文嫂等在外头，目光里半是疼惜半是欣慰："四少，您……要不要看孩子？"虞浩霆一怔，下意识地点了点头。

一一已经有自己的小床了，惜月还睡在搭了蕾丝纱帐的摇篮里。

虞浩霆看着趴在枕头上的一一，回头对文嫂道："照看这么两个小人儿，辛苦您了。"

文嫂谦敬地摇了摇头："小少爷很乖，惜月小姐现在也不爱哭了。"

虞浩霆微微一笑："是个乖孩子？那性子倒是像朗逸。"

文嫂闻言犹疑着蹙了蹙眉，却终究没有开口。

虞浩霆在一一背上轻轻摩挲了两下，心底泛起一股异样的温柔，这温柔又叫他觉得伤心——要是他们那个孩子还在，现在，他真的就能教他骑马了。

虽然还未满周岁，摇篮里的惜月已经显露出女孩子特有的清秀了，这样漂亮的宁馨儿，偏偏……他这样想着，心头忽然一跳：要是他们也有个女儿，不知道有多漂亮。

枕边温热的气息仿佛还在，他的人却已走了。她的手探到本该空落落的枕上，却忽然触到了什么。顾婉凝睁开眼，只见枕上放着一个锦绣错金的条匣，她拨开牙扣，只看了一眼，就咬住了唇。

条匣里存了两份素红织金云锦底的婚书，她同他的名字、生辰、籍贯齐齐挨在一起，后头还缀着一句"芝兰千载，琴瑟百年"，证婚人的名目后头，一个是唐骧，另一个居然是乐知女中的校长潘牧龄，饶是眼眶微热，她仍是忍不住一笑。

除了她，其他人都已经签字用印——那条匣里还立着一枚小印，用隶书刻了她的名字，和他的私章相仿，只是纹理一阴一阳。

她看了许久，把东西一样样放回去，锁进了妆台的抽屉里。

吃早饭的时候，文嫂叹了口气："也不知道四少这一走，什么时候才回来。"

婉凝盈盈笑道："快了，仗要打完了。"

文嫂面色一喜："四少这么说的？"

顾婉凝微微低了头："他没有说，可我知道。"

云浦这边一向安静，可这会儿才吃过早饭，马路上就有连串的汽车鸣笛声。方青雯眉梢一挑，朝花园里招呼了一声："锁子，去看看外头怎么回事？"

杨云枫扔下的那个小勤务兵丢了浇花的水壶，麻利地跑过去，隔着外头的镂花栅门就是一阵叽哇乱叫。马路上刹停了一溜汽车，前头的敞篷吉普上跳下两个戎装抖擞的年轻尉官，一个呼喝着安置岗哨，另一个快步跑向后面的一辆乌黑锃亮的雪佛兰Suburban，拉开了后座的车门。明绿的梧桐树影摇碎了一地春阳，车里的人欠身而出，肩上的军氅被风荡起，腰际的指挥刀金光闪耀。

方青雯眼角一热，手指轻轻掩在了唇上。

卫兵沿街铺开了岗哨，锁子这才反应过来，忙不迭地开门，嘴里呜里呜噜不知道说些什么。杨云枫一身凛然地过来，抬手在他头上拍了一巴掌，矜着脸色朝客厅里望了一眼，到底没有绷住，眼角眉梢倾出的飞扬笑意，竟是按捺不住。

转眼间，人已到了面前。

那风霜里摧折过，雨雪里磨砺过，血里火里淬炼过的胆气，到了此刻，却忽然一怯："青雯。"低低一声唤了，再说不出话来。

方青雯展颜一笑，一颗眼泪正落在笑靥上。

两人相视良久，杨云枫忽然伸手把她揽在胸前，方青雯顺势去拥他，脸色却是异样。他披风下的另一只袖子，是空的！她颤巍巍地抚上去，一言不发，把未落的泪水逼回眼底。

杨云枫抿了抿唇，哂然一笑，柔声道："我以后怕是不好陪你跳舞了，你嫌不嫌我？"

方青雯没有说话，只是抱紧了他。

山呼海响的口令，震耳欲聋的礼炮，军靴踏得地仿佛都在晃……马腾头一次见识阅兵，恨不得长出四只眼睛来。他从来没见过这么多将官聚在一处，礼服浆得衣线笔挺，指挥刀铮铮锵锵，一排一排金红金蓝的刀穗沉沉摇曳，他紧跟在霍仲祺身后，一边怨念眼睛不够用，一边提醒自己抖擞精神万万不能给师座丢脸——尤其是从戍卫部队面前经过，不自觉地就庄严起来，眼角余光扫到自己胸前的勋章，仿佛加倍的金光耀眼。

可惜还没等他多回味一会儿，霍仲祺的车已经进了城。一没外人看着，他也就没了正形，回身趴在椅背上跟霍仲祺嬉皮笑脸地瞎聊："师座，咱们现在去哪儿啊？吃饭？还是——找顾小姐吃饭？"

霍仲祺看着窗外熟悉又疏离的街景，目光微微一黯，面上却只有风平浪静："回家。"

马腾愣了愣："您家？"

霍仲祺笑意懒懒地点了点头："我家。"

车子绕过影壁，沿着一片海子的边缘开进去，水边没有杂色花木，只是一色的垂柳新绿，柔枝袅袅拂过水面。

马腾隔窗瞧着，纳罕道："师座，不是去您家吗？"

霍仲祺点了点头："到了。"

"啊？"

马腾稀里糊涂地下车，稀里糊涂地瞅着一个气度雍容，须发泛白，穿素色缎面长衫的老先生带人迎上来，心里正揣度着该怎么跟这位老太爷行礼，不料那老先生走到近前却是躬身一礼："公子，老爷和夫人都在等您，大小姐和二老爷也在。"他说着，便有人在前欠身引路，里头越发的雕梁画栋，草木幽深。

马腾心道，乖乖，这财主似的老头儿是个下人啊？他一路走着一路倒抽冷气，这哪是个宅子，分明就是个……是个……想了半天也没想出个合适的形容，忍不住小声嘀咕道："师座，您家里有几口子人啊？"

一行人又走过一进院落才到正堂，霍仲祺刚踏上台阶，身形还没站住，只见一个穿着品红洋装的女孩子径直冲了出来，扑在他身上，一句话不说，只是哭。

霍仲祺身子一僵，慢慢把手背到了身后，尴尬地笑了笑："致娆，你先让我进去。"

谢致娆这才抬起头，挂着眼泪委委屈屈地嗔怨："我都要吓死了！你一封信也不给我写！"说完，又觉得不好意思，讪讪放松了他，到底又不甘心，索性挽在他臂上，随着他进去。

"父亲、母亲，仲祺不孝，让二老担心了。"霍仲祺进到堂前，霍夫人早含泪迎过来，摩挲着他的肩臂，吁叹不已。等见过叔父一家，霍万林便吩咐他赶紧去见过祖母，再来和众人详谈。谢致娆却是一时半刻之间再不肯放开他的，红着脸也跟了去。

马腾在边儿上打量着，只觉得自己脑子也不太够用了，心说这么标致的小姐还这么不矜持，师座家真是个好地方！感叹完了忽觉不对，师座跟顾小姐好好的，这儿怎么又冒出来一位呢？转念间四下瞄了一圈，咂咂嘴，又觉得释然：这么大的宅子，反正住得下！

父亲的书房还是像从前一样檀香幽幽，清玩雅趣，是他自幼仰望的所在，而今却似乎莫名地失了颜色。

"坐吧。"霍万林坐在书案后审视着儿子，"你有什么打算？"

霍仲祺轻轻一笑，勾起了一边唇角："这话应该儿子问您吧？"

霍万林喟叹道："仲祺，你不要太天真。"顿了顿，又道，"你不要以为你卖了命，浩霆就还当你是兄弟。你先前带着他那个姓顾的丫头在青琅招摇……如今时移事易，你以为他会容得下你？"

霍仲祺无所谓地捻着茶杯盖："我这条命是四哥的，四哥要，就拿去。"

霍万林不屑一顾地看了他一眼："这是你一个人的事吗？这是霍家的事。"

"四哥不会为难霍家的。"霍仲祺忽然促狭一笑，"最多就是您今年任期到了，不当这个院长而已。"说着，抬手指了指壁上的一挂条幅，"聊乘化以归尽，乐夫天命复奚疑——不是您最推赞的吗？"

霍万林面色微沉："你不要在这儿借题发挥，替一个外人数落你父亲。"

"外人？"霍仲祺垂眸笑道，"父亲，从小你们就跟我说，要把四哥当成自己的亲哥哥，现在你告诉我，他是个'外人'？"

霍万林默然了片刻，沉沉一叹："你啊，怎么就长不大呢？邵朗逸已经向参谋部请辞了，你知不知道？"

小霍蹙了下眉："为什么？"

霍万林眼中微露嘲色："他要出国去念书，补他的学位，你信不信？"

霍仲祺闻言微微一怔，莞尔道："朗逸要做什么我都信。"

霍万林冷笑着起身："一个女人陪了你几天，就让你这么死心塌地；一个女人，他就逼走了邵朗逸……你四哥的城府，再过二十年，你也探不到！"

霍仲祺不可思议地看着父亲，强自压下眼中的愠色，半晌才道："父亲，是不是为了霍家的前程，你什么事都可以做，所以，你也这么看别人？"

霍万林脸色一变，刚要开口，霍仲祺忽然笑意寥落地问道："您也不必和我绕圈子了，您到底想要我怎么样？"

霍万林平了平心绪，温言道："你祖母年纪这么大了，唯一惦记的就是你的婚事。你母亲跟我商量过，她很喜欢致娆……"

"父亲！"霍仲祺也站起身来，打断了他的话，"我现在没有结婚的打算，我也不会娶致娆，这件事就算了吧。您要是没有别的事，我晚上还有应酬。"他说罢，转身要走，却被霍万林沉声叫住了："站住，这不是你想不想的事！眼下的局势究竟怎么样还未可知，你和致娆结婚，霍家可进可退，就算浩霆忌讳你，也要顾及谢家的情面，你给我好好想清楚！"

霍仲祺背对着父亲，笑着耸了耸肩，径自推开了书房的门。

霍万林见他这副腔调，不由怒道："你给我站住！"

霍仲祺回头一笑："怎么？您还要把我关在家里吗？"

马腾候在外头，听见师座被他多吼，也不敢多嘴过问。直到上了车，瞥见霍仲祺脸色不好，才乐呵呵地试探："师座，您不去见见顾小姐啊？"

霍仲祺没有答话，马腾也就识相地闭了嘴。过了好一阵子，后头才传来霍仲祺有些低沉的声音："以后记住，顾小姐的事不要在别人面前提。"

马腾惊诧地从后视镜里看了看他，忍不住撇了下嘴，师座这喜新厌旧的劲头也太快了吧？想了半天，还是没忍住，虚着声音唯唯诺诺地问："……您是不是嫌顾小姐带着个孩子啊？"

霍仲祺一愣，马腾看在眼里，更觉得自己料事如神："这事儿吧，看您怎么想。其实我觉得，顾小姐也挺好的，在绥江的时候对您多尽心啊！您不是说她还救过您吗？"他舔了舔嘴唇，抻着胆子继续念叨，"您总得念着点儿情分吧？您这时候把人家撂开，她一个女人还带着个孩子，以后怎么过啊？您自己掂量掂量，是不是有点儿不仗义？再说——"

马腾咽了咽口水："就您家这宅子，多个一口两口的，还怕住不下？"

他一径说着，霍仲祺只是闭目靠在车上，唇边噙着一丝浅笑，等他絮絮说完，忽然探身过来，在他肩上拍了两下："你说得对，以后别再说了。"

一句话噎得马腾没了言语，心想，我说得够少的了，还有我没好意思说的呢！先前顾小姐就有点儿伤风化，今天这个谢小姐也不省事，一个大姑娘，见了您就生生往上扑啊！您说您招惹的这都是什么人？

三月三日天气新，日丽，风和，绿水微波。

"你这么急着走，就不担心我对付不了戴季晟？"

杯中的银针悬在茶汤里悠悠起落，邵朗逸枕在摇椅上淡淡一笑："这些事你心里有数，我不在，更好。"

虞浩霆凝眸望于面前的一湖春水，慨然道："这些年，多谢了。"

邵朗逸莞尔："你这话矫情了。"呷着茶走到他身边，"是你，我还可以走，要不然，还不知道会怎么样。"

虞浩霆低头笑了笑，沉吟了一下，说："我有件事要求你。"

"虞总长也求人吗？"

虞浩霆没有笑，开口略有些迟疑："这件事可能有点强人所难，不过……我是说——，你要是想带他走，他妈妈一定舍不得。我想，是不是等他大一点……"他见邵朗逸神色讶然，自己也觉得这个话题说来艰涩，"你知道的，他和我自己的孩子没有两样……"

"浩霆！"邵朗逸蹙着眉打断了他，仿佛有些无奈，又有些好笑，"——本来就是你的孩子，你——你没有算算日子吗？"

虞浩霆茫然看着他，心底一阵恍惚："我叫人去医院问过，大夫说……"话没说完，已然明白过来。

邵朗逸苦笑着摇头："她根本就没有跟我在一起过，她嫁给我也只不过是为了这个孩子，她怕你知道……"邵朗逸说着，忽然想起另一件事来，稍一犹豫，只道，"浩霆，你和她——好好谈谈吧。"

"总长，总长？"叶铮连叫了两声，虞浩霆才怔怔着回过神来："什么？"

"回官邸吗？"

他摇了摇头："去麓山。"

他这次回来还没去见过她，他想把其他的事情都料理妥当再去见她，包括孩子的事，可是"——本来就是你的孩子"。他怎么会那么傻？她有了他的孩子，可他居然跟她说"我不要你了"。

他一路都是恍惚的，直到进了海棠春坞，看见一个侍从正哄着——在地上弹玻璃球，小小的身影一跳进眼帘，脑海里的一切突然清晰起来。

那侍从见他们进来，连忙起身行礼，——也拍拍手站了起来，直直地打量他。他蹲下身子轻轻握住小家伙的肩膀，声音温柔而平静：

"——，叫爸爸。"

——瞪着他，眼睛睁得老大，看了他好一会儿，才抿了抿嘴："我不太认识你，你想当我爸爸，得去问我妈妈，我说了不算。"

虞浩霆微微一笑，纠正道："我不是想当你爸爸，我就是你爸爸。"

——不由自主地向后缩了缩："你说的是真的？"

虞浩霆点点头："真的。"

——探寻地看了看他身后的叶铮，叶铮虽然也没想到这一出，但关键时刻必须给总长撑场，赶紧用力点头。

——皱了皱眉："那你怎么总不来看我？"

虞浩霆一时语塞，喉头动了动，温存笑道："因为爸爸做错事，惹你妈妈生气了，她不想见我。"

——想了一会儿，又认真看了看他，忽然伸手摸了摸他的脸："你真可怜。我要是做错事，妈妈一会儿不理我，我就想哭。"

虞浩霆拉住他小小的手："那你跟妈妈说，让她不要生我的气了，好不好？"说着，抱着——站了起来。——攀在他身上，左右晃了晃，似乎很满意这个姿势，可听了他的话却仍是摇头："你自己跟她说，我说了不算。"

"好。"虞浩霆一笑，抱了他要走，——却回过头叫了一声"叶叔叔！"

"啊？"

叶铮心里只盼着他千万不要再问什么奇奇怪怪的问题，谁知——什么也没问，只是极肯定地下了个断语："我爸爸明明就比你帅！"话音还没落，就见虞浩霆诧异地回过头，凛然扫了自己一眼，叶铮只觉得心里一凉，只好咧着嘴附和："是是是。"

还是除夕那天，小家伙避了人，悄悄凑到他耳边："叶叔叔，我爸爸是不是'殉国'了？"

叶铮一愣，连忙搂着他笑道："没有，谁跟你说的？"

——耷拉着眼睛："我听他们说，月月的爸爸'殉国'了，所以妈妈要照顾她，我爸爸也总不来看我……"

叶铮心里难过，却不好在孩子面前露出来，只好捏了捏他的脸：

"你爸爸在打坏蛋呢！等他忙完了，就来看你了。"

一一点了点头，端详了他一会儿，又问："那我爸爸什么样啊？有你帅吗？"

"呃……"这种事不好随便乱说，他只好敷衍了一句，"差不多吧！"嗨，早知道这样，他实在是应该极尽阿谀之能事啊！

小小一枝夭桃插在粉青的太白尊里，不必费心修剪，便是轻红浅碧的仲春良辰。

"妈妈。"

童音清脆，很有几分迫切，以至于正坐在摇篮床里摆弄玩具的小姑娘也绵绵地跟了一句"妈妈"，大而黑的眼睛循声看出去，纤长的睫毛轻盈恬美。顾婉凝微笑着抬头，以为一一又找到了什么金龟子、纺织娘之类的东西拿来"献宝"。然而一见虞浩霆抱着他进来，面上的笑容不由自主地僵了僵。

"妈妈，这个……"一一神情急迫，话却打了磕巴，"'总长'叔叔说，他是我爸爸。"

顾婉凝一迟疑，一一马上皱了眉，推着虞浩霆的手挣扎起来："你骗人。"

虞浩霆一时之间只觉得无话可说，他本能地反驳了一句"我没有骗你"，却也想不出拿什么来佐证自己的话。他没有应付小孩子的经验，一一的反抗对他而言毫无意义，但他手上一紧，小家伙挣扎得更厉害了。

"一一。"顾婉凝赶忙上前安抚地按了按小家伙，"他……你爸爸没有骗你。"

一一想了想，慎重地问道："那他怎么总不来看我？"

顾婉凝笑道："因为他有很多事情要忙。"

——摇摇头不买账："他不是这么说的。"

小家伙居然要对"口供"，不单虞浩霆蹙眉，连叶铮和卫朔也觉得头疼，唯独顾婉凝面不改色，依旧笑语温存："那他怎么说的？"

"他说，他惹你生气了，你不想见他。"

顾婉凝听了，一本正经地点头："是啊，他有好多事情要忙，总不来看你，妈妈当然要生气的。"说着，轻轻握了——的手，盈盈浅笑，"其实以前他看过你的，就是那时候你太小，都不记得了。"

她这样一讲，——的脸色果然疏朗起来，虞浩霆连忙顺着台阶找补："嗯，你一生出来我就抱过你的，不信你问叶叔叔。"

叶铮适时地点头，——却没看他，只是困惑地问："什么是'生出来'？"

虞浩霆立时语塞，求救地看着顾婉凝。顾婉凝暗自叹了口气，镇定地笑道："——还记不记得我们去医院里接月月？"见——点了点头，便继续说道，"月月是在医院里'生出来'的，——也是。"

——琢磨了一下，轻轻点头："我知道了，火车是工厂'生出来'的，我和月月是医院'生出来'的。"

顾婉凝莞尔："差不多。"说完，怕他再纠缠这件事，便转了话题，"你小时候，你爸爸还喂你吃糖芋苗呢。"

——赧然看着虞浩霆："我想不起来了。"

虞浩霆忙道："我记得你顶挑嘴的，是不是？"

——闻言，立刻小小地白了他一眼："我才不挑嘴呢！我都不爱吃糖芋苗了。"

叶铮跟在后头忍不住跟卫朔递了个眼色：总长大人事事精明，怎么糊弄起小孩子来一点儿也不开窍呢？

难得有人这样当面驳他，虞浩霆也不恼，只是温言相问，还带着点讨好的意思："那你现在喜欢吃什么？告诉爸爸。"

——嘟嘴："我可不告诉你，我告诉你了，你又说我挑嘴。"

虞浩霆笑得尴尬，不知道怎么辩白。叶铮习惯了被小孩子"作弄"，不觉得什么，卫朔却不免替他担心，这小人儿又精灵又别扭，倒像顾婉凝，这样的母子俩，也不知道总长以后吃不吃得消。

顾婉凝没理会他二人的嘴上官司，转身去逗哄惜月。看着挂在自己身上的小人儿，他的心一半是密实饱满的浆果，另一半却轻盈如风。一切都是不同寻常的新鲜，又仿佛是久违的故梦，连和小家伙的对话也从某一刻开始顺畅起来。他抱着——走到摇篮边，放下一个，又抱起一个。

"惜月。"抚了抚惜月柔软服帖的小发辫，"叫爸爸。"

叶铮觑着这个情形，揣度虞浩霆下午的安排怕是都要推了。果然，他一提起，虞浩霆就摆了摆手："明天再说。"他跟卫朔刚走到门口，便听见身后清嫩的童音："爸爸，'总长'是什么？"

他去处置公事，她在孩子的房间里待了很久才走出来。她知道这样的逃避简直可笑，可至少在这里，他没办法跟她谈那些她不能也不想应付的话题。但他那样的人，怎么逃得开呢？

凉月如眉，仿若初见。人心，却是回廊里的憧憧花影。她一走出来，他就追到了她面前："躲我？"

她向后退，肩胛抵在砖壁上，腰肢却落在了他手里。

"——的事，为什么不告诉我？"

她偏着脸避他，额头却碰到了他的臂："我后来才知道的。"

"那你后来为什么不告诉我？"

她抿了抿唇，声音微颤："我不知道。"

"朗逸不说，你就打算瞒我一辈子？"

"我不知道！"她仰望他的眼眸里有仓皇的痛楚。

他不再追问，慢慢把她揽进怀里，用自己的心跳安抚她："我上次回来，给你的东西呢？"

怀里的人迟疑了一下，声音很轻："我收起来了。"

他皱眉，又有些好笑，她这种避重就轻的把戏，他从前怎么就没有想到呢？他的强硬和纵容，每一次都用错了时机——但以后，再也不会了。

"拿出来给我看看。"

"我放在别处了。"

"哪儿？"

"……"

"去拿出来。"

"……"

虞浩霆退开一步，唇边划出一抹戏谑的轻笑："要么，我叫人搜？"

他不紧不慢地跟在她身后，她回头看他，越发觉得滑稽，简直像老师督着作弊被罚的小学生。她带着气恼的可怜相忽然让他觉得开心——开心，单纯而轻盈，是比幸福和欢愉更叫他陌生的情绪。

打开他留给她的条匣，织金云锦的婚书上果然没有她的签名。

"为什么不签？"

"你知道的，我不想结婚。"她说得倒理直气壮，只是还要觑他的脸色，不免显得有些心虚。

虞浩霆答得很果断："不行。"

顾婉凝一怔："你能不能讲讲道理？"

"不讲。"他一边说，一边找出钢笔，随手旋开塞在她手里，"你最好马上签了，要不然我明天就登报发结婚启事。"

"不要！"顾婉凝神色一凛，竭力平静下心绪，"你是在逼我，还是在逼你自己？你这样，不过是怕过了这一刻，你就会改主意，你自己心里明白。"

虞浩霆打量着她，闲闲一笑："随你怎么想。我告诉你，你跟朗逸无媒无证，什么都不算。"

"你说不算就不算吗？"

"我说不算，就不算。"虞浩霆目光微凝，"婉凝你记住，这世上的规矩都是人定的。你的男人，是定规矩的人，不是守规矩的人。"

他拢了她的手搁在婚书上，和缓了语气催促道："不许闹，赶快签了，我们好准备结婚的事，过几天我要应酬沣南的人，又没空了。"

顾婉凝颦着眉尖疑道："你跟沣南的人应酬什么？"

"和谈。"虞浩霆的笑容有些漫不经心，"仗打了这么久，人心思定嘛。"

顾婉凝仍是将信将疑："真的？"

虞浩霆在她手背上点了两下："想正经事。"

顾婉凝目光游移地点头，不觉握紧了手中的钢笔，笔尖刚要落在纸上，指尖却是僵的。虞浩霆忽然轻轻"哎"了一声，她茫然抬头，他正笑吟吟地望着她："一辈子的事，写得好一点。"

她颊边没来由地一热，像抢着铃声答卷似的签了名字，笔杆上竟攥出了潮意。她心头一片迷惘，像在沙漠里跋涉到近乎虚脱的人突然看见绿洲，却又疑心不过是海市蜃楼。

她看着他自得其乐地替她用了印，拿起来比了比，拣了一张出来："这张写得好，我留着。"

她鼻尖酸热，蓦地滚出一颗眼泪来，虞浩霆抬手拭了，温存一笑："你这是要坐实了我是'强抢民女'吗？"

顾婉凝倚在他怀里，喃喃道："要是我不签，你会怎么样？"

虞浩霆吻了吻她的发线："那你就得见识见识，我要想霸占一个女人，有多少种法子了。"

侍从室交代总长在矅山办公，军情处的公文不便假他人之手，蔡廷初就自己送了过来。他刚在花厅里坐下，就见一个娉婷倩影从后堂转了出来，雪白的缎子旗袍直落脚踝，衣摆处的印花是一枝枝水墨淡彩的虞美人，薄红缥缈，有无限婉约。他一见，连忙起身："顾小姐。"

话音未落，只听正在翻看公文的虞浩霆轻飘飘地抛过一句："叫夫人。"

蔡廷初怔了怔，立时笑容满面："恭喜总长，恭喜顾……恭喜夫人！"

"停下，都停下！"

眼看着排列齐整的二十多个行李箱子，康雅婕突然喝止了正收拾东西的一班丫头。

正跟管家交代事项的邵朗逸闻声回头："怎么了？"

康雅婕沉着脸色道："英国那样的烂地方，又潮又阴，我不想去。"

"那你想去哪儿？"

康雅婕垂眸默然了片刻，终究没压住心头的愠意："我哪儿都不想去！我在自己家里住得好好的，我为什么要走？"

邵朗逸赞同地点了点头："雅婕，你要实在不想走，我也不想逼你，你就留在家里好了，什么时候有空我再回来看你。"

康雅婕嗤笑了一声，走到他身旁压低了声音："你说，你是为了虞四少的面子，还是为了她？"

邵朗逸牵起她的手捏了捏："你怎么不想我是为了你的面子？难道你愿意以后处处都忍着她让着她，酒会等她开舞，拍照的时候陪在边上假笑？"

康雅婕咬唇："我信你个……"

正在这时，邵家的小夫人卢蔼茵笑容可掬地走了过来，对康雅婕道："姐姐，你要是不走，能不能把你这些箱子让给我用用？我的东西要装不下了。"

康雅婕看也不看她，便冷冷一哂："没你说话的份儿。"

卢蔼茵也不恼，袅袅娜娜地含笑而去。邵朗逸见状，悠然一笑，放开了康雅婕的手："反正我是要走的，那你——到底跟不跟我走啊？"

今天的饯行酒是最后一席了，从明月夜出来，孙熙平拉开车门让着邵朗逸上车，汤剑声却打发了司机，自己坐进了驾驶位。车子开出一阵，邵朗逸忽然眉心微皱："剑声，这不是回公馆的路。"

汤剑声从后视镜里看了他一眼，仿佛有些赧然地舔了舔嘴唇，避开他的目光没有答话。孙熙平转回头来，趴在椅背上嘿嘿一笑："我们带您去见个人。"

邵朗逸眼中波澜不兴，淡淡打趣道："看来我真不是你们的长官了。"

一句话说得汤剑声红了脸，孙熙平也有些讪讪："三公子，我问了官邸的人，说顾小姐刚才带着小少爷去了陵江大学……"

邵朗逸面色微沉："谁叫你问的？"

孙熙平耷拉着眼睛不敢说话，邵朗逸轻轻叹了口气："你是我的人，又跟总长家里有瓜葛，我不在，寻常的事情，总长那里反而更不会让你吃亏。可是你记住，做好你分内的事，不要管闲事，不要张狂。万一真有什么说不清楚的——"他声音又沉了沉，"去求顾小姐。"

孙熙平绷着脸，老老实实地点了点头，正寻思怎么劝他去见顾婉凝一面，忽然醒悟，邵朗逸变脸归变脸，可也并没说不去，要不然，早该吩咐汤剑声停车了。

车里安静下来，午后的春阳柔和了两旁匀速倒退的街景。邵朗逸闭上眼，半开的车窗里飘进夹着花香的风，伤春伤别从来都如影随形，原来，他也不能免俗。

那天，她端了茶递到他面前，静静一笑："朗逸，喝茶。"

他说："我只问你一句话——你愿不愿意嫁我？"

他骗她去了锦西，她就骗过他逃得无影无踪。

连初见的那一眼，也错认了。

……

她和他，从来没有一刻，是真的。

此去经年，她的良辰好景再不会虚设了吧？

那他呢？

回首处向来萧瑟，归去处自然既无风雨亦无晴。

车子慢慢减速，孙熙平刚回过头来想要说话，邵朗逸忽然低声吩咐道："剑声，掉头，回公馆。"

汤剑声和孙熙平都是一愣，孙熙平呆呆看了邵朗逸一瞬，急道："三公子，这么多年了，您总要……"

邵朗逸做了个"打住"的手势，莫可名状的微笑如柳细风斜："算了。"

欧阳怡的头发削得更短，顺滑的波纹贴在耳际，颈间银光闪烁的细链仍然缀着一个磨旧了的小十字架。湖蓝的茧绸衬衫束进鸽灰长裤里，打成蝴蝶结的飘带交叠着垂落在胸前。杯口一圈描金花纹的骨瓷杯里盛着新煮的咖啡，顾婉凝端起来尝了尝："你煮得比我好多了。"四下环视了一遍，赞道："你这办公室抵得上教授了吧？"

欧阳怡莞尔："你要是有个写一天文章得喝九杯咖啡的男朋友，你也煮得好。"轻轻关了房门，回身笑道，"这就是教授的办公室，我借来用用罢了，我的办公室——四个人用呢！待会儿带你去看。"

隔着森绿的窗纱，嘀嘀咕咕的童音和树影间的雀鸟啾鸣都清晰可辨。两个人挨在沙发上，依依相顾，感慨千头万绪，未知从何提起。欧阳怡忽然掩唇而笑："我还记得你那时候跟我说，你和他什么都不会有。"说着，朝窗外扬了扬下巴，促狭道，"喏，这可是'什么'都有了。"

顾婉凝淡笑着摇了摇头，欧阳怡也敛了笑意，轻声问道："怎么了？他家里不同意？我可听见陪你过来的人都叫'夫人'的。"

顾婉凝的目光沉静如水："我们结婚了。"

欧阳怡讶然惊喜："真的？"

婉凝点点头："算是吧。"

欧阳怡脸色微变："什么意思？"迟疑着问道，"他还要另娶？"

"不是的。"顾婉凝连忙笑着分辩，"要等选定了行礼的日子才好发结婚启事。"

欧阳怡皱了皱眉，叹道："到底是虞四少，结婚选个日子也这么挑剔。"

顾婉凝噙着笑意捧起了咖啡，不再继续这个话题。他想要趁着闲暇，赶在同沣南和谈之前行礼。她懂事地附议，却在那一声"好啊"的末尾让他窥见她眼中幽幽一抹失落。

他抬起她的脸："怎么了？"

她倚在他胸口沉吟了良久，才说："……只能去华亭订礼服了。"

他脸上瞬间盛出明朗如晴空的笑容，手指敲了敲自己的额头："是我想得不对。"他执了她的手贴在唇边，"这件事不能迁就，日子等你选好礼服我们再定。"

她等的，就是他这句话。她要从巴黎订礼服，订鞋子，要顶尖的珠宝商专门设计首饰来配搭……旗袍当然是请用惯了的师傅做，可料子要重新订……

他喜欢看她一脸肃然地站在镜前试样衣，一听到他的声音，便仓皇地躲在粲然锦绣中不肯出来："你不能看的！"

他喜欢看她翻着珠宝行送来的裸石和图册支颐苦想，到底要什么样的才最好。她问他的主意，他随意扫过一眼，揉揉她的发："既然这么难选，就是都喜欢，都喜欢为什么不都要了？"

他喜欢她对这件事认真，他喜欢看她为这些事烦恼，就像他喜欢每天醒来都能看见她或静或笑的睡颜——一个只为选不定珠宝华服才会犯愁的女孩子该是幸福的吧？

她蜷在他怀里，细细的声音辨不出喜忧："其实我是故意拖日子的。"

他一点也不觉得意外："我看出来了。你是害怕，还是后悔？"

她抿了抿唇，绷紧面孔迎着他含笑的眼："从订婚到结婚是女人一辈子最开心的时候，所以要长一点好。"

他点点她佯作正经的额头："我们已经结婚了。"

她长长的睫毛惋惜地垂下来："人家说最神气的就是未婚妻了，我一天也没做过。"

他闭目一笑，压着她吻了下来："这个……是真的没办法了。"

她的孩子，她的爱人，她的朋友……她所有想要的都触手可及，完美得像一场好梦。

佳期如梦，让人不敢回头去看身后的鹊桥归路。

曾经她有的不过是隐秘的身世，而现在，还有背叛。他若是知道，她曾经让他陷入怎样的困境，恐怕再不会有这样好的笑颜。

疑心，只要有一点。

前尘种种，都会变了模样。

她不愿去试探，她也不敢。很多事，都不过是一念之间。他牵念她，她就是伤他的剑。他不顾及她，她伤的就是自己的心。

"本来我父亲有意让他到部里任职，可他还是愿意教书。"欧阳怡的未婚夫是陵江大学前一任校长匡远舟的幼子，拿了两个化学专业的理学学位，又转校读了个政治经济学的Ph.D.，回国之后便接了陵江大学的聘书，"他还打算筹建研究所，搞冶金，又要忙着编教材……"欧阳怡扶额笑道："一天恨不得拆出两天用。"

两个人静静谈笑，在碧梧成荫的校园里散步，穿着校服的男女学生有的步履匆匆，有的闲闲徜徉，还有的说着话就争执起来……

经过学校礼堂，顾婉凝忽然瞥见附近停了两辆挂着陆军部牌照的轿车，边上还站着两个荷枪实弹的卫兵，在校园里头颇为惹眼。顾婉凝微觉诧异，正要留心分辨他们的兵种番号，不防礼堂大门轰然一开，里头的人声鼎沸瞬间惊破了宁和春光。乌泱泱的少年少女簇拥着几个戎装军人，一个顾秀清俊的年轻将官被众人团团围住。许是他身上的戎装太英挺，四周的人群和景物都像是暗了一色，隔着人群望过去，仿佛玉山嵯峨于云海。

攀在侍从官肩上的一一惊喜地叫了一声："霍叔叔！"

欧阳怡望了一眼，笑道："他们还真把这位霍公子请来了。之前还有人来找我，想托我姐姐从霍小姐那里讨人情呢。"说罢，轻笑着叹了口气，"这下好了，我们学校这些女孩子，后面要好几天都没心思听课了。"

顾婉凝含笑听着没有答话，——又提高声音喊了一声"霍叔叔"，转眼就淹没在了人群的喧哗里。

"嘘——"顾婉凝在唇上比了个噤声的手势，"霍叔叔有事情，我们不打扰他。"

"哦。"——有些失望地应了，又不甘心地抱怨了一句，"那么多花干什么？霍叔叔又不是女孩子。"

马腾手上不断叠加的花束和礼物几乎挡去了他的视线，在人群里寸步难行，耳边莺声燕语的"霍将军"听得他背脊发麻，离得远的人居然把手里的花一枝一枝掷上来——娘的，这些小丫头是捧戏子呢？他头一次觉得跟女孩子离得近居然这么难受，这时候要是能朝天开一枪就好了。

霍仲祺也在后悔，他实在不该卖姐姐这个人情，信什么"露个面，说几句而已"的鬼话。他不知道这些跟他素不相识的小孩子从哪里打印了这么多他的照片，还塞在他手里叫他签名——签名！

好容易从礼堂里出来，又被堵在门口，他扫了扫身边的人，眼见得是都没有什么战斗能力了，唯盼着守在外头的能有个灵醒的过来解围。

正在这个时候，忽然一个生面孔的军官费力挤了过来，朗声报告："霍将军，陆军部请您马上过去开会。"说着，伸手隔开了一线空隙。那人身上的制服比寻常戎装深了一色，一望而知，是总长官邸的侍从。

人丛中静了静，自觉地让出一条路来，霍仲祺暗自吁了口气，一边快步走到车旁，一边打量那侍从："总长有事找我？"

那侍从连忙摇头："没有，是夫人刚才路过，吩咐说，要是一会儿学生们还不放您走，就叫我过来假传个'军令'。"

霍仲祺一怔，接着便反应过来他口中的"夫人"是什么意思："婉……夫人呢？"

"夫人已经回去了。"

霍仲祺点了点头，微微一笑："回去替我谢谢夫人。"

马腾把手里乱七八糟的东西一股脑儿堆进后备厢，撇着嘴舒展了一下筋骨钻进车里，忍不住嘀咕道："越是念过书的娃娃越是么蛾子多……对了师座，刚才叫人来'救'咱们的'夫人'是谁啊？"

霍仲祺脸上像笼着一层薄雾，肃然道："总长夫人。"

他神情凝肃，心底却漾起波纹般的怅然，缕缕不绝。她有心留了人替他解围，却连招呼也不打，是怕他尴尬，还是不想惹人注意？方才的事，她都看见了吧。他竟是觉得赧然，越发后悔惹了今天的闲事。她若是见到他和"别人"在一起，会怎么想？这样的念头，一闪出来就让他不安。

悦庐虽然不像霍氏官邸那般院宇深沉，但欧式庭院疏朗别致，草木丰美。自从霍万林又提了一次和谢家联姻的事，霍仲祺便从家里搬出来，独个儿住在这边。

"你真不喝啊？"

谢致轩煞有介事地转着一瓶Haut-BrionBlanc的白葡萄酒："我可是专门带来犒劳你的。"

霍仲祺轻轻一笑："真戒了。"

谢致轩"啧啧"惋惜了一阵，只好陪着他啜茶，顶尖的内山瓜片，一口呷下去，舌尖留下一点清苦的余香。

霍仲祺看了他一阵，眼波一扬："你是不是有话跟我说？"

谢致轩低着头，慨然笑道："仲祺，你结婚吧。"

霍仲祺蹙眉："是致婉让你来的？"

谢致轩连忙摇头，"这事儿跟那丫头没关系。"他犹豫了片刻，搓了搓手，"婉凝在订结婚用的礼服和首饰。要不然——你也结婚吧。"

霍仲祺眉头蹙得更深，盯在谢致轩身上的目光尽是疑虑。

谢致轩笑着耸了耸肩："之前你姐姐搞义卖募捐，她把你送她的那只镯子捐出来了……"霍仲祺脸色一变，谢致轩忙道，"你放心，我先买下来，给她送回去了。"

霍仲祺神情松了松："多谢。"既而又追问道，"那……你告诉她了？"

谢致轩点点头，又搓了搓手，笑吟吟地换了轻快的语气："你如今可是最招那些小丫头觊觎的梦中情人哎。你还不趁着行情好，仔细挑挑？"

霍仲祺搁了茶盏，笑意寥落地自嘲："以前不是啊？"

"嗯嗯嗯，霍公子从来都是。"谢致轩促狭笑道，"所以，你还是结婚吧，你总这么没着落，你就不怕浩霆不放心？"

霍仲祺目光有些飘忽，坦然一笑："我没有一样能跟四哥比。"

谢致轩敛了笑意，缓缓道："我听人说你在青琅'金屋藏娇'，要是我没猜错，就是她吧？"

霍仲祺默然不语，谢致轩轻声道："我是想说，你这样，浩霆会觉得亏欠你，这些年……"

霍仲祺忽然打断了他："我明白你的意思，我想想。"

谢致轩呷着茶不再说话，除此之外，他想让小霍成家还有一层意思，霍仲祺的心思不足为他人道，偏偏致娆一头扎进去，当局者迷。小霍一天没着落，那丫头就一天不死心，再这么下去，迟早闹出笑话来，长痛不如短痛，不如让她早点死了这条心。

捌

红鸢

而今才道当时错

　　"师座，谢小姐的电话，问您下午有没有空？"

　　马腾一边通报，一边咂了咂嘴等着霍仲祺说"没空"。这位小姐快赶上他们师座的影子了，弄得人人都以为她是他们师座夫人似的。

　　霍仲祺背对着他凭窗而立，微一沉吟，道："你跟她说，两点钟我到檀园去接她。"

　　电影散了场，致娆挽着霍仲祺走出来，她特意穿了一件鹅黄的轻乔旗袍，春夜的风吹在身上有些凉，可她的心却是烫的。其实电影演了些什么，她都不大记得了，大半时间，她都在黑暗中借着变幻的光束窥看他的侧影。她想起前两日的报纸，拍了他在陵江大学的照片，新闻里写学校的女孩子"掷花如雨"，她一眼看过心头便是一刺，此刻想起仍然有些惴惴，要握紧了他的臂来给自己一个肯定。

　　他替她拉开车门，她却有些迟疑，难得他约她出来，她还不想这么早回去。谢致娆轻轻抿了抿唇，刚要开口，对街忽然飘过一串电车铃声，她盈盈一笑："我想坐电车。"娇嗔地瞟了一眼马腾和那个愣头愣脑，怀里总抱着支枪的孩子，"我们出来，总有人跟着，没意思……"

霍仲祺一愣，见她亮得像星子的眼睛笑吟吟地盯在自己脸上："我们去坐电车好不好？"

他下意识地点了点头："好。"

致娆上了车，事事新鲜，只是赶上电影散场，车上没了座位，人又有些挤，她嫌扶手不干净，轻轻抓着他的衣襟。霍仲祺怕她被人挤到，便挡在她和车厢壁板之间，车子摇摇晃晃开了一阵，到了路口一停，晃得并不厉害，她还是轻轻撞在了他胸口，然后，就再也没有抬头。

她握着他的手下车，车站离檀园还远，她鞋跟幼细，走得久了难免有些刺痛，可她却浑然不觉，只是他不经意地抽开了自己的手，让她有一点失落。

她跟他说笑，眼里都是欣喜，他笑意淡淡，沉默地听，直到望见了檀园的大门，她忽然住了口，殷殷望着他。

他果然说了，是她想要的，却又不是——他说："致娆，你是不是想跟我结婚？"

她的一颗心猛然提了上去，这一刻她想了无数次会是怎样的情形，可身临其境，却和她想的全然不同，似乎哪里不大对。她还没来得及惋惜，便听他接着说道："有件事我要告诉你，我一直都喜欢一个女孩子，很喜欢，可她喜欢的人不是我。"他的神情罕见地郑重，让她知道他不是在跟她说笑，只是他说的是她从来不曾想过的一件事。他喜欢的不是她吗？一直都不是吗？她茫然看着他按了电铃，同她说话的声音淡得像春夜的风，"你好好想一想，再告诉我。"

晨雾弥漫的花园像涴染过的彩绘，风过，清透的露水慢慢勾连相聚，汇成硕大的一颗，还没来得及凝住，便顺着微倾的叶脉飞快滑落，盈盈坠在叶尖。卵石小径上的脚步声听上去似乎有些急，霍仲祺搁下手里用来整枝的花剪，站起身来。

谢致轩淡蓝色的西服上连裤脚都沾了薄薄的水渍，不过，克制之下仍然从眉宇间流泻而出的焦躁显然不是为了这个。他走到近处，见霍仲祺衬衫散漫地卷着袖子，军裤上也染着泥点，身前一盆正在花期的淡红茶花，显然是一清早就在给盆栽修枝。这个情形叫他有些意外，不自觉地挑了下眉——不知道什么时候霍仲祺居然也有这个兴致，饶是心事重重，谢致轩还是忍不住替那花担心，但眼下他又有比一盆茶花更要紧的事："小霍，你怎么能跟致娆结婚呢？"

霍仲祺一愣，牵强地浮出一点笑意："我只是问问她，那天碰巧……"

"你问她干什么？"谢致轩的语气有些气急败坏。

昨晚致娆一回来，刚打了个照面，他就发觉不对。她一向娇娆明丽的面孔仿佛失了光彩。他唤她，她却仿佛置若罔闻，他又提高声音叫了声"致娆"，她才凝眸看他，纤秀的眉渐颦渐紧："哥，我想问你一件事。仲祺……"一语未了，眼里就蓄了泪。

他连忙屏退了四周的婢女，玩笑似的问："怎么了？小霍有女朋友了？"他虽然心疼小妹"终于"失了恋，但心里却也终于一块石头落地，一天一月一年，不管怎么难过，总会过去的。

不料，致娆却摇了摇头："他问我，是不是想跟他结婚？"

谢致轩一惊，又仔细确认了一下她这绝不是个"喜极而泣"的神情，才试探着问："……那你怎么说？"

致娆突然抓住了他的手臂："他说他喜欢别人，你知不知道是谁？你知不知道？"

他一径摇头："既然这样，你还理他做什么？"

"他说，那女孩子不喜欢他。"

"那又怎么样？"

"那他们就不会在一起。"

"那是他自己的事，难道你要跟一个心里想着别人的人在一起？"

谢致娆排斥地缩了缩肩膀，默然想了一阵，双眸忽然亮了亮："……他能喜欢别人，我也能让他喜欢我。一辈子那么长，他总不会永远都忘不了一个……一个心里没有他的人。"她犹疑地看着谢致轩，仿佛在期待他给她一个肯定。

他隐隐觉得不好："那要是他真的一辈子都忘不了呢？"

"不会的。"她的语气忽然变得平静而肯定，"他本来就喜欢我，人人都知道。因为这几年我们没有在一起，他才会喜欢别人的。要不然，他怎么会想和我结婚？"

"你不要想当然好不好？他要跟你结婚不过是因为……"谢致轩急切地打断了她。

谢致娆戒备地看着他："因为什么？"

"因为……"谢致轩叹了口气，"因为霍家想要这门婚事。"

谢致娆忽然轻轻一笑："嫂嫂跟你结婚，难道不是因为他们家里也想要这门婚事，这有什么不好？一定要像浩霆哥哥那样，家里人都不中意的才好吗？"

"致娆！"谢致轩咬牙硬了硬心肠，"有句话我早就想跟你说了，小霍他从来就没有真的喜欢过你……"他还没说完，谢致娆突然从沙发上"弹"了起来，倔强地抿着唇："你不用拿那些你自己都知道是违心的话来劝我。"说罢，转身便走，临要上楼的时候，又回过头，眸中是从未有过的楚楚："哥，我……"细微的哽咽堵住了后面的话。

"这些年她心里想什么你不是不知道，你早就应该跟她说清楚！以前的事也就算了，现在你娶谁不好，非要招惹她！是你父亲的意思？我们从小到大这么多年，总还有些情分吧？你已经耽误了她这几年，还要为了你们霍家，耽误她一辈子？"谢致轩很少这样发火，霍仲祺默然听着，待他说完，也没有辩解的意思，只是肃然点了点头："这件事是我考虑得不周到，对不起。我会跟她说清楚，你放心。"

　　谢致轩不知道小霍是怎么跟致娆"说清楚"的，只知道接下来两天檀园没有消停过一刻。

　　致娆不肯下楼，不肯说话，连饭都不肯吃。等到她总算开口说话，却是夜里叫拆信刀划破了手，手背上的创口不算深，只是滴在衣上床上的连串血迹叫人心惊。虽然她一口咬定是自己不小心，母亲却着实慌了神，抱着她问了一夜，第二天用过早饭就去了霍家。他劝母亲慎重，母亲凝眉轻叹："我知道她跟小霍在一起未必会快活，可她和别人在一起就一定能快活吗？至少这一个她甘愿。试过了这一次，或许将来她还愿意将就别人。没试过，终究不甘心。"

　　霍仲祺和谢家小妹传出婚讯，一时间，成了江宁城里最炙手可热的新闻。霍家清贵，谢家豪奢，这样一桩婚事是理所当然的锦上添花珠联璧合。虽然婚期近在眼前，谢家小妹又不大肯将就，但两家人竭力操持起来，诸般事宜也都算顺畅。唯有婚礼当日的珠宝谢致娆一直没有十分能看上的，后来加了三成的价钱请别人让出一套从国外定制的钻饰，才总算合了准新娘的意。

　　只是登在报纸头版的结婚启事版位略偏了一点，照片放得不够大。没办法，连日来的头条都太过重大，日日都有事关南北和谈的要闻发布。和二十多年前一样，和谈的地点仍然选在吴门，只是那一年是隆冬，这一次却是暮春。

　　"我听说你把首饰让给致娆了？"虞浩霆合上报纸，一边喝咖啡一边问。

"不是'让'，是'卖'。"顾婉凝轻声笑道，"价钱我加了三成。"

虞浩霆笑微微地喝完了杯里的咖啡："你是不想让人知道那首饰是你的。不过，致轩知道，回头要是他告诉了致娆，那丫头一定会想你这个嫂子怎么这么小气？"

"致轩不会说的。"顾婉凝言罢，秋波一漾，"况且，我可替他们省了一个多月的工夫，也不算太黑心吧？"

虞浩霆放下餐巾，手指朝她虚点了点："我回来之前，你把你自己的事情安排妥了，不许再拖了。要不然——我去跟她要回来你信不信？"

听说爸爸要"出差"，——也跟着妈妈送到楼下，虞浩霆见这小人儿皱着眉头，神色颇有几分沉重，俯身捏了捏他的脸："还没睡醒呢？"

——盯着他的眼睛摇了摇头："你明天能回来吗？"

虞浩霆莞尔："明天不行，爸爸要去两个星期，你在家里听妈妈的话——等爸爸回来带礼物给你。"

"那月月呢？"

虞浩霆赞许地揉了揉他的脑袋："月月也有。"

——又盯着他看了一阵，勉强点头："那好吧。"

然而，虞浩霆从台阶上下来刚要上车，小家伙突然"哇"的一声大哭起来。——并不是个爱哭的孩子，此刻毫无征兆的号哭格外惊人，涟涟泪水把周围的人全都吓了一跳。

"怎么了？——，怎么了？"顾婉凝急忙把他揽在怀里劝哄，"——不哭，好好跟妈妈说……"

虞浩霆亦是第一次看见他哭，而且是这样的惊天动地，叹为观止了半秒，也赶忙回去抱他。——攀着他的颈子，哭声似乎弱了一些，叫了一声"爸爸"，却仍是泣不成声。虞浩霆把他抱起来，迂回地逗弄："怎么哭得跟个女孩子似的，是不想爸爸走吗？嗯？"

——在他衣领上蹭了蹭眼泪，小手朝大厅里指了指，虞浩霆只笑道："有秘密要跟爸爸说？"跟顾婉凝递了个眼色，便抱了他进去。

——吸了吸鼻子，犹自带着抽泣："你是不是骗我的？你说回来是骗我的。"

"怎么会呢？"虞浩霆失笑，随即抚着他的背脊正色道，"爸爸保证，绝对不骗你。这样——你让妈妈找个日历给你，每天早上涂一格，涂满两个星期，爸爸就回来了。"

"你真的不骗我？"

"当然是真的。"

——绷着嘴不说话，只是用力贴在他肩上，好一会儿，才喃喃开口："以前霍叔叔也说要当我爸爸的，霍叔叔还带我去看大船，可是后来就走了，都没有回来看我……"虞浩霆笑容一滞，抚着他背脊的手不觉停了。

"叶喆说，霍叔叔是喜欢我妈妈才愿意当我爸爸的。一定是我总缠着他跟我玩儿，他才不来看我的，也不喜欢我妈妈了……"他越说越委屈，刚刚止住的眼泪又扑簌簌地落了下来，"我都没有烦你了，你别走了，我妈妈很喜欢你的，她以前都没有……没有现在开心，你别走了，别不要我……"

虞浩霆轻轻拍着怀里的小人儿，眼底一阵潮热，一直都觉得这个孩子有些过于安静听话，而且似乎不太和他亲近，他以为是他和他不熟悉的缘故，却没想到是为了这个。他极力收敛着心头的酸涩抽痛，抹掉——脸上的泪珠，柔柔地在他额上亲了一下："——记住，你和妈妈是爸爸最宝贝的人，什么都比不上，爸爸怎么会不要你呢？"他说着，温存一笑，"你要是不放心，就跟爸爸一起去，好不好？"

——眼睛一亮，刚要点头，又皱了眉："那妈妈呢？"

虞浩霆果断答道："妈妈也去。"

"……月月呢？"

"月月也去。"

自觉已经习惯了"大场面"的马腾还是没能适应霍仲祺结婚的排场：客人一天请不过来，婚宴要开上三天；新娘子的一对耳环，比梅园路上的一栋宅子还贵；八层的结婚蛋糕装饰得花团锦簇，一直到眼睁睁看着人吃进嘴里，他才知道这玩意儿还真是能吃……

当然，再罪过的开销放在他们师座身上也不嫌过分，唯一让他泛酸的却是婚礼上六个男傧相都没轮到他——师座半开玩笑地提了一句，他还没来得及假装谦辞一下，新娘子和两个在场的女傧相就投了"反对票"。嗨，他哪点儿比不上那几个油头粉面的小白脸儿哦！不过，在这样的"大场面"里，他这点儿酸水根本不会有人注意，连他自己都忘记了。

眼前的一切都是她梦想中的模样——除了红毯尽头的人，没有打领结，而是穿着一身戎装礼服。

致娆挽着父亲走进来，礼堂里的人都含笑回眸，她用最完美的仪态来回应那些赞赏和钦羡的目光，以及他的微笑注视。换戒指的时候，她有一点紧张，她曾经见过不小心掉了戒指的婚礼，一圈灿然骨碌碌地滚出去，被不相干的人捡回来，多尴尬！

还好，所有的所有都近乎完美，一如他翩然的风度，她无瑕的容光。

他翻起她的面纱，落在她唇上的吻轻柔而克制，她红着脸想，这一刻的照片一定浪漫如梦幻。

他挽着她在漫天花雨中走出来，镁光灯亮成星海，她从没见过这样完美的婚礼，连意外都这样美——方才，走在前面的小花童被裙子上的飘带绊倒，戴着花环的小姑娘在一片善意的欢笑中坦然站了起来，倒回两步重又往前走，原本庄谨的气氛一下子放松诙谐起来。

她忍不住凝眸看他，想问问他还记不记得，曾经她也在别人的婚礼上摔倒过，只是她可没有这样大方。那一瞬间，她只觉得整个世界都毁了，直到一个笑容明亮的男孩子帮她捡起花篮，展平了裙摆。

眼前的一切都是她梦想中的模样，她心头忽然闪过一个略带伤感的念头：如果这一生都停在这一刻，该多好。

霍家的宅院她来往过许多次，而这一次，格外不同。喜气盈盈的婢女们都改了称呼，驾轻就熟的"少夫人"叫她觉得这称呼仿佛原本就是她的。

婚礼和婚宴大半都属于家族，而这样新月如钩的春夜，才纯是属于爱人的。

致娆卸了妆，又换过衣裳，过肩的卷发梳了一遍又一遍——她总要找件最寻常的事情来做，才能掩饰按捺不住的忐忑。可是等了许久，该来的人还是没有到。霍家的家私陈设沉着古雅，和檀园迥异，过于久远深重的韵致让她有些惴惴。她想要唤人，刚一走到门口，轻缓的敲门声忽然在她面前响起，她心头一抖，慌忙向后退了两步："谁？"

"致娆，是我。"他的声音近在咫尺，她不知道这个时候到底该说些什么，敷衍着应了一句："哦。"

隔着雕花门的声音清和而温柔："你要是睡了，就不用起来了。"

"我没有睡呢！"话一出口，她的脸腾地一下子烧了起来，犹豫再三还是走过去拉开了门。他的礼服也脱了，衬衫散着领口，神色清宁，不大像是刚跟别人应酬过。

他微笑地看着她："你也累了，好好休息吧，晚安。"

她忍不住蹙了蹙眉："你要去哪儿？"

"我就在隔壁。"

谢致娆一怔，娇红的脸色略冷了冷，咬着唇低了头："你这是什么意思？"

霍仲祺连忙笑道："我是想今天折腾了这么久，你一定也累了……"

致娆低低打断了他："那你为什么不陪着我？"

霍仲祺默然看着她皙白的发线，柔声道："好。"

相识已久的两个人，蓦地生涩起来。

致娆不声不响地垂着头，陷在裙摆褶皱里的双手悄悄揉捏着细滑的衣料，用静默遮掩着鼓点参差的怦然心跳。霍仲祺带着委婉的笑意去牵她的手："你是不打算让我进去了吗？"

指尖的温热触感蔓延开来，点透了腮边的两旋梨涡，她没有让开，却是把娇红的笑靥贴在了他胸口——节律沉着的心跳，将记忆中那些瑰丽却脆弱的片段变得真实而丰满。她忽然觉得鼻尖有些酸麻，有多少人能够像她一样喜欢一个人这么久？有多少人能够像她一样对心爱的人宽忍如斯？每一点甘愿都那样委屈，若是守望的光阴也能写成一封情书，第一个感动的人，是她自己呵……

她唇角在笑，眼角却微微发潮，酝酿了许久的娇怨刚要出口，身子忽然一轻，整个人都被小霍抱了起来。她低呼了一声，顺势攀住了他的颈子，转眼间面上飞出两晕绯色，脸颊却在他肩上贴得更紧。

芙蓉帐暖，落在肌肤上的亲吻像蝴蝶噙住花蕊，错落有致却又有些按部就班。她细细喘息着偷眼看他，他清澈的目光带着一种仿佛一切都了然于心的沉静。

这样的春宵旖旎他大约是司空见惯了吧？她愤愤地抿了抿涨红的唇瓣，秋波流盼，促狭地斜过一眼，咬牙啮在他锁骨上，磕出两抹淡红的齿痕，像是某种私密而暧昧的图腾。她满意地端详了一眼，心念一动，抬手便去解他胸前的衣扣——他，是她的。

青丝堆枕，柔光掩映下的锦绣明迷让他有片刻的恍惚，浓红织金的"榴开百子"灼灼刺目，他忽然忆起当日在乐岩寺掣的那支签——"虽然成就鸳鸯偶，不是愁中即梦中"。那时他说，既然还能"成就鸳鸯偶"总不算是太坏。

不是愁中即梦中。

愁中？梦中？来时西馆阻佳期，去后漳河隔梦思。这人人称羡的红鸾喜事是他的愁，那只能永沉心海的佳期是他的梦……

霍仲祺神思游离间惊觉致娆拨开了他衬衫的扣纽，他连忙去挡她的手，却已然迟了。他散开的衣襟里袒露出一片狰狞横暴的伤痕，嶙峋交错仿佛手艺欠佳的工匠把撕碎的人偶又重新缝起。

致娆一声惊叫，下意识地在他胸口推了一下，脸色煞白地缩着肩，眼中尽是诧异惶恐。霍仲祺连忙掩了衣襟退开一点，神情低沉地系起衣扣，朝她伸了伸手，却又放下了："致娆，对不起，我……这件事我忘了，吓到你了。"他站起身来，墨黑的瞳仁明昧不定，"你先睡吧，我还有点事。"

他转身离开的背影让她从惊骇中清醒过来，她想要解释什么，却抓不出恰当的词句。她不是有意的，她不是不喜欢他，她……她只是没有想到，或者说，是她不能相信那些狰狞可怖的伤痕竟然在他身上！

致娆呆呆地倚在床头，四周的温存暖意渐渐消散无踪，夜阑人静，她一丝睡意也无，一闭上眼，他明亮如春阳的笑容和那噩梦般的伤痕就会交错着浮现在她眼前。

在房间里烦躁地踱了两个来回，耳边忽然若有若无地飘来缠绵曲声，她打开窗，那声音清晰起来，像是什么人在吹口琴。她心念一动，披了晨褛循声而出。那曲调低回悱恻，是她幼年学琴时也弹过的，叫《绿袖子》，传说写的是个英国国王邂逅了一段稍纵即逝的无望爱情。

回荡在夜色中的曲子，引着她绕进花园，月光在无花的莲池边勾勒出一个清俊的侧影。果然。

他闭着双眼，握琴的手遮去了半边面孔。她看不清他的神色，却觉得他整个人都笼在夜雾般的孤清里，流泻而出的旋律让她听来，亦觉得忧伤莫名。

她望着他，分明近在眼前却又仿佛遥不可期。她忽然觉得，他是她心心念念的那个人，却又分明不是。她和他之间，也许有什么东西已经永远变掉了。

致娆悄然转身回房，将那曲声关在了门外。金漆凤纹的镜台上贴着小小一团嫣红剪纸，鸳鸯戏水的图案精镂细刻，描情摹态，正衬在镜中人的额头上。谢致娆顺手一揭，撕下了大半，她微一失神，把扯落的半幅鸳鸯揉进了手心。

清亮的月色把夜雾中的花园镀成了一个精致而虚空的梦境，一如这连日来，他身处其中的浮金错彩、锦绣成堆。从空中飘落的玫瑰花瓣芳香四溢，他吻上她的唇，镁光灯亮成银河，他的心却静如深海。他分明是那海市蜃楼的中心，却又似乎只是个疏离的观者，唯有心上时时袭来的刺痛是真的。他携着她走过红毯，满目的衣香鬓影宝气珠光，这一场繁华恍然就像他的人，在旁人眼中唯见灿然锦绣，而那无人知晓的绮丽之下却尽是狰狞伤口。

她惊骇之下的推拒，初时叫他难堪，既而却让他觉得解脱，甚至庆幸，庆幸他能逃开她的眼。她不是他想要拥在怀里一诉衷情的爱人，也不是一个谙熟游戏规则的露水红颜。她对他有期许，一个女子对人生最寻常不过的期许，却是注定要落空的期许。他为她戴上戒指的时候，她低着头，微微颤动的睫毛泄露了心事忐忑，他想，他可以尝试去做一个让她满意的爱人。让一个女孩子开心，于他而言，应该不算难。可她推开他的那一刻，一瞬间的难堪之后，他竟是觉得如释重负，他有一百种法子去安慰她的惊骇，他却落荒而逃。

只有他自己知道，他有多希望这一切都只是一场梦。他一醒来，正是阳春三月的好辰光，他懒懒起床出门，外套上挂着敷衍了事的少校肩章，遥遥望见陆军部门口立着一个妙龄少女，她对他说："……我求见虞军长只是想为舍弟陈情，请他放人。"他温文一笑："好，这件事你交给我。"

转调艰涩，他把胸腔里的抽痛生生压了下去。

心事零落，不能说，不能忘，只能在孤清长夜吹给月光。

绿袖摇兮，我心流光。欲求永年，此生归偿。

我心犹炽，不灭不伤。绿袖永兮，非我新娘。

吴门自古繁华，运河纵贯南北，自隋唐以降，便承漕运经营天下米粮之利，富甲东南。虽则如今铁路蓬勃，漕运凋敝，但此地仍是商贾云集，文华集萃，不仅是东南第一的丝绸府、鱼米乡，更兼之湖光山色，名园胜景无数。二十余年前，江宁政府初成建制还未定都，便在此地同各地新旧割据"共商国是"，如今物是人非，棋盘依旧，执棋的却只剩下两个人了。

除了隔日一次应对传媒的记者招待会，真正着紧的闭门会议绝不会对外开放，记者们捕风捉影，各方消息虚虚实实真假莫辨，十分热闹。

因着和议的缘故，共和建国二十四周年的纪念晚宴也安排在了吴门。去年才建成的锦和饭店是时下最时髦的Art Deco风格。夜幕初降，外立面的金紫射灯渐次打亮，更显得华贵挺拔，明丽摩登。

记者们辨识着在饭店门口缓缓停下的车牌，但凡有军政要人出现，密密匝匝几乎围作一圈的镁光灯便潮汐似的一阵疯闪。虞浩霆坐的车是一辆梅赛德斯，车门方启，快门声便响成了一片。他一身虞军的制式常礼服，罕见的五星领章光华璀璨，愈显丰神俊朗，纵然此时神情和悦，但举手投足间仍透着几分凛冽傲然。

记者们正等着他回身致意，好抢出角度上佳的照片，却不料他绕到了车子的另一侧，像是要等人下车，于是追在他身上的视线都聚在了车上。

车门一开，一双踩着深红色缎面高跟鞋的纤足盈盈落地，旋即水波般的酒红裙摆摇曳而下，遮住了惊鸿一现的纤秀足踝——握着虞浩霆的手探身而出的，竟是一个风姿潋滟的绝色丽人。清浅一笑，便将那万里江川的春江花朝明月夜尽数带到人眼前。

一瞬间躁动的安静之后，快门声骤然迭响，不断有记者挤着前面的记者高声招呼："虞总长，和谈到现阶段成果，您怎么看？"

"您同意调换防区吗？"

"虞总长，和谈结束后江宁政府会改组吗？"

……

虞浩霆仍旧是一副闲适表情，对四周的嘈杂仿佛充耳不闻，只是适时地抬手致意，给各方记者一个恰到好处的拍照角度。正在这时，近旁忽然有个响亮的女声格外出众，她声音极大，叫的偏还不是虞浩霆："小顾！小顾！顾婉凝！婉凝！"

顾婉凝循声回头，只见一个推着侍卫的手臂奋力探出脸孔的女子，鼻梁上架着副玳瑁纹的眼镜，正是她早年在燕平的报馆实习时的同事林肖萍。

虞浩霆见状低声问道："什么人？"

顾婉凝莞尔一笑："是我在报馆实习的时候，带我编稿子的记者。"

"跟你熟吗？"

见顾婉凝点了点头，虞浩霆便吩咐身后的卫朔："一会儿放她进来。"

虞浩霆刚刚走进去，饭店门前又是一阵骚动，此次和谈的另一个主角戴季晟也到了。戴季晟和江宁政府政务院的副院长庞德清先后致辞祝酒，虞浩霆却只管带了女伴下场跳舞，这一来，又谋杀了菲林无数。待到一曲终了，他才牵着顾婉凝去同戴季晟夫妇寒暄："戴司令，戴夫人。婉凝，这就是我常跟你提起的，戴季晟戴司令。"

戴季晟笑意谦和地点头，不着痕迹地打量了顾婉凝一眼："这位是？"

虞浩霆微微含笑："我夫人。"

戴季晟目光一凝，讶异的眼神转瞬即逝，展颜笑道："看来沣南的消息太不灵通了，这样的喜事，我们居然都没有听说。"

虞浩霆眼中掠过一抹带着玩笑的讥诮："最近我事情忙，婚礼的事一直拖着。若是戴司令成全，早些谈完了放我回去，这杯喜酒一定少不了您的。"

戴季晟又看了一眼垂眸静听的顾婉凝，微一沉吟，慨然笑道："四少要是真的着急，不如就把婚礼放在吴门，如今国中要人大半会集于此，派起请柬来也方便。"

虞浩霆闻言，低头一笑，对顾婉凝道："你说呢？"

婉凝抬头轻轻瞋了他一眼，柔声道："我的礼服还没做好呢。"

戴夫人陶淑仪见状，笑吟吟地凑趣："虞夫人要是不嫌弃，我倒是带着裁缝来的。做衣服这样的事，还是我们聊吧。"

顾婉凝和陶淑仪结伴到了中庭花园，隔开一干侍从，陶淑仪沉默了片刻，忽然淡淡一笑："恭喜。"

顾婉凝面上却殊无喜色，自嘲般笑道："夫人误会了，他那么说不过是要在外人面前给我面子，我这样的人怎么会是总长夫人呢？"

陶淑仪直视着她，低声道："'总长夫人'不好做，可虞四少的夫人——只要你愿意，就一定做得成。"

顾婉凝冷笑："到了这个时候，夫人还要旧事重提吗？"

陶淑仪坦然道："眼下的局势你不会不清楚，虞军在北线和龙黔的精锐皆受重创，又失了锦西，真的要和沣南兵戎相见，根本就没有胜算。"她轻轻叹了一声，"不管是为国家生民计，还是为你自己的将来打算，你该知道，什么才是对的。"

"夫人，您若是真心为国家生民计，或者为我的将来打算，为什么不劝戴司令息戈止武呢？"顾婉凝静静一笑，"之前我去沣南，承蒙夫人教诲——您说，戴司令也好，虞四少也好，他的一个决定就是千万人的性命。这样的事我懂得不多，不知道什么样的决定才是对的，所以，我不会问，也不会说。我能做的，不过是不要成了他的'短处''把柄''不得已'……"

陶淑仪又是一阵默然，笑微微地叹了一句："你们这两个人倒也有意思。那——"话锋一转，"你就不怕他输吗？"

顾婉凝微笑摇头："他都不怕，我怕什么？"

陶淑仪眼中忽然闪过一道锐光："我告诉你，如果真的走到那一步，你父亲不会放过他的。"她顿了顿，又道，"不过，你也不必恨你父亲，易地而处，他也不会放过你父亲。"

顾婉凝眉心一跳，默然良久，低低道："戴夫人，别的……我和您没有什么好谈的。我只能说，如果他侥幸没有败，我想，我能保证您和令郎令媛的安全。"

陶淑仪一怔，顾婉凝却已转身走了。

悠然谈笑间，虞浩霆的眼神向边上轻轻一掠，戴季晟顺着他的目光看过去，只见一个长裤短发的女子一面兴致勃勃地同顾婉凝聊天，一面朝他二人这里张望。他正揣度那女子的身份，便听虞浩霆回头吩咐同行的侍从："去告诉那个记者，明天下午三点以后，有一刻钟时间给她做采访。"

戴季晟闻言一笑："想不到虞四少这么平易近人。"

虞浩霆却摇了摇头："司令谬赞了，那是我夫人的朋友。"

戴季晟的目光在他面上隐约一滞，带着漫不经心的客套笑容，看上去依旧是冠冕堂皇，偏叫虞浩霆觉得一丝异样。

"这么看来，之前小姐在江宁筹备婚事的消息倒是不虚。"俞世存眼中笑意闪烁，"世存恭喜司令喜得佳婿。"

戴季晟却没有接他的玩笑，闭目思索了片刻，沉沉道："你看——虞浩霆是不是知道了什么？"

俞世存收了笑意，正色道："您疑心他是有意做戏？那小姐怎么说？"

戴季晟怅然摇头："什么都没说。"

俞世存凝神思量了一阵，复又笑道："司令多虑了，他要是真的知道，决计不会带小姐来和谈。况且事到如今，他知不知道小姐同司令的关系都无碍大局；您要是不放心，索性我们把事情揭出来……"他哈哈一笑，拊掌道，"就说小姐跟您失散多年，正好这回见面相认就是了，看他怎么办。"

"你觉得他会怎么办？"

俞世存一愣，不解戴季晟为何会有此一问，蹙眉道："……虽说眼下还没有无良记者写小姐的事，但是照片可登出来不少，到时候不管他认不认这桩婚事，都不好交代。这种话本小说里的戏码只有市井妇孺喜欢，虞军和江宁政府的人可不会信——小姐跟他的事，也不是一天两天了。"

"那你觉得他会怎么办？"戴季晟面无表情地追问了一句。

俞世存细想了想，摇头道："说不准。不过，这件事不管他怎么办，于司令都是有益无害。"

"说不准"，是因为真正的想法他不愿意说，若是这件事被揭出来，最干净利落的法子莫过于场面上的皆大欢喜之后，女主角悄然出了"意外"，只是不知道那位虞四少下不下得了手了。他揣摩了一眼戴季晟的神色："司令是担心他会对小姐不利？"

戴季晟没有看他，雪落平湖般叹了一声："他若不是做戏，倒难得。"

"倒难得"，淡寡轻飘的三个字听在俞世存耳中，却是砰然一声槌落鼓面。他松弛了一下神情，刚要开口，戴季晟却摆手止住了他后面的话："这件事要妥当，我想一想。"

俞世存心事重重地下了楼，迎面正碰上钗环简静的戴夫人陶淑仪，身后还跟着个送夜宵的丫头，他连忙欠身一让："夫人。"

陶淑仪见是他，停下脚步，蔼然笑道："世存，昨天《新报》的社论是你的手笔吧？刚才在酒会上，我还听见有人打听是哪位大才子的匿名之作呢！"

俞世存道了声"惭愧"，抬眼间，瞥了一眼陶淑仪身后的婢女。陶淑仪见状，心领神会，回头吩咐道："你送过去吧。"说罢，转身姗姗而出，对俞世存道："这边园子有些绕，我送你出去。"

俞世存一边谦辞"不敢劳动夫人"，一边跟了出去。

"怎么？还有你不方便跟他直说的事？"陶淑仪淡然笑问。

俞世存苦笑："夫人，今晚司令和那位虞四少可是相谈甚欢？"

陶淑仪淡笑着用眼尾余光扫了他一眼："你跟我还绕什么弯子？到底什么事？"

"夫人，我是怕……"俞世存低声道，"司令将来投鼠忌器，心软……"

"怎么说？"

俞世存斟酌着道："方才司令跟属下说笑，谈到那位虞四少，司令说，他若不是做戏，倒难得。"

陶淑仪眸光一凝，放缓了声气："人到了这个年纪，难免念旧，你也不必太作深想。"

俞世存连忙颔首："是。"

陶淑仪在莲池旁站住，像是忽然想起了什么："世存，薛贞生那里是不是还有阻滞？"

俞世存点头："薛贞生原就是首鼠两端，既想拽着我们，又不愿跟江宁那边撕破脸；如今他这两家茶饭吃不成了，自然要多捞些甜头才肯上船。所以司令的意思：他开什么条件我们尽管应承，反正是纸面功夫，将来……他想要什么，那要看司令愿意给他什么。"

陶淑仪托肘而立，若有所思："这么说，他一定不会回头跟着虞浩霆？"

"西南一役，他袖手旁观不算，还趁火打劫……虞浩霆可比我们恨他。"

陶淑仪闲闲散着步往回走，香云纱的旗袍在夜灯下有些发乌，有人说，这料子越旧越好看，温润，圆熟。她在夜色中倦倦一笑，这说法不过是女人们自欺欺人罢了。好看，终究还是苏绣新丝，光华鲜亮，夺人眼目，就像她——那样的年纪，才有那样恰到好处的娇艳。她不曾有那样美，但她也有过那样的华年。

他若不是做戏，倒难得。易求无价宝，难得有情郎。这样的话，该是女人说的；换到男人嘴里，不过是轻飘飘的一念惘然。

俞世存是怕他心软，陶淑仪摇头，他们这样的人，大约一颗心里尽是密密咬合分毫不错的齿轮，一毫一厘都要计算精准。可她宁愿他心里还有这样的一念惘然，哪怕就是一个闪念。

从锦和饭店回到临时下榻的隐园，说笑了几句早前自己在燕平报馆里实习的事情，顾婉凝正摘耳畔的珍珠坠子，忽听虞浩霆在她身后欲言又止："戴季晟——"

婉凝心头一空，慢慢放下手里的坠子，从镜中窥看他若有所思的神情："嗯？"

虞浩霆见她一脸困惑，遂笑道："这个人，你以前在哪儿见过吗？"

顾婉凝抬手去摘另外一只，指尖一颤，细巧的针钩绊在了耳洞里，扭了一下才抽出来。她偏着脸想了想，道："应该没有吧，怎么了？"

虞浩霆摇了摇头，"没什么，我总觉得——"他复又摇头一笑，带了些许自嘲，"他看你的眼神，有点怪。"言罢，便见她回过头来一双明眸意料之中地瞪大了一圈，他亦觉得自己这句话说得傻气，含笑走过来，帮手拆她的发髻。顺滑的青丝次第倾泻下来，他轻轻一吻，握住她的肩："大概男人不管到了什么年纪，见了漂亮的女孩子，都要多看几眼。"他原是说笑，见顾婉凝嫌恶地蹙了下眉，不由莞尔，"你放心，我可不会。"

婉凝慢慢抬起头，眉宇间一线忧色："还是一定要打吗？"

虞浩霆抚着她的发，柔声道："担心我？怕我会输？"

她贴着他的胸口摇了摇头，双手环在他腰际，盈盈笑道："我才不担心那些，我只担心你回头忙起来，——总不见你，又要闹别扭。"

"我带着他。"虞浩霆洒然一笑，把她的人抄在了怀里，"那你不见我，会不会闹别扭？"

一早送来的报纸散发出淡淡的油墨味道，冠盖云集的照片不见暗潮涌动，唯有锦绣光华。霍庭萱久久注视着虞浩霆身畔那个端然微笑的女子，她没有像戴夫人陶淑仪一般去造访女子中学、青年教会……若是她，大概也会这么做的吧？

霍庭萱心头微涩，他带她去吴门，有意无意都是一种宣示。其实，这倒不失为一个机会，她原本也预料着哪一日的报纸上便会有"机敏"的记者，捕到她"无意间"透出的只言片语，生发出一篇参谋总长婚期将近的花边新闻。可是没有，直到现在也没有，她仿佛根本没有履行某种"职责"的打算，也不准备让人正视自己的身份，她只是偶尔出现在他的臂弯里，得体微笑，一顾倾城。

她这样的姿态让她略起了一点反感，感情这种事，不应该只有一个人去付出，这些年，他为她做了那么多，她没有一点感激吗？

如果有，她就不应该什么都不做，只叫他一个人去承担。

可懂得的人，却未必有去付出的机会。

"小姐。"霍庭萱闻声放下报纸，见她贴身的婢女抱来一束用墨绿缎带系起的百合花，"宋律师差人送来的。"霍庭萱点点头，抽下花束上的卡片，上头是两行工整的毛笔小楷，特为感谢她之前为律师公会的成立派对做司仪，落款的"宋则钊"三个字十分潇洒。

霍庭萱将名片夹进记事簿，一抬头，正看见致娆带着丫头款款进来，一身烟霞色的长旗袍正合新嫁娘的矜持喜意，薄施脂粉的面孔透出天然两抹红晕，眸光莹亮，噙着笑同她招呼："姐姐。"

霍庭萱起身执了她的手笑道："果然是你穿这颜色好看。前些日子，我陪母亲选衣料，瞧见这个花样好看，母亲却说我衬不起这样的颜色，要留给你才好。当时我还觉得母亲偏心，这会儿我可信了，还是母亲眼光准些。"

致娆笑意更甜："姐姐尽管笑话我，这颜色是俗气的，要我这个俗人穿起来才好看。不过，回头你结婚的时候也少不得备两件这样的衣裳。"

庭萱方要开口，门外忽然有人说道："俗人？你们说谁呢？"一边说，一边挑了帘子进来，却是霍仲祺。

致娆的视线同他一碰，便慌忙错开，不仅面上红晕更重，连颈子上也泛了一层薄霞。霍庭萱见了，心下既好笑又诧异，一家人原都担心这桩婚事弟弟应得勉强，致娆又是要月亮没人敢给星星的小姐脾气，万一两下相处不好，难以收拾，此时见了这个情形，着实放下心来，口中只道："我们没说别人，说我们自己呢。"

"俗世之中，哪个不是俗人呢？"霍仲祺说着，坐下握了致娆的手，"我今天得去陆军部销假，你要是没事，回檀园陪母亲也好，出去会朋友也好，五点钟给我办公室挂个电话，我叫人去接你，晚上我在翡冷翠订了位子。"

致娆含笑点头，霍仲祺又同她们闲话了一阵，方辞了出去。致娆见霍庭萱笑眯眯觑着她不作声，面上渐渐热起来："姐姐，你干吗这样看着我？"

霍庭萱佯叹了一声，道："我在想，你们俩认识这么多年，成婚也快有一个月了，怎么还像刚过三朝似的？甜得太厉害了，我得喝口茶。"说着，端起茶盏一本正经地呷了一口。

致娆却是被她说中了心事，嗔恼里犹渗着甜意："姐姐，你原先那么正经的一个人，如今总变着法子取笑我。"

婚礼那一晚，她骤然惶恐中的不知所措，惊破了一枕鸳梦。翌日他人前人后言笑自若，她也渐渐放下心来。然而一连数日，他待她虽然百依百顺温柔体贴，却客套得犹胜从前。她想跟他说她是他的妻子，却不知道该如何启齿。直到前日他同她道了晚安要走，她咬牙叫住他，话到嘴边，眼底先是一潮。

霍仲祺回过头来，含笑看着她："有事？"致娆把脸埋在他胸口，声音也闷着一团委屈："你是不是……根本一点都不喜欢我？"

霍仲祺揽住她，柔声笑道："一点还是有的。"致娆听着，一腔委屈越发汹涌起来，忍不住在他身上轻轻捶了一下，不防霍仲祺贴在她耳边悄声说道："我知道你为什么闹别扭。"

致娆心头一怵，脸庞蓦地烧起来，耳畔温热的气息愈炽："黄山谷填过一阕《千秋岁》，你读过没有？"霍仲祺柔声细语，致娆只是摇头，面孔刚一别开，耳垂却被他的唇噙住了，"那我告诉你。"

她云腾雾绕地被他抱进内室，脸颊烧得发烫，纵是羞怯到了极点，却颤巍巍地攀牢在他颈间，直到他把她放在床边又去摘她的腕子，她才惊觉。她还记得那晚的无心之失，越想补救就越觉得自己笨拙，她去解他外套的纽扣，偏偏手指没有一根听她使唤，他了然轻笑："这么急？"她更窘，不敢看他，忙不迭地缩回手就想扯过被子盖住自己的脸，他却压住了她的手，俯身吻落下来，她喘息未定，不及抵挡便由他在唇齿之间盘桓。"耳鬓厮磨"四个字从她脑海里闪出来，可很快，两相厮磨的便不只是耳鬓了。

她睁开眼，正瞥见他清俊的侧颜，微微飞扬的眉梢撩拨得她心尖微融，灼亮幽深的眼眸却辨不出情绪。他似是察觉了，撑起身子淡淡一笑，探手从枕下抽出一件物什来。致娆看时，却是一条寸许宽的桃红缎带，她一怔，那一抹柔滑的桃红便落下来，依依遮住了她的眼。她半是明了半是犹疑地唤他，却已被他揽了起来，把那缎带松松绕了个结，奖赏似的吻在她耳际："乖。"眼前一片绮丽艳色阻挡了视线，其他的知觉便格外清晰起来，他的每一分碰触都叫她乍惊乍喜又难以忍耐。渐渐地，她的意识模糊起来，再分辨不出欢愉和难耐的界限。

仿若一场脱胎换骨的醉梦，醒也醒得缠绵悠长。致娆撑起身子，好一会儿才清醒过来，裹了晨褛走到镜前，只见镜中的人，睡眼惺忪之余仍是满面的红粉绯绯，羞意一盛，忍不住便低了头，却见妆台粉盒下压了一张桃花笺，上头几行秀挺的行楷录的恰是一阙《千秋岁》。她越看面色越艳："欢极娇无力，玉软花欹坠。钗胃袖，云堆臂。灯斜明媚眼，汗浃蔷腾醉……"

一纸协定墨迹未干，汹水战端已起。江宁政府和沣南戴氏各执一词，指斥对方挑衅在先，蓄意破坏和平协定。学堂报馆里的先生们还想条分缕析辨个是非曲直，旁人的目光早已被瞬息万变的战局所吸引。

虞军在汹水的江防仓促之间已显疲态，沣南精锐一路渡江北上，另一路迂回向西进占龙黔。龙黔守卫空虚，掌控西南门户的薛贞生亦不作拦阻，短短一月之间，端木钦已将孙熙年的部队挤到了龙黔西端的犄角；而东南毕竟是江宁政府命脉所系，一直都有重兵布防，且唐骧缜密沉稳，进退有度，虽然戴季晟的主力已经逼近嘉祥，但邺南的战事还是被他慢慢拖进了僵局。

"你这回是拿定主意了？"耳畔呵气如兰，一双涂了朱红蔻丹的纤纤玉手紧跟着搭在了他肩上。薛贞生转着那只皓腕上乍看过去不甚分明的玉镯，淡笑着呷酒："再不下注，牌都要打完了。"

白玉蝶轻轻抽开手，袅袅婷婷坐到了他的下首："你就不怕将来鸟尽弓藏，戴季晟再翻回头吃了你？"

"我既然敢下这个注，自然有不蚀本的法子。"薛贞生蓦地在她腰间掐了一把，"他吃不了我，你才行。"

白玉蝶拧了下腰肢，又替他斟了杯酒："那你什么时候走？等戴季晟打下嘉祥？"

薛贞生忽然抬腕看了看表："还有半个钟头。"

白玉蝶一愣："今天？"

"嗯。"薛贞生说着已站起身来，在她腮上轻轻抚了一下，"乖，等我回来，送件大礼给你。"

白玉蝶仰面一笑，眼波妩媚至极："走得这么急，也不先告诉人家一声！"

"军务嘛。"

薛贞生一抬手，勤务兵立刻拿了他的外套佩枪过来，白玉蝶熟稔地替他穿好，仔细相了相，绽出一个明艳的笑容："既然还有工夫，我也送一送你。"不等薛贞生答话，便转身进了内室，取出一架琵琶来，在堂前盈盈落座，俯身之际如风荷轻举。

薛贞生见状，微微一笑："你是弹《霸王卸甲》还是《十面埋伏》？"

白玉蝶笑而不语，垂首调弦，弹的却是一曲平日里宴饮酬酢间弹惯了的《浔阳月夜》。薛贞生重又在桌前坐下，听着她的琵琶自斟自饮。听着听着，忽然抬头笑道："小蝶，几天没弹，你的手也生了。"

不料他话音刚落，便见白玉蝶的身子向前一倾，手里的琵琶滑落在地板上，撞出一声闷响。

"小蝶！"薛贞生霍然起身，刚抢到白玉蝶身前，她的人已萎在了琵琶边，薄施脂粉的面庞微有些泛青，唇角渗出一痕细细的血渍。"小蝶？"薛贞生连忙扶住她的肩，转头冲勤务兵喝道，"去叫医官！"

"不用了……"白玉蝶握在他臂上的手毫无力气，"还是跟你说了吧，我……"她虚弱地掀了掀睫毛，犹自带着些许笑意，"……我是沣南的人，你来广宁之前，我就……"

"你别说了！等大夫来。"薛贞生一听便急急打断了她。

"没用……我骗了你，可我……没害过你。"她摇摇头，像是在笑又像是凄然轻叹，"我知道你这次……不是要……要去嘉祥。"白玉蝶眉头越蹙越深，攥紧了自己胸前的衣襟，"锦西的钱，你都拿给……拿给虞……"

"你不要再说了，小蝶……"

她噙着血渍颓然一笑，瞳仁里的光芒渐渐散了："我不叫这名字……"

她的肌肤还有余温，脉搏却再无声息。他把她平放在地上，默然立在一旁看着医官做检查，取血样。他捡起地上的琵琶，只见琴颈上的一只弦轴撞坏了，这琴紫檀背料，象牙覆手，琴头上雕了团蝶——

他第一次见她，是广宁士绅为他接风的酒筵。

隔座送钩春酒暖，分曹射覆蜡灯红。

她秋波送情，他却之不恭。

那晚，她用的也是这把琴，巧笑倩兮，美目盼兮，铮铮然一曲《将军令》，满堂惊赞，唯他心底叹了声"可惜"。

她说的，他都知道，一早就知道，可是她不知道他知道。

她不知道，也好。

他整装而出，庭院里一片静寂，蔷薇朱槿花残，斜阳却照阑干，流霞绮丽，叫人有眩惑之感。他原以为，等到他回来，她说的那些事，是非真假都已经不重要了，她那样聪明，只要他们都不说破——不说破，就什么都没有发生过。

"师座，西南角的城墙快要轰塌了！"隔着一个山坳，站在门口的马腾一边转着望远镜探看远处枪炮隆隆的嘉祥战场，一边不住口地跟帐篷里的霍仲祺"汇报"，"再不上，咱们……"他话到嘴边留了个心眼儿，"我们家祖宗八辈都被十六师那帮小兔崽子骂开花了。"

一直跟参谋审度沙盘的霍仲祺却充耳不闻，眼皮也没朝他抬一下。马腾心急火燎地没个安生地方可待，围着他转来转去："师座，您还等什么啊？"

他此言一出，几个参谋也都停了议论，霍仲祺见状，撂下手里的铅笔："等唐次长的电话。"

马腾想了想，小声咕哝道："唐次长又瞧不见嘉祥的城墙。再说，咱们这边什么响儿都没有，等薛贞生过了江，那可就……"说着，咧嘴啐了一口，"呸！什么玩意儿！他倒是专挑便宜捡。"

"滚出去！"霍仲祺厉声打断了他，"薛贞生是你叫的吗？"

马腾缩着脖子躲了出去，心里老大的不服气。

他们在沈州九死一生的时候，他薛大将军在干什么？现在倒好，虞军在浠水和戴季晟苦战三月有余，他放着近在咫尺、失守泰半的龙黔不管，乘虚东进半月之间直插沣南城下，一面强攻一面断了沣南、桐安等地的铁路线。虞军疲弊，戴氏兵力分散，唯锦西一支奇兵，骁骑西出，所到之处势如破竹。四天前，沣南城破的消息传来，人人咋舌。眼下，龙黔的端木钦远水难解近渴，嘉祥前线的戴氏精锐几成困兽，唯有拿下嘉祥，突破虞军在邺南的防线或有一线生机。雷霆般的攻势让嘉祥城危若累卵，但霍仲祺还是不动，薛贞生一过江，嘉祥之围立解，而他要做的，只是盯住一个人。

薛贞生动如雷震，他们就得不动如山。

淡薄的天光刚刚冲开窗外的夜色，蔡廷初立刻就醒了，抬腕看表，凌晨五点刚过，昨晚在沙发上一靠，居然就睡着了。他揉了揉眉头起身洗漱，值班的秘书听见响动敲门进来，眼下两团青影，眼中却闪着兴奋的锐光："处座，这是昨晚收发的电文，已经都存档了。"

蔡廷初公事公办地点了下头，虽然心底也有同样的兴奋，但这些年下来，他已经能习惯地克制自己的情绪。了结郪南的战局应该就在这两天了——之后，就算端木钦这些人还能折腾，也是大势已去。

他一页一页翻看，忽然神情一肃，将一份电文逐字看过，搁在了面前，远远端详了一阵，按了值班秘书的电话："你进来一下。"

"处座。"值班秘书习惯性地带上了办公室的门。

蔡廷初将那份电文向前轻轻一推："这封电报是谁发的？"

那秘书拿起来看了一遍，道："是作战处。"

蔡廷初语意微重："作战处的谁？"

"呃……"那秘书愣了一下，见蔡廷初神色沉郁，不由支吾起来，"不知道，只知道是双重加密，直接发给霍师长的。我现在去查。"

"不用了。"蔡廷初摆摆手，"你出去吧。"

加密前的电文很短，只有七个字：获梼杌，就地处之。"梼杌"是作战处给戴季晟的代号，"就地处之"，是最简单利落的法子。只是，授意发这封电文的人是他想的那个人吗？那他是知道，还是不知道呢？

蔡廷初拉开办公桌右手的抽屉，里头放着一本德文版的《近世代数》，他翻开书套，从夹层里抽出个小巧的米黄色信封。

桌上的内线电话，拿起，却又放了下来。他不是一个朋友，是长官，是总长。

总长，没有私事。

无论他知不知道，昨晚的电文都可能出自他的决断，甚或就是他本意——战场上，什么样的意外都可能出，什么样的交代旁人都只能接受，一了百了，永绝后患。

那他拿了这封信出来，就不单是他私自送顾婉凝去沣南的事了……于他而言，最稳妥的，就是当作什么都不知道。

这封信，当初在沣南的时候，就已经被她烧掉了。

可如果那封电文不是他的授意呢？

那年他刚选到侍从室，还不到一个礼拜就捅了娄子，被"发配"到卫戍部。个中缘由现在想来只觉好笑，那时候却是日日忐忑。一班同僚都打趣他是总长新欢的半个媒人，他却连那女孩子的面都没有见过。一直到侍从室调他回去的那一天，他隔窗望见一个女孩子在花园里散步，虽然不认得，但只看过一眼，就知道是她，那样美，那样——不快活。

他心头蓦然闪过一丝愧疚，如同工笔长卷里勾错的一翎细羽，纵观者全不察觉，但画者仍旧心内虚怯。也是从那时起，他才讶然发觉，光华万千、城府深沉如虞浩霆，心入情网也会进退失据。

他还记得那天在釂山，他一边翻阅他送去的文件，一边吩咐"叫夫人"，仿佛只是随口一句交代，他却分明看见他唇角笑意微微。

纳兰词写得好，一生一代一双人，可若是心底埋下一根刺，再完满的赏心乐事怕也抵不过似水流年。

参谋总长的办公室几乎一刻不闲，蔡廷初在外头等了四十多分钟才被叫进去。

"什么事这么要紧？"虞浩霆喝着茶问，"他们说你九点钟就在外面等了。"

蔡廷初不由自主地避开了他的目光，低着头从公文包里拿出一个旧信封，递到虞浩霆面前："总长，这封信……是给您的。"

虞浩霆打量了他一眼，也不追问，径自拆了信封，里头是一页便笺，信纸上寥寥几行德文，娟秀里透着生涩，中间还有涂抹的痕迹。他只看了一行，就愣住了，惊异地望了望蔡廷初，却没有说话。

蔡廷初绷紧了身子，屏息而立，更是一句不敢多说。

"这信……"虞浩霆的声音依稀有些发颤，"是从哪儿来的？"

蔡廷初连忙把打了上百遍的腹稿小心翼翼地背了出来："是您在绥江的时候，属下护送夫人去沣南，夫人去见端木钦，临走之前把这封信交给属下，说——如果她不能按时回来，就把信交给总长。"

虞浩霆闻言，面色一冷："这封信你看过了？"

"是。"

"为什么现在才给我？"

蔡廷初神色焦灼，脸孔涨得通红："当时……当时属下没有看懂，夫人回来之后就把信要回去烧了——呃，不是这一封，是我另造了一封给夫人。属下答应过夫人，这件事不向任何人泄露……"

虞浩霆默然听着，态度已经完全平静下来："那为什么现在说？"

蔡廷初把手探进公文包，咬了咬牙，将那份电文拿了出来："这是昨晚作战处给霍师长的电报。"

虞浩霆扫过一眼，眉头微拢，拿起桌上红色的专线电话："芝维，给嘉祥发电报，告诉小霍，戴季晟不能死。"

戴季晟不能死。

听到这一句，蔡廷初陡然放松下来，这才发觉自己手心里已沁了一层细汗，见虞浩霆面色微霁，便试探着道："总长，这电文……"

"你拿回去存档吧。"

蔡廷初如蒙大赦般答了声"是"，收起电文退下两步转身要走，虞浩霆却突然叫住了他："廷初。"

蔡廷初身子一绷连忙站住，虞浩霆压低的声线里有在军中少见的温和："多谢。"

点点秋阳透过高大的雪松落在草地上，一个急性子的小姑娘蹒蹒跚跚地追着只颈子上有横斑的雀鸟，蓬起的白纱裙和嫩黄毛衣远远看去像朵小蘑菇，身前身后跟着两个嬉笑哄护的婢女。转眼间，雀鸟振翅而去，小姑娘脸上正要展开一个失望的表情，远处渐次减速的汽车瞬间吸引了她的注意："爸爸！"甜嫩的童音里满是喜悦，转头就朝草坪边缘冲了过去。

虞浩霆连忙伸开手臂，轻轻一捞就将她举了起来，由着小姑娘在自己脸上软软亲了几下，挑开她裙摆上的一根细草："月月真漂亮，哥哥呢？"

惜月弯着手指比了一下："哥哥在楼上。"

虞浩霆点点头，捏了捏她的小酒窝："去看看哥哥下课了没有。"说罢，又吩咐跟过来的婢女，"带小姐去换件衣服，我跟夫人有事要说。"

斜坐在树荫下的人渐渐失了笑容。

他突然回来，又叫婢女带走了惜月，不知道为什么，顾婉凝莫名地就惴惴起来。他越走越近，周身的气息只叫她觉得陌生，他直视她的目光，翻涌着许多混杂不明的情绪，痛楚压抑着愠怒，怀疑纠缠着恍然……她的心荡在半空，捕捉不到清晰的脉络，连试探都无处着力："你回来了。"

虞浩霆没有答话，慢慢俯身靠近了她，托住她的下颌凝视了片刻，从衣袋里拿出一页便签，展在她眼前："你写的这是什么？"

她一惊，面色瞬间变得雪白。

她写的是什么？她答不出，他也不需要她的答案。她的睫毛和嘴唇同时开始颤抖，他抚上她脸颊的手也在抖："你怎么能这么对我？"

那样潦草的一页便笺，那么敷衍的几句话，她就算跟他有了交代？

"——是你的孩子，我想，霍小姐可以给他很好的照顾，如果他不记得我，请不必提起……"她是戴季晟的女儿。tochter——uneh*liche tochter，她连德语词都拼不对，她知道她写的是什么吗？她怎么能这么对他？她还有没有心肝？

"你怎么能——这么对我？"

他又问了一遍，她还是不回答，没有慌乱，也没有畏惧，只是合上眼，一颗眼泪从眼角滑落，洇在了他手上。她当然能这么对他！她知道他不能把她怎么样，她就敢这么对他！没心肝的女人，她这样的神情让他忍不住咬牙，她骗他，她一直都在骗他。

她拦车求他，一张支票一方石印，那样不惜代价地求他。他当时也奇怪她怎么就那么轻易地答应他，现在他才明白，她不是怕他们不问是非地关着她弟弟，却是怕他们查得太清楚了！她无非是装可怜，让他认定她是个无依无靠的小丫头，让他稀里糊涂地就放过她，她从一开始就算计他！偏偏他还以为，以为她总是有几分愿意的……

他错得这样厉害。她是真的怕他。他几乎不敢去想，那个时候她是有多害怕。可他还吓她："凭我现在就能把你弟弟关回去，让他一辈子都别想出来。"

他居然还吓她。

居然。

而今才道当时错。满眼春风百事非。原来所有的事，都和他想的不一样。他真的是错了。可若是没有那些错，他现在要怎么办呢？

只是到了这个时候，她居然还不告诉他。她不信他！她就没有想过，要是她真的没有回来，他要怎么办？让他怎么办？她不信他。

"婉凝，你不信我。"

他轻柔地唤她的名字，每一个字都说得平静，却像是刚从胸口抽出的匕首，每一分都沾着血："我们这样的情分，你不信我。"

她摇头，睫毛上的泪水宛如朝露，将落未落："以前我没有说，是因为怕你会拿我当棋子；现在我不说，是不想你因为我做错决定。"

虞浩霆胸膛起伏，薄如剑身的唇几乎抿成一线，无言以对。

如果那一天她没来见他，他现在到哪儿去找她？如果他一早就知道她是戴季晟的女儿，他会怎么对她？他几乎不敢去想。他竟是在庆幸他犯过那样多的错！他眼底有生疏的潮意，他低下头，隔着薄薄的刘海吻在她额头上，无言以对。

顾婉凝忽然薄薄一笑，阳光打在她脸上，四周一片青草香："我说得不对。我没有我说的那么好。"

虞浩霆一怔，见她笑靥微微，眸子里却蓄了泪："我不告诉你，是怕你因为我做错决定，你将来一定会恨我。我也怕……怕我说了，你真的一点也不顾念我，那我要怎么办呢？"她的声音越来越低，眼泪骤然涌了出来，"我不敢让你选。"

这世间风险最大的事莫过于试探。无论结果怎样，试探者和被试探的人总有一个输家，而更多的时候，是两败俱伤。

虞浩霆抱住她，她的脸是浸在雨丝里的栀子花。他几次想要开口，喉咙却像被什么堵住了，只能反复拭掉她的泪，言语间分外艰涩："我已给前线发了电报，戴季晟……我不会把他怎么样。"他理了理她略显凌乱的发丝，柔声道，"婉凝，你愿不愿意——跟我说说你的事？"

她点了点头，一时之间却不知从何说起，虞浩霆抱了她起身，穿过草坪往官邸主楼去了。

守在车边围观了许久的一班卫兵侍从见状都茫然起来，拿不准是不是要原地待命。卫朔刚要发话，外头忽然又开进来一辆车子，到他身边才停下。林芝维摇开车窗，面上的神情喜忧难辨："总长呢？"

卫朔皱眉道："你等一会儿吧。"

林芝维跳下车，见周鸣珂几个人都有点儿面面相觑的意思，遂拉着卫朔走到一边，低声道："是大事。总长这会儿忙什么呢？"

卫朔肃然道："总长跟夫人在一起。"

"啊？"林芝维眼神儿一飘，"不会吧？这个钟点儿？"卫朔沉着脸瞪了他一眼，林芝维忙道："霍师长刚才回电，戴季晟死了。"

卫朔听了倒没什么动容："死了就不算大事了。"

林芝维声音更低："坏就坏在总长回来之前刚让我给他发了电报，一句话：戴季晟不能死。"

卫朔面色微沉，林芝维又道："霍师长说，戴季晟是自裁的，外面还不知道消息，怎么处置要请总长示下。"

玖

江山

我能给你的，只有以后

　　风雨交加，白昼如夜。急雨仿佛挥落的马鞭，抽在硬朗的军服雨披上噼啪作响，飞驰的车轮激起大片水花，车灯打出的光柱里尽是匆促的白色水流。密集的岗哨隐在幽暗的天色中，昏黄的灯光偶尔映出一处错落的檐角或青砖高墙。

　　三辆军用吉普刹停在只剩了一扇的朱漆门前，台阶两侧的石鼓上弹痕斑斑，目之所及，武装齐整的卫兵少说也有一个排。一个娃娃脸的年轻校官等在门口，一见来人，立刻撑开伞迎了上去："师座，他的警卫不肯缴械，要不您先等等，我们……"

　　霍仲祺摆了摆手，掩唇轻咳了一声："至于吗？"

　　回廊外，被雨水击打的枝叶筛糠般抖动，隐隐可见枪身的乌芒和刺刀的刃光。这大约是嘉祥远郊某个乡绅的宅邸，被戴季晟临时用作行辕，昨晚突围不成，又被他们堵了回来。精锐就是精锐，虽是败兵犹有虎贲之勇，天知道他方才一路过来，车轮下印了多少血水，恐怕一场大雨也冲不干净。

　　淋了雨的半边衣袖紧贴在霍仲祺身上，冷凉湿重，却让人有轻微的兴奋。男儿何不带吴钩？收取关山五十州。他们的这一卷山河，就要画完了。

引路的军官穿堂而过一直走到庭院深处，让霍仲祺略有些意外：这个时候，戴季晟这样的人当是端居正堂，等着跟他交涉吧？这间厢房看格局像是书房，檐前的台阶上，十多个衣上带血的卫士一听见响动，齐齐举枪。霍仲祺上前两步，朗声道："二十六师师长霍仲祺，拜访戴司令。"

四下一静，房中有人不疾不徐地应了一声："请进。"

果然是间书斋。

窗外风雨琳琅，满目肃杀，这里却是书叠青山，灯如红豆。房中的人甚至未着戎装，一袭半旧的墨蓝长衫，倒像个书生。

霍仲祺见桌上展着一幅立轴书画，笑道："戴司令好雅兴。"

戴季晟将那卷轴慢慢收起，插进一方素锦条匣："霍公子就不必客套了，有什么话——直说吧。"

霍仲祺颔首道："仲祺来之前，刚跟沣南那边通过电话，司令的家眷我们已经妥善保护了，请您放心。"

戴季晟冷笑："那真是多谢了。"

霍仲祺双手在身前交握了一下，看了看他，欲言又止。

戴季晟打量着他，摇头一笑："你这个时候一个人来见我，你不必说，我也明白。我不死，虞四少少不得要花心思安置我，他要安抚人心，又要提防沣南旧部寻机起事……所以不如我毙命军中，最是方便。"

霍仲祺低低垂了眼眸："司令半生戎马，一世英雄，想必也不甘卑躬屈膝，俯首事敌。况且……"他语意一顿，肃然道，"仲祺也是个军人，生逢乱世，军人自当死于边野，以马革裹尸还葬。"

戴季晟仿佛饶有兴味地点了点头："霍公子在沈州的作为，戴某早有耳闻。你放心，我不会让你为难。不过，我也有一件事想请霍公子帮忙。"

霍仲祺忙道："司令请讲。"

戴季晟拿起手边的那方素锦条匣，摩挲了一遍，递到他面前："这个——烦你转交给虞浩霆。"

霍仲祺一怔："这是？"

戴季晟似有些倦怠："你交给他就是了。"

"好。"霍仲祺按下心头疑惑，将那条匣接在手中，"那仲祺就不打扰司令了。"

雨意渐收，天际现出一片清透的琉璃碧色，霍仲祺握着那方条匣穿堂过室，总觉得哪里不妥。他刚走出门口，便见马腾急匆匆地赶了过来，"师座，总长急电。"

霍仲祺一打开文件夹，面色骤变，转身就折了回去。然而，还没走近书斋，便听见房中一声枪响，惊得一双白鸟从房边的高树上振翅而起，庭院里的一班卫士立刻冲了进去。

虞浩霆在电话里细问了事情的经过，却并没有多交代什么，只说："你做得没错，戴季晟的死讯你直接通电。其他的事，我叫廷初去处置。"

霍仲祺忙道："四哥，戴季晟有件东西让我交给你。"

"什么？"

"是幅画。"

电话那头似乎有一瞬间的静默："好，你让廷初带回来吧。"

放下电话，霍仲祺心里越发疑惑起来。之前，他怕那画有什么不妥，叫人拆了轴首仔细查看过，却也一无所获。

那幅画，是一幅梅花。兼工带写的覆雪绿萼，雅正清婉，像是女子的手笔，上款的题画诗是一首宋人小令："春风试手先梅蕊，颜姿冷艳明沙水。……雪后燕瑶池，人间第一枝。"这亦是寻常的咏梅之作，只是后头落了戴季晟的表字和小印。下款则纯是记事，"……共和八年岁次乙未孟冬"。算来已是二十多年前的旧作，至于"爱女清词周岁有画"云云则是画者家事了，彼时周岁的孩子，如今正是花信之年。

清词？这名字他没有印象，是戴季晟的家眷？那这么一幅画为什么要送给四哥呢？"岁次乙未""爱女清词"……这个谜不需要他来猜，但他却总觉得萦怀难弃，仿佛有什么呼之欲出，细辨之下又如羚羊挂角，无迹可寻。

深秋的雨，簌簌不停，久历战火的嘉祥城街市萧条，凋敝如落叶。经此一役，虞军原先在嘉祥的守卫部队折损了十之七八，沣南的败兵更是四处溃散，于是霍仲祺一进城，便着手整编部队。师部的参谋带着蔡廷初找了半个多钟头，才在伤兵医院找到他。蔡廷初是虞浩霆侍从官出身，同霍仲祺亦是旧识，不过一个在情治系统，一个在野战部队，两人多年未见，在战后孤城乍然相遇，一时间都有些感怀。

霍仲祺了然他的来意，打过招呼便道："戴季晟的副官要扶灵回沣南，我做不了主，就把人还看在他先前的行辕里。总长既然叫你来，你看着办。"说罢，却见蔡廷初有些迟疑，"怎么了？"

"其实……总长是让我送一个人来。"蔡廷初踌躇道。

霍仲祺蹙眉道："什么人？"

蔡廷初见他神色郑重，连忙微含笑意说道："不是军务，是总长让我送夫人过来。"

霍仲祺一听，眼中立刻有了愠意："她来干什么？"

蔡廷初见他突然发作，愣了愣，才反应过来自己语焉不详，他大概是会错意了：

"是总长夫人。"

"她……"霍仲祺怔了怔，讶然望着蔡廷初，心头渐渐浮起一片阴云。

这件事解释起来太过复杂，蔡廷初也拿不准什么该说什么不该说，只好避重就轻："夫人现在在师部，不知道城里有什么地方方便夫人下榻？"

二十六师的师部跟零落不全的市府机关在原先的市政厅里合署办公，军政官员皆挤在一座三层的骑楼里，人来车往，十分嘈杂。这个时候，唯独楼顶霍仲祺的办公室安安静静地关着门，连值班的秘书也被马腾打发走了。

霍仲祺一上楼，就见马腾火急火燎地在楼梯口来回转圈："师座，哎哟，您可回来了！"抖着手指头往边儿上一指，"顾小姐……啊不……虞夫人来了。"

霍仲祺凛然扫了他一眼："叫人去趟和记，要他们最好的套房，马上收拾出来，等夫人过去安置。"

"是。"马腾嘴里答应着，人却没动，嗫嚅着想说什么，又不肯开口，一个劲儿地斜眼瞟蔡廷初。

霍仲祺根本不理会他的眼色，训斥道："废什么话？马上去。"

马腾只好"恋恋不舍"地下楼。唉，那时候在江宁，他瞧见总长大人攥着她的小手从车里出来，脑子里就是"嗡"的一声，又觑了觑霍仲祺的眼神儿，合着不是他们师座喜新厌旧，是那小女子攀了高枝了？！怪不得这新婚燕尔的，也不见师座高兴。

他戳着霍仲祺的手臂，慌里慌张地想说点儿安慰的话也不得要领："师座，您……您千万别往心里去，这种……这种水性杨花的婆娘，我就不信总长能娶了她！还带着个没来历的娃娃……"

"这话够你死上一百回了。"霍仲祺沉声打断了他，"你记好了，那是总长夫人，——是四哥的孩子。"

马腾脑子里又"嗡"了一声，稍稍哑摸了一下，只觉得一碗冰水泼在了脑壳里："师……师座，那……那您也太……"

霍仲祺凄然一笑："太混账了？"

马腾连忙改口："不是不是，我是想说师座您……真英雄！英雄都难过美人关，孟子说得好，唯大英雄能本色，是真名士自风流……"

霍仲祺听到这儿，忽然回过头看了他一眼，"是吗？哪个孟子？"

霍仲祺轻轻敲了下门："夫人？"

里头一声"请进"清越沉静，是他再熟悉不过的声音。

一个纤柔的身影凭窗而立，深黑的薄呢斗篷，素黑的重锻旗袍，浓黑的青丝低低挽成发髻……一片静黑之中，唯有莹白的面孔和一双柔荑宛如象牙雕就。

霍仲祺一见，满腹的疑窦突然不愿开口相询。

顾婉凝微微低了头，握着手包的手指不觉暗自用力："我来，是为了戴季晟的事。他有幅画……"

她一迟疑，忍不住咬了下唇，霍仲祺已点头道："是。"说着便走到办公桌前，摸出钥匙，开了抽屉，将那方素锦条匣取了出来，"就是这个。"

顾婉凝接过匣子，指尖轻轻抚过，面上的神情非忧非喜，展开看时，良久，都没有说话。

霍仲祺见她眸光晶莹，呼吸渐重，自己私心猜度的虚影慢慢清晰起来，心头跟着一抽："婉凝，你和戴季晟……"

顾婉凝抬起头，泫然欲泣的面容突然浮出一个伶仃的"微笑"，手指点在那幅画的下款上："清词，是我。"

这是他方才已经隐约想到，却又最不愿成真的一个答案。

霍仲祺双眼一闭，懊恼之极。那天晚上，作战处的那封电报正合他心意，让戴季晟死在军中，不单给虞浩霆省了麻烦，还了了他一桩旧怨。

当年在广宁的那一枪，几乎要了她的命，也要了他的。在公在私，戴季晟都非死不可。可是，他无论如何也想不到，她说："清词，是我。"

方才他见她裹在一袭黑衣里，就知道不好。"乙未孟冬""爱女清词周岁"不正合她的生辰吗？她母亲家里是姓梅的，他查过。可她不开口，他还盼着是他多心了，不会那么巧，不可能，如果她真的跟戴季晟有什么关系，她怎么敢和四哥在一起？她怎么会去替他挡了那一枪？

可是她说："清词，是我。"

爱女清词。那么，就是他"杀"了她父亲，他们"杀"了她父亲。

他想为她做的每一件事都事与愿违，他顾不得胸口惊痛，急急辩解道："这件事是我莽撞了，四哥给我发了电报的，可没来得及，真的……"

"我知道。"她起了雾的眸光照在他脸上，"不关你的事。是我自己不好，对不起。"她一边词不达意地说着，一边飞快地把那幅画收进条匣里。

"婉凝——"他低低唤了她一声，却无可安慰。

顾婉凝匆匆抹掉了落到下颌的一滴眼泪，强自委婉而笑："你这里一定很忙，我来是私事，就不打扰你了。我答应了戴夫人，送……送他的灵柩去沣南，明天就走。"说罢，便抱了那条匣快步而去。

一直在门边默然而立的蔡廷初跟霍仲祺点了点头，也跟了出去。守在门外的马腾这回乖觉得很，殷殷勤勤地带路去了。

沙沙的雨线蔓延在无边的夜色里，灯光拉长了人影，案前一茎无花的寒兰，冷冽孤清。

雪后燕瑶池，人间第一枝。不知不觉，那首《菩萨蛮》就从笔锋中流泻而出，霍仲祺收起了游离的神思，搁笔喝了口茶，忽然便蹙了眉："马腾——"

他那位贴身副官应声而入："师座有什么吩咐？"

霍仲祺敲了敲杯子："茶是你煮的？"

马腾嘿嘿一乐："川贝和蜂蜜是我找的，茶是小白煮的。"

霍仲祺摩挲着杯子，微微一笑："难为你想得起来。"

马腾笑道："您要是觉得好，明天我还让他煮。"

霍仲祺点点头："你们有心了。我这里没什么事了，你去睡吧。"

"哦。"马腾答应着退了出去，走到门口晃了晃，又"啧"了一声，转了回来，"唉，师座，其实——"

"嗯？"

马腾皱了皱鼻子，神情像是在笑，又有点儿发苦："这不是我们想起来的。川贝和蜂蜜是虞夫人带来的，夫人说快入冬了，您肺上有伤，叫我多留意。她说东西是给朋友带的，顺便拿点儿过来，让我不用告诉您。"

霍仲祺看着杯子里蜜色的茶汤，静静一笑，眼神在暖黄的灯光下异常柔和："明天你去送一送夫人，就说我有军务，抽不开身。她既然说不用告诉我，那这件事就不要提了。"

虞军将戴季晟灵柩密送回沣南，横扫龙黔的端木钦遂通电各省，为国家民族计，止戈息武，服从江宁政府。端木钦表态在先，沣南等地的戴氏余部亦相继接受整编。海内初定，各界关于新政府如何架构的议论渐渐升温，多年动荡之后，上至公卿下至黎庶，自有人希求倚靠一个强力秩序让国家重回正轨；与此同时，也不免有人忧心军人揽政，会重蹈扶桑人的覆辙……新闻纸上的笔仗时有火花，而深谙政局关窍的军政要员则都在暗自拭目以待参谋总长何时"训政"。

然而，就在众人密切关注时局的时候，华亭和燕平两地的报章上突然曝出了一条异常抢眼的花边新闻。

说是花边，却又切中时局。文章言之凿凿，称一个在江宁交际场里风头标劲的名媛，名义上是旅欧外交官的遗孤，其实却是戴季晟的私生女。这位戴小姐姿容冶艳，长袖善舞，同江宁政府的军中新贵多有瓜葛，一度为人妾侍，早年还做过参谋总长的女朋友。

文章虽未指名道姓，却有这位戴小姐几个旧时同窗的匿名采访，说她风流骄矜，读中学的时候就因为行事不检被学校开除，后得某商界名流作保才转到燕平求学；到了大学更是无心向学，在燕平女大仅念了一个学年，还整日和昌怀基地的军官厮混……至于此女是否包藏祸心，意在探听军政机密，却是"对尚未有实据之事，本报不作定论"。

一石投湖，涟漪千重。

一个早上，江宁的豪门公馆里电话机都嫌不够用了。

"除了她还能是谁？你忘记啦？学校开除她出了通知的，人人都看到了……对啊，虞四少去找了校长，枪都拍到桌子上了，才让她回去上课的。"

"哎哟，我念给你听哦……我家婷婷看到，说这一段写的是小霍哦，是真的吗？小霍啊？"

"这怎么说的？哪个作死的这么大胆子……那丫头就不是个省事的，她还有个小囡咧，不知道哪儿来的。"

吕忱抖着报纸从桌上跳下来，咬开笔帽，在文章里勾出个圈："头儿，这写的……不会是顾小姐吧？还有这儿，您看，留英受训，叔父是党部要员的空军将官——不就是您吗？嘿，这胡说八道的，也不怕总长封了他的报馆。"

"这种东西有什么好看的？"一早上到现在，陈焕飞桌上的电话就没有停过，父亲和叔父相继严词诘问之后，母亲又若无其事地打过来"闲聊"，只字不提那篇新闻，只说："你年纪也不小了，你婶婶上次带来的那个林小姐，我倒是挺喜欢。你要是不想现在结婚，先订婚也好，相处一段时间，熟悉了再结婚，感情更好……"

吕忱讪讪笑道："头儿，实话实说啊，写得还挺好看的。哎，顾小姐真是戴季晟的女儿？"

陈焕飞一脸不愿意搭理他的无趣表情："是又怎么样？"

吕忱忍了忍，还是没忍住："里头写邵司令跟参谋部请辞出国，'或与此女有关'，难道顾小姐真是有意……"

"你都说是'胡说八道'了，还琢磨这些干什么？"陈焕飞不耐烦地打断了他。

"我是说写您那段儿是胡说八道，这个说得过去啊！邵司令走的时候，您不也觉得怪吗？"

陈焕飞看着他，又好气又好笑："写我的是胡说八道，写别人的就是真的？你早上出门儿撞到头了吧？去告诉其他人，基地里不许议论这些子虚乌有的事。"

"是。"吕忱吐了吐舌头，衔命而去，报纸却落在了桌上。

陈焕飞看着他勾出的粗黑圈子，心事微沉。

这么一篇东西，费心费力，却有些莫名其妙，若是一年前弄出来，倒是有动摇人心的功效，可现在沣南已定，即便它字字是真，也于大局无碍了。况且，弄这么一篇文章，风险也极大，就里头被它编派的这些人，不必说虞浩霆，就是他，也未必没有叫人求生不得的法子。什么人要花这么大的工夫去抹黑一个女人？

一念至此，不免有些担心，出了这样的事情，父母长辈不过是担心总长那里对他心有芥蒂，他自知无碍，时过境迁也就算了，可她呢？总长眼看着要再进一步，外人看来，她要做总长夫人原本就难以差强人意，如今更是流言广布，她要怎么办呢？

真是"好"文章！

处处似是而非，又件件有据可考。

虞浩霆叠起报纸，先拨了官邸的电话："夫人起床了吗？今天如果有电话找夫人，都不要接进来，就说夫人不在。如果夫人要出门，让她务必等我回去。"

这人对她的事知道得这么清楚，又如此处心积虑，一定是他身边的人，可他一时之间竟然想不到会是谁，又有什么理由这么做。他正思量该叫谁去查，当值的侍从官忽然敲门通报："总长，汪处长有事想见您。"

大概也是为了这件事，虞浩霆摇头一笑："叫他进来吧。"

"总长。"汪石卿一进来，目光就落在了虞浩霆面前的那份报纸上。

虞浩霆屈指敲了敲："你看了吗？真是好文章，我正想着这是谁的手笔。"

"总长，您不用查了。"汪石卿眉睫一低，坦然道，"这件事，是我做的。"

虞浩霆诧异地看了他一眼，慢慢向后靠在了椅背上，目光渐渐犀冷："为什么？"

"属下……"汪石卿头垂得更低，眼中却有热切的执着，"于公于私，顾小姐都不是总长的佳配，属下斗胆，请总长慎重。"

虞浩霆双手交握在胸前，侧眼审视着对面的人，缓缓道："她已经是我夫人了。"

"没有登报，没有行礼，总长说不是，她就什么也不是。"

"是吗？"虞浩霆冷笑，手指用力点在那份报纸上，"那你为什么不来跟我说？要做这些。"

汪石卿只觉得他冷冽的目光扫得自己头皮发麻，但该说的话他必须说，否则就再也没有机会了："属下这么做，只是希望顾小姐能知难而退。"

"知难而退？"虞浩霆咬牙重复了一遍。

"是，她若真是对总长情深义重，又何须计较一个名分？总长要是放不下她，大可金屋藏娇；霍小姐也好，别的名门闺秀也好，都不会容不下她……"

"汪石卿！"

虞浩霆霍然起身，却见一个快走到门口的侍从官颇有些尴尬，不知是进是退："总长，这是新印好的标准地图，您说要是有了……就给您送过来。"

虞浩霆点点头："拿过来吧。"

那侍从官放下地图，赶紧低着头退了出去。

崭新的油墨味道弥散开来，淡彩拼就，曲折有致，这就是他们十年风霜十年戎马定的江山版图，自今而后，唯愿金瓯无缺。

年少万兜鍪，坐断东南战未休。彼时年少，爱上层楼，他和朗逸在前朝的旧城垛上，看雪夜高旷，陵江奔流。他说："江山不废，代有才人。秦皇汉武都以为是自己占了这日月江川，其实——不过是用己生须臾去侍奉江山无尽罢了，反倒是江山占了才人。"

他听着他的话，心弦万端，有一根应声而断。

断的那一弦，叫寂寞。

男儿何不带吴钩，收取关山五十州。那年在绥江，莽莽山河银装尽覆，小霍问他："四哥，你这辈子最想要的是什么？"他说："平戎万里，整顿乾坤。"

那年他七岁，父亲把他抱上马背："这个天下，等着你来拿。"

这个天下，等着你来拿。

他看着铺在面前的地图，忽然明白，这么多年，他和她之间隔着的——不过是他的江山，她的身世；她的患得，他的患失。

那天，她蜷在他怀里，同他说起那些往日秘辛："我想，他对我妈妈，总是有过真心的，只不过那时候，他更想要别的。"

她不敢让他选。他这才醒悟，他看到那封信的时候，为什么会那样生气，他气的不是她，而是他自己。他从来都没能让她相信，他根本就不需要选。

她不是不信他爱她，她是不信，两心所系抵得过万里江山。

他忽然展颜一笑，他的这个小东西是最贪心的，她不是要一个男人爱她，她要这爱没有比较级——不能拿别人来比，也不能拿这世上任何一件事来比。

她不信，就宁愿不要，真是个矫情的小东西！可她是他的人，她要的，本来就应该比别人都好。

他的笑容明亮如秋阳，却叫汪石卿觉得背脊微寒："石卿，你觉得她不配做这个总长夫人，是不是？"虞浩霆口吻轻快，甚至还带着一点欣然的调侃，话锋一转，眼中的笑意顿成讥诮，"你不是在逼她，是在逼我。"

汪石卿一愣，面色寒白："总长？"

"这个天下，我不要了。"他淡笑着走到汪石卿身边，"你喜欢，你去拿。"他不等汪石卿答话，转身便走，只是临出门时，却又停了一停："对了，还有霍庭萱。"

"总长！"汪石卿失声叫道，虞浩霆却没再回头。

虞浩霆一进官邸大厅，就见一一正拉着妹妹从楼上下来，手里还拎着惜月睡觉时抱的垂耳兔玩偶"灰灰"。

"怎么把'灰灰'拿出来了？"

"妈妈说，我们去雇山过冬天。"一一答得颇有几分兴奋。

"山上有小松鼠。"惜月奶声奶气地帮腔。

怪不得外头停了几辆车子，原来是要搬家。虞浩霆笑道："爸爸这几天有事情，下个月我们再去好不好？"

惜月仰头看了看一一，见哥哥不说话，不由"忧心"道："等到冬天小松鼠就不出来了。"

虞浩霆抱起她，兜了个圈子："爸爸叫人给你抓出来。"

一一抿着嘴想了想，冲虞浩霆招了招手。虞浩霆放下女儿，俯身凑到他面前，只听小家伙低声道："妈妈好像不开心了。"

虞浩霆拉着他的手臂，点了点头："你带妹妹去玩儿，爸爸去哄妈妈。"

"你这是要去哪儿啊？"

顾婉凝闻声抬起头，便见虞浩霆斜倚在门边，闲闲含笑。她合上收拾得七七八八的行李箱，站起身来："我想去雇山住些日子。"

"我还有些事情要安排，过几天我陪你去。"

他若无其事，她却不能。这些年，世人所见的，不过是他剑指旌旗动，覆手风云翻；唯有她才知晓，有多少他一笑而过的生死两难碧血青衫。今时今日，要让他做这样的选择，未免太过残忍。

她尽力笑着同他说："算了。"

虞浩霆走过来，轻轻揽住她的腰："什么算了？"

顾婉凝却别开脸不肯看他，"算了……"话音未落，他的人猛然压了下来，她被他迫着跌在床上，他抵着她的额头逼问："什么算了？"

问罢不听她答，就吻住了她的唇，用力吮了一下才放开："什么算了？"问过一句，便又吻了下来。如是问了几遍，直到她推他的手臂软得用不上力气，他才放开她靠在一边，捏着她的脸冷然下了个结语："算了？你做梦。"

顾婉凝呆呆看着他，想要说的话都显得乏力，她不愿哭，却也笑不出来，死死咬着嘴唇，像是多走一步就会掉下悬崖。他抬手揉了揉她的顶发，在她耳边柔声细语："我知道你想说什么。你这么为我着想，那就听我的话。"

阶前新摆上了两盆半人高的白菊，雪团似的大花迎风一晃，活像母亲养的那只西施狗。致娆随手掐下一朵，捧在手里只觉清气袭人，不料刚一凑近，却见那淡绿的花瓣密合处悄声爬出只青黑尖瘦的虫子来，瞧得她一阵恶心，甩手就丢在了地上。陪嫁到霍家的小丫头燕飞看出她百无聊赖，便道："小姐，前几天您说要去跑马，可惜下雨没去成，今天天气好……"

话还没完便被致娆打发了："没意思，不去了。"她嫁到霍家，任谁品评都是一双两好。可惜成婚没多久，霍仲祺就带兵去了邺南，她提心吊胆了好些日子，仗总算打完了，他又在嘉祥整编部队。好容易上个月回来，两个人还拌了嘴，霍仲祺莫名其妙非要请调去渭州，她自然是不肯，这事虽按下了不提，可他仍是日日都有公事，就像今天，霍仲祺一早饭都没吃就出了门。

她也陪他应酬过军中的僚属，人人都赞他们是佳偶天成，郎才女貌，起初她也觉得快意，可去了两次，便觉乏味。他军中的同僚身世各异，女眷更是五花八门，同她说得上话的一巴掌就数得过来。就是霍仲祺身边跟进跟出的副官，她也觉得奇怪。她从前看虞浩霆身边的近侍，大多都沉稳端正，偏小霍不知道从哪儿弄来这么个活宝。霍家宅门深沉，霍夫人爱静，霍庭萱如今忙过她父亲，只她一个闲人。谢致轩跟陈安琪倒是常常有空约她游园看戏，可看着人家夫妻俩出双入对，更叫她觉得自己形单影只……致娆正托着腮出神，忽然房里一阵电话铃响，她懒懒吩咐燕飞："去，问问是谁。找仲祺，就说不在。"燕飞跑过去接听，道了声"稍等"便出来跟致娆回话："是檀园的三少奶奶，找您的。"致娆一听是她堂嫂，许是牌搭子缺人，叫她去充数，犹豫着去还是不去，用一贯的柔甜声调接了电话："嫂嫂……"

　　燕飞猜度致娆要出门，正盘算着她要换什么衣裳首饰，却见她一言不发挂了桌上的电话，听筒里头还隐约能听见三少奶奶的声音。致娆回过头来，脸色青黯，燕飞猜不出是什么事，试探着道："小姐……"致娆的目光移到她脸上，似痛似怒："你……"嗓子像被什么粘住了，缓缓道，"去把今天的报纸都给我拿来，快去。"燕飞不敢耽搁，答了声"是"便快步出去，可是过了半个多钟头，才抱了一摞报纸回来。小丫头走得急，进门还磕绊了一下，致娆皱眉道："怎么去这么长时间？"

　　燕飞喘着气道："咱们院儿里的报纸不知道放哪儿了，我叫人去别处搜罗的。"致娆也不多言，就在她怀里哗哗翻了几下，抖了一份出来。燕飞看她神色不好，立在原地，动也不敢动，见她死盯着手里的报纸，脸色先是涨红，渐渐又转成了雪白，纤长的手指慢慢使力，那报纸在她手里一分一分皱裂起来。致娆长吁了口气，拿起电话拨到了霍仲祺的办公室，接电话的却是个秘书，她不耐烦同他们啰唆，只丢下一句："家里有事，叫你们军长马上回来。"

霍仲祺听说谢致娆找他，倒是意料之中，他一早出门便是着人去查这事是谁的手笔。这种事情不难问，没到中午就有了回话。他既惊诧又窝火，汪石卿这个鱼死网破的主意他看不懂，他不明白这人同顾婉凝究竟哪儿来这么大的怨恨。他也不想懂。他不介意他算计他，他是为四哥，可如今……柔韧凉滑的蛇皮马鞭在掌心摩挲了两个来回，戛然而止，他扬声朝外招呼："小白。"

一个娃娃脸的中校军官应声而入："军长。"

霍仲祺垂眸看着自己手里的马鞭，唇边隐约一丝轻笑："瑞生，要是叫你杀个将军，你敢不敢？"

白瑞生纹丝不动地肃立在他办公桌前："您说杀，就杀。"

霍仲祺点点头："好。作战处的汪处长，他平时就在参谋部，偶尔回梅园路家里，叫你的人给我盯好了。什么法子无所谓，做得利落点。出了事，我担着。"

"是。"白瑞生衔命而出。霍仲祺起身走到窗前，看着外头依旧郁郁葱葱的树影，仿佛有些怅然若失，那一年的《游园惊梦》犹在耳畔，不自觉便哼了出来："却原来姹紫嫣红开遍，都付与断井颓垣……"他眼角微潮，想要叫人，却终究没有开口。

致娆在家中枯坐，一直等到天色擦黑，才听见外头人声响动，是霍仲祺回来了。燕飞小心翼翼拘谨了这一天，此时方才松了口气，赶忙过去给霍仲祺打帘子。致娆一见，心里突然蹿出一股邪火来，抓起案上的一只杯子就掷了过去，堪堪砸在霍仲祺面前。燕飞吓了一跳，缩低了身子去收拾，霍仲祺却是面不改色，悠悠然进来，对致娆道："我今天事情多，这会儿才得空，回来得晚了，你吃饭了没有？"说着，便去拉致娆的手，致娆却抽开手退了一步："这件事是不是真的？"

霍仲祺若无其事地摇了摇头："不是。"

致娆仰头盯住了他的眼："好，那你告诉我，你说你喜欢一个女人，可她不喜欢你，不跟你在一起，她是谁？"

霍仲祺笑道："过去的事追究起来还有什么意思，你也不认得。"

致娆轻轻一笑，"没关系，你说个名字出来，我打听着也就认得了。"

霍仲祺皱了皱眉，语气中已有些烦躁："好好的，你这是干什么？"

致娆淡秀的眉峰纠结起来，唇角在笑，眼中却尽是怨怼："我认得了，也去见识见识别人的好处，知道怎么笼络得你魂不守舍朝思暮想，我也学一学。"

霍仲祺面色一冷："别闹了。"他知道这个时候，该是揽过她囚在怀里，赔个笑脸，说一句"瞎说，我如今才知道谁都及不上你半分的好"；可他偏偏觉得倦，无论如何也提不起精神去哄她。

致娆见他这般冷淡，更是哀从心起。她痴心爱他这么多年，他心里却装着别人；她什么都不计较嫁给他，他却对她时热时冷；她看出来他别有怀抱，她也忍了，没想到出了这样的事，他竟是一点愧疚也没有！"我闹？"致娆逼视着他反问，"别人都在看我的笑话，只我自己不知道……"

正在这时，霍夫人的婢女过来通报，说是夫人请公子过去。既是母亲叫去，霍仲祺乐得避开致娆。只是到了那边，母亲少不得也是叮嘱他，婉凝的事千万不要再生枝节，对致娆多劝慰一些……霍夫人才说了几句，霍仲祺的勤务兵忽然急吼吼地敲门报告："军长，夫人……夫人要砸你书房的抽屉。"

霍仲祺一愣，立刻就醒悟过来，也顾不上跟母亲交代，起身便走。霍夫人看着儿子出去，才缓过神来，霍家这么多年从霍仲祺的祖母到霍庭萱，俱是温良恭让，这样的事却是闻所未闻。可小夫妻吵架，她也插不上嘴，霍夫人摇头一叹："由他们闹。"

霍仲祺一跨进院门，便听见书房里铮锵刺耳的撞击之声，还有马腾心急火燎地咋呼："夫人，别砸了，哎！您小心……夫人您伤着手。"霍仲祺几步冲到书房，刚叫了一声"致娆！"便见他书桌左手的抽屉已然被砸开了，一方端砚撂在地上。致娆胸口起伏不定，抬起头看了他一眼，也不顾自己身上手上都染了墨痕，抄起那抽屉"哗啦"一声便倒在桌上，不等霍仲祺近前，抓起一件东西便攥在了手里，手臂一展，探出窗外："你过来，我就扔出去。"

霍仲祺的书房明窗临水，外头就是一片海子，她这样一说，霍仲祺立时就站住了："致娆，放回去。"

谢致娆偏过脸，手心微展，露出个小铁盒来，她两根手指松松捏住那盒子，凄清一笑："我今天就要看看，这里头到底是什么。"说着，就要去拨盒盖。霍仲祺脸色骤变，刚要开口，马腾"扑通"一声跪了下来，急急道："夫人，万事好商量，您……您实在想看，也拿进来看。那里头的东西，它……丢不得。"

致娆抿了抿唇，愤愤地看了他一眼："出去。"

马腾望望霍仲祺，见长官木着脸点了点头，一脸苦相地退了出去，却也不敢去远，只走到廊下，跟院子里头的勤务兵和侍卫招了招手，打发他们赶紧去叫水性好的撑上船等着，万一里头扔了东西出来，立刻下水去捡。

"致娆，放回去。我求你了。"

他这样说，更叫她听着心寒，他们相识这些年，他对她从来没有一个"求"字，如今为了旁人的一件东西，他求她？她心头的一根刺又向深处探了探，捏着那盒子晃了一下，听得里头有东西响动："到底是什么，金贵成这样？"说着，把那盒子攥回手心，轻轻一拨，夜色灯影中，先跳进眼里的是枚白玉牡丹的花扣，大约是个领针，呵，她就知道，里头必定是女人的东西。

霍仲祺见她把盒子打开，也不再说话，脸上的线条纹丝不动，面孔紧绷得像是被刀刻出来的。致娆的视线转瞬便落在了盒盖背面，恰恰好嵌着一方小照，嫣然回眸的女子侧影，不是她，又是谁呢？

她忽然后悔起来，她何必一定要知道呢？她只是不甘心。

自他对她说了那句话，她愁肠百转猜测了多少回，跟他挨边儿的女子她都疑心，几次想问却都忍了。哥哥说那是他的一件伤心事，叫她不要问，那女孩子出身不好，霍家不许。她就想着许是小门小户的丫头，又甚或是勾栏戏子，可这么想着，她越发自伤，难道她还比不得那些上不得台面的女人吗？直到今日她才知道，原来是这么一回事。她自然是顶标致顶聪明的，可又比她好到哪里去了？就值得他们兄弟伙里这样争？她原先还替霍庭萱不平，没想到她自己也是输家。

她这会儿倒是有些明白他为什么要远远地把自己开拨到渭州去了，要么他是不愿意看着她同别人花好月圆，要么是他为了替她避嫌疑。

她真是傻，她哀哀看他，他却一点动容也没有，致娆眼底潮热，胸腔里的酸楚无孔不入地渗将开来："这么见不得人的东西，你还留着干什么？"说着，就想要丢开，却听霍仲祺清冷冷地说道："你试试扔出去。"话里没有怒不可遏的情绪，直扫在她身上的眼神却在平静里透着一丝阴鸷，像是换了一个人。致娆忍不住身上一凛，竟真的缩回了手。她旋即意识到自己的懦弱，愤恨地看了他一眼，把手里的东西狠命砸在地上，那白玉别针和盒子各自崩开，里头仿佛还滚出一粒乌金闪光的玩意儿，她没看清。

她斜睨着霍仲祺等他发作，他却没有看她，径自捡起摔开两半的炮弹皮盒子，又从一张圈椅底下摸出那枚白玉别针，拾在手里看了看，便握住了。他低着头，她看不清他面上的神色，只看见他单膝跪在地上，四下探看，大约是还少了什么东西。那么一个女人，怎么就值得他这样？

　　一串眼泪瞬间滚了下来，她想要开口，却觉得什么样的言词都不足以宣泄她此时此刻的愤懑恼怒。她浑身发抖，拼力想要将自己的眼泪压回去，他根本就不看她，她流泪又有什么用呢？她终于冷笑："怪不得人家都说妻不如妾，妾不如偷，偷且不如偷不到。这样脏的话，我如今算是信了，就是不知道——你这到底是偷到了没有。"她话到一半，便见霍仲祺身子一僵，接着，抬起头来瞥了她一眼，乳白的灯光照在他脸上，全然没有血色。他死咬着嘴唇没有说话，探身在花架边捡起了什么，一言不发地走了出去。

　　晨曦渐次映红了二楼的拱窗，汪石卿伸手按熄了台灯，一欠身，麻木的膝盖慢了半拍，他才意识到自己在办公室里坐了一夜。走廊里传来谈话和走动的声音，秘书笑吟吟地进来放当天的报纸，一见他在，不由吃了一惊："处座，您昨晚没走啊？"

　　汪石卿点点头，随口问道："什么事儿这么高兴？"

　　秘书笑而不答，把手中的报纸理了理，递到他面前——头版要闻之下，编辑着意加重的一栏，却是一篇结婚启事。

　　"您看看，总长还说婚礼从俭，璧谢礼赠，亲友若赐贺仪，一应捐予遗属学校。"那秘书边说边笑，"刚才我们还在外头说，本来总长结婚，轮不到我们凑这个份子，这么一来，大家还都少不得去捐一份儿了……"

　　他的话，汪石卿一句也没有听见。

他不知道自己是怎么走出参谋部的，深秋的阳光亮烈里带着寒意，照在柏油路上，白花花的一片，刺得人想要流泪。这么多年，第一次，他竟不知道何去何从。

梅园路还是和从前一样繁华，这宅子是他结婚那年，虞浩霆送给他的贺仪，婚礼之后，沈玉茗就从南园搬了过来。这些年，时局动荡，他难有闲暇，有时候，半个月也未必回来一次。此时茫然疲倦之极，整个人都陷进了客厅的沙发，才发觉，原来汪公馆的家私这么舒服。

蒙眬中，有人轻盈盈靠近他身边，一缕熟悉温热的茶香绕进了他的鼻翼："玉茗。"汪石卿乏力地低语，抬手在身边一抚，却落了个空。

"长官，夫人不在。"

他睁开眼，原来上茶的是个婢女："夫人呢？"

那婢女低头支吾道："夫人……夫人出门了。"

汪石卿慢慢从沙发上坐了起来，解开了衬衫的袖扣，端起茶呷了呷："夫人去哪儿了？什么时候回来？"

"夫人……"那婢女指了指茶几上的一个红木盒子，"夫人说她回家去了，您要是回来，让我把这个交给您。"

"回家？"

汪石卿搓了搓自己的脸，蹙着眉打开了那盒子，不由一怔，里头空落落地搁着两份婚书，上面躺着一圈轻薄的素金戒指。除此之外，没有只言片语。他看着那戒指和婚书，心里一片迷惘："她还说什么了？"

婢女摇头："没有了。"

他摆摆手让婢女退下，静了一静，心里只是茫然。

她回家去了。

她回什么家？她根本就没有家。她四岁就被人拐了卖到戏班，连自己是哪里人都不知道，她回的什么家？

他呆坐了片刻，低低叫了一声："玉茗！"却没有人应。他慌乱起来，她走了，他竟不知道要去哪儿寻她。

他不知道她有什么朋友，江宁官场里的夫人太太，她大半都熟络，他需要她认识谁，她就讨好结交谁，从来没有疏漏差错。可他不知道，究竟谁算是她的朋友。

他不知道她平日里喜欢什么消遣，爱到哪儿吃饭，在哪个师傅那里做衣服……她走了，他竟不知道要去哪儿寻她。

因为她从来都在。

他念兹在兹的，是明月清辉，而她，只是他桌前的一盏灯，他来时亮，他去时熄，恰到好处地让人察觉不到她在。

可是这一刻她不在了，他竟不知道要去哪儿寻她。

他茫然四顾，心里空得发疼，脑海里却只有她——

人山人海，她粉褙钗堕，青丝委地，一根簪子直直就要戳在颈间；花月良宵，她秋波欲流，樱唇微启，"案齐眉，他是我终身倚，盟誓怎移"；她唱过杨妃、学过莺莺，最心仪的还是《桃花扇》里的李香君；她洗手做羹汤，一道"将军过桥"，连明月夜的大厨都赞好；她学他的字，替他抄写公文亦能乱真……原来她一笑一颦，他都记得这样清楚，却居然从不觉察。

"玉茗！"他提高声音唤她，空荡荡的大厅里只有他自己的回声。

参谋总长的结婚启事已是众所瞩目，次日，国内各大报章几乎都在同一版位刊发了一篇虞浩霆的访谈文章，内容大同小异。其中最惊人的一段，是记者问及他对未来新政府的架构有何预期，虞浩霆出人意表地未谈"训政"之必要，反而提议恢复战时一度停摆的国会，重选内阁，并明言自己不会参与国会选举："虞某多年身膺军职，戎马驱驰，袍泽转战，非为个人，是为国家争自由，为同胞争人格。军人参政，非国之幸事。自虞某而下，军人皆当以国权为重……"

这样重磅的消息一出，此前的流言蜚语立时便销声匿迹。虽然有人猜度他此举是以退为进，博取人心，但"恢复国会，重选内阁"的提法对朝野精英而言太过诱人。很快，国中党团会社纷纷发声附议，或"连横"或"合纵"，筹划起选举事宜来。

"你会后悔的。"顾婉凝一字一顿，郑重其事地凝望着他。

虞浩霆把玩着她的手指，漫不经心的口吻隐约带着点撒娇的意味："那就麻烦夫人以后多疼我一点，让我想不起来后悔。"

"你一定会后悔的。"她面上却毫无笑意，"一定"两个字咬得尤其重。

虞浩霆见状，蜷起她的手握在掌心，微微含笑，"我有什么好后悔的？我想做的事，都做到了；我想要的人，就在我身边。你说，我后悔什么？"他执着她的手，正色道，"我看了你给廷初的那封信才知道，这么多年，其实你和我在一起，没有一刻是真正快活的。我们真是没有从前，我能给你的，只有以后。"他说罢，见她抿紧了唇，眼底隐约泛了泪光，连忙话锋一转："哎，你不如帮我想想，回头我不做这个总长了，做什么好？"

婉凝闻言，轻轻反握住他的手："你真的要请辞？"

"嗯。"虞浩霆点点头，"等新总理组了阁，我就跟参谋部递辞呈。我要是不请辞，谁都不放心啊。"他说着，促狭一笑，"你说，我开个馆子卖炒饭怎么样？"

顾婉凝一怔，不由掩唇而笑："好是好，就是价钱不好定。"

虞浩霆煞有介事地点了点头，仿佛灵机一动的样子："哎，你以前不是喜欢教书的先生吗？我也去教书好了。"

顾婉凝秋波一横："我什么时候喜欢过教书的先生？"

虞浩霆偏着脸回想了一下："就是那个……叫什么来着？翻译莎士比亚的……"

"我根本就没有……"顾婉凝话到一半，忽然停住，既而满眼明媚天真地摸了摸他的脸，啧啧赞着，一笑嫣然，"虞四少这样玉树临风，潇洒过人，不如去电影公司拍戏好了，跟女主角炒炒绯闻，一定红的。"

"小东西！"虞浩霆抓住她的手不放，肩头一矮，将她拦腰扛在了肩上。

"夫人，少夫人到了。"

淳溪的侍从通报得忐忑，只见虞夫人敷衍地牵了牵唇角，"少夫人？还没有行礼就改了口，是你们总长吩咐的？"

那侍从默然不敢应，之前侍从室吩咐下来，只说以后对顾小姐要改口叫夫人，可今日虞夫人把人"请"到淳溪，一班人才发觉尴尬。许是总长大人自己也没琢磨清楚，他们却是两边都不敢触怒，几番斟酌才想着依了家里的习惯，用"少夫人"做个折中，不想还是叫虞夫人挑了刺。幸而今日她要计较的对象并不是他们，虞夫人一摆手，花厅里的侍从婢女立刻就退了个干净。

她既不吩咐人倒茶，也不叫顾婉凝落座，冷眼打量了一遍，见她身上一件素绉缎的绣花旗袍，珠光紫的底子上错落着轻灰竹影，淡紫的水晶纽子晶莹剔透，端正清华，想是特意收拾妥当来的，倒也挑不出什么毛病。虞夫人抖了抖茶几上的一叠报纸："你看了吗？"

顾婉凝点点头，驯顺地答道："看了。"

虞夫人端到唇边的一杯红茶，又放了下来："你不是该叫我一声母亲吗？"

顾婉凝柔柔一笑："我怕夫人不爱听。"

"我不爱听，你就可以不讲礼数了。"虞夫人笑道，"是我不爱听，还是你不愿意叫呢？"

顾婉凝怔了怔，思忖着道："晚辈的礼数是为了在长辈面前尽孝，让长辈顺心；为了礼数，拂逆长辈的心意，就是本末倒置了。婉凝不敢冒失。"

"你有什么不敢的？"虞夫人冷笑，"伶牙俐齿，邀宠迎人。你这些机巧算计都好好收着，拿去糊弄我儿子吧。我只想问问，你是个什么打算？"

顾婉凝安静地站着，既不动，也不作声。虞夫人见状，慢慢呷了口茶："你心里必是想着，有浩霆护着你，谁也拿你没办法，你且不必理会我。是不是？"

顾婉凝刚要开口，虞夫人又道："你不用分辩，我也不想听。我这个儿子，聪明一世，偏在这件事上犯了浑，居然看不出你打的是什么主意。"虞夫人摇头一笑，"也不怪他，连我也是到了现在才想明白。你的确不是看上了虞家的门楣富贵，也不是稀罕'总长夫人'这个身份，人人都想要的东西，你偏不想——因为你就是什么都不想要。"她说着，目光倏然一冷，"是我们都小看你了。"

顾婉凝蹙了蹙眉："夫人的意思，我不明白。"

"你明白得很。"虞夫人冷然中带着愠意，"你母亲是死在这件事上的，你就让谁也得不着。你恨你父亲，你能帮他能救他，可你看着他死。你明知道朗逸跟霍家对浩霆举足轻重，你偏要挑唆。你嫁给朗逸，就是要逼他走；你搓磨小霍，就是搓磨霍家……如今，你又逼着浩霆为了你，辜负他父亲的心血。你觉得这天下亏欠了你母亲亏欠了你，你就叫谁也得不着。"

顾婉凝初时愕然，听着，却又平静下来，只眼中有些酸热："您说的这些，我从来都没有想过。或许我说什么您都不会信。可是，您要是真的以为他是为了一个女人，那就看低了他。"

　　"我怎么看我的儿子，还不用你来教。"虞夫人不以为然地看了她一眼，似叹似笑，"算了，之前的事，谁是谁非，我都不想再过问。浩霆拿了主意非要跟你在一起，我也没有办法。你也是做母亲的人了，我今天叫你来，就是想以一个母亲的身份，希望你对我的儿子能讲一点良心。"

　　虞夫人端着描金的骨瓷杯子站起身来，缓缓踱到窗边："这些年，他如何待你，你自己心里比谁都清楚。他对得起你了。可你在他身边，给了他什么？他十年戎马江山拱手，声名人望，无人能出其右。他从小到大，没有做过一件让人耻笑的事——只有你。"虞夫人回过头，审视着顾婉凝，"你要是有一点良心，有一点顾念他对你的情分，你怎么忍心看着他因为你被人耻笑？"

　　见顾婉凝抿紧了唇，面色发白，虞夫人淡笑着呷了口茶，指间的一粒祖母绿幽光凛冽："改天你把——带来给我见见，这孩子……既然浩霆说是他的，那就是。其实，就算是邵家的孩子，养在虞家也没什么。只是他眼下不在乎，未必将来也不在乎。男人就是这样，小气起来，你跟别人多说一句话，他都恨不得杀人；大方起来，绿帽子也有人抢——你不用嫌我的话难听，比这难听的以后有的是。你做得出，就得受得住，不要让他为了你这一点不痛快，就把他自己这么多年的心血都葬送了！"

　　她踱回来，将手里的杯子矜傲地压在那叠报纸上："出了这样的事，你该怎么办？躲在男人怀里哭？我告诉你，从我这儿出去，你就去见致娆，叫她明天晚上跟你一起去听Bamberg的首演。她要是不去，你告诉我，我叫她去。我已经让新闻处安排记者去拍照了——到时候，有多甜，你就笑多甜。

　　"记住，不管什么事，你做到十足，别人就会信两分。人都健忘，假戏做久了，那就是真的。其他的事，不用我教你了吧？你们婚礼之前会有记者采访，到时候，把你养的那个小丫头是怎么回事交代清楚，烈士遗孤，又不是什么见不得人的事……"

　　"惜月……"顾婉凝刚一开口，虞夫人便打断了她："我还没有说完。梁曼琳那样的人，你以后不要来往了，免得又让人翻出过去的事做文章。我告诉你，这个天下，虞家不放，就没有人敢拿。从今以后，你给我打起十二分的精神……"

　　"夫人！"顾婉凝终于出声拦住了她的话，"夫人，我能做的事情我会做，可是我不能让别人跟我一起做戏，致娆也不会想要见我。我也不会和不相干的人交代惜月的事，她就是我的女儿，将来长大了，她父母的事我会告诉她，可她现在太小……"

　　虞夫人越听神色越冷："你现在最该想的是你丈夫，不是你自己和这些枝节小事！"

　　她还要再说，雕花门外人影一闪，一个笑嘻嘻的声音飘了进来："姑姑，又是谁惹您生气了？"虞夫人抬眼一看，却是谢致轩。

　　他翩翩然进来，一眼看见顾婉凝，仿佛是意外之喜："哎，婉凝也在呢。巧了，韩珝下午要去我那里度曲，我正琢磨着莺莺小姐缺个红娘，你要是没什么事，待会儿跟我走？"说着给顾婉凝递了个眼色。

　　虞夫人闻言面色一沉："小五，你也敢到我这儿来装神弄鬼了，是浩霆叫你来的？"

　　"我是瞒不过您。"谢致轩走到她跟前，从果盘里拈起个松瓤送进嘴里，"姑姑，这手心手背都是肉，浩霆怕他来了，一句话说得不到，里外不是人，这才叫我来的。"

虞夫人讥诮地笑道："笑话，我这个做母亲的教训新妇，他也拦着？"

谢致轩忙道："怎么会？初归新妇，落地孩儿。您教训她是应该的，您肯在她身上花心思是她的福气。"说着，探到虞夫人身边，低声道，"姑姑，浩霆知道这丫头性子不好，怕她惹您生气。她有什么地方顶撞了您，您交代给我，总长大人那里'家法'伺候。"他嘴里说着，自己也觉得言不由衷，话没说完，已嬉笑起来。

虞夫人看看他，又看了看顾婉凝，眼中的愠怒渐成漠然，倦倦地叹了口气："你们走吧。"

婉凝跟着谢致轩出来，一路低头无语。谢致轩揣度虞夫人对她必然没有什么好话，遂笑道："我姑姑给你难堪了是不是？其实她老人家这么对你，你该高兴，这是她把你当作虞家的人了。回去让浩霆跟你说说他从小过的是什么日子，你就知道了，你这才哪儿到哪儿啊。"见顾婉凝仍是垂眸无言，踌躇片刻，忽然停了脚步，"婉凝，我有点事想请你帮个忙。"

顾婉凝听他语意郑重，惑然抬起头："你说。"

谢致轩面上没了方才的嬉笑自若，迟疑着说道："是致娆的事，她跟仲祺吵了一架。小霍也是气性大，住到悦庐去了，连着几天都没回来。"

"是因为报纸上写的那些事吗？对不起。"

"我不是怪你。"谢致轩尴尬地笑了笑，"致娆是嘴硬心软，之前他们也为别的事拌过嘴，只要仲祺肯哄她两句，立刻就雨过天晴了。只是这一回小霍也拗了点，不肯转圜，闹僵了。我是想，你能不能去劝劝仲祺……"

顾婉凝讶然看着他，匆忙摇了摇头："这是他们两个人的事，我不能去。"

"我也明白这件事不太合适。"谢致轩舔舔嘴唇，喷叹了一声，"只是你知道，致娆长这么大没受过这样的委屈，好歹你叫小霍先服个软，回来给她赔个不是，其他的事以后慢慢再说。"

"这件事谁去都可以，可我不能去。"顾婉凝笃定地摇了摇头，"我去跟他说这个，致娆知道了只会更难过。况且……"她的声音忽然低了下去，"致娆是你妹妹，你自然格外心疼她，可你但凡替仲祺想一想，你就不会让我去劝他。"

谢致轩一怔，见顾婉凝脸上掠过一个单薄得叫人恻然的笑容："你妹妹没有受过委屈，就得委屈别人来迁就她吗？"

谢致轩皱眉听着，只觉得她的话未免刻薄了些："你讲的是道理，可道理不外乎人情。致娆毕竟是女孩子，这么多年，一心就是喜欢小霍……"

"她喜欢别人，别人若是不喜欢她，就欠她的吗？"顾婉凝咬唇苦笑，"你的'人情'是你妹妹，我的'人情'是我不能让他因为我委屈他自己。当初你家里逼他结婚，就是拿他的良心欺负他。你们这样的人家，从来就不肯替别人想一想吗？他不亏欠你家里任何一个人，包括你妹妹。"

谢致轩这些天原本就为致娆的事心烦，此时被顾婉凝一番抢白更是气闷，冲口便道："他是不亏欠别人，不就是亏欠你吗？你这么在意他，干吗不和他在一起？你跟了他，也没有今天的事。"

顾婉凝骤然间苍白了脸色，方才在花厅里几番忍下的眼泪终于落了下来。谢致轩方才话一出口便知道莽撞，嗫嚅着想要补救："婉凝……"却见顾婉凝抬手抹了脸颊上的泪痕："他也不亏欠我什么。"她尽力压住话音里的一点哽咽，"刚才我跟虞夫人谈得不好，心里有点躁，对不住。这样的话原不该我说，我也不配说。致娆的事……你跟她说，小霍在军中历练久了，面上看着刚硬了点，其实心很软的。致娆也不必放低身段求他什么，去到他跟前不要吵，流两滴眼泪就够了。"她说着，又薄薄一笑："还有一句话，你听了就算了，不要告诉致娆。小霍同她结婚，心里先就存了一份歉疚。就这一点歉疚，足够你妹妹挟制他一辈子了。"

谢致轩默然听着，两人已走到了回廊尽头。婉凝抬眼去寻跟她来的侍从，却见前头挨着停了几辆车子，一班侍从都放哨似的肃立在边上，只虞浩霆一个人闲倚在车边看书。此时秋阳正艳，他近旁的一株乌桕叶色转红，金亮的阳光洒下来，丹霞似的叶片红得发光，山风拂过，满树琳琅，华光叶影映在他身上，却显得那树娇娜了些，反倒是他的人，才当真是玉树临风。见他们过来，合上书丢给卫朔，笑微微地迎了上去，牵着婉凝的手轻轻握了握："怎么这么久？"

顾婉凝不料他在这里，自觉脸色不好，下意识地便低了头："你怎么来了？"

虞浩霆笑道："我跟致轩一道过来的。我怕我去了，更撩拨母亲的火气，纠缠起来没完，不如在这儿等着。"顾婉凝仍是低着头，柔细的颈子半弯着，像是一朵吊钟海棠，声音也细细的："谢谢你。"

虞浩霆不由蹙了下眉，抬手便将她揽在了身前："傻瓜，这是什么话！"

谢致轩一见，料想这两个人有体己话要说，自己是非常地不便久留，对虞浩霆道："您的差事我交了，家里还有事，我先走了。"

虞浩霆点头一笑："回头我再谢你。"转回头捏起顾婉凝的面孔看了看，见她眼圈儿泛红像是哭过，便猜是虞夫人那里不好相与，"怎么哭了？我瞧着致轩的脸色也不好，母亲连他的面子也不给吗？"揉着她的肩轻声道："发作你什么了？"

顾婉凝摇摇头："没有，你母亲没说什么。这样的事情，做长辈的不生气才怪，她是为你好。"

虞浩霆闻言一笑，捏了捏她的脸，"懂事。以后母亲再叫你，别自己一个人过来，先跟我说一声，我来听她教训。"说罢，却又犹疑，"真没事？我怎么看着致轩也不痛快。"

顾婉凝道："真的不是你母亲发作我们，是我们俩刚才争执了两句。"

虞浩霆听了，更觉得意外："你们俩有什么好争执的？"

见顾婉凝抿了抿唇，没有答话，约略一想，却是猜出了几分，只是家务事当着旁人也不好说什么，携着她上了车，把人环在自己胸口，揉捏抚慰着有一搭没一搭地说两句闲话。待两人回到栖霞，虞浩霆才道："母亲的话你听过就算了。明晚的音乐会，你要是想去听呢，我陪你去；你要是没兴趣，咱们去消遣别的。"

顾婉凝抬头看他："你也知道了？"

"她都让新闻处的人等着拍照了，我能不知道吗？"虞浩霆揉揉她的头发，他顶喜欢她这样仰着脸看他，澄澈的眸子里什么心思都一览无余——至少，看上去是："宝贝，记住，万事有我，你什么委屈都不必受。只是你自己不许犯傻，有什么事都要告诉我，知不知道？"见她柔顺地点了点头，脸上却分明还挂着伤心的样子，又问道，"致轩是为致娆的事埋怨你？"

这回她却摇了摇头："他不是埋怨我，是想让我去劝小霍同致娆和好。"

虞浩霆眼波一凝，勾起一边唇角："他该来跟我说，支使小霍，什么都不如军令好使啊。"婉凝面上总算浮了点笑影："那就请总长大人写一封手谕给霍军长，叫他去给令表妹赔个不是。"

虞浩霆微微一笑，闲适地在沙发上倚了下来："他又不来求我，我才不管呢。"说着，突然拽住了婉凝的腕子，婉凝被他一带失了重心，整个人都跌在他身上，正好让他抱个踏实，"你不去，是怕我在意吗？"

婉凝伏在他胸口摇了摇头："这件事是因我而起的，致娆要是知道是我去说了，仲祺才回去的，只会更难过。"

虞浩霆笑道："你放心，既是致轩来跟你说的，就没人会告诉致娆。"

"那我也不能去。"她用手指画着他胸口的略章，"我私心里想的事不怕告诉你，夫妻也好，朋友也好，吵了架总有一个人要先服软的，开了头，以后便都是这样。一辈子长着呢，小霍够可怜了，我不能帮着别人欺负他。"

虞浩霆微微一笑，没有作声。她这样替他着想。谢致轩来求她去劝小霍，且不论劝成劝不成，她肯去就是个在霍谢两家撇清买好的机会，可她不去竟是怕他在这上头吃亏。他抚着她的头发叹道："你是真心疼他。"

顾婉凝一怔，从他身上撑起来，乌沉沉的眸子定定地望着他，虞浩霆一见，蹙着眉笑道："你别瞎琢磨，我没有吃醋，小霍是可怜。"说着，把她按回自己胸口，"其实早先，小霍跟我不亲近的，他喜欢跟女孩子玩儿。霍伯伯怂恿他跟我要好，是我大哥出事之后，我父亲只剩下我一个儿子，且霍伯伯大约也觉得我是个'可造之才'，这才一力教他跟我亲近的。霍伯伯还喜欢当着我的面数落他的不是，挑剔得他一无是处，只为让我觉得，他什么都不能跟我争。这些年，他去陆军部，去运输处，去陇北，都有他父亲的授意；不要说前程，就是他跟你……可或不可，在他父亲那里，只是看我成与不成罢了。说到底，他是他父亲经营霍家的一颗棋，你见过有父亲这么算计自己亲生儿子的吗？"

婉凝听着，默默出神，虞浩霆闭目一笑，续道："这也不怪他父亲，我们这样的人家，大抵都是如此。当年我姨母病故，母亲就把朗逸接到虞家，是照顾他，也是怕我姨母不在，虞邵两家慢慢生分了，要押个筹码在身边。等到朗逸出国读书，我母亲又把他寡嫂和侄子接了过来，后来他二哥兵变事败，我姨父宁愿废了自己的儿子，焉知不是为了这个缘故？朗逸比小霍心思重，这些事他心知肚明，可小霍什么都不知道，他真当我是哥哥。"

他说着，忽然觉得手上一湿，低头看时，却是一行清泪从顾婉凝颊边滑落下来。虞浩霆抹着她的眼泪，笑道："你这么心疼他，我可真要吃醋了。"却见婉凝拉着他的手，贴在自己颊边："你觉得他可怜，其实你比他还可怜。"

虞浩霆闻言一乐，把她往身前带了带，凑在湿漉漉的睫毛上亲了一口："原来你是为我哭的。傻瓜，不值当。无非是我受的管教多些，其实没什么，不伤筋动骨也不伤心。"

"别人是可怜，可他们有了委屈自己知道，你呢？你受了委屈都不觉得。仲祺的父亲算计他，难道没有算计你吗？你不记恨他坑陷你，倒是看不惯他摆布自己的儿子。因为虞四少事事都别人强，什么都应有尽有；就算别人算计你，你也觉得是应该的；别人怎么对你，你都受得住。你有没有想过，你要是……"她的话哽在喉咙里，掩着嘴唇又滚出两滴眼泪来，"你自己这么想，别人也这么想，你才是个傻子。"

虞浩霆被她说得怔在那里，胸口仿佛有一种满胀的疼，从没有人说他可怜，他也从来不这样想。她说得对，他自恃家世显赫，心智过人，只有他比别人好的，绝没有他不如人的，他就该是三千繁华一肩担尽，人人都指望他，他也必不能辜负那期许。他最不要人可怜，可是偏她觉得他可怜。他胸口汩汩的满胀的疼，什么也说不出来，抱着她看了好一阵，忽然冒出一句："宝贝，你是因为我可怜，才跟我在一起的？"

婉凝嘟着嘴摇了摇头："我喜欢你位高权重，年轻好看。"说完，自己"扑哧"一笑。

虞浩霆搂着她翻身坐了起来，煞有介事地说道："我刚才想了，我不是没有委屈，我这辈子的委屈都是你给的。你——是不是该弥补一下？"

婉凝从他怀里脱开了一点，犹疑着问："什么？"

虞浩霆放开她，抱着臂一本正经地靠在沙发上："我要吃苹果。"

顾婉凝瞟了他一眼，也不说话，起身去果盘里挑了个苹果出来，专心致志地削了片刻，一拎果蒂，那果皮便一圈一圈完完整整地落了下来。她捏着苹果送到虞浩霆面前，甜润润地笑道："总长，吃苹果。"

虞浩霆拿在手里端详了一下，像是十分满意，吃了两口，又道："我还要喝茶。我喝大红袍，家里有枦峰的泉水。"

顾婉凝转身出去跟外头的婢女吩咐了两句，不多时便有人取了风炉茶船过来。她把茶具在他面前布开，一板一眼地滚水烹茶，约莫着火候好了，端起一杯温温婉婉地递了过去："总长，喝茶。"

虞浩霆品了品，眼角眉梢都飞着笑。婉凝挨在他身边坐下，乖巧地眨了眨眼睛："总长还有什么吩咐？"

虞浩霆看了看她，慢慢放下茶盏，淡然道："我还要……"顾婉凝正专心听他后话，又出什么幺蛾子给她，不防蓦地被他推在了沙发上。虞浩霆在她唇上轻轻一掠，"我还要——生个女儿。"

终章

那一刻，谁都不曾察觉命运的走向

接下来的国会选举热闹非凡，其间风头最健的莫过于律师公会的主席宋则钊。此人出身燕平的书香世家，仪表宏正，极善讲演，曾义助一个黄包车夫在华亭的租界里跟洋商打官司，为那车夫赢了赔偿，在坊间颇有声望。此番忙于竞选之余，还忙里偷闲订了婚，未婚妻正是江宁首屈一指的名门闺秀霍家大小姐霍庭萱，这么一来，江宁政府的不少要员也对他青眼有加。于是，选举尚未投票，这位宋律师已隐有众望所归之势。

顾婉凝立在案前，一边和虞浩霆闲话，一边搦管习字："这么说，一定是这位宋律师咯？"

"霍伯伯苦心经营了这么多年，霍家这点儿本钱还是有的。"虞浩霆握着她的手写了几笔，忽然笔意微滞，婉凝一察觉，便停笔回头："怎么了？"

虞浩霆淡笑着轻轻一叹："贞生这个人可惜了。"

"下个月国会就要开始选举了，总长这个位子……你还没想好谁来坐？"

虞浩霆自己执了笔，想要落墨，却又停在半空，"论心智城府，贞生都不必作第二人想，不过——"他眸中闪过一丝怅然，"有些天日可表的心意，到最后，都只能是无日可表了。"

薛贞生虽然突取沣南，一力逆转战局，但之前种种却是极遭虞军众将嫉恨，便是这最后一战，亦觉得他是投机下注，为人不齿。婉凝知道虞浩霆心下总觉得对他有几分愧疚，怕他心事萦怀，微一沉吟，莞尔道："总长既然请辞，自然是次长补上了。"

虞浩霆却摇了摇头，"唐骧有人望有资历，但是他在政界没有根基，将来不好跟政府里那班人打交道。"说着，闲闲一笑，"尤其要紧的一条：他是个君子。"

婉凝笑靥微微："原来君子是做不得总长的。"

虞浩霆颔首笑道："我要是个君子，现在连夫人都没有。"

婉凝没有反驳他的调笑，垂眸思量了片刻，低声道："其实，你心里有人选，可是你不想说。是因为我的缘故吗？"

虞浩霆默然了片刻，望着她微微一笑："小霍聪明，有声望，没野心；人缘好，不爱钱。唯一欠的是资历，不过有霍家在政界的底子，足够撑他坐稳这个位子。将来新政府的总理是霍家的女婿，别人也不必担心军部会有异议。"

"而且，他来坐这个位子，你不会动他，他也不会动你，其他人才会放心。"顾婉凝的声音轻如初雪，"可你不肯说，是因为我的缘故吗？"

虞浩霆从背后抱住她，摇了摇头："我不想勉强他做他不想做的事。"

婉凝回过头，一双眸子澄澈如秋水："你怎么知道他不想？"

虞浩霆娓娓道："有一年我去绥江，仲祺问我，这辈子最想要的是什么？我反问他，他说，他这个人没什么志气，只想要'得一人心，白首不离'。"后面的话，他没有再说，他想要的，他不能成全他，就更不能去勉强他。

婉凝却含笑睇了他一眼："那他问你，你说什么？"虞浩霆笑道："我说，平戎万里，整顿乾坤。"

她转过身，踮起脚尖，小巧的下巴抵在他肩上："那你说的，是你最想要的吗？"虞浩霆一怔，却听她轻声道："他不想，是因为他觉得他事事都不如你，有你在，他当然不想。小霍不是朗逸，从锦西到陇北、到沈州、到嘉祥……如果他做的不是他自己喜欢的事，他不会做得那么好。他不愿意碰这件事，只是因为他觉得，他不如你。"

秦台一带原本就荒寂，入了冬，无边落木，连天衰草，细碎的雪花纷纷扬扬，越发显得荒凉萧瑟。夜幕之中，突兀而立的电网高墙，时时有强光扫出鬼魅般的影，更是一派肃杀。虞浩霆的车子一到，迎候多时的戍卫军官和狱长齐齐行礼，他漠然摆了摆手："怎么回事？"狱长忙道："实在是属下失职，他之前一直都没什么异动，就昨天，不知道从哪儿磨了块碎砖片发狠，只说要见您，您要是不来，他就自裁。已经在手上开了两道口子了。"

虞浩霆面无表情地跟着他去到一处单独的囚室，一明两暗三间屋子，灰瓦白墙，除了没有装饰，门窗都安了过密的粗重铁槛，和寻常民居也没什么分别。虞浩霆扫视了一遍，吩咐道："把门打开。"那狱长却有些迟疑："总长，他有凶器。"虞浩霆"哼"了一声，边上的守卫不敢怠慢，连忙拿了钥匙开门。

房内灯光暗淡，一个穿着铁灰长衫的男子跪坐在榻垫上，右手里攥着片磨薄的碎砖，扶地的左手却按在一摊暗红的血泊中。

"二哥，你这是何苦？"虞浩霆解了身上的军氅丢给侍从，"医官呢？"

"你居然肯来。"邵朗清睐起眼睛打量着他，"你留着我这条命做什么？"

虞浩霆目光沉沉地踏进房来，径自坐了他近旁的一张木椅："凭邵家对虞家的情分，我不杀你。"

邵朗清面带讥讽地笑道："虞总长好仁义。"这时，医官上前替他止血，邵朗清也不抗拒，"你这么关着我，跟杀我有什么分别？"

虞浩霆淡然道："凭你对我做的那些事，我不能放你。"

"好。"邵朗清点点头，"那你知不知道我为什么要苟活残喘，留着这条命给你作践？"虞浩霆没有答他的话，转过头吩咐随行的侍从："把我带的茶泡了。"

不多时，一壶热茶便送了过来，虞浩霆给邵朗清斟过，又自斟了一盏，囚室中顿时弥散出缕缕暖热的茶香。

邵朗清大咧咧呷着茶，赞道："这么好的银针，怕是以后再也喝不到了。"

虞浩霆怡然品了一口："二哥喜欢，我回头再叫人送些过来。你肯在这儿当活死人，自然是为了看我几时身败名裂，国破家亡。我遂不了二哥的心愿，贴补几两茶叶还是应该的。"

邵朗清喝尽了杯中的茶，闷声笑道："小四，你不用气我，我知道你是恨我伤了你那个心肝宝贝。可我今天逼你来，真是为了你好。"

"哦？"虞浩霆搁了手里的茶盏，又替他斟了一杯，"蒙二哥抬爱了。"

邵朗清道："我是见不得你好，可我更见不得霍家好。霍万林那么个老狐狸——你要是有什么把柄落在他手里，不妨说出来，让我帮你出出主意。"

虞浩霆双手交握，靠在椅中："二哥，你怎么会这么想？"

邵朗清直直逼视着他："要不是你有把柄落在他手里，怎么会

_321

把到手的东西送给霍家？要是我没猜错，下个月国会选举，阁揆的位子一定是他女婿的；你还要辞了参谋总长，交给谁？十有八九是他儿子，对不对？"

虞浩霆微微一笑："你闲来无事，天天翻报纸解闷儿吗？"

邵朗清道："小四，我知道你傲，宁愿吃哑巴亏，也不肯跟我说实话。可我们邵家这么多年……"

"二哥，我跟你说实话。"虞浩霆淡然打断了他，"我没有把柄落在霍万林手里，也没有把柄落在其他什么人手里。你说得不错，我这么做，政务军务都归了霍家，可是你想想，一个阁揆，算他连任，至多不过十年，十年之后呢？"

邵朗清怔了怔，皱眉道："你什么意思？"

虞浩霆道："十年之后，霍家还能再出一个阁揆吗？就算有牵连，这牵连也只会越来越淡。况且，宋则钊那个人我见过，不是个任人摆布的傀儡。至于小霍，他最大的好处是没野心。所谓身怀利器，杀心自起，你不就是个例子吗？"

邵朗清嗤笑了一声，道："而且，他在军中没有派系根基，又对你死心塌地，别人你也不放心吧？"说着，自顾自地点点头，"你选他有点道理，就算将来他起了'杀心'，这天下本就是他霍家的，他也犯不着砸自家的锅。"

虞浩霆不置可否地笑了笑："二哥，说句托大的话，我是为了天下太平，你信不信？"

邵朗清思忖着摇了摇头："不信。这个天下在你手里，难道就不太平吗？"

虞浩霆起身踱了两步，忽然眼波一柔："那我要是说，我为我夫人呢？"

邵朗清在他身后笑道："小四，你是消遣我呢。"

虞浩霆回过头，肃然道："二哥，我夫人你见过。又娇纵又刻薄，还贪玩儿，将来，要是让她过我母亲那样的日子，她一辈子都不快活。还有，她确实是戴季晟的女儿，当年戴季晟就是为了陶家的权柄，辜负了她母亲，我不想让她觉得，我也是那样的人。"

邵朗清啧啧了两声："小四，我从前怎么就没看出来，虞家出了你这么个情种呢？好，不管你是真情还是假意，我敬你一杯。"说着，将最后两盏茶倒进杯里。

虞浩霆闻言，俯身把自己那一盏端了起来，颔首呷了一口，道："二哥，我也想问你一件事，要是你没生在邵家，你这辈子，最想要的是什么？"

邵朗清沉吟了片刻，摇头道："不知道，我没机会选。"

虞浩霆点点头，"你不能选，朗逸不能选，小霍不能选，我也不能选。你说得不错，这天下在我手里，未必就不太平，可是我这个人天生自负，开的是一言堂，要是我不放手，军政一揽，十年、二十年之后，庙堂之上就只有虞家的人，到那个时候，我不想我的儿子——也没机会选。"

邵朗清闭上眼，沉默良久，忽然道："小四，既是这样，我活着也没什么意思了，你给我个痛快吧。"

虞浩霆淡淡一笑，从侍从手里接过军氅，抬眼望着漫天簌簌而落的雪花："你还是活着吧，说不定什么时候我心情好，放了你呢？二哥，人生一世，能活着，就别死。"说罢，大步走了出去，只听他身后突然爆发出一阵歇斯底里的恸哭，那声音回荡在清旷的冬野里，宛如伤兽。

月光下，薄薄一层初雪晶莹轻透，如绢纱覆住了人间。她一身雪白细柔的青秋兰斗篷，绕过悦庐的喷泉踏雪而来，那一瞬，月光，雪光，灯光，水光……却都不及她的眸光闪亮剔透，他恍然觉得，是精灵遗落人间。

婉凝撩开挂着雪珠的风帽，一笑嫣然："我来，是有事要求你。"

"你说什么'求我'？"霍仲祺颊边微热，替她挂了斗篷，又叫人上了茶，面上竟有几分赧然，"可是，你要说的事，我做不来。"

"原来你知道我想说什么。"婉凝低低一笑，"那你就该知道，这件事，你是最合适的人。"

霍仲祺苦笑："可我真的不成。"

婉凝托着腮想了想："要是我求你，你肯不肯？"

霍仲祺一下子噎在那里："我……"

顾婉凝捧了杯子喝茶，漫不经心地笑问："那霍军长觉得，什么人比你好？"

霍仲祺望着她，目光不自觉地温软下来："唐次长比我有资历。"

顾婉凝点点头："那十年后呢？"

霍仲祺一愣，顾婉凝直视着他，追问道："你要是觉得他不如你了，你会怎么样？"

小霍皱眉道："……我没想过。"

"你会拆他的台，逼他让位。"她的声音娇柔清越，每一个字却都说得冰冷。

霍仲祺眸光一黯，强笑道："你这么想我。"

婉凝幽幽地摇了摇头："你不会，别人也会。"她声音越低越柔，"他好容易搭的这个班底，就乱了。"

霍仲祺张了张口，欲言又止，却见她娇波慧黠："你跟我说过，就算我不信你，也要信你四哥——那你信不信他？要是他觉得你做不到，我今天就不会来。"

霍仲祺咬了咬唇："四哥真的这么想？"

"他不想勉强你，做你不想做的事。"婉凝郑重地看着他，"可我觉得，你做的如果是你不喜欢的事，你不会做得那么好。"她端然笑望着他，柔声道："这件事你究竟能不能做得好，你真的不想知道吗？这世界在你手里会是什么样子，你真的不想知道吗？"

天地浩大，雪落无声，他的心，忽然静了下来。

霍仲祺哂然一笑，眉宇间显出几分少年时的淘气："那我答应你，你能不能也答应我一件事？"

婉凝不假思索地答道："好。"

霍仲祺莞尔："你答得这么快，就不怕我为难你吗？"

却见她浅笑盈盈："你不会。"

霍仲祺含笑起身："婉凝，你陪我跳支舞吧。"

他走到唱机旁，换了张唱片，乐声响起，音符在他心上跳出一脉微痛的温柔。

绿袖摇兮，我心流光。绿袖永兮，非我新娘。

欲求永年，此生归偿。我心犹炽，不灭不伤。

他俯身请她，她起舞的姿态一如当年。

那一曲，不是他们的最初。这一舞，却是他们的最后了。

"婉凝——"

"嗯？"

他忽然很想跟她说，如果人真的能有下辈子，他……可是一碰到她秋水空蒙的目光，却又什么都说不出来。如果人真的能有下辈子，她的心，或许还是要许给别人的，可即便是那样，他也还是愿意遇见她。愿意为她做任何事。不再年少轻狂，不再犯错，不再让她受伤，不再惹她哭……每一个字，他都埋在心底只说给自己。

月光在林梢游移，铺在初雪上，像冰霜，像糖霜。

月下雪上，她的手暖在他手心："你不问我仲祺答应了没有？"

虞浩霆淡然笑道："这件事我想得到，你想得到，小霍怎么会想不到？不管你去不去见他，这件事他都会做。你去见他，是想让他知道你承他这份人情，叫他以后不觉得对你有亏欠。他等你去见他，就是想让你觉得他知道你承他这份人情，好让你安心。"

婉凝怔了怔，低低道："那我不该去。"

虞浩霆摇了摇头："你不去，就辜负他了。"他说着，捧起她的手呵了呵，"所以有时候我会想，如果当初我没有那么混账，你和别人在一起——这些年，会不会更快活一点？"

婉凝蹙了下眉尖，又舒然展开。她仰起脸，在他唇角轻轻一触，呵气如兰："就算我没有遇见你，我也还是喜欢你。"

天地浩大，岁月无声，初见的那天——

他笑容明亮如春阳："小姐，陆军总部不是可以随便出入的地方。"

她冲到他车前，那样坚持又那样怕："我要见虞军长。"

他公事公办地吩咐："带她回去。"

那一刻，谁都不曾察觉命运的走向。

（正文完）

番外

笑问客从何处来

　　秋日的雨说下就下，也没个征兆，或是说，这一整天的慢阴天都是征兆？

　　小馆子开在江边，雨水一浇，江面上烟雨茫茫。最后两艘船靠了岸，夜色初笼，只一个老艄公无处可去，吃过米粉又要了壶酒，就着一碟子香干嚼得慢条斯理。眼看晚上的生意要泡汤，一身蓝袄黑裤手脚爽利的老板娘皱着眉头朝楼上招呼："满崽，下来吃饭！"

　　一个虎头虎脑的男孩子一路答应着跑下来，小方桌上已放好了菜饭，还有一小碟切薄的腊肉，咸香的烟熏香味勾得那艄公口里忍不住咕噜了一声。男孩子揽过碗筷刚扒上两口，忽听外头有匆忙的脚步声响，母子二人抬头看时，见是一个穿着军装大衣的年轻人避着雨进来，他身形高大，但躬身疾走，动作颇有几分狼狈。

　　老板娘刚要起身招呼，却见那人一跨进来便掀开大衣，解脱出一个娇小玲珑、素衣黑裙的女子来。老板娘连那艄公见状都是一愣，只觉得这二人虽行色忙乱，但此刻进到堂中，却叫这潦草的店面都莫名地亮了一亮，正迟疑着想要上前招呼，那年轻人已抬头问道："掌柜的，热茶有没有？"抬眼间英气逼人，唇边犹噙着歉然笑意，倒叫老板娘心里忽悠了一下，连忙招呼道："有有有，长官稍等，马上就来。"抬脚要走，又笑容可掬地停了停，"店里有今年新下的'银芽'，长官尝尝？"那年轻人脱着大衣点了点头："好。"

他身边的女子身上倒没淋湿，只是盘起的发辫蹭乱了，乌丫丫的头发遮了一半脸孔，这会儿松开来用手指重新理过，精致娟好的轮廓便显露出来。晶莹剔透的面孔像是能吸住人的视线，纵是老板娘急着去厨下沏茶，也忍不住打量了几遍，纳罕这女孩子怎么生得这样好。

艄公见这一男一女拣了离他不远的位子坐下，乐呵呵地转过身搭讪："长官这是要出城还是进城啊？"那军官随口道："进城。"艄公带着几分酒意眯起眼睛望了望他，凑近过去压低了嗓门："是去城西嘉宁桥吧？"

那军官不动声色，他身畔的女子却似有些好奇地望了那艄公一眼。军官握了握女子的手，对艄公温言问道："老哥怎么知道？"

艄公嘿嘿一笑，回身喝了口酒，咂着嘴说："长官别看我是个摇橹的，码头上来去三十年，这点儿眼力见儿还能没有？"说着，下巴一抬，瞟了瞟那女子身上披的戎装外套，"您这个年纪，膊头上就捞了三颗金豆豆，少说也是个团座，十有八九是要去嘉宁桥虞家。老庄我说得对不对？"

说话间，老板娘已端了茶出来，特意拣了两个不常用的白瓷杯子："长官喝茶。"一面倒水一面又打量那女子。见她捧茶在手，悠然含笑，规规矩矩的短袄长裙，玉色衫子阔袖窄腰，远看简净，近看才瞧见衣摆和袖缘都用极淡的金绿丝线绣了折枝桂花，白生生的腕子上套着一只莹紫的玉镯，一看衣裳气派就知道是高门朱户里出来的小姐，禁不住又自谦了两句："店小，没有好茶，您二位将就。"

"掌柜客气。"那军官的言谈态度虽不跋扈，却也不热络，问了两句店里的预备，先点了一碟退鳅，略一犹豫，低声跟身边的女子解释了两句，待那女子点头，才又点了血鸭、米粉并两样时鲜的菜蔬。老板娘心道，江边的馆子江鲜美，眼下秋江水满，正是铜鱼最肥美的光景，这人听口音是外乡人，想不到于本地的吃食却是行家，一边揣度一边一迭声应着去了厨下。

艄公听着他们这边点菜，端到嘴边的酒杯又放了下来，啧啧道："长官初来云衡，吃得倒很在行哪！这退鳅真是到了非吃不可的时候了，啧啧……"

那军官还未答话，方才一直没有开口的素衣女子却转过头来笑道："人少冷清，老先生要是不介意，不如和我们拼一桌吧。"

她回眸一笑，艳色惊人，直把那老艄公看得一愣，恍了恍神才反应过来，连忙抄了自己的酒壶酒杯乐呵呵地挪到了他们对面："好好好！"当下又讲说了一番品味江鲜的门道。不多时，老板娘上了菜，鱼肥酒暖，那艄公更是起了兴致，连云衡的风土人情也一并演说起来。

"嘉宁桥的虞家在云衡很出名吗？"那素衣女子闲闲一问，老艄公立时瞪开了双眼，一脸诧异地道："虞家！妹陀，嘉宁桥的虞家你都不晓得吗？那可是……可是……"他"可是"了几遍，也没"可是"出个合适的词出来，挠了挠头，指着那军官道，"你问他，问他——当兵吃粮的没有不晓得虞家的。虞家！啧啧，进了城你就见识了，城西嘉宁桥，过了桥，一条巷子到尾都是虞家！"

他说了这些，仍是意犹未尽，见那女孩子饶有兴味地瞧着自己，更是非要说出点什么来："嗨，当年我还是后生那阵子，要不是家里老母亲死命拦着，老庄我也跟着虞家大帅打天下去了。两江子弟，哪个不晓得虞家？"

他忽而在自己腿上重重一拍，先叹后笑："兴许也能弄个长官当当！"

那女孩子听了掩唇而笑，替她剔鱼刺的军官却是神色一黯。老艄公看在眼里，蓦地疑上心头，谈笑了两句，借故进了厨间，凑到老板娘近前，悄声道："桂嫂，你瞧这后生带着个乖妹陀，是个什么来历？"

桂嫂灶上熬着汤，心不在焉地应道："一看就是大家子的小姐。"

"着啊！"艄公附和了一声，犹犹豫豫地舔了舔嘴唇，"桂嫂，这……怕不是叫人拐出来，私奔的吧？"

桂嫂手里的汤勺"当啷"一声磕在锅沿上，面上一层微霜："这可不敢乱说！我瞧着人家般配得紧。"

"着啊！"艄公又附和了一声，"就是般配得紧，才拐得出来咯。"

桂嫂皱眉道："什么'拐'不'拐'的？我看那长官是体面人，说不定是走亲戚呢！"

"哪儿有这么走亲戚的？"艄公不以为然，"你瞧见那后生膊头的金豆豆没有？三颗！少说也是个团长，出门连个马弁都没有，云衡城的连长都比他排场大些……再说，"艄公声音又低了低，"刚才我提了两句虞家，那后生就不自在，我是怕……那妹陀不会是从虞家拐出来的小姐吧？"

桂嫂一愣，思忖着道："你这么一说，是有点儿怪。"想了想，稳住心神道："他们什么来历咱们可管不着，我只管做我的生意。"说罢，走出来添茶添酒，顺带着哄走了自家孩子。

艄公却放不下心里那点儿疑窦，一团和气地同那军官聊了几句，故作平常地笑道："小老弟，这妹陀是你——"他拖长了话音，便见那军官仿佛有些冷冽地瞥了自己一眼，随即却是坦然一笑："堂客。"微微一顿，又补了一句，"三书六礼拜过堂的。"

艄公被他瞥得有些发僵的脸孔倏然松弛下来，奋力一笑，面上的皱纹聚得越发深了："长官好福气！老庄我码头上来去三十年，这么标致的妹陀一共也只见过……"煞有介事地扳起手指一捻，"这么一个。"

　　一句话说得那女子红了脸颊，一笑低头，无限娇憨。

　　正在这时，门外几道银亮的光束闪过，接着便是汽车刹停的声音，车门开合，下来的尽是撑伞的戎装军人，雨夜里车影、人影幢幢一片，竟看不分明是有几辆车子。桂嫂赶忙到门口观望，片刻间，几个兵士就到了檐下，为首的一人神情颇为焦躁："掌柜的，今天傍晚有没有一位长官带着夫人从这儿经过？"

　　桂嫂一听，心里暗叫不好，难道叫老庄猜中了，里头那对男女真就是私奔出逃的小鸳鸯？这么大的阵仗莫不是虞家出来追人？一时间也不知是该说还是该瞒，只是愣在当场。

　　馆子里的人也都瞧见了外面的动静，那军官刚起身，那艄公猛地拉了他一把，痛心疾首地道："老弟，你们走不脱了，妹陀叫她家里人带回去吧！你赶紧翻窗子出去，后头最近的就是我的船，你藏一藏……让虞家的人抓住，铁定要把你打靶了！"

　　他身边的女子也跟着站了起来，诧异地望着他二人，唯那军官面不改色地拍了拍艄公拉他的手："老哥，多谢了。"说罢，朝外头朗声道："杜中光！"

　　桂嫂正心惊胆战不知如何作答，同她问话的军官却猛然神色一振，撇开她忙不迭地赶进门去，挺身行礼："校长，夫人！"神态举止极为恭谨。

　　艄公不由自主地放开了手，方才被他拉住的军官冲那姓杜的说道："找到车了？"

杜中光道："是，正在修。"

那军官蹙眉道："下着雨，修什么？"

杜中光脸色一红："……呃，是。"

那军官看着他摇了摇头："这也是卫朔教你的？"

杜中光更是语塞，那军官一笑，低头问身边的女子："吃好了吗？"

那女子笑微微地点头，牵着他的手走了出来，一时已有侍从和勤务兵进来，拿衣裳的拿衣裳，结账的结账。老板娘还要找钱，那军官却道："留着请这位老哥喝酒吧！"这边说着话，司机已经把一辆车子开到了门前，又有卫兵过来撑伞，艄公瞪目看了半晌，这时才回过味儿来，抖抖索索地跟出来支吾道："……敢问这位长官，怎么称呼？"

那军官颔首道："敝人姓虞。"

车子沿着江岸缓缓前行，雨过云开，银亮的月弯挂在山前，潮声起伏，江流澹静。她倚在他肩上，指尖抚开他微蹙的眉心："怎么了？"

"没什么。"他偏过脸挨在她额头上，深深一吻，"我在想那艄公的话，当年跟着虞家出征的两江子弟，能回来的，不知道有多少。"

他闭上眼，带着她体温的清甜香气一分一分地往他心里沁，耳鬓厮磨间，仿佛重又回到孩提时——

巷子里仿佛日日都有等着谒见父亲的人。两江子弟，哪个不晓得虞家？巷口的青石板桥，流水悠悠，桥头总有个卖花的老妪，丝线串起的栀子、茉莉，带着娇翠的叶，洒了水，又香甜又清爽……那时他刚刚记事吧？抓起来就往嘴里送，抱他的是谁？是龚揆则？赶紧扯开那花，他犹要去抢，他笑呵呵地把他举高："咱们四少将来是要骑大马做将军的！这些花儿朵儿的，咱们可不要！"

　　他听了，也真就不要了。

番外

庐山烟雨浙江潮

　　山路转弯急，战捷身子一晃，赶忙笼住身边一株两尺多高的盆花，冲口便道："你这车怎么开的？说了没有，要小心。"

　　前头的司机忙道："是……曨山这条路是新修的，我来得少，路不熟，您没事儿吧？"

　　"路不熟就慢一点。"战捷拍了拍身畔雨过天青色的花盆，"我能有什么事？是它不能有事。"一边说，一边仔细查看那花，唯恐碰掉了一个花苞。

　　司机从后视镜里觑着他的神色，小心翼翼地问道："战参谋，这花贵得很吗？"

　　战捷扶着花盆矜笑着说："总长伺候了这么久，不贵也贵了。"

　　他从郓南军区调到总长身边不过月余，日日看着总长大人照料这株打了苞的茶花，听说已经伺候了两年多了，贵贱他不懂，但这两日开出花来，是真好看。

　　那司机抿着嘴想着，忽然嘿嘿一乐："别人送花儿不是一枝，就是一束，也有送花篮的。总长倒好，连根带盆儿，整个一棵给人搬来。您说这养着也麻烦，万一弄死了，不就可惜了？马主任办公室原先有棵什么兰草，他儿子一杯开水泼进去，转天就死了……您可得嘱咐勤务兵，千万别乱往里头倒茶根儿。"

战捷听着他絮叨亦是莞尔，此时春早，浅翠的山谷里氤氲着淡薄的岚气，正像一杯新冲的春茶。这趟差事不过是个跑腿的活儿，可他心里却有些轻轻重重的颠簸，男人给女人送花，总是依稀透着点儿好逑之心，可是搬一棵来又不像那么回事儿了。

战捷跟着个婢女穿过两进庭院，又沿着浅溪走了段回廊，溪岸上生了大丛的迎春，眼下正当怒放之时，娇黄的花瀑千丝万缕直落水中，最清新的颜色亦叫人有夺目之感。婢女将他引到一处花厅，门楣匾额上镌着"明瑟山馆"四个字，战捷品哑着两旁的楹联暗暗点头：这里也确是水木明瑟。

"您稍等，我去请夫人。"

那婢女低头退了出去，战捷把花摆在靠窗的条案上放稳，正打量厅堂中的陈设，忽然隔窗落下来一缕风铃般的清越笑声，接着便听见一个女子故作嗔意的笑语："虞绍桢，你就等着你爸爸回来揍你吧！"

战捷一转身，就见一个三四岁的小男孩蹦蹦跳跳地跑上台阶，身上一套雪白的海军衫，脸上手上衣上都沾了墨汁，跑过门槛的时候一个跟跄，差点儿绊倒，战捷赶忙伸手拉他。小人儿形容狼狈，人却乖觉，牵着他的手站起来，嫩嫩地说了一声："谢谢叔叔！"

童音未落，一个裹着格纹披肩的洋装女子步履轻盈地跟了进来，见他拎着那男孩子，明澈的眸光在他面上轻轻盼过，旋即颔首一笑。战捷在她秋水顾盼之间有刹那的恍惚，一时间竟想不起如何同她客套。好在那女子也没来和他寒暄，径自蹲下身来捏了捏那孩子尚算干净的一边小脸，蹙着眉低声说："去找霁蓝给你洗脸，然后好好跟许先生道歉；要不然——下午我们都去看木偶戏，就不带你！"

战捷低头看着只觉得好笑。她教哄这孩子的语气神态毫无威胁，带着点儿赌气的味道跟这小人儿打商量，亦嗔亦喜间泄露出一份笃定的温柔爱娇，宽大的流苏披肩下露出湖绿的裙裾，白底细黑波点的洋装衬衫上有错落的荷叶边，长发用发夹松松挽在脑后，露出耳际一枚水滴形的钻石坠子，光芒晶亮，闲适中透着华美。战捷一边打量一边揣度，这小男孩姓虞，应该就是虞校长的小公子了；这女孩子虽看不出是这小男孩的什么人，也该是虞家的亲眷，看样子恐怕是管教不了这个年纪的孩子。谁知，那小男孩瞪大眼睛看了她片刻，却是拖长声音老实地"哦"了一声，立刻穿过花厅跑了出去。

那女子目送着跑走的小人儿，转过脸对战捷客气地笑道："有什么事吗？"

战捷这才想起自己尚未说明来意，忙道："您好！我是霍总长的随从参谋战捷，是来求见虞夫人的。"他略一停顿，看了那女子一眼，又笑问，"敢问小姐怎么称呼？"

那女子不易察觉地蹙了下眉，面上的笑容依旧温和端静："我是虞顾婉凝。"

战捷一愣，脸色骤白骤红，慌忙抖擞身姿行了个礼："夫人好！"

顾婉凝若无其事地点了点头："你们总长叫你来是什么事？"

战捷把她让到条案边，低着头不敢抬眼："这茶花——是总长让我送来给夫人赏玩的。"见顾婉凝并没有留意他的失态，只是凝眸看花，战捷的话才渐渐从容起来，"这株'十八学士'总长调理了两年多，昨天开了一朵，今天早上又一朵，总长就让我给您送来了。您看，已经有二十多个花苞了……"

顾婉凝抚了抚那莹润规整的洁白花瓣，微笑着问道："这花养起来要留心什么，你们总长说了吗？"

战捷忙道："总长说，这花侍弄起来有些麻烦，夫人恐怕也没这个工夫，养花的事叫我直接交代给府上的花匠。"

顾婉凝闻言，垂眸一笑："那麻烦战参谋了。"

战捷听着，又直了直身子，张了张口，话却没说利索："卑职……卑职不麻烦。"

顾婉凝忍了笑意，端详着案前的茶花，温言问道："你们总长还有别的事吗？"

"呃，总长说，他有事想跟夫人请教，不知道夫人什么时间方便？"

顾婉凝略想了想，道："后天下午我要去泠湖的遗属学校，要是霍总长有空，我在明月夜请他吃晚饭——谢谢他的花。"

战捷从学校里出来，跟霍仲祺回话："他们说夫人这会儿在教琴，还得半个钟头才下课。"原本曜山的侍从打电话过来说是六点钟在明月夜订了位子，谁知到了下午，霍仲祺忽然推了公事，直接来了泠湖。旧历年一过，参谋本部正式开始着手改组成立国防部，人事纷杂，千头万绪，所有人都嫌手脚不够用，这会儿倒好，把他们一班人搁在这儿了，半个钟头不长不短，是等还是不等呢？

"教琴？"霍仲祺低声重复了一句，展颜而笑，"我想起来了，她每个礼拜要来上两次音乐课。"说着，拾阶而上，"我们进去等。"

这会儿学校里正在上课，几处教室里有读书声演讲声亦有稚气的笑语，远不像参谋部那样森严肃穆，但他们一路进来，却都觉得踏在一片清和宁静中。为着隔音，音乐教室修在一处单独的院落里，凤尾初绿，修竹掩映，一到近处便听得琴声荡漾。

霍仲祺停在月洞门边，摆了摆手，随行的侍从和卫士也都屏息而立。只听时断时续的琴声由竹叶风底送出来，有的流畅，有的生涩，旋律跳跃活泼，显是小孩子在学弹。

战捷听着无趣，又不敢作声，只觉得表针走得格外迟缓，好容易等到下课铃响，他才精神一振。一群七八岁的小孩子跟着一个头发上扎着手帕的老师鱼贯而出，倒也不甚吵闹。这些孩子都是军中遗属，从小见多了戎装军人，对他们也见怪不怪，倒是有眼尖的孩子看见霍仲祺，不免叽喳了几声：

"看，那个有将星的！"

"嗯，是个将军。"

"就是那个谁嘛……"

"谁呀？"

等小孩子们走过，霍仲祺才进了院子。顾婉凝从教室里姗姗而出，见了他，似也不觉得意外，只点头一笑，待陪她来的侍从向霍仲祺行了礼，才问："你这么闲？"

霍仲祺四下打量了一遍，笑道："我记得这是朗逸的书房。"

顾婉凝点点头："这里最安静。"

他二人缓步走出来，战捷忖度着分寸刚要跟上去，霍仲祺的侍卫长白瑞生忽然扯了他一下。战捷一怔，只得站住，待要问，又犹豫着不知从何问起。

"……改组国防部的事，我跟四哥之前商量过一些。"霍仲祺一边说，一边信手把玩着近旁碧玉新妆的柳条，"眼下有不少事要问他，偏这个时候他避出国去。"

"他就是知道你要来问他，才找个由头去看美国人的海军学校。"顾婉凝说着，嫣然一笑，"不过，他也不单是为了避你——就是他不在，这两个礼拜，也整日有人打电话到栖霞去。"

霍仲祺摇了摇头，沉吟着道："我确实有件着紧的事想问问四哥，或者你帮我……"

"你不用说，我也不会帮你问。"顾婉凝今日出门到学校里来，装扮得十分净雅，烟蓝的旗袍扫到小腿，外头罩了件藕灰的薄呢大衣，发髻也挽得端庄，唯此时笑意中带了些许促狭，眸光盈盈，像是脱出了画框的仕女图，骤然生动起来。

霍仲祺闻言，不由皱了皱眉，却见她敛了笑意，一本正经地说道："他就是不愿意让你揣度他的意思。他说，每个人都有自己解决问题的法子，无所谓好坏。你不必总想着——要是他，会怎么办。"

霍仲祺凝神听着，思量了片刻，放开了手里的柳枝，半笑半叹："四哥洞若烛照，可是这挑子也撂得太干净了。"

顾婉凝看他的目光不觉渗了怜意，轻声道："叶铮他们的事我听说了，你要是懒得理会，我去问问。"

霍仲祺眉峰一挑，眼中亦闪出一点欣喜："那可多谢你了！"

顾婉凝却低了眉睫："我知道这几年……很多事，你都很难。"

霍仲祺摇了摇头，含笑低语："四哥那些年，才是真的难。"

一句话，两个人都沉默了下来，仿佛透过眼前的平湖春风便能望见那些年的栉风沐雨。

他笼在她身上的目光越来越温软，蓦然回顾，他变了这么多，杀伐赏黜、进退回旋，人前人后对谁都留三分提防，一言一语都唯恐泄露半分真心，当年那个千金买笑、银篦击节的五陵公子再也没有了……什么都变了，不变的，仿佛只有她。依旧是刻在他心底的玉颜如梦，一颦春山愁，一笑秋水滟——那梦里，有他的春风白马、年少风流，也有他的山穷水尽、痛彻心扉……那些永生难忘的情恋痴嗔都在不知不觉间化入了骨血，没有她，就没有此时此地的他。

见了她，他忽然就卸下了一身甲胄。

从湖面抚过的风轻柔得像他的眼波，他走在她身边，深深吸了口气，心底涌起一股不同寻常的快活："你在明月夜订位子，是想吃什么？我叫他们备了条鲥鱼，待会儿用笋烧了。"

顾婉凝抿了抿唇，柔柔一笑："该说的话我都说了，你忙，我就不耽搁你了。"

霍仲祺一怔，下意识地接了一句："我没事。"却见顾婉凝螓首轻垂，浓密的羽睫遮去了闪亮的眸光："你不用跟我客气了，我知道你这些日子事情多，攸宁到曜山去玩儿，都说三五天见不到你一面。"

霍仲祺听着，已然明白了她言外之意，点头笑道："他八点钟就睡了，哪儿能看见我回来？"

战捷和白瑞生不远不近地跟在后面，虽然听不清他们两人说些什么，却眼见得霍仲祺谈笑间尽是从未有过的温柔俦傥。想起前些日子侍从室的人闲话，说起总长当年是江宁首屈一指的风流子弟，他只是不信，眼下这光景倒有那么几分意思；又想起前日他送了花回去，霍仲祺细细问了他在曜山的情形，唇边始终一缕笑意温存……莫非那些影影绰绰的传闻也不尽是虚言？

念头一转，旧年毕业典礼时校长亲自训话授剑的情景不期然闪了出来，那样清华峻烈的凛然风度，真真是只堪仰望。他望着霍仲祺的侧影，琢磨了一阵，忽然觉得总长大人有些可怜。

霍仲祺送罢顾婉凝上车，在夕阳的余晖里静静站了一阵，回头吩咐战捷："接夫人去明月夜——再叫人到顺祥斋去买一份马蹄糕。"

除了致娆的贴身丫头碧缕，里里外外的婢仆都被打发开了。谢夫人按了按眉心，鲜甜香醇的祁红呷在口中也品不出好滋味："说来说去，还是先前他去听了两回戏，这回往曜山送了盆花……也不是什么大不了的事，怎么就至于闹成这样？"

谢致娆绷紧了面孔，一腔酸热在眼眶里打了个转。谢夫人见状，给对面谢致娆的堂嫂递了个眼色："你们小夫妻的事儿，我也劝不明白，让你嫂子帮你出出主意吧。"说罢，又拉着致娆的手轻轻拍了拍，"明天就回去吧，你就是不顾着仲祺，也要顾着孩子。"有些话，做长辈的不好开口，她本想着陈安琪和致娆年岁相仿，或者能劝说一二，可谢致轩一听就摇了头。安琪是个直性子，又和顾婉凝要好，说起这些事，说不定还没劝就吵起来了，谢夫人只好把他堂哥谢致远的夫人贝欣怡叫了来。

"我不回去。"谢致娆咬着牙低声道。谢夫人叹着气慢慢走出去，贝欣怡顺势坐到了她身边，笑吟吟地觑着她："我听了半天也没闹明白，你这到底是跟谁生气呢？还是那个戏子的事？不过是他多去听了两回戏，又没真的弄回来。"她一面说，一面用果签戳了颗盐津李子递给致娆，"你就酸成这样？"说着，自己也挑起一颗含了，揶揄道："不是嫂子替他说话，你去年弄的那一出，人人都'佩服'你把总长大人挟制得连戏都不敢听——可这是好话吗？"

谢致娆颊边一红："我不是跟一个戏子置气，你知道……"话到嘴边，又咽了。

去年文庙街有个冒红的清唱小旦，不知怎的入了霍仲祺的眼，饶是他公务冗繁，两个月里头往文庙街去了三回，回回都只听她一折《思凡》。事情落在谢致娆耳里，她不吵不闹，却是去文庙街包了那小戏班的场，一折《思凡》叫那旦唱了五遍……霍仲祺知道了也没说什么，却是此后再不去听戏了。于是，人人都道小霍夫人有手段，早年霍仲祺是何等的风流脾性，如今竟对夫人这样服帖。

"你以为他真的不上心？上个月那小戏子嫁人，他一份贺礼送了这个数。"谢致娆沉着脸色比了个手势。

贝欣怡却不以为意："人家因为你把嗓子唱倒了，他要是不

343

管，那像什么话？你这么扫他的脸，他一句话都没有，你还要他怎么样？"

谢致娆去搓磨那戏子原是一时心障，没想到那女孩子年纪小，当场就倒了嗓子。她想起来也觉得事情做得不妥，可嘴上却不肯服软："他为什么去听戏，他自己心里知道。"

"那也是过去的事了，你怎么又翻出来说呢？"贝欣怡声音低了低，"就是他跟……也是陈年旧事了。过去的事，既不能改，也抹不掉，他就算心里存着个影儿，终归是个断没指望的镜花水月。你要是较这个劲，那就是跟自己过不去了。"

"陈年旧事？"致娆揪着沙发靠垫上的流苏，嘴唇抿去了一半，"四哥一走，他就巴巴地养了花给人送去。我问起来，他手下那班人，一个个都说不知道，要是真的没什么，他们何必糊弄我？"

贝欣怡奇道："他们都不说，那你怎么知道的？"

"我就是知道。"谢致娆赌气丢下一句，两个人一时都没了话头。

"你呀，还是在家里做小姐的脾气。"贝欣怡拨弄着手上的一枚蓝宝戒指，觑了她一眼，"要我说，当初你就应该把那小戏子弄回来。"

致娆杏眼斜飞，哂笑了一声，显是十分不以为然。贝欣怡也不恼，反而又靠近了些："一个戏子，说穿了就是个玩意儿，逗弄两天也就扔了。他要是真起了这个意思，正心虚着呢，你替他办了，他只有更念你的好，你再撒个娇使个性子，他也只有打点起几倍的小心百依百顺地去哄你。"

她见谢致娆仍是神色愤愤，遂更加推心置腹地道："退一万步说，要是他真敢把那小戏子留下，想怎么整治还不是你一句话的事？只一条，不要自己出头，就叫你哥哥去，连那丫头带着仲祺一道儿发作了，上头有公公婆婆，下头有攸宁，霍家不许纳妾，事情闹出来，人怎么弄回来的，还叫他怎么弄走。"

贝欣怡呷了口茶，见致娆专注在听，遂轻轻一笑："里外上下，只有说你贤惠委屈的。可你这么一闹，他嘴上不说，心里认准你个泼辣狠毒，你划算吗？"

"……那现在还能怎么办？那小丫头也嫁人了。"致娆颦了眉尖，眼中一缕惘然。贝欣怡听着，竟是"扑哧"一笑："我的傻妹妹，你想到哪儿去了？我是借这事给你打个比方，哪儿是让你……说到底，就是你自己要拎得清楚，是你一时出了气要紧，还是他心里怎么想你，你们夫妻俩长长远远一辈子要紧。只要你自己拿稳了主意，里子面子一准儿都是你的。"

致娆被她说得气苦里也忍不住一笑："你就是这么对付我大哥的？"

贝欣怡轻叹了一声，搁下手里的茶杯："致娆，嫂嫂劝你一句：至亲至疏夫妻。有些事，不该知道的，你就得不知道。仲祺年轻的时候风流荒唐是有的，可他心地好，跟你打小一道儿处得也好，只有忍让你，没有欺负你的。他要真是存心让你不痛快，不声不响在外头养个小公馆，你一点儿法子都没有——昨天他来接你，你不回去，那他以后要是不来了，你怎么办？"

"他不来，我就不回去。"致娆话虽倔强，声气却软了。

"这是气话。"贝欣怡笑着站起身，理了理旗袍的褶皱，"还有一条，你要是怕他不来，下次走得再急，也记着把攸宁带回来。"

檀园高树美墅，几栋形制相仿又各有洞天的洋房隐在扶疏花木之间。安琪难得有兴致下厨，说是跟个法国厨子学了煎牛排，卖相还好，滋味却着实是让人消受不起，她自己尝了也脸红，逼着谢致轩切了两口，嘻嘻一笑也就放过了他。夫妻俩正商量着去哪里寻正经牛排吃，谢夫人突然打了电话过来，谢致轩那边一讲完电话，陈安琪便笑道："是叫你去给致娆做和事佬吧？"

谢致轩耸了耸肩，"咱们去母亲那边吃饭？"

安琪对着镜子抿头发，珊瑚色的嘴唇轻轻一嘟："我去雅汇吃牛排——免得我说了什么话别人不爱听；反正你家里尽有会说话的，能拣着别人爱听的说。"

谢致轩摩挲着她的肩苦笑："你就那么不爱见我堂嫂？"

安琪在镜子里头白了丈夫一眼："这是你说的，我可没说。我只是不爱见她一肚子算计，面上还要装好人。她这两天急着撺掇致娆回霍家，还不是为了军购的事？要我说，干脆叫他们离婚算了，当初寻死觅活逼着要嫁，现在又这样，何苦呢？"

谢致轩品评着她身上的衣色，帮她在妆台上挑首饰，闲搭了一句："哪有劝别人离婚的？"

安琪抚着谢致轩挂在她颈间的链坠，也叹了口气："明年参谋本部要改国防部，那边现在什么状况你又不是不知道。致娆要是发发善心跟他离了婚，仲祺还有几天清静日子过。"谢致轩听着，忽然在她肘上捏了下去，安琪臂上一麻，缩着身子"哎哟"了一声，恼道："你干什么？"

谢致轩却又捏了捏她的脸："你这胳膊肘拐得不对了啊——这么替他着想？"

安琪气呼呼地转过身，反手在他脸上使劲儿拧了一把："我就是！你吃醋啊？"

谢致轩捂着脸倒吸了口冷气："你这下手也太重了吧？"

安琪拨开他的手看了看，果然有两痕红印子，指尖轻轻点了点，想笑，又忍了，揽着谢致轩的颈子，在他颊边亲了一下："别人我掐着还不顺手呢！"

谢致轩摸摸脸，磨着牙点头附和："……能让夫人用着顺手，也是我三生有幸。"

安琪"扑哧"一笑，走出房门又回过头来正色道："你提醒致娆，千万别听信你堂嫂那些鬼蜮伎俩，小霍不是你大哥，致娆也没你堂嫂那些个八面玲珑的算计，致娆要是学她，那他俩才真是完了。"

其实不用母亲和妹妹开口，谢致轩已然去见过霍仲祺了。

他原就猜着这回是别有内情，一问，果然。怨不得致娆回来不肯说。谢致轩想着也是摇头，一件全不相干的事也能闹成这样。就事论事，也说不上是谁的错，一则婉凝是妹妹一块心病，沾着就恼；二则霍仲祺一向吃软不吃硬，这些日子公事上太耗心力，耐不下心气哄她。看着致娆又娇怨又气恼，还含着点可怜相，到嘴边的话又团回去再捏软了才往外说："事情是因为莹玉起的，你怎么不跟母亲说？"

谢致娆一听，面上的神气越发可怜起来，嗫嚅着没作声。这还是她未嫁前住的房间，去年换的家具仍是依着原先的配色，乳白描金的沙发架子，粉蓝的缎面坐垫上一圈深红浅粉的玫瑰花，谢致轩看在眼里，忽然想起先前安琪的话——"你妹妹永远都是十七岁"。他心里低叹，眼里却只有温和笑意："你不说，就是知道自己也有不对的地方。她那件事，不要说仲祺，换了谁都不会管，你偏要去撺掇，往轻里说，你是耳根软，心思浅；往重里说，你这是坑陷他，你想过吗？"

"……"

"你是想叫别人知道，在他心里，谁都比不上你要紧。"谢致轩说着，拉了椅子坐下，"可本来不相干的事，反而叫你们夫妻生分了。小霍一直都觉得你心思单纯，以后——你是想叫他处处提防着你吗？"

致娆脸色越发黯了，低低道："说是不相干，可下头的人做事还不是揣摩上头的意思？"

谢致轩口中的"莹玉"是他舅父何世骥的女儿，年纪比致娆大两岁，表姊妹两个人一直处得都不错。何莹玉嫁的是前任华亭市长的儿子刘定如，最近刚升到铨叙部主事，日后前途可观，正是新贵。何莹玉从华亭到江宁，碰巧跟顾婉凝坐了同一趟车。何莹玉是"搬家"，随身的细软多，婢仆随从多，来接站的车子也多，因天又下雨，人来人往地拆装行李，安置座位，几辆车子一停，从栖霞官邸来接站的车就堵在了后面。

栖霞的侍从等了几分钟，见前头这班人忙得热闹，也不知道什么时候能完事儿，就去跟前头的司机打商量，靠边让后面的车先过。何莹玉督着人整理东西，正是不耐烦的时候，随口打发了下人去回话，说"马上就好，让后面的车稍等"。

话传回来，栖霞的侍从就有些不乐意，等了一会儿，见前头的车既不避让，也没有走人的意思，便连敲了几声喇叭。恰巧何莹玉正要上车，一听就皱了眉，暗骂了一句"兵痞"，转眼瞥见前头车厢里下来一个带着孩子的素衣女子，远远看了一眼，见打着伞来接站的是个年轻军官，料想不是什么要紧的人，坐进车里吩咐了一句："既然别人催，那咱们就走快一点。"

那司机也是晓事的，车子一启动就加了速。顾婉凝刚下到站台上，一辆车子疾驰而过，站台上的积水立时飞出一片水花，虽然溅到她衣摆上的水渍不多，但这样的事她多年不曾遇过，竟是一愣。

随行的人还在诧异，来接站的人已然搓了火。选到栖霞的侍从都是人精，这边不动声色接了人回去，那边就有人去给何莹玉下了绊子。刘家的车出站没多久，便被路口的巡警拦下"例行检查"，慢条斯理地查验了几个司机的证件；再走一段，却又莫名其妙地被卫戍部队的一伙儿宪兵拦了，一会儿说查逃兵一会儿说缉私，一件件行李翻查记录，任何莹玉气急败坏地呵斥"缉私是海关的事""要打电话给参谋部"……一班人只是黑着脸"公干"。来往的行人不知道出了什么事，倒有不少停下来看热闹，见行李里检出一盒码得筷子似的"小黄鱼"，尽有议论起哄的，直折腾了半个多钟头惊动了报馆的记者才放行。

事后刘家着人去查问，警察厅和陆军部却都是一句"弄错了"，不仅没人负责，连个道歉的人都没有。何莹玉心知是叫人作弄了，却不知是在哪儿吃了暗亏，又打听了一个礼拜，才有人"指点"出来是怎么一回事。

刘定如也只好叫夫人不要再计较，何莹玉心里气不过，又无计可施，想了一想，便把事情翻给了谢致娆："我倒不是要跟她争什么，只是她身边一个跑腿的就有这么大的能耐，支使得了这么多人不说，连陆军部的人都不敢说话，也太无法无天了吧？"觑着谢致娆的脸色，又轻飘飘送了一句，"这是我，要是你呢？"

谢致娆心里一刺，盘算了一遍，便把事情掐头去尾告诉了霍仲祺，只说："我表姐也是跟我抱怨几句，没有一定要查问谁的意思；可我想着，下面的人做事这么没章法，总要管一管吧？"

霍仲祺听着也觉得蹊跷。这几年为着裁军、改制，军部和国府各部扯皮的地方不少，难免有不对付的地方，但也不至于公然寻着政府要员的家眷作弄。不过军部自成一体，下头人胡闹，上头人护短的事大约是有的；而江宁是国府所在，首善之地，风纪最要紧不过，便着人去问到底是怎么回事："要是弄错了，就叫人去给刘夫人道个歉。"

这原本是件小事，然而总长吩咐下来，就成了大事。

事情一级一级问下来，又一层一层传开去，陆军部并参谋本部的人都犯了嘀咕。以虞浩霆的声望地位，江宁的军政官员除了阁揆出行有勤务清路，其他公私车辆见了虞家的车子都是让行的，敬也好，畏也好，从没有人别虞家的苗头。这会儿虞浩霆人在国外，就有人敢故意冲撞这位校长夫人，下头的人借故查车还是好的，事情捅上去，只有更着意整治的，碰在哪个司长处长手里，随便寻个"事涉机密"的缘故，把车扣下，任你是谁，一点儿脾气没有，却不料霍仲祺是这个吩咐。再一问，原来这位新来江宁的刘夫人也算是谢家的亲眷，一家人打对台偏去扫虞夫人的面子，兼之眼下参谋部正在改组，正是人事纷扰、波澜起伏的微妙当口，却不知道总长大人是个什么意思，当下就有人冷笑："这才几年……"

　　但总长吩咐要道歉，就得道歉。

　　于是，一连三天都有全副武装的宪兵去刘公馆给刘夫人"道歉"，态度诚恳，检讨深刻，按时按点……因为栖霞的侍从官也过来赔了礼，头两天刘家还不觉得什么，到第四天才觉得不对，何莹玉电话打到霍家，致娆却不在。

　　他们结婚这些年，霍仲祺像这样发脾气还是第一次，阴着脸回到家，劈头就是一句："你表姐的事，你问清楚了吗？"

　　早上秘书问他"虞夫人的电话要不要接进来？"他便觉得奇怪，栖霞和曜山到参谋部的电话都有专线，并不需要转接，怎么她自己打过来用的却是外线？待接起来听她轻声细语，说身边的人年轻骄矜，做事没轻重，自己平日不上心，没有管教过……霍仲祺更是一头雾水，直到听她说已经叫人去刘家赔了礼，他才转过弯儿来，放下电话叫人去问，这才知道来龙去脉。

　　这件事致娆原本有些心虚，但见他这样光火，也恼了："怎么？一样的事情，因为是她，就变成别人的不是了？"

霍仲祺讶然审视了她一眼："这么说你是早就知道——那你为什么不告诉我？"

谢致娆偏了脸赌气道："告诉你？你要是知道有人招惹了她，头一个就替她出气去了，还轮得到别人？告诉你，你还会理吗？我不告诉你，是为了你的脸面。"

"为了我的脸面？"霍仲祺沉声反问了一句，微微一"笑"，目光却没了温度，

"你表姐欺负到四哥脸上，你觉得很有面子是不是？"

致娆嗤笑了一声："你不用拿四哥来堵我，我不是冲着四哥，我表姐也不知道是她。"

"就算她不知道。刘定如算个什么东西？你表姐就敢这么跋扈！"

霍仲祺声音一高，致娆的婢女便从门外往里探头，霍仲祺一见，厉声骂道："看什么？滚出去！"

谢致娆一下子从沙发上"弹"了起来："你发什么邪火？跋扈？谁能比她跋扈？你是参谋总长，她身边一个跑腿的就能这么作践我姐姐，上上下下没一个人敢管……刘家是不算什么，那她又算什么？"

霍仲祺锁紧了眉头盯着她，沉声道："她是你表嫂，是四哥的夫人，你懂不懂？"

致娆怔了怔，胸口微微起伏："你也知道她是四哥的夫人。"

霍仲祺脸色越发难看，闭着眼摇了摇头："你根本就什么都不知道……算了，我和你说不清楚。"他铁青着脸往外走，只听身后致娆犹自冷诮地说道：

"你跟我说不清楚的事多了……"

磨砂的玻璃灯罩淡了壁灯的光晕，致娆抱膝倚在沙发里，一头长

发用银紫的缎带系在胸前，精致的下颌轮廓犹是桃李年华的娇俏。

"仲祺的事，你太不留心了。"谢致轩温言对妹妹说道，"他从浩霆手里接了这个位子，你以为是容易的吗？参谋部、陆军部，连空军、海军、情治，还有那些卫戍区的警备司令……跟他走得近的，都是浩霆的班底；明面上摆着的，有先前邵家的人，看端木钦脸色的沣南旧部，死扎在锦西的薛贞生……至于台面底下数不出来的，还不知道都怎么勾连呢。"

谢致娆静听着，耷着眼睛低语道："这些我知道。"

谢致轩几乎想揉揉她的头发："你知道，还给他添乱？家里人知道是误会，外头的人听风是雨，你让别人怎么想他？"他冠冕堂皇说的都是公事，只为开解妹妹，公事上头的利害是不假，但他私心忖度霍仲祺这回之所以光火，大半还是坏在顾婉凝那个电话上。致娆就是太痴，顾婉凝的事在霍仲祺这里最好就是不提，别说这件事原本就不占理，即便是有天大的道理让小霍去苛责顾婉凝，也还不如叫他插自己两刀来得容易。

不用问他就知道，顾婉凝那个电话必是十分客气谦词，越是体谅到极处就越挑他的火气。事情闹得尽人皆知，顾婉凝就必得叫他发作得也尽人皆知，家事成了公事，弦外有音，才能叫旁人知道小霍和虞家没有嫌隙。什么时候致娆也有这份心思，他也就放心了。

然而致娆犹自不服："哪里就有那么大的事了？"

谢致轩笑了笑，没再纠缠这个话题，口吻却郑重了些："致娆，你如今不是我们谢家的小妹妹，是参谋总长的夫人，阁揆的弟妹，一举一动都要想着周全别人，才能周全自己——你该学学庭萱，就是婉凝，为人行事，也有她的好处。"

提起霍庭萱，致娆自是宾服，但哥哥要她学顾婉凝，她却是不能应承："我要叫她一声表嫂，也不好说她什么，可她那个……"致娆话到嘴边，觉得妄下断语显得自己小气，遂道，"四哥卸任这几年，栖霞等闲不宴客的，偏薛贞生前年回江宁述职，她叫了堂会给人接风；等薛贞生走的时候，带了个弹琵琶的丫头，就是在栖霞碰见的……她这个'笼络'人心的做派，我学不来。"

"我不是叫你学她。"谢致轩淡淡一笑，接过了话头，"薛贞生的事你要想知道，回头去问仲祺。你说婉凝'笼络'人心倒也不错，那你就想想她是为了什么？她是为了浩霆，为了她丈夫。就仲祺身边这些人，什么脾性，什么来历，你知道多少？"

致娆搅着手里的奶茶，勺子在杯壁上碰出清脆的微响，谢致轩接着道："上次给遗属学校义卖的慈善酒会，你跟别人说笑，就冷淡杨云枫的夫人，你还听别人嚼她的舌头——这样不好吧？"

谢致娆咬着唇辩解道："我也不是故意的，别人在说话，我总不好转脸就走——是仲祺跟你说的？"

"你别管是谁跟我说的，我知道你不是故意的，小霍也知道。"谢致轩恳切地说，"她出身不好，你心里跟她不亲近。可不管她从前是什么出身，如今云枫是郫南的警备司令；当年仲祺陷在沈州，是他九死一生把人抢出来的，还丢了一只手……不管是讲公事还是讲情分，你都该有更好的做法。"

"我知道，我以后留神。"致娆轻轻点了点下颌，抬起眼又有几分委屈，"……哥，其实我一点儿都不稀罕这个'总长夫人'，这种事，只有庭萱姐姐做得来。"

谢致轩闻言一笑："那你要不要跟他离婚啊？"

他面上玩笑，心里却也有些微的难过。其实论容貌脾性，致娆在几家姊妹里也是拔尖儿的了，唯独是锦屏人看得韶光贱，一门心思就只是要跟霍仲祺只羡鸳鸯不羡仙，其他的事一概不管。倘若小霍还是那个翩翩浊世佳公子，致娆这一辈子也就这么春花秋月地过了；可偏偏霍仲祺这十多年沧海桑田别如云泥，致娆却是观棋烂柯。两下相处，霍仲祺面上容她让她处处周全，旁人只觉得致娆得意，可骨子里却是谊厚情薄，既觉得亏欠她，又着实不在意她。致娆知道他往齈山送了盆茶花，甫一开口，霍仲祺便道："我种了好些呢，花房里现开的就有，你喜欢，尽管叫人去搬。"堵得人空自委屈，却无话可说。

夫妻间的细枝末节不足为外人道，致娆嫁到霍家却还有一重烦恼。霍庭萱是天生的阁揆夫人，于国府的内政外交既有卓见，又有分寸，既风度高华，又亲和宜人；致娆难免相形见绌，且人人都觉得她这相形见绌是天经地义，任谁都没有期望过她能去媲美。霍仲祺从小有这么一个姐姐，又有顾婉凝那么一段百转千回的巫山沧海，致娆便成了刺在缎面上的缠枝花，纵然是绣工精湛花团锦簇，却叫人无从回味。私情里不牵记她，公事上也不指望她，还是依着当年的习惯，只把她当个不懂事的孩子罢了。

他见致娆不说话，又道："我也不是说非得要你像庭萱那样面面俱到，万事妥帖；只是仲祺碰上棘手的事情，你帮得上他的忙，就够了。前些日子叶铮和孙熙平争执联勤的职权分割，当着唐骧的面拍桌子——婉凝去劝了，两厢就肯退让；遗属学校的小学校都是女老师，她提一句小孩子没有'爸爸'陪着玩儿不好，连参谋部的将官都肯抽着空去哄孩子；你有没有这个本事？"

"别人看的是四哥的面子。"

"当然是浩霆的面子。"谢致轩顺着她的话耐下心解说，"可就是仲祺的面子，你也得会用，更不能拿他公务上的事跟他赌气，知道吗？"

致娆低不可闻地"嗯"了一声，忽然迟疑着问："哥，他有没有说……"

谢致轩却有意要吊她的胃口："说什么？"却见致娆闷声不响地

捧着杯子，只是喝已经冷掉的奶茶，谢致轩舒展地一笑，"那我去给他打电话叫他明天来接你，你可不许又闹脾气不跟他走啊。"

致娆心里有事，一夜睡得辗转，懒懒披了晨褛下楼，钉珠刺绣的软缎拖鞋在地毯上踩不出声音。晨光初亮，壁灯还没熄，截然不同的光色质感，把原本就富丽琳琅的客厅映照得像舞剧的布景。她一步一阶走下来，恍然觉得自己这一生一直就嵌在这样似真还假的世界里，她想要的，都有了，可搁在手里才知道，不过是她自己想出来的镜花水月，索性不要了也罢！她一时悲从心起，整个人都酸沉沉地撑在了楼梯扶手上。不想楼梯遮断处原来站着一个人，听见响动，走出来抬头看她："你起来了？"却是霍仲祺。

他的戎装谨肃冲淡了四周的富丽琳琅，这一片镜花水月中，仿佛只有他这个人是真的。她方才的那一点意气消融得无影无踪，咬着唇走下楼来，欲言又止地望了他一眼，无可遏止的委屈涌上来，直扑进他怀里，眼泪是断线的珠子，偎在他怀里一边哭一边说："他们都说我不好，说我不懂事，我哥哥说……说我帮不上你的忙，只给你添麻烦；我不如庭萱姐姐，也不如……他们还说……说你以后准定记恨我泼辣歹毒……"

霍仲祺听着，唯有苦笑，轻轻拍着她，柔声安抚道："这是你哥哥说的？"

"嗯。"致娆答应着，又抽泣着摇了摇头，"……母亲，还有堂嫂，安琪也说我不好，他们都帮你说话，也不管我多委屈……"

霍仲祺一手揽住她，一手去抹她的眼泪："那不理他们了，我们回家，好不好？"

"闭嘴！"
一声低斥随着藤条抽上去，震天响的哭声戛然而止，绍桢惊痛之下，整张脸都皱作一团，然而父亲面上只是漠然："人生小幼，精神专利——背！"

小人儿愣了愣，紧接着又有一藤条抽在腿上，一串辛辣的疼。绍桢身子一缩，喉咙里犹带着抽噎，抖抖索索地往下背："人生小幼，精神专利，长……长成已后，思虑散逸，固须……固须早教，勿失机也。吾七岁时……七岁时，诵……"他嘴里哀哀背着，父亲手中的藤条却没有停。虞绍桢既怕且恼，更多的却是委屈，梗了梗颈子，嗓门儿一下高了："我都背了！"

虞浩霆一藤条抽在他脖子上，转瞬就浮出一道嶙峋的紫痕。跪在地上的小人儿惊诧地看着父亲，脸色煞白，张大了嘴就放声要哭，然而刚号出半声，便想起方才虞浩霆叫他"闭嘴"，呆了一呆，唯恐再触怒他，强忍着畏惧委屈，一边用手背抹泪一边找回之前的断篇，上气不接下气磕绊着往下背："吾七岁时，诵《灵光殿赋》……至于今日，今日，十年一理，犹不遗忘……"

正在这时，外头忽然有人急急敲门："绍桢，给妈妈开门。绍桢？虞浩霆，你开门。"声音压得很低，唤他名字的声音是熟悉的清越，但口吻却绝不愉快，"虞浩霆？"

跪在地上的绍桢一听是母亲来了，身上被藤条抽过的地方便似乎没那么疼了，提着胆子觑了一眼父亲，脸上丝毫不敢露出半分喜色，只是书背得略流利了些："二十以外，所诵经书，一月废置，便至荒芜矣。"虞浩霆看着他那点儿小心思，冷笑了一声，又着力在他身上抽了两下，这才过去开门。

霁蓝一说虞浩霆把儿子拖进了书房，顾婉凝就知道不好，但是小孩子犯了错，做父亲的管教儿子也是应当。她在外头听见绍桢哭得山摇地动，虽然心疼，却也知道这小家伙主意精明，七分疼当十分哭出来，就是要哭给她听的。可那哭声突然哑了，里头再听不见声响，父子俩却也没人出来，她便有些惴惴。等了一会儿，又听见极惨烈的一声号哭，生生截断了一半，便再按捺不住了。

虞浩霆是丢了手里的藤条才开门的，绍桢自觉没了威胁，把刚才压在肚子里头的委屈全都在门开的那一刹那放声号了出来。委屈有了倚仗发泄得就格外痛快，眼泪翻滚得一颗追着一颗，正哭得起劲儿，不防虞浩霆回身过来迎着他肩头就是一脚："你再装得像一点！"

绍桢猝不及防身子一扑，直摔了出去，虞绍桢没想到当着母亲的面，父亲也下得了这样的重手，蒙了一下之后，也不敢再哭，只是撇着小嘴，满脸挂泪，眼巴巴地看着母亲。顾婉凝抢过去抱了小家伙起来，眼见他细白的脖颈上一痕嶙峋紫淤，眼中就是一热。

"你？"她回过头愠怒地看着丈夫，却终究不愿意当着孩子的面同他争执，悉心验看了儿子的伤，抱着他递到霁蓝手里，吩咐了几句，转过身来带上房门，这才面罩冷霜地盯住虞浩霆，"他是你儿子，你这么打他？"

虞浩霆原是恨这小人儿故意在婉凝面前偷奸耍滑，这会儿见她眸中含泪，显是心疼至极，也有些后悔不该当着她的面整治儿子；但从前他几次要收拾他，她都拦了，说孩子太小不能打。如今大了，也该有个规矩，她就是心软，可他不能，当下便道："不重他就记不住教训，打也白挨了。"

他一脸不以为然，更叫顾婉凝蹙紧了眉尖："他才五岁，你就是教训他也不能这样没有轻重。"

虞浩霆见她恼了，便去拉她的手："这算什么？你是没见过我小时候父亲怎么收拾我的。"

"你……"顾婉凝仰起面孔，扔给他一个"不可理喻"的表情，"你觉得那样好吗？"

"这是过庭之训。父子之严，不可以狎。男孩子，就得这么教，不教不成器。"

虞浩霆把她的手牵到胸前，吁了口气，换过笑脸，"我不好吗？"

顾婉凝哪里还有心思跟他调笑，摔开他的手，反驳道："圣人说的是过庭之训，不是过庭之'打'。男孩子就得这么教，——你怎么没打过？"

虞浩霆一怔，她说的这件事他倒没想过，想了想，道："因为——听话。"

他说罢，忽然觉得顾婉凝神色不对。

她仰望他的一双眼，先是疑惑，渐渐地，却浮起了一层薄冰，只是还没冻到别人，先冻住了她自己。她垂了头，愠怒和气愤都不见了，像封进冰层的花，有凝固的清美，却失了生气。

"我知道了。"她幽幽丢下一句，转身便走。

虞浩霆隐约度中了她的心思，心里一点冷烛半明半昧，又有些发慌，挟住她的腰不放："什么你就知道了？"

她明知他有心挟制她，她无论如何也挣不开，仍是用力去推他的手，动作异常坚决："反正我就是知道了。"

虞浩霆索性箍住了她的肩，迫着她面对他："你胡思乱想什么？我从来都没有那个意思。"他情急之中剖白得口不择言，却叫她踩住了痛脚，咄咄地看着他，声音不高，话却叫他不能抵挡："你没有哪个意思？"

她许久没有这样针锋相对地跟他说话，像是柔艳的壳子里头骤然冲出一只头角峥嵘的小怪物。他应付起来吃力，更兼着心疼，可他宁愿她直白地拿话堵他，比她一声不吭自己跟自己赌气的好，那才是真的糟。他的手在她肩头轻轻揉着："我们还有什么话，不能好好说的吗？"

他们当然没有什么话是不能好好说的。

他这么看着她，她便恼恨起自己来。她这个念头动得伤人，可却又不是她自己能决定想或不想的。她不知道是天性如此，还是自幼养出的习惯，她仿佛总能捕到旁人自己都未必察觉的情思心绪，她知道怎么样能不动声色地让人舒服，也知道如何做最能叫人难堪。或许她心底的这根弦该磨得钝一点，可以让自己和别人都好过——其实也没有别人，只是他罢了。她对旁人都尽可以忍让了不去理会，唯独对他，一毫一缕都记得格外分明。她也嫌自己心思"刻薄"，可是改不了。她遇见他的时候不过十六岁，这些年，他们纷纷扰扰兜兜转转，连生死都闯了几回，每一步都透着侥幸，叫人不敢回望，稍有错失，他们如今就不会在一起。

再也不会。

她心里一层暖叠着一层凉，额头抵在他胸口，眼泪犹犹豫豫地渗了出来。

虞浩霆俯身吻在她发线上，他知道她想什么，她也知道他没有这个心，那他们纠缠的是什么？

就像他退一步海阔天空，自觉甘愿，可她却觉得有了迁就，这甘愿里就带了委屈，纵然他分辩，也是为着哄她开心罢了。这样的君心我心，反而纠缠得烟雨凄迷。所有的事都是因他珍重她，他珍重她不好吗？好，她若是个小没良心的就好，可她不爱见他为了她委屈自己，她伤了心，为的却是体恤他。她就有本事折腾得他心里亦苦亦甜。

幸而她终究是信他，不提防他，旁人——她永远都存着一分戒备，连小霍……去年致娆表姐那件事，他一听便说必然是误会："你不要理了。"

不料电话那头她柔柔一句送了过来："人总是会变的。"

他放下电话心底竟隐隐有些不平，他们这样的情分，她这样凉薄地看他？他回来之后，说她不该再给仲祺打电话："我就说是误会，他早晚要知道的，你去跟他说，面子上是体谅他，其实是戳他的心。"

她却一点儿也没有失悔的神色，平平淡淡更见理直气壮："这不是我一个人的事，多少人看着呢，拖久了，不知道又惹出什么枝节。"

他只得颔首，她说的确也不错，平日里看着仿佛总是男人清醒些，可女人理智起来，简直是泾渭分明，然而她接着便道："你明白的，要只是我一个人的事，我什么都不会理。我们这么多年的情分，我能为他去死，他知道。"

他听着也是一愕，没有哪个女子会跟自己的丈夫说这种话，可她偏就这么坦坦然然说给他听。一句"你明白""他知道"，旁人眼里的暧昧私意，于她，却都成了亮烈。

他和她不必讲道理，道理她都懂，讲起来一不小心他反而要把自己绕进去。他若说他没有那个心，她就会说，你有你自己也不知道，可你就是那么做的——这就叫人辩无可辩了。他抚着她的背脊，赌气似的说："那我这就把——也拖来抽一顿，成吗？"她答得倒干脆："好，你去吧。"

他抓起方才撂在桌上的藤条作势就要出去，却真不见顾婉凝拦他。他走到门口站住脚，转过身道："是我惹你不痛快的，要不——你抽我一顿得了，揍那些小东西还要听他们鬼哭狼嚎。"说着，就把藤条往她手里塞，她扯过来便抛在地上。他觑着她，终是低头一笑，耳语道："舍不得？"

"你吓唬他一下就算了，怎么能往脖子上抽呢？"她胸口微微起伏，眼里还泛着莹光，依然是对峙的姿态，口吻却比方才和软了些许，倔强嗔恼的眼神却让他心底一热。女人好看就有这么个好处，酡红的美人脸，发起脾气来不赏心也悦目。

"你放心，小孩子皮实得很，没那么娇贵。我以后留神还不成吗？"他手指探过去，和她的指尖纠缠了几下，便扣住了，"我小时候连马鞭都挨过呢，你也心疼心疼我？"握牢了她的腰肢，擦着她的唇亲上去。他是笃信夫妻吵架这种事床头打架床尾和的，没有这一着，就不算真的"好"，何况她这个梨花带雨的模样……遇上了绝不能错过。

她听着他的话就知道他动了别的念头。他们在一起这么久了，她越发奇怪男人这个"兴致"到底是怎么点起来的？有为着心情好，也有为着心情不好；有为着喜欢她，也有为着恼了她；有为着闲来无事，也有为着忙得没了时日钟点……似乎任何一种情绪都是可以促成欲望的理由，可是她正在跟他吵架，他怎么就觉得他们可以……"我跟你说事情，你不要捣乱。"她挣扎着要从他怀里出来去拉房门，他却不放："你说，我在听。"反手按上门锁，转身就把她抱了起来。他书房里有张罗汉床的，他偏把她搁在书案上，他就要看她惊弓之鸟一样求生不得求死不能。

深绛色的花梨框架嵌着块山水云石，坚凉厚重，她一挨到就是一僵，咬着唇推他，他却不急，连手边的清玩书册都推得慢条斯理。她虽然还想跟他闹别扭，可终归逃不掉。现在不是当年，她不会小疯子似的捶他，更不会抬手就往他脸上抽，他如今是熨在她心尖上的她的丈夫，她恼起来咬在他身上都舍不得用力。

所以，他一点儿也不急。

他解了自己的外套裹住她，纠缠着又去解她襟边的纽子。她身上的首饰从来都是点到即止，两粒珍珠耳钉一点儿也不碍事，只是她绾头发的发插他没搁好，落在晶墨玉的地板上，"叮当"一声脆响，却像是没有人听见，紧接着一叠写过的宣纸也绻绻着落了下来……

他捡起落在地上的水晶发插，放在一摞书函上，回眸看她贴在枕上的睡颜，满意地笑了笑，忽然又想到了什么，便在架上翻出几张金潜纸来，慢悠悠地折出只风车，耳鬓厮磨地在她颊边亲了亲，把那风车插在了床架上。

橘红的斜阳从窗帘的缝隙中探进来，在淡金的扇页上移动着窗棂的影。他扪心自问，她说得没错，他对这两个孩子的确不一样，绍桢他抓起来就打，绍珩他却是一手指头都没有动过。可她说的那个意思他是真的没有，只因为绍珩到他身边的时候，已经是个很有主意的孩子了，对人对事都有一点谨慎戒备，似乎是像她。而他对这孩子总是存了一份歉疚，手还没抬起来，先就想起他伏在他肩上抽泣着说："你是不是骗我的？你说回来是骗我的。"

但是绍桢不同，他管教起来从没有顾忌，这孩子性子飞扬得锋芒毕露，又一肚子小算计没个正形，让他看在眼里就觉得格外需要收拾——大约他今天下手是有点重了，一径想着，虞浩霆悄悄掩了门出来，去了绍桢的房间。

他推门进来，见小家伙衣服已经换了，没事人一样跪在地上摆弄玩具，听见声音抬头一看是他，吓得一愣怔，爬起来站好，屏着气唤道："爸爸。"

虞浩霆看他脖子上一道紫瘀格外醒目，伸手要摸，小家伙本能地缩了缩脖子，怕归怕，可抿着的唇犹带倔强。虞浩霆虽然心疼，却不肯放下面子哄他，径自坐进边上的沙发，若无其事地向后一靠："你玩儿吧。"

绍桢心里一万个不乐意，又不敢说，只好"玩"给他看。装模作样了好一阵子，父亲居然还不走，他却有点儿撑不下去了，暗中窥看了一会儿，见虞浩霆其实也并不怎么看他，只是沉着脸若有所思，想了想，忽然悄声问了一句："你是不是跟我妈吵架了？"

虞浩霆闻言，起身朝他走了过来。绍桢吓了一跳，攥着手里的小汽车连退几步靠在了桌腿上，却见父亲蹲在他身前，皮笑肉不笑地勾了勾唇角："还不是因为你？下次再不听话，吊起来打，看你还敢不敢惹你妈妈生气！"

绍桢苦着脸分辩道："我没惹我妈生气，是你打我，我妈才不理你的，是你惹我妈……"父亲的脸色封住了他的口，知道又要挨揍，眼睛一闭，只等着虞浩霆出手。可等了一阵，父亲的巴掌并没落在他身上，他睁开眼，却见父亲看着他叹了口气，又坐回沙发里去了。

他胆子顿时大了起来，跟过去揪了揪父亲的衣角："我妈呢？"虞浩霆没有答话，拎起他放在腿上，撩起衣服看了看他的伤。绍桢却溜溜转着眼珠追问："我妈呢？我妈不理你了？我妈哭了？"

"胡说八道。"虞浩霆沉着脸在他屁股上拍了一下。绍桢也顾不得抗议，拽着他的衣襟坐了起来："我妈看我脖子就要哭了，我妈晚上看见我还要哭，你信不信？"小眉头拧了拧，自言自语般抱怨道，"唉，你干吗当她面踢我呢？"

虞浩霆捏着他耳朵掐了掐："小东西，你妈哭了也救不了你。"

绍桢瞥了他一眼，心道我妈要是不哭，你哪会放过我？嘴上却说："其实你打我也有你的道理，可是打狗得看主人，你打我也得看我妈……"话没说完，屁股上又被拍了一下："乱七八糟，谁教你的？"

绍桢自觉讲得十分有道理，怎么他老大一个人不能理解呢？于是，化繁为简地说道："你下次再打我，先把我拖远一点，别被我妈看见就好了。"虞浩霆一怔，忍不住摸了摸他的后脑勺，小家伙刚才没撞到头啊？强忍住笑意，板着脸训斥道："你怎么就不想想，把毛病都改了，别再让我打你了呢？"

绍桢想嘟哝一句"谁知道你下次又挑我什么毛病"，终究不敢，却从父亲眼里看见了笑影，心里忍不住小小得意，下回出了事情，他死活扒着母亲不放，看他怎么办？就算一时被他抓住，他要把他拖远一点，他路上就能多号一会儿，母亲来救他也快一点，心里筹谋着自己的事，嘴上却在帮别人出主意："爸爸，你去炒饭吧。你炒得好，我妈就不生气了。"

番外

前朝公子头如雪，犹说当年缓缓归

　　阶前花影悠悠，春风吹面不寒，新沏的"雀舌"清香沁雅，他搁了茶盏，脱口便是一句"风前欲劝春光住"。意犹未尽，词却穷了，蔡廷初闭目想了片刻，后头那句仿佛裹着一团柳絮从唇齿间辗转欲出，却怎么也想不确。

　　是老了，他喟然轻笑，前些日子他还一直自傲人到了这个年纪仍然能背得出新换的电码，不想，却连少时感怀过的句子都不记得了。

　　他笑叹了一声，拂着襟上的落花站起身来，慢慢往书房寻去——幸而他还记得那本稼轩词是搁在哪一架。

　　他的书房一向少人进，这会儿门却开了一线，蔡廷初微一皱眉，凝神侧耳，里头果然有细碎的声响。他悄然推开，见一个穿着海军衫和百褶短裙的女孩子正脚踩矮凳，全神贯注地扒在他办公桌边的书柜顶层翻找什么。

　　蔡廷初摇了摇头，又怕骤然唤她，惊动这小丫头摔下来，遂曲指在门上轻敲了两下，待那女孩子讶然回头，才开声向询："敏敏，你找什么呢？"

"爷爷——"那被他唤作"敏敏"的女孩子先是一呆，旋即甜笑着从凳子上下来，手里抱着个大十六开的皮面册子，"我有两个要好的同学过来温书，我跟她们说您当年授少将衔的照片潇洒得不得了，她们想看，我找给她们瞧瞧……"说着，翻开怀里的相册凑到他眼前，"爷爷，您那时候真帅！"

蔡廷初连眼角的余光也没落在那照片上，板着面孔敲了敲敏敏的额角："说谎。放回去。"

敏敏扁了扁嘴巴，不情不愿地娇娇嗔道："爷爷，我都答应人家了，我同学都在外面呢！"

"说实话，你到底是找什么？"

"爷爷，就给我们看看吧。"敏敏苦着脸央了两句，见爷爷不为所动，虚了声音巴巴地试探着说，"……她们想看虞先生的照片。"

蔡廷初晒道："你们国史课本上没有么？"

敏敏一听，马上抱怨："书上印的什么都看不清楚，而且……"

"而且什么？"

敏敏脸颊微红，没有立刻答话，偷眼看了看爷爷，才拣着最软和甜润的声气说道："而且……也没有虞夫人的照片。爷爷，我们就看一下，求您了，看一看嘛，又看不坏，我都答应人家了……"

蔡廷初轻轻一叹，终于点了头："里面的照片只许看，不许拿出去。"

"我知道，您放心！"敏敏抱着那相册，眉飞色舞地拔腿就跑，辫梢上的两只蝴蝶结仿佛活过来一样在她肩下跳跃飞舞。

蔡廷初在后头沉声道："不许跑！"

前面的小丫头只好耐着性子慢下来，只是那娇小的身影刚没入走廊的转角，楼梯上的脚步声便又"飞"了起来。

阔大的檀色皮面沙发上，三个同样装扮的女孩子挤在一起，像树枝上落了一窝小鸟。

"喏，这是我爷爷。"

"蔡爷爷是伴郎啊？"

"这婚纱和凌兰那件好像……"

"是哦，怪不得杂志上说流行这种事几十年一轮回的。"

"说不定是凌兰学人家呢！她最做作了，之前演的那个《未了情》，就是学赫本，气质又不像。"

"嗯，也没有虞夫人漂亮，不过……"那女孩子声音低了低，窃窃道，"虞夫人看着也没有'倾国倾城'那么美吧！"

敏敏嘻嘻一笑："我以前也问过我爷爷，我爷爷说——"她作势虚指了指两个伙伴，压沉声音道，"宋诗你们都不读吗？意态由来画不成，当时枉杀毛延寿。"

话音未落，便听背后传来一声低咳，敏敏吐了吐舌头，回头时面上已是乖觉巧笑："爷爷，我说得对不对啊？"

蔡廷初瞥了她们一眼，道："小孩子，不知道的事情不要乱说，看过了就放回去。"说罢，转身要走。

敏敏赶忙跳下沙发，追上去牵住他的衣袖："爷爷，我们同学都在说早年虞先生和虞夫人的事，您不是还做过虞先生的侍从官吗，他们……"

"胡闹！"她话犹未完，便被爷爷肃然打断，"先生和夫人的事，你们知道什么？是能当笑话讲的吗？"

他声音一高，另两个女孩子也吓得不敢作声，敏敏低着头嘟哝："爷爷，我们就是不知道才想问您的嘛……"她觑着蔡廷初的脸色，大着胆子试探道，"最近有人写了本书，里面说的就是虞先生和虞夫人的事……"

蔡廷初闻言，将信将疑地回头："什么书？"

敏敏小小得意地窃笑了一下，拽着他坐进了另一边的沙发，从书包里翻出一本来，在爷爷面前晃了一晃："这个——"

蔡廷初一眼扫见封面便皱了眉，上头一个旗袍女子的剪影，颜色暧昧，姿态模糊，装帧矫情，书名是从《诗经》里捡出来的：《与子偕臧》——一看就知道是时下那些不入流的所谓"爱情小说"。

敏敏见他面露鄙色，急忙先拣要紧的问："爷爷，这书里写虞夫人其实是戴季晟的女儿，是不是真的啊？"

蔡廷初还未答话，边上一个女孩子也跟着道："听说当年的报纸披露过的，说虞夫人先前嫁过人，还和……"那女孩子话到嘴边，斟酌着换了个说法，"说虞夫人本来是霍总长的女朋友。"

"胡说八道。"蔡廷初口吻沉肃，脸色却还好，小女孩子这个年纪自然是喜欢叽咕这些，只是捕风捉影拿这些事来编故事的人，却是无聊可恶之极。待看着一班小孩子憧憬又恳切的目光，不由好笑，他慢慢站起身来，正色道："联勤总部在哪儿你们知道吗？"

敏敏赶忙点头，便听爷爷接着说道："那是原先的陆军部，当年，夫人就是在那个门口遇见虞先生的——先生和夫人，是一见钟情。"他笑微微地拖长了声音，几个女孩子听得专注，浑不介意他抽走了那相册，"那时候，夫人还在中学里念书，比你们也大不了两岁。"说话间，他已走到了门口，一个女孩子犹自追问："那后来呢？"

蔡廷初再不置一言，径自踱出门去了。

窗外的花影在光可鉴人的柚木地板上摇曳生姿，脚步一踏上去，人影便也入了花林，柔风拂面，吹动两鬓花白。

他忽然想起方才敏敏拿出来的那本书，不知又是什么牵强附会的滥俗故事——

"与子偕臧"？

他轻笑，"野有蔓草，零露瀼瀼。有美一人，婉如清扬。邂逅相遇，与子偕臧。"

郑风里的句子，那样地顺理成章；可只有经历过的人才知道，这"邂逅相遇"和"与子偕臧"之间，有多少山重水复，荏苒流年。